마광수
금기와 위반의 상상력

마광수
금기와 위반의 상상력

고운기·김성수·유성호 엮음

역락

마광수
馬光洙, 1951~2017

1. '홀어머니에 외아들'이라는 환경은 자신에게 결핍보다 자유로움을 선물해 준 것으로 생각했다. 어머니는 '사랑하되 간섭은 하지 않는' 분이었다.

2. 청계초등학교에 입학하고 찍은 사진. 수작업으로 덧칠해 컬러 사진처럼 만든 것이다.

3-4. 대광중학교를 졸업하고 바로 대광고등학교로 진학하였다. 고등학교 시절, 학업뿐만 아니라 문학·미술 등에 발군의 능력을 보였다.

5-7. 연세대학교 국어국문학과 학사(1973), 석사(1975), 박사(1983) 졸업식장. 늘 어머니와 누이 또는 조카뿐이다. 그가 남긴 사진이 대체로 그러한데, 외부 활동보다는 읽고, 쓰고, 강의하는 일만이 그의 관심이었다.

8. 홍익대학교 교수로 취임한 해(1979) 그의 나이는 스물 여덟이었다. 모교인 연세대학교로 옮길 때(1984)까지 5년간을 그는 가장 행복했던 시절이라 회상하곤 했다.

마광수는 '본질적으로 문학은 불온하다/문학은 항상 현실에 대해/일탈적이고 가치 전복적일 수밖에 없기 때문'
이라고 말했다. 그의 삶과 문학은 우리 문학의 낯설고도 이채로운 층위로 오래 기억될 것이다.

책머리에

마광수(馬光洙, 1951~2017) 선생에 대해 여러 각도에서 조명한 글들을 한 권의 책으로 묶는다. 그동안 선생의 삶과 문학은 비평적 검토의 '바깥'에 존재해왔다. 그러나 그것은 오래도록 숨겨진 '안쪽'으로 남몰래 흐르고 있었을지도 모른다. 그 '바깥 / 안쪽'에서 마광수 선생의 심층적 욕망과 언어는 풍요롭고도 자유로운 접점을 형성하면서 문학적 몽상의 공간을 지속적으로 확장해갔다. 선생은 언젠가 "본질적으로 문학은 불온하다 / 문학은 항상 현실에 대해 / 일탈적이고 가치 전복적일 수밖에 없기 때문"(「본질적으로 문학은 불온하다」)이라고 말했다. 이 책에서는 그러한 불온성을 성적 판타지와 금기에 대한 위반의 상상력을 통해 보여주었던 선생의 생애를 기억하고, 선생이 추구해마지 않았던 담론들에 대한 메타적 차원의 해석을 수행함으로써, '마광수'라는 일회적이고 반복 불가능한 사건을 역사화해 보고자 한다. 선생의 삶과 문학에 대한 이러한 탐색 과정은 우리 문학의 낯설고도 이채로운 층위로 오래 기억될 것이다.

마광수 선생은 참으로 다양한 지적 편력을 남겼다. 그러나 선생에게 쏟아진 비평적 언어는 미미하기 짝이 없는 것이었다. 간혹 있었던 논의 역시 합리적 논리를 근간으로 하는 것이라기보다는 논리적 여과를 거치지 않은 감성적 언어만이 무성할 뿐이었다. 더욱 아이러니컬한 것은, 선생에 관해 호의를 보이든 반감을 보이든, 많은 이들이 선생의 적지 않은 저작을 일별하고 난 후의 귀납적 가치 평가에 임하는 경우가 적었다는 사실이다. 저널리즘이 부풀린 풍문에 자신의 합리적 이성을 내맡긴 채 입장을 표하는 일마저 드물지 않았다. 다른 이들에 비해 훨씬 왕성했던 선생의 활동은 이처럼 엄정한 의미에서의 비평적 검토나 평가의 반열에 들지 못했다. 물론 이러한 사실 자체가 우리 지식인 사회 혹은 문단권력의 생리 한 자락을 보여주는 좋은 자료가 되는 것도 사실이고, 우리 문단 내지는 학계의 배타성이나 경직성을 보여주는 장면인 것 또한 사실일 것이다. 하지만 우리는 선생에 대한 일관된 무반응과 홀대가 선생의 작가적, 학문적 영역에 대한 평가절하로 등치되는 데 대해 수긍하기 어렵다. 선생이 남긴 학문적 함량과 높이에 비해 그러한 차가움은 부당한 것이기 때문이다.

이 책은 이제 역사가 된 마광수 문학에 대한 충실한 조감도로 기능할 것이다. 1부 '문학과 법'에서는 선생이 겪은 필화 사건에 대한 글을 담았다. 선생 스스로의 소명을 담은 글도 있고, 한승헌, 박용일, 고시면, 채형복, 주지홍 선생이 써주신 『즐거운 사라』를 둘러싼 법리적 해석과 판단의 내용은 이 사건의 본질과 과정을 선명하게 보여주고도 남음이 있을 것이다. 아마도 마광수 필화 사건에 대한 검토가 꾸준히 이루어질 경우 참으로 무게 있는 사료가 될 것으로 보인다. 2부 '문학과 예술'에서는 선생의 문학 세계를 검토하였다. 엄정한 비평적 검토를 통해 선생의 문학에 대한 긍정과 비판의 견해가 다양하게 나타나게끔 균형감 있게 글을 선별하고 배치하였다. 김유중, 이재복 평론가가 오래 전에 선생과 나눈 대담을 실었고, 선생의 전반적인 문학 세계에 대하여 장석주 선생이 쓴 글을 모셨다. 좀 더 세분화한 장르적 검토로 김성수, 유성호, 주지영, 최수웅, 이재복 선생의 글을 실었다. 3부 '문학과 사회'에서는 마광수 선생과 그의 문학에 대한 사회적 반응 혹은 그로 인해 빚어진 통념이나 편견을 해석하고 진단하는 글들을 실었다. 강준만, 최상천, 손동수, 강영희, 고운기 선생의 글은 오롯한 개성을 통해 '마광수'라는 존재의 입체를 구성해주었다. 그럼으로써 선생의 문학과 삶이 얼마나 사회적인 것인가를 실증해준 것이다.

　모쪼록 이 책이 유족께 작은 위로가 되기를 바란다. 특히 기획 초기부터 적극적으로 참여하여 의견을 주신 가톨릭대 한옥미 교수의 감회는 선생의 조카로서 남다르리라 생각한다. 원고 정리에 큰 도움을 준 한양대 대학원 석사과정 홍영주 씨에게도 감사의 뜻을 전한다. 어려운 출판 환경에서 이 책을 펴내는 데 함께해 준 도서출판 역락에도 깊은 감사의 말씀을 드린다.

　이제 편자들은 이 책을 기점으로 하여, 선생에 대한 오랜 정서적 호불호나 치지도외를 벗어나 우리의 비평적 언어가 논리적 정합성과 실제적 적용 가능성에 대한 논의로 전환되기를 바란다. 또한 우리가 묶어내는 이러한 결실이, 굴곡 많았던 선생의 삶에, 작가로서의 선생의 남다른 자의식에 커다란 위안이 되고, 선생과 우리가 나누었던 그 오랜 시간 속에서 호혜적 기억으로 남아주기를 마음 깊이 바라마지 않는다.

마광수 선생의 2주기를 맞아
고운기 김성수 유성호

차례

제1부 문학과 법

제2부 문학과 예술

제3부 문학과 사회

문학과 법

한승헌 · 박용일

위 사람들(마광수·장석주)은 음란문서 제조·반포혐의로 서울구치소에 구금 중에 있는바 다음과 같은 이유로 그 구속의 적법여부심사를 청구하오니 심리하시어 그들에 대한 석방을 명하여 주시기를 바랍니다.

―다　음―

1. 피구속자들에 대한 구속사유의 요지는

피구속자 마광수는 연세대학교 국어국문학과 교수이고 같은 장석주는 문학평론가이자 도서출판 청하의 대표로 재직 중인 사람인데 서로 공모하여 판매할 목적으로, 마광수는 성욕을 자극하여 흥분시키고 일반인의 정상적인 성적 정서와 선량한 사회풍속을 해칠 가능성이 있는 내용으로 된 『즐거운 사라』라는 소설을 저작하고 장석주는 위 소설을 도서출판 청하에서 출판·배본함으로써 음란문서를 제조·판매하였는데 증거인멸 및 도주의 염려가 있다는 것입니다.

2. 그러나 피구속자들은 결코 도망의 염려가 없으며 증거인멸의 여지

는 더구나 없습니다.

　가. 무엇보다도 피구속자들은 주거와 생업이 일정하고 분명할뿐더러 그들의 사회적 신분이나 삶의 궤적에 비추어 보더라도 이 사건과 관련한 '도망'이라는 것은 상상조차 할 수가 없습니다.

　(1) 피구속자 마광수는 연세대학교 국어국문학과 및 동 대학원을 졸업하고 문학박사학위를 받은 뒤 1984년 3월부터는 모교에서 교수로 재직하여 오늘에 이르고 있습니다. 또한 그는 1977년 『현대문학』지를 통하여 시단에 등단하였고 『권태』 등 몇 권의 소설을 썼는가 하면, 『윤동주 연구』, 『상징시학』, 『마광수 문학론집』 등의 문학이론서를 저술한 바도 있습니다. 이만한 학문적 업적과 작가적 역량을 쌓은 사람이 자신의 소설을 문제 삼은 필화 사건이 두려워 비겁한 도주를 하리라고는 누구도 믿지 않습니다.

　(2) 같은 장석주는 경기상고 졸업후 1975년 월간문학 신인상(시)으로 문단에 나온 뒤 『조선일보』(시)와 『동아일보』(평론) 신춘문예에 당선되는 등 과정을 거쳐 본격적인 문학 활동에 정진해 왔으며, 1980년에 도서출판 청하를 창립한 이래 『니체전집』(전 10권), 『청하신서』(전 20권), 『고은전집』(전 60권) 등을 비롯하여 총 400여 종의 양서를 출판하였습니다. 한편으로 그는 김종삼 문학상을 제정 시상해 왔고 계간 문학지로 『현대시세계』, 『현대예술비평』을 간행하여 문학의 발전에도 적지 않은 공헌을 해온 바 있습니다. 지금 출판사 경영의 책임자로서 평론가이자 시인으로서 문학지의 발행인으로서 일인 몇 역을 맡고 있는 처지에 있는 만큼 어느 모로 보나 그는 도주할 염려가 전혀 없는 사람입니다.

　나. 이 사건에서는 『즐거운 사라』라는 문제의 소설책 자체가 충분한

증거이기 때문에 그 밖에는 인멸할래야 인멸할 증거가 없습니다. 피구속자 마광수가 쓰고 같은 장석주가 발행한 그 소설책이 압수되어 있는 이상 그 내용이 음란문서에 해당되는지의 여부는 그 소설 자체를 증거로 삼아서 판단하면 됩니다.

요컨대 이 사건에서는 사실인정을 위해서 피구속자 측에서 조작하거나 인멸할 증거가 있을 리가 없으니 '증거인멸의 염려'라는 것은 어디까지나 허구적인 '염려'에 그친다고 하겠습니다.

3. 이 사건에서 문제 삼고 있는 소설 『즐거운 사라』는 형법 제243조 및 제244조에서 처벌대상으로 삼는 '음란문서'라고는 볼 수 없습니다.

가. 이 소설 가운데 남녀 간의 정사장면을 묘사한 대목들이 있다고 해서 이를 곧 성윤리를 파괴하는 반사회적 범죄로 단정해서는 안 됩니다.

나. 이른바 '음란' 내지 '음란문서'의 개념은 일정불변한 것이 아니라 시대의 흐름과 변천에 따라서 그 내용이 달라질 수밖에 없으며 오늘날 개방사회의 급변하는 성윤리에 비추어 남녀 간의 정사장면 묘사를 곧 풍속을 해치는 범죄로 보아서는 안 됩니다.

다. 다시 말해서 형법에서 말하는 '음란'의 개념을 구시대의 도덕률로 묶어 놓을 수는 없으며, 한 시대의 '사회통념'에 입각해서 이를 판단할 문제인데, 바로 그 사회통념 자체가 사회의 풍습이나 의식, 형태면의 변모에 따라 크게 변화된 오늘에 와서, 소설 속의 정사장면을 문제 삼아 음란범죄로 단죄하는 발상은 가당치가 않습니다.

라. 흔히 음란의 개념설정에서 인용되는 판례는 "성욕을 자극, 흥분시켜 정상인의 성적 수치심을 해치거나, 선량한 성적 도의관념에 반하는 것"을 음란으로 규정한다고 합니다. 그러나 무엇보다도 성적 자극이나 흥분을 야기시키는 것을 범죄로 본다는 것 자체가 너무도 비현실적이고 타당성이 없습니다.

만일 그런 고루한 입장을 고집한다면, 오늘날 같은 개방된 자유사회에서 마땅히 허용되어야 할 표현과 언동까지도 음란범죄로 몰리는 웃음거리를 빚어내게 됩니다. "정상인의 성적 수치심"이라든가 "선량한 성적 도의관념" 또는 이 사건 구속영장에 기재된 "일반의 정상적인 성적 정서와 선량한 사회풍속"이란 것은 아주 종잡을 수가 없는 명제들이기 때문에, 그런 추상적이고 자의적 판단에 흐를 염려가 큰 기준 아닌 기준을 가지고 저작물을 단죄하는 것은 죄형법정주의에도 위반되는 처사라 할 것입니다.

마. 나아가서 한 작품에서 픽션으로 성문제를 다룬 작가의 책임을 거론함에 있어서, 거기 묘사된 바와 같은 행위를 실제로 실행한 사람의 책임과 혼동해서는 안 됩니다. 이 소설이 경우로 말하면 가령 변태적 성행위를 묘사한 작가의 책임을 그런 행위의 긍정, 교사 또는 실행의 책임으로 비약해서 부풀려서는 안 됩니다.

바. 만일 반대의 입장을 취한다면 살인 또는 밀수 행위를 다룬 소설의 작가에 대해서 살인 또는 밀수범죄의 충동 내지 실행의 책임을 묻는 것과 같아서 창작의 자유 및 상당인과관계의 법리에도 반하는 결과가 됩니다.

사. 또한 문학작품을 비롯한 각양의 창작물 속에서 성문제를 다루는

것은 동서고금에 다반사로 볼 수 있는 일로서 소설 등 표현물이 반드시 수구적인 윤리의 사슬에 매어 있어야 한다든가 윤리, 도덕에 어긋나는 작품이라고 해서 이를 형사법의 차원에서 단죄하는 것은 헌법이 보장하는 국민의 기본권 그중에서도 특히 표현의 자유 및 출판의 자유를 침해 내지 위축시키는 요인이 됩니다.

아. 설령 (도식적으로 말하는) 성적인 퇴폐나 불륜이 묘사되어 있더라도 그런 부분 부분만을 따로 떼어놓고 거론할 일은 아닙니다. 그 작품 전체를 놓고 볼 때 과연 범죄시할 만큼의 '사회적 해악이 있다고 볼 수 있느냐'를 따져야 합니다. 부분만 놓고 비난을 하자면 동서고금의 명작 중에 음란문서로 단죄될 수밖에 없는 묘사들이 수두룩합니다. 심지어 기독교 신앙의 성스러운 경전이라 할 성서에조차도 부녀간의 성교, 여성상위, 자위행위, 동성연애, 질외사정 등의 낯 뜨거운 장면들이 여러 곳에서 나타나고 있는 것입니다.

자. 다음으로 '형평성'이라는 면에서 보더라도 이 건 소설에 대한 '음란문서' 판정은 불가합니다. 이미 우리 주변에는 성적인 자극 내지 음란의 요소가 짙은 많은 표현물 및 표현 형태가 광범하게 그리고 공공연하게 용인되고 있습니다. 우리 주변에서 매일같이 대하는 영상물, 공연물 또는 간행물들이 예전과는 달리 아주 선정적으로 남녀문제를 다루는가 하면 그것들이 성적 자극을 주는 요인으로 확산된 지 오래입니다.

그러나 우리의 문화와 풍조 및 의식의 변화에 따라 '음란'이란 법적 개념의 밑바탕이 되는 사회통념도 크게 달라져서 그러한 요소들에 대한 묵인과 이해의 폭이 넓어졌기 때문에, 그런 것들을 더 이상 위법으로 보거나 처벌대상으로 보지 않게 되었습니다. 그럼에도 불구하고 유독 이 소설에 대해서만, 이미 타당성을 잃은 50년대의 일본식 판례를 끌어내어 형사처벌 절차를 밟고 작가와 출판사 대표를 구속조치까지 한 것은 형평성을 잃은 검찰권의 남용이라 아니할 수 없습니다.

차. 지금까지 세계문학사상 소위 외설작품으로 재판의 대상이 되었던 『채털리 부인의 사랑』, 『북회귀선』 등의 번역물이 우리나라에도 완역 출판되어 판매되고 있는데도 아무런 문제나 제재가 가해진 바 없고, 오히려 바람직한 현상으로 높이 평가받고 있는 실정입니다.

카. 피구속자 마광수는 현재 연세대 대학원에서 <현대문장연구> 강좌를 맡고 있는데다가 이번 학기에 석·박사학위 심사위원으로서 매우 중요한 직분을 맡고 있고 대학(학부)에서는 전공과목으로 <수사학>, <희곡론> 교양과목으로 <한국문학의 이해>, <글과 삶> 등 4개의 강좌를 맡고 있으며 수강생들만도 1천여 명에 달하고 있는 바, 모두 다른 교수로 대체하기 어려운 과목들이어서 마 교수의 구속 이후 현재까지 계속 결강이 되어 학생들이 수업을 전혀 받지 못하고 있는 실정입니다.

또한 담당교수 없이는 수강생들의 성적을 매길 수 없고 대학원생들과 4학년 학생들에게는 학·석·박사논문 심사를 할 수도 없어 졸업과 취업에까지 회복불능의 불이익을 줄 긴박한 단계에 이르렀습니다.

또한 피구속자 장석주는 위 앞서도 언급한 바와 같이 단순한 상업적인 출판인이 아니라 평론가 겸 시인 및 문학지 발행인으로도 크게 활약하고 있는 양심적인 지식인으로서, 이번의 갑작스런 구속으로 말미암아 출판사의 운영에는 물론 그의 작가로서의 활동에도 심각한 타격을 입고 있습니다.

4. 이상의 여러 점을 소명하기 위해서 별도로 여러 자료를 제출하겠사오니 자세히 검토·심리하시와 피구속자들에 대한 구속을 해제하여 주심을 바라나이다.

1992. 11. 5.

위 피구속자들의 변호인

변호사 한 승 헌

변호사 박 용 일

서울 형사지방법원 귀중

위 사람들(마광수·장석주)에 대한 음란문서 제조·반포 피고사건에 관하여 다음과 같이 항소이유를 밝힙니다.

— 다　음—

1. 원판결은 피고인 마광수가 창작하고 같은 장석주가 발행한 소설 『즐거운 사라』가 형법 제244조 및 같은 법 제243조의 음란문서에 해당된다는 공소사실을 그대로 받아들여 유죄로 인정하고 피고인들에게 각 징역 8월과 2년간 집행유예의 판결을 선고하였습니다.

그러나 이 건에서 문제 삼고 있는 위 소설은 이른바 '음란문서'가 아닙니다.

2. 피고인들에게 대한 적용법조인 형법 제244조 및 제243조의 '음란'의 개념 또는 정의는 법에는 없습니다. 따라서 '음란'의 개념은 매우 애매하여 다만 판례와 학설에 의존할 수밖에 없게 되었습니다.

재판의 실제 면에서는 대법원 판례에 좇아, 사람의 성욕을 자극·흥분시키고 정상인의 성적 수치심을 해치며 선량한 성적 도의관념에 반하는 것을 '음란'이라고 정의하고 있습니다.

그러나 사람의 성욕을 자극·흥분시키는 것이 과연 범죄가 될 수 있는지를 먼저 생각해 보아야 합니다. 또한 '성적 수치심'이니 '선량한 성도의 관념'은 또 무엇이며 그처럼 종잡을 수가 없는 '수치심'이나 '관념'을 처벌기준을 삼는 것이 죄형법정주의에 어긋나는 일이 아닌가라는 물음에도 대답할 수 있어야 합니다.

3. 사람의 언동이나 표현물의 '음란성' 여부는 한 시대의 사회통념에 따라 판단되어야 합니다.

우리 대법원 판례가 의존하고 있는 일본의 『채털리 부인의 사랑』 번역 출판사건의 판결은 1950년대의 일본의 사회통념에 입각한 판단이었습니다. 당시의 일본에서는 '음란'의 개념을 그렇게 보았다 할지라도 반세기 가까운 세월이 지나는 동안 성에 대한 의식과 풍속이 엄청나게 달라졌기 때문에, 오늘에 와서는 그와 같은 음란의 개념 풀이는 이미 타당성 내지 규범력을 상실하였다고 봅니다. 지금은 『채털리 부인의 사랑』의 완역판 (무삭제)이 일본에서 아무런 처벌도 당하지 않고 판매되고 있음이 그런 변화를 증명하고 있습니다.

이 점에 관해서 일본의 한 판례는 "외설문서의 범위는 시대의 진보에 따라 점차 감축되어가는 경향이 있다고 해석될 것인바, … 외설문서에 해당되는지의 여부는 당시의 일반사회의 양식에 비추어 객관적으로 판단되어야' 할 것이라고 하였습니다.

그리고 시대와 풍조는 크게 달라졌습니다. 특히 성에 대한 표현과 논의의 폐쇄성이 무너지고 성윤리와 성도덕도 금기(禁忌) 일변도에서 해방되었습니다. 신체의 노출에서부터 성적 표현의 자유에 이르기까지 종래의 억압과 금기가 놀랍도록 해제된 지 오래입니다. 문학예술, 대중매체, 오락 등 할 것 없이 성적 표현 내지 성문제를 대담하게 다루고 있으며 옛날 같으면 음란이라고 금지당할 일이 별다른 죄의식이나 제재를 받음 이 없이 수용되고 있습니다. 심지어는 한 공연윤리기구의 책임자가 포르 노극장의 필요성을 역설했을 만큼 우리나라의 사회통념도 변화되었습니다. 그런데도 1950년대식 음란의 개념을 그대로 적용하여 형사처벌을 시도한다는 것은 납득되지 않는 일입니다.

4. 이 건에서 문제 삼고 있는 소설 『즐거운 사라』는 종래의 판례대로 하더라도 음란문서가 아닙니다.

이 소설의 독자 중에는 주인공 사라의 다양한 성 편력과 대담한 성행 위를 이례적인 느낌을 가지고 접한 사람도 적지 않을 것입니다. 동시에 그런 남녀의 교섭이 옳고 그름을 떠나서 오늘날 우리의 현실과 무관할 수 없는 어떤 의미를 심어주고 있다는 점도 시인하게 될 것입니다. 무분 별하리만큼 방만한 오늘의 성 풍속을 가감 없이 담아 놓은 이 작품은 '사라'라고 하는 여대생을 내세워 헷갈리고 방황하는 가운데 자신의 정체성을 깨달아가는 젊은이를 그린 것입니다.

작가는 오늘날 젊은 세대가 갖고 있는 성의식과 행복관을 주인공을 통해서 사실적(寫實的)으로 표현하고자 하였으며, 문학은 위선적으로 고착된 도덕주의와 경건주의로부터 해방될 때 비로소 참다운 문학이 될 수 있기 때문에, 이광수 류의 계몽주의적 잣대로 문학을 재려는 기도에 반대한다고 하였습니다.

5. 이 건 소추의 이유 가운데는 사라와 같은 성적 행각이 일반성이 없고 부도덕, 반윤리, 퇴폐, 변태, 무분별 따위로 매도될 수밖에 없다는 판

단이 작용한 듯합니다.

그러나 소설작품은 (앞서 말한 대로) 도덕과 윤리에 얽매이는 권선징악의 교과서가 아니기 때문에 작가는 작품 속의 등장인물이 반드시 도덕적이어야 한다거나 변태성욕자여서는 안 된다든가 하는 주문을 받아들일 의무는 없습니다.

6. '사라'라는 인물의 설정이 오늘날의 성윤리와 무관할 수 없는 이상, '사라'의 행각은 옳다, 그르다는 평가 이전에 현실의 거울임을 부정할 수 없습니다. 그러기에 성급하게 선악의 저울을 들이대기보다는 '사라'라는 한 여자의 사고 행태에 내포되어 있는 실존적인 의미를 음미하고 이해해야 합니다. 한국의 성윤리는 '쓰레기통에 뚜껑만 덮어놓고 있는 양상'이라고 생각한 작가가 그 뚜껑을 열어 보인 것이 과연 범죄일 수가 있겠는지 의문입니다.

흔히 문학과 현실 사이의 상관성에 관해서 말할 때에, 문학은 현실을 반영하는 거울이라고 합니다. 그렇다면 실제 생황에서는 성의 문란을 보고 겪으면서, 왜 문학이 그것을 다루어서는 안 되며 문학에 대해서 문란의 책임을 물으려고 하는지 납득할 수가 없습니다. 거울에 비치는 현실을 거울 탓으로 돌려서는 안 됩니다.

7. 원판결은 음란성의 개념을 "그 시대의 건전한 사회통념에 비추어 그것이 공연히 성욕을 흥분 또는 자극시키고 또한 보통인의 성적 수치심을 해하는 것이어서 건전한 성풍속이나 선량한 성적 도의관념에 반하는 것"이라고 정의하였습니다.

그러나 "건전한 사회통념", "공연히 성욕을 흥분 또는 자극시킨다.", "보통인의 성적 수치심", "건전한 성풍속", "선량한 성적 도의관념"이란 말 자체가 지극히 애매모호하고 추상적이어서 그 내용 또는 기준을 종잡을 수가 없기 때문에 법관의 자의나 독단의 개입을 불가피하게 만드는 표현이므로 형사책임의 유무가 걸린 구성요건의 해석 기준으로 삼을 수는 없다고 하겠습니다.

형벌법규는 조문 자체에서 허용과 금지의 한계를 분명히 정해 놓아야 하며, 적어도 해석(판례)상으로라도 그 구성요건 해당성이 명백히 되어야 함에도 불구하고, 그러한 윤곽조차 제시하지 못하고 귀걸이 코걸이식의 해석·적용밖에 할 수 없도록 추상적인 용어만 나열한 것은 죄형법정주의에 위반된다고 보지 않을 수 없습니다.

8. 원판결 역시 무엇이 '건전한 사회통념'인지, 성욕을 흥분·자극시키는 것이 왜 나쁘며 왜 그것을 범죄의 요건으로까지 보아야 하는지, '보통인의 성적 수치심', '선량한 성적 도의관념'은 과연 무엇인지에 대해서는 아무런 언급도 하지 못하고(하지 않고) 있습니다.

원판결도 앞서와 같은 '음란성' 개념의 막연함을 시인하면서 "다만 위와 같은 추상적 개념만으로는 구체적 문서의 음란성 판단이 용이하지 아니할 경우가 많은 것"이라면서 그 '판단방법' 몇 가지를 제시하였습니다. 그러나 '음란성'이 구체적으로 무엇을 뜻하는지 불확실한 터에 판단의 방법만을 열거하는 것은 의미가 없습니다. 다시 말해서 '음란'의 요건 또는 기준을 명확히 규정하고 난 뒤에라야 그에 해당되는지의 여부를 판단하는 방법론의 실익이 있습니다.

마치 횡령죄나 내란죄의 개념·요건을 명확히 한 뒤라야 그 요건에 맞는지의 여부를 판단하는 방법론이 쓸모가 있는 것과 같습니다.

9. 원심은 이 건 소설의 여주인공 '사라'가 벌이는 분방하고 괴벽스러

운 섹스행각묘사가 대부분을 차지하고 있다든가, 그것이 사실적이라든가 문예성, 예술성, 사상성 등에 의한 성적 자극 완화의 정도가 별로 크지 아니하다든가 라는 등의 이유를 들어 형법 제244조에서 말하는 음란문서에 해당된다고 설시하였습니다. 그리고 "문학작품에 있어서의 표현의 자유의 최대한의 보장"이라는 명제와 오늘날의 개방된 성문화 및 작가가 주장하는 '성 논의의 해방'이라는 전체적인 주제를 고려한다 하더라도 역시 그렇게 볼 수밖에 없다고 했습니다.

그러나 만일 원판결이 그러한 관점을 제대로 살려서 판단했다면 이 사건의 사법적 결론은 전혀 달라졌을 것입니다. 요컨대 원판결은 성의 대담한 묘사를 곧 범죄시하려는 낡은 사고에서 벗어나지 못하였으며 이는 시대 풍조의 변화와 그에 영향을 받은 90년대 문학사조의 경향을 이해하지 못한 소치입니다.

10. 실제 생활에서는 놀라운 성적 표현과 입에 담을 수 없이 타락한 성문란을 보고 겪으면서 픽션인 소설에서는 왜 그것을 다루면 안되는가를 묻고 싶습니다.

일본의 판결례에도 "… 각종 형태로 성표현의 정도가 대담해지고 예전에 터부시되었던 성표현방법이 공개·유포되어 점차 그 정도를 높여가고 있다. 보통인의 의식이 구시대에 비하여 보다 솔직·대담한 성표현을 긍정·수용하는 변화를 보이고 있음은 부정할 수 없다."고 하여 무죄를 선고한 사례가 있습니다. (1979. 10. 東京지방재판소 판결)

우리의 경우에도 각종 형태로 성표현의 정도가 대담해진 점, 예전에 터부시되었던 성표현방법의 공개·유포의 정도가 솔직·대담한 성표현을 긍정·수용하는 변화를 보이고 있는 점 들을 감안하여 음란문서의 개념을 시대에 맞게 정립해야 합니다. 만일 그러지 않고 원판결처럼 수신

(修身)교과서나 국민윤리교사 같은 안목에서 성을 다룬 작품을 읽는다면 많은 문학적 명작들조차도 '음란'의 굴레를 벗어나지 못할 것입니다.

11. 도대체 인간의 창작적 표현물(비단 문학에 국한하지 않고)에서 성문제를 다루는 가운데 설령 본능적인 흥분을 유발시키기도 하고 이른바 '대리체험'을 통해서 성적 욕구를 충족시키는 일면이 있다고 하더라도 그것을 실정법상의 범죄라고까지 탓하는 것은 성에 대한 이중적 위선과 전제적 억압의 발로일 뿐이며 봉건주의 시대의 폐쇄적 윤리의식을 오늘의 개방화·자유화 시대에 강요하는 시대착오적인 규제의 시도라 할 것입니다. 하물며 소설 속에 나오는 주인공의 행위가 부도덕하고 반윤리적이며 무분별한 성의 편력과 변태행위를 감행한다고 해서 그러한 작중인물의 행위를 곧 작가 자신의 행위로 혼동하여 법적인 책임을 묻는 것은 더구나 잘못입니다. 예컨대 작중인물이 강간을 하거나 살인을 저질렀다고 해서 그 작가가 강간죄나 살인죄로 처벌될 수 없듯이 비록 사라가 음탕한 짓을 반복했다고 하더라도 작가를 음란죄로 다스릴 수는 없습니다.

12. 그러한 소설의 주제나 주인공의 형태를 평가하는 것은 문화적 비평의 몫으로서 평론가나 독자가 나설 영역이지 검찰권이나 재판권 행사의 영역은 아닙니다. 더구나 원판결처럼 법관이 "문예성, 예술성, 사상성 등에 의한 성적 자극의 완화 정도"를 따지는 태도는 결국 국가권력이 작품의 문예성, 예술성을 심사하여 그 결과에 따라 유무죄를 가름한다는 것으로서 매우 위험스러운 일면이 있다고 하겠습니다. 예술(또는 문학)이냐 음란이냐 하는 식의 2원론으로 치닫게 되면 자칫, "아 소설은 문학작품이 아니라 음란문서다."라는 식의 2분법적 사고에 끌리게 되어 결국 수사기관이나 사법기관이 작품의 문학성을 권력으로 판단하는 위험을 빚

어내게 됩니다. 그러나 앞서도 지적했듯이 문학적 가치의 유무에 관한 판단에까지 검찰이나 법원이 개입하는 것은 창작과 예술의 자유 등 표현의 자유를 침해하는 월권행위가 아닐 수 없습니다.

13. 소설의 전개과정에서 성욕을 흥분·자극시키거나 불륜하고 변태적인 성행위를 묘사하는 것은 결코 드물지 않는 일이며 세계의 명작에서는 말할 것도 없고 한국문학에서도 아주 자연스럽게 활용되는 창작기법의 하나입니다. 생각건대, 명작소설 중에는 남녀 간의 정사를 적나라하게 다루거나, 부도덕하고 퇴폐적 성행위를 묘사하고 있는 작품이 많은데 그렇다고 해서 그 작가들이 음란죄로 처벌된 적은 없습니다. 그러한 성묘사를 통해서 무엇을 말하려고 하는가에 주목해야지 성묘사 부분만을 떼어내서 현미경을 들이대서는 안됩니다.

만일 스토리나 묘사의 음란·부도덕·변태를 그 대목만을 가지고 문제 삼는다면, 심지어 기독교의 최고경전인 '성경'조차도 음란도서라는 판정을 면치 못할 것입니다. 성경에는 두 딸이 아버지와 한 자리에서 교대로 혼음하는 부녀상간, 여성상위, 동성연애, 질외사정, 윤락행위 등이 아주 직설적으로 서술된 대목이 있기 때문입니다. 그럼에도 불구하고 그 경전을 '성서(性書)' 아닌 성서(聖書)로 받드는 까닭은 가리키는 손가락을 보지 않고 달을 보기 때문입니다.

14. 굳이 성적 자극·흥분의 조성을 음란의 요건으로 삼는다면 그러한 음란성은 작품의 스토리에 있지 않고 그 전개과정의 묘사에서 찾을 수 있습니다.

즉, 성행위의 과정을 육체의 동작뿐 아니라 심리적인 변화, 격정까지 아주 자세하고 장황하게 묘사하여 읽는 이로 하여금 부지불식간에 그 성행위의 분위기에 몰입될 수 있을 만큼 상당분량의 서술을 해나가야만 할 것입니다. "옷을 벗었다."나 "옷을 벗겼다."는 말은 그 속에 아무리 나체를 드러냈다는 의미가 있을지라도 음란이 아닙니다. 옷을 벗(기)는 과정 내지 우여곡절이 자세하고 진지하게 표현되어서 비로소 흥분이나 자극을 일으킬 수 있습니다. "그날 밤 몇 차례나 성행위를 했다. 그때마다 그녀는 절정을 느꼈다."라고 쓴 대목을 읽고 성적 흥분을 느낄 사람은 없습니다. (혹시 있다면 이상체질의 소유자이지 '보통사람'은 아닙니다.) 성행위의 전개와 절정에 이르는 과정이 읽는 이로 하여금 자제력을 잃을 정도의 성적 흥분을 유발할 만큼 상당한 지면을 할애하여 구체성 있게 묘사되어 있어야만 비로소 성적 흥분을 일으킨 작품이라고 할 수 있습니다.

그런데 마광수 피고인의 이 소설은 정작 성행위의 묘사장면이 불과 몇 줄씩의 문장으로 간략하게 그리고 개괄적으로 처리되어 있기 때문에 성적인 흥분, 자극을 줄 정도에는 미치지 못합니다.

15. 흔히 음란성 여부는 그 시대의 사회통념에 의해서 판단할 수밖에 없다고 합니다. 그렇다면 시대상의 변천에 따른 사회통념의 변화를 외면한 채 몇십년 전의 낡은 사회통념을 가지고 표현물을 재단해서는 안 됩니다. 원판결도 역시 "그 시대의 사회통념"을 내세우고는 있으나 그 판시 이유를 종합하여 보면, 근 반세기전 이웃 일본에서 고안된(그리고 많은 비판을 받기도 한) 음란 개념에 의존하고 있으며, '이 시대의 사회통념'과 동떨어진 교조주의적인 입장을 벗어나지 못하고 있습니다.

쉽게 말해서, 여체의 노출이 가위 혁명적이라고 할 만큼 대담해진데다 성적 자극을 공공연하게 끌어내려는 표현물들이 광범위하게 늘어났는가 하면 영상물, 공연물, 간행물 등이 종전에 금제(禁制)의 대상이던 성문제를 대담하게 선정적으로 전파하고 있습니다.

나체와 성을 다룬 표현물은 길거리의 가판대나 동네의 비디오가게에서 얼마든지 구할 수 있는 형편입니다. 이와 같은 대담한 성관계 묘사(물)의 일상적인 범람은 오히려 성적인 흥분과 자극을 둔화시킨다는 점도 유의해야 합니다.

다시 말해서 독자는 소설 속의 자유분방한 성적 행각이나 대담한 성행위의 묘사를 읽더라도 결코 옛날처럼 성적 흥분을 느끼지 아니하며, 아무리 대담한 성표현도 '인간의 이성으로서도 제어할 수 없는 성적 흥분'을 유발시키지 않게 되었습니다.

또한 그것은 시대상의 변화를 사회통념이 수용 또는 묵인함으로써 종전에는 금지된 언행이나 표현을 이해하고 받아들이는 쪽으로 달라져 간다는— 가치관의 변화를 반영하는— 것이며 따라서 '사회통념'이라는 저울 또는 잣대의 눈금이 예전과 달라졌다는 것을 의미합니다.

이런 점에서 한 작가를 함부로 음란죄로까지 다스리는 처사는 그야말로 사회통념에도 반하는 것입니다.

16. 이른바 음란성은 정상적인 평균인의 수준과 의식을 기준으로 하여 객관적으로 판단되어야 합니다. 소설로 말하면 일반적 평균 독자의 입장에서 어떻게 느끼고 받아들이느냐를 기준 삼아서 판단할 문제이며, 청교도적 윤리를 내세우는 종교인이나 결벽성(潔癖性)에 집착하기 쉬운 윤리단체 또는 편협한 도덕론자 등의 특이한 과잉반응을 근거로 삼아서는 안 됩니다. 하물며 검열관적 안목의 규제논리로 매사에 혐의를 두는 편견은 더구나 금물이라 하겠습니다.

또한 청소년층과 같이 특이한 연령층의 독자를 염두에 두고 그들에게 미치는 영향을 가상하여 책임을 논하는 것도 일반 평균독자를 기준으로 해야 할 평가원칙에 어긋나는 일입니다.

이 건 소설도 그 평균적 독자층이 아닌 사람이 혹시 보일 수도 있는 예외적인 반응을 일반적인 위험성으로 비약시켜서 성적 문란의 독소가 있다고 단정해서는 안 됩니다. 그것은 마치 감기약을 먹고도 체질에 따라서는 부작용을 일으켜 사망하는 사람이 있을 수 있지만 그렇다고 감기약 자체를 독약으로 보거나 감기약 제조판매자를 처벌할 수 없는 이치와도 같습니다.

일본의 한 판결이 "무엇이 외설문서인가의 판정은 미성년자라고 하는 국한된 일정의 독자층에 대한 영향만을 생각해서는 안 되고 널리 사회일반의 독자를 대상으로 하여 고려하여야 한다."고 설시한 것은 그러한 이치를 잘 집약한 적례라고 하겠습니다.

17. 이 소설의 작자인 마광수 교수는 연세대학교 문과대학에서 봉직하면서 그동안 많은 연구논문과 학문적 저술을 남겼으며 연구생활과 학교 강의에 조금도 소홀함이 없었습니다.

그리고 이론의 연구·강의만으로는 충족되기 어려운 창작의욕을 살려서 에세이나 시 그리고 소설을 발표하게 되었습니다.

다만 그는 인간의 욕구에 대한 금기의 타파와 성 논의의 해방을 지향하면서 문학을 통한 인간 내면의 카타르시스를 강조하는 경향의 작품을 써왔던 것인데, 그의 작품이 마치 오늘날과 같은 성적 타락풍조를 부추기기라도 한 듯이 곡해한 일부 사람들의 불만을 사게 되어, 이 건 『즐거운 사라』가 물의의 대상이 되었을 뿐입니다. 그러나 그의 소설이 갖는 성향이 다른 작가의 작품에서도 드물지 않게 확인될 수 있으며, 이런 주제 및 성표현의 농도 등은 1990년대 들어서 큰 흐름을 이루고 있는 한국 소설문학의 변모와도 상통하는 것입니다.

물론 한 작품은 그것이 세상에 발표되고 나면 작가의 창작의도와 달리 평가될 수도 있겠지만 그러나 작자의 신분, 경력, 문학관 그리고 창작의 도 등은 그런 평가에서 고려되어야 할 중요한 요소라고 믿습니다.

18. 이 소설을 책으로 발행한 장석주 피고인 역시 음란도서나 발간할 그런 출판인이 아닙니다. 그는 시인이자 평론가로서 괄목할 만한 자취를 남겼으며 그의 출판행위 역시 독자에게 유익하고 값진 저술 또는 창작물을 널리 펴내는 문화 활동의 일환이었으며 그가 '청하'라는 출판사를 설립한 이후 오늘날까지 간행한 근 500종의 출판물의 내용이 그 점을 웅변으로 증명하고 있습니다.

특히 그는 마 교수의 이 건 소설이 정당한 이유와 절차에 의하지 않고 판매금지된 것을 출판과 창작의 자유에 대한 부당한 침해라고 판단한 나머지 자기 출판사에서 그 책을 다시 발행하기로 하였던 것이며 조금이라도 이 소설이 음란성 작품이라고 생각했던들 자신의 명예와 자존심을 위해서도 절대로 이 건과 같은 출판·배포행위를 하지 않았을 사람입니다.

이상과 같이 살펴볼 때 원판결에는 음란문서가 아닌 작품을 음란문서로 인정한 사실오인, 형법상의 음란죄에 대한 해석을 그르친 법리오해의 허물이 있다 할 것이고 나아가서 '음란'의 개념이 애매모호하여 범죄의 요건을 종잡을 수 없는 형법 제243조 및 제244조도 죄형법정주의에 어긋나는 것으로서 위헌이라고 할 것입니다.

따라서 원심의 유죄판결을 취소하고 무죄의 판결을 하여 주시기를 바라는 뜻에서 이 항소에 이르렀습니다.

1993. 2. 11.

위 피고인들의 변호인

변호사 한 승 헌

서울형사지방법원 항소 1부 귀중

한승헌

위 사람(마광수)에 대한 음란문서 제작 등 피고사건에 관하여 다음과 같이 상고이유를 밝히고자 합니다.

— 다　음 —

원판결은 피고인 마광수가 창작하고 도서출판 청하에서 간행한 소설 『즐거운 사라』가 형법 제243조가 정하는 음란문서라고 판시한 제1심 판결을 전폭 지지하는 한편, 피고인의 변호인이 적시한 여러 항소이유는 모두 배척하면서 항소기각 판결을 내렸습니다.

그러나 그와 같은 원판결에는 다음과 같은 허물이 있어 판결에 영향을 미쳤습니다.

1. 법리오해의 위법

가. 원판결은 헌법상 표현의 자유의 법리를 오해하였습니다.

1) 원판결은 "문학작품은 도덕적 윤리에 얽매이는 권선징악적인 교과서가 아니며 문학작품에 있어서 변태적인 성행위 등을 포함한 자유로운 성행위의 표현이 있다 하여 이를 형법상의 음란문서 제조 판매죄의 대상으로 삼아서는 안 된다."는 요지의 항소이유에 대하여 다음과 같이 판시하였습니다.

"… 우리 헌법에는 … 문학에 있어서의 표현의 자유를 국민 기본권으로 보고 있으나(이러한 표현의 자유도) 공중도덕이나 사회윤리를 침해하는 경우에는 이를 제한할 수 있도록 하였으며, 이에 따라 우리 형법에 음란문서를 제조 또는 판매한 자를 처벌할 수 있도록 한 것이므로 문학작품이라고 하여 무한정의 자유를 누려 어떠한 정도의 성적인 표현도 가능하다고는 할 수 없고, 그것이 건전한 풍속이나 성도덕을 침해하는 경우에는 앞서의 형법규정으로 처벌할 수밖에 없다 할 것이니 위 항소논지는 이유 없다."

2) 그러나 위와 같은 원판결의 기본권한계론은 다소 논리의 혼선이 있기는 하나 추상적인 '일괄합헌론'에 속한다 할 것인데, '건전한 풍속이나 성도덕' 유지라는 추상적 개념을 남용하여 그처럼 안이하게 '공공복지'의 내용을 넓게 잡는다면 결과적으로 헌법상 표현의 자유는 유명무실해질 수밖에 없습니다. 국민 기본권의 하나인 표현의 자유가 무제한일 수가 없듯이 그 자유에 대한 제한에도 엄연한 한계가 있는 것이며, 따라서 '건전한 풍속이나 성도덕'과 같이 개념과 실체가 막연한 풍속론, 도덕론을 가지고 이 건 피고인(의 소설)을 처벌하는 이유로 삼는다면 이것은 결국 헌법상 보장된 언론 출판의 자유(헌법 제21조 제1항), 학문과 예술의 자유(헌법 제22조 제1항), 국민의 자유와 권리는 … 법률로써 제한할 수 있으되 자유와 권리의 본질적 내용을 침해 할 수 없다는 원칙(헌법 제37조 제2항), 언론

출판은 … 공중도덕이나 사회윤리를 침해하여서는 아니 된다는 한계조항(헌법 제21조 제4항)의 법리를 잘못 이해한 탓이라고 아니할 수 없습니다.

　나. 원판결은 형법 제243조 제244조가 죄형법정주의에 어긋나는 점을 간과하였습니다.

　1) 원판결은 음란의 개념이나 정의에 관하여는 형법상 이에 관한 명시적인 규정이 없을 뿐 아니라 원심과 같이 음란의 개념에 대하여 "그 시대의 건전한 사회통념에 비추어 그것이 공연히 성욕을 흥분 또는 자극시키고 또한 보통인의 성적 수치심을 해하는 것이어서 건전한 성풍속이나 선량한 성적 도의관념에 반하는 것이라고 정의하는 경우에는 그 내용이 애매모호하고 추상적이어서 명확성을 결여하고 있으므로 이는 죄형법정주의원칙에 반한다."고 위와 같은 요지의 항소이유에 대하여 이렇게 설시하였습니다.

　"일반적으로 법규는 그 규정의 문언에 표현의 한계가 있을 뿐 아니라 그 성질상 어느 정도의 추상성을 가지는 것은 불가피하고, 형법 제243조, 제244조에서 규정하는 '음란'은 평가적 정서적 판단을 요하는 규범적인 구성요건 요소이므로 통상의 기술적 구성요건 요소와 비교하여 그 명확성이 뒤떨어지는 것은 부득이한 것이나, 그렇다고 하여 죄형법정주의에서 요구되는 형벌법규의 명확성의 원칙에 반하는 것이라고는 할 수 없고… 원심이 음란성에 대하여 그 개념을 정의하면서 추상적인 용어를 사용하였다 하여 원심판단이 죄형법정주의에 반하는 것이라고는 볼 수 없다…"

　2) 그러나 법규의 표현력의 한계나 어느 정도의 추상성이라는 일반론을 이유로 범죄구성 요건의 불명확성이 용인될 수는 없습니다. 다시 말

해서 허용과 금지의 한계가 분명치 않은 형벌법규는 죄형법정주의에 입각한 기본권의 보장을 무의미하게 만들기 때문에 위헌성을 면치 못하게 됩니다.

생각건대 형법 제243조에서 씌어진 '음란'이란 용어는 범죄구성 요건으로서의 명확성이나 구체성을 띄고 있지 않아서 규정 자체로서 죄형법정주의에 반합니다.

다. 원판결은 형법 제243조, 제244조의 '음란문서'의 해석을 잘못하여 죄형법정주의에 어긋나는 '기준'을 가지고 판단한 잘못을 저질렀습니다.

1) 또한 원판결이 말하는 '법규의 추상성'을 법관이나 학자의 '해석'으로서 보완한다고 할지라도 원심이 지지한 제1심(아니, 그 1심이 의존한 대법원 판결, 그리고 그 대법원 판결이 모방한 일본 최고재판소의 판결)의 음란문서에 대한 해석 또는 요건 풀이는 여전히 모호하여 죄형법정주의에 어긋나기는 마찬가지입니다. 즉 원심은 '음란성'을 "그 시대의 건전한 사회통념에 비추어 그것이 공연히 성욕을 흥분 또는 자극시키고 또한 보통인의 성적 수치심을 해하는 것이어서, 건전한 성풍속이나 선량한 성적 도의관념에 반하는 것"이라고 정의하였습니다. 이에 그런 정의의 옳고 그름을 순차 검증해 보고자 합니다.

2) 먼저 '건전한 사회통념'은 그 실체를 알 수 없는 '기준'입니다. 물론 법의 해석에 있어서 '사회통념'이 원용되고 있기는 하나, 형법 제243조, 제244조의 경우에는, 사회통념의 내용이 더욱 명확치 못하고 개인에 따라 견해차의 폭이 크며, 시대의 흐름에 따른 변화의 정도가 심하기 때문에 그 뜻조차도 객관적으로 파악하기가 어렵습니다. 결국 법관의 주관적 견해에 따라 음란성의 여부가 판가름된다는 위험을 안게 됩니다. 특히

'그 시대의 건전한 사회통념'이라고 한다면 적어도 1950년대 초반의 (일본에서의) 사회통념을 기준으로 생겨난 일본 최고재판소의 판결(음란성의 해석)은 반세기가 지난 오늘의 한국에 통용될 '이 시대의 건전한 사회통념'으로 재탕될 수는 없을 것입니다.

3) 그리고 음란성을 규정하는 세 가지 요건 중의 첫 번째로 내세운 '성욕의 흥분 또는 자극'이 왜 반사회적이며 범죄요건의 하나가 되는지에 대해서 원판결은 아무런 이유도 밝혀놓지 않았습니다. 사실 성욕을 흥분 또는 자극시키는 것은 그 자체로서 나쁘다고만 할 수가 없는 일이며, 그것은 인간의 본능이자 근원 및 본질과 맞닿아 있는 현상이기 때문에 오히려 소중한 것이기도 합니다. 내심으로나 자기 체험으로는 그 점을 긍정하면서 겉으로는 성충동을 죄악시하는 것은 성에 대한 이중성에서 나온 위선적 가면이거나 결벽증의 소치일 뿐입니다. 국가는 대중문화, 향락산업, 관능문란의 기풍 등을 허가 내지 묵인함으로써 사회전반에 걸친 성의 문란을 조성 또는 방임해왔으면서 유독 이 건과 같은 소설을 성적 흥분이나 자극의 요인이라고 문제 삼는 것은 희극에 가깝습니다. 성적 흥분이 안되는 사람을 치료하는 행위가 적법한 면허와 영업으로 공인되어 있고, 최음제와 같이 성적 흥분을 야기·지속시키는 의약품의 제조판매를 국가가 허가하고 있음에 비추어 보더라도 성욕의 흥분·자극은 결코 범죄요건이 될 수 없습니다.

4) 시대와 풍속의 변천에 따라서 사람의 동작, 모습, 시청각물을 통한 성의 대담한 표현이 우리 주변에 범람하고 있는 오늘날, 굳이 책방까지 가서 돈 주고 사서 읽어야만 하는 활자매체인 소설(책)만을 국가형벌권의 대상으로 삼아 음란성의 3요소를 들이대는 것은 어느 모로 보나 가당치가 않습니다.

다시 말해서 사회통념은 시대와 함께 변천하기 때문에 오늘날 성표현의 정도는 매우 대담해졌을 뿐만 아니라, 보다 솔직·대담한 성표현을 긍정·수용할 정도로 의식이 변화되었고, 특히 다양한 성표현물이 방임되어온 현실 속에서 보통인이 수용(受容)하는 성표현의 정도 역시 크게 달라졌습니다. 그렇게 본다면 이 건 소설은 '이 시대의 건전한 사회통념'에 비추어 보더라도 음란문서가 아닙니다.

5) '보통인의 성적 수치심'이란 것도 지극히 애매한 말이어서 범죄요건의 기준이 되기에는 너무도 위험합니다. '보통인'은 누가 무슨 기준으로 정하며 '성적 수치심'은 또 무슨 척도로 규정할 수 있는가에 관해서는 누구도 명확한 대답을 할 수가 없을 것입니다. 그러므로 그것은 결국 사건을 다루는 법관의 머릿속에서 가설(假設)이나 '희망사항'으로 떠오르는 측정기준, 즉 법관 개인의 주관적 사유작용에 전적으로 좌우될 수밖에 없는 '기준 아닌 기준'입니다. 법관이 "이 소설은 보통인의 성적 수치심을 해친다."라고 하면 그뿐이고, 그런 판단에 대한 아무런 논리적 설명이나 검증이 생략되거나 불가능한 마당에는 재판받는 측의 방어권 행사도 불가능하거나 무의미하게 됩니다. 따라서 '보통인의 성적 수치심을 해친다'는 것은 범죄성립의 요건 또는 음란성 해석의 요소가 될 수 없습니다.

사실 "성적 수치심을 해친다."는 말은 일본의 판례에 나오는 문구를 무비판적으로 옮겨다 쓰고 있을 뿐 그 자체로서 어법(語法)에도 맞지 않거니와 뜻도 분명치 못한 말입니다.

6) "건전한 성풍속과 선량한 성적 도의관념에 반한다."는 말도 안개잡기처럼 실체를 파악할 수 없거나 고무줄처럼 신축자재하여 누구도 그 판단에 일정한 척도를 마련하기가 불가능합니다. 또한 풍속이나 도의관념에 반하는 것을 곧 범죄요건으로 삼는다는 것도 납득하기 어렵습니다. 이처럼 형법 제243조 제244조가 다른 범죄의 구성요건에 비해서도 그 명확성이 뒤떨어지는 것은 원판결도 인정한 바와 같은데, 그렇다면 죄형법

정주의가 요구하는 형벌법규의 명확성의 원칙에 어긋나는 것이 분명합니다. 그럼에도 불구하고 원심판결을 "구성요건의 명확성이 뒤떨어진다."고 시인해 놓고서도 "형벌법규의 명확성의 원칙에 반하는 것이라고는 할 수 없다." 또는 "음란성에 대하여 그 개념을 정의하면서 추상적인 용어를 사용하였다 하여 죄형법정주의에 반하는 것이라고 볼 수 없다."고 앞뒤가 맞지 않거나 설득력이 없는 설시를 해놓았습니다.

이 점만 보더라도 형법 제243조 및 제244조는 물론이고 그 조문 중 '음란성'에 대한 원심의 해석은 모두 죄형법정주의에 위반되는 위헌적 논쟁임을 쉽게 알 수 있습니다.

그런데도 항소이유를 배척한 것은 필시 죄형법정주의의 법리를 그릇 이해한 탓이라 하겠습니다.

2. 채증법칙 위배

가. 변호인은 또한 '항소이유'를 통하여 다음과 같이 주장하였습니다.

"음란성 여부는 한 시대의 정상적인 평균인의 수준과 의식을 기준으로 사회통념에 따라 판단되어야 하는 바, 성에 대한 표현과 논의의 폐쇄성이 급격히 무너지고 영상출판 등의 대중매체를 통한 성표현 내지 성문제의 논의가 솔직·대담하게 이루어져 정상적인 평균인의 사고 역시 이를 수용 내지 묵인하는 단계에 와 있으므로 … 성에 대한 금기의 타파와 성 논의의 해방을 위하여 … 작품 중의 성행위의 묘사는 필수불가결할 뿐 아니라 그 묘사가 간략하고 개괄적인 점에 등에 비추어보면, 이 사건 소설에 나타난 공소사실 기재의 성적 표현만으로는 그것이 정상적인 평균인의 성적 수치심을 해하거나 건전한 성풍속, 선량한 성적 도의관념에 반하여 음란하다고는 도저히 볼 수 없음에도 불구하고 원심(즉 제1심)은 이 사건 소설에서의 그 판시 성행위에 대한 묘사가 음란하다 하여 피고인을 유죄로 처벌함으로써 음란성에 관한 판단을 그르치고 나아가 형법상의 음란문서제조 판매죄에 대한 해석을 그르친 위법을 저질렀습니다."

　나. 위와 같은 항소이유에 대하여 원판결은 다음과 같이 판시하였습니다.

　"이 사건 소설은 ① 주인공인 한 젊은 여성이 그가 만나는 모든 남녀를 상대로 변태적인 성행위를 한다. ② 다양한 방법의 성행위 장면이 노골적이고 적극적 지속적으로 묘사되어 있다. ③ 성행위에 대한 묘사가 동물적 차원에서 통속적으로 형상화되어 있을 뿐 인간의 성적 욕구의 본질을 제시하거나 삶에 대한 새로운 통찰이나 비전을 제시한 흔적을 찾아볼 수 없다. ④ 성행위에 대한 묘사와 서술 등은 작가가 내세우는 성의 해방 등의 주제를 숙고할 여지도 없이 그들을 호색적인 흥미 속으로 몰아넣음과 아울러 그들의 성적 수치감정을 자극하여 인간의 성행위 그 자체에 대하여 혐오감과 불쾌감을 불러일으킨다. 따라서 이 사건 소설을 음란물이라고 판단한 원심(제1심) 판결은 옳고 항소논지는 이유가 없다."
— 이런 요지입니다.

　다. 그러나 위의 ①에서 여러 사람을 상대로 변태적인 성행위를 한 것을 탓하지만, 그렇다면 오직 한 사람을 상대로 정상위의 성교를 하지 않은 것이 잘못이라는 뜻인지, 그러한 행위를 한 것은 피고인이 아닌 작중인물인데, 작중인물이 살인행위를 했다고 해서 그 작가를 살인죄로 처벌할 수 있단 말인가 — 라는 의문만으로도 원판결의 편견과 허구는 금방 무너질 수밖에 없습니다. 이 재판은 작중인물의 행위를 단지하고 있는 것인가. 현실에서 사라와 같은 성의 행각(작품 속의 사라는 성범죄를 범한 일이 없다)

을 하는 사람이 있더라도 처벌할 수가 있단 말인가―라는 의문도 제기
될 수 있습니다.

위 ②에 있어서는 '현실적으로 있을 수 있는 다양한 장면의 성행위' 자
체가 죄될 것이 없는데 그런 장면의 노골적 지속적 '묘사'가 죄가 되는
가. 그나마 이 사건 작품 속의 성애의 묘사는 실인즉 노골적이지도 지속
적이지도 못하다고 하는 감정의견까지 나와 있지 않은가―라는 반론과
함께 심지어 옛날의 고전소설인 춘향전만큼도 성의 묘사가 노골적이지
못하다고 한 감정증인의 견해가 수긍되기도 합니다.

위 ③은 그야말로 사법(법적 판단)의 영역 밖의 일을 법관이 월권 했습니
다. 성행위에 대한 묘사가 통속적으로 형상화되었다든가, 한 작품이 인간
의 성적 욕구의 본질이나 삶에 대한 새로운 통찰이나 비전을 제시하였는
가의 여부는 문학평론에서 따질 일이지 사법판단의 대상이 될 수가 없습
니다. 만일 형사재판이 문학적 가치에 대한 심판까지 겸하게 된다면, 더
구나 그것이 유무죄를 가름하는 판시이유의 하나로 작용한다면 문학예
술의 자유는 존립할 수가 없습니다. 원심의 그와 같은 영역일탈은 혹시
"예술성이 음란성을 완화 내지 해소시킬 정도인가"를 살펴서 양자를 견
주어 보는 이른바 법익교량설(法益較量說)의 입장에서 비롯된 것인가 하고
선의의 짐작을 해보려고 했으나 원판결 어디에도 그런 흔적은 나타나 있
지 않습니다.

위 ④에서 이 작품이 독자를 "호색적인 흥미 속으로 몰아넣음과 아울
러… 인간의 성행위 그 자체에 대하여 혐오감, 불쾌감을 불러일으킨다."
고 하였는데 '아울러'라는 접속사의 앞 뒤 말은 과연 그처럼 양립 공존이
가능한지 의문스럽습니다. 다시 말해서 즉 독자를 호색적인 흥미 속으로
몰아넣는 작품이 성행위 자체에 대한 혐오감, 불쾌감을 불러일으킨다는
것은 이만저만한 모순이 아닙니다. 성행위에 대한 혐오감, 불쾌감을 불러

일으킨다는 것이 음란죄의 요건이 아니라면, 그리고 피고인의 이 사건 소설이 성행위에 대한 혐오감, 불쾌감을 불러일으키는 작품이라면 성적 흥분이나 자극을 오히려 감쇄 또는 소멸시켰을 것이니, 원판결의 음란죄 해석에 따르더라도 피고인은 무죄가 되었어야 마땅합니다. 일본에서 "성적 자극과 같은 것은 불쾌감 앞에 소멸되거나 거의 위축되는 성질이 있다."라고 하여 무죄를 선고한 하급심 판결도 있었습니다.(동경지재 소화 37년 10월 16일 판결)

이 점에서 원판결은 적어도 이유모순 내지 이유불비의 위법까지도 범하고 있습니다.

라. 그런데도 원심이 이 건 소설을 "형법에서 보호하고자 하는 건전한 성풍속이나 건전한 성적 도의관념에 반하는 음란물이라고 아니할 수 없다."고 그릇된 판단을 한 것은 체증법칙을 위배한 잘못에서 비롯된 결과입니다.

즉 원심은 '시대에 따라 변천하는 성에 대한 사회통념'을 염두에 두지 않고 오로지 검열관적인 관점에서 이 사건 작품을 잘못 읽고 잘못 이해하였으며, 거기에다 원심이 유죄 인정의 자료로 열거한 증거 중에는 그 내용이 유죄의 증거가 될 수 없는 것이 있으니, "피고인들의 원심 및 당심 법정에서의 각 일부 진술, 검사 작성의 피고인들에 대한 각 피의자 신문조서의 각 일부기재"에는 피고인이 이 사건 소설을 창작했다는 사실 외에, 이 소설은 음란문서로 볼 수 없다는 진술내용이 있을 뿐이고, 검사 작성의 신태웅, 김남규에 대한 각 진술조서는 그것을 증거로 하는 데 피고인 측이 동의한 일도 없고 그 원진술자가 법정에 나와서 그 성립의 진정을 밝힌 일도 없어서 증거능력 자체가 의문스러운데다가 그 내용 또한 원판결이 유죄의 자료로 삼을 만한 대목이 없습니다.

마. '감정인 안경환, 이태동 작성의 각 감정서 기재'에 관해서 살피건 대, 실인즉 위 사람들에 대한 감정명령의 과정부터가 원심 재판부의 이 해하기 어려운 입장변화에 따라 부자연스럽게 이루어졌습니다. 즉 원심 에서는 당초 검찰 측과 피고인 측이 각기 추천을 한 감정인 두 사람(하일 지, 민용태)에 대하여 재판부가 공동감정을 명하여 감정서를 제출케 하였던 바, 그 감정의견이 이 사건 소설의 음란성을 부정하고 피고인에게 매우 유리한 내용으로 되었음을 알고 나서 재판부는 돌연 다른 사람에게 재감 정을 시키자고 이례적인 자세를 보였고, 변호인이 이를 반대하는 서면까 지 제출하였음에도 불구하고 굳이 그렇게 할 사유도 없는데 끝내 재감정 을 명하여 위 두 사람과 신승철이 감정을 하게 되었던 것입니다. 결국 이 렇게 해서 원심 재판부는 새로운 감정에서 유죄의 자료를 기대하는 듯한 오해를 무릅쓰고 납득할 수 없는 재감정을 강행하였고 그런 결과로 위 두 사람의 감정의견이 나왔던 것이니, 원심 재판부가 그것을 반갑게(?) 유죄의 증거로 열거한 것은 그리 떳떳할 수 없는 노릇이었습니다.

바. 그러나 감정인 안경환의 감정서에도 "이 작품은 독자에게 성적 충 동적 모방심을 자극시키고 성범죄를 유발하는 등 사회적 현실로서 위험 을 가져올 우려가 있는가?"라는 물음에 대하여 "그러한 위험은 없다. 보 편적인 윤리의식과 충동적인 행동의 자제력을 보유한 독자라면 이 작품 을 읽고 성범죄에의 충동을 느끼고 이를 실행에 옮길 위험은 전혀 없다 고 생각됩니다."라고 답변하였습니다.

그렇다면 위 감정인은 (음란문서 제조·판매죄를 이른바 추상적 위험 범으로 보는 종래에 통설에 의하더라도) 이 건 소설은 음란문서가 될 수 없음을 확실히 밝혀 주었다고 할 것입니다.

사. 한편 감정인 이태동은 실질적으로 이 사건의 고발역할을 한 간행물윤리위원회의 위원으로서 처음부터 편향된 입장과 견해를 가지고 있었으며 감정서 기재내용을 보더라도 매우 감정적이고 독단적인 의견표출이 많아서 도저히 공정성을 인정하기가 어렵습니다.

이렇게 볼 때에 원심은 유죄인정의 자료가 될 수 없는 증거 및 신빙성과 증명력이 희박한 증거를 기초로 사실인정을 함으로써 채증법칙을 위반하였을 뿐더러 마땅히 믿었어야 할 '증인 이윤석, 김형진, 민용태의 진술과 감정인 하일지 및 민용태, 같은 신승철 작성의 감정서'는 오히려 배척하였으니(위 증인들의 진술 및 감정서들을 믿지 않은 잘못에 관해서는 항소이유보충서로서 따로 밝히고자 함) 이는 원심이 자유심증을 남용하고 채증법칙을 위반한 것으로 보지 않을 수 없습니다.

3. 심리미진의 위법

가. 또한 원심은 "… 이 시대를 사는 우리나라의 정상적인 성인들이 위와 같은 성적인 표현에 노출되어 그에 익숙해져 있다고는 아직 보이지 아니하며, 일부 위와 같은 성적인 표현과 동일 또는 유사한 성표현물이 일부 제작 유통된다 할지라도 이들은 어디까지나 일부 사람을 상대로 한 비공식적 음성적인 유통경로를 통하여 이루어지는 범죄적인 현상에 불과하고…"라고 판시하고 나서 "이 시대 사람들이 간직하고 있는 건전한 사회통념에 비추어 볼 때 위와 같은 성표현물이 오늘 우리 앞에 노출됨을 허용하여 이를 형법상의 음란물에서 제외시키기에는 아직 그 때가 이르다고 할 것이니 위 주장은 이를 받아들일 수 없다."고 결론지었습니다.

나. 그러나 원심은 누구를 정상적인 성인으로 보고 성표현에 익숙해

있는지의 여부를 조사·심리한 적이 없고, 음란한 성표현물이 음성적 유통경로로만 유통되고 있는지, 정상적인 유통경로나 노출된 유통경로를 통하여 이루어지는 것인지에 대해서도 전혀 조사·심리한 바 없습니다. 그리고 성표현물을 음란물에서 제외시키기에는 "아직 그 때가 이르다."고 한 시기상조론도 그것을 뒷받침할 아무런 심리조사가 이루어지지 않은 상태에서 오직 법관의 주관에 의해서 추측·평가한 데 지나지 않습니다.

다. 원심이 좀 더 자세한 심리를 하여 지금 우리 사회의 성풍조 및 성표현의 놀라운 개방 추세와 성문제를 대담 솔직하게 다룬 영상물 및 도서 등의 유통 보급현상, 그리고 그에 따라 달라진 성에 관한 사회통념 등을 제대로 파악했더라면 원판결의 주문과 이유는 전혀 달라졌을 것입니다.

결국 원심은 마땅히 했어야 할 심리를 제대로 하지 않음으로써 심리미진의 위법을 저질렀다고 하겠습니다.

라. 일본에서는 "저작 자체가 형법 제175조의 외설문서에 해당되는 지 여부의 판단은 당해 저작에 대하여 행하여지는 사실인정의 문제가 아니라 법해석의 문제이다."라고 판시한 판결이 있었습니다. 이처럼 "음란성의 판단은 사실인정의 문제가 아니라 법해석의 문제"라는 판례의 입장을 우리도 답습한다면, 사실문제를 매개시키지 않은 채 법률판단을 할 수가 있느냐는 의문과 함께 이른바 '규범적 구성요건'이라고 해서 사실인식의 근거 또는 증거를 소홀히 한 채 법관 개인의 규범적 평가만 제시해놓을 경우의 위험성을 이 사건에서 실감하게 됩니다.

4. 맺는 말

이상 살펴 본 바와 같이 원판결은 ① 형법 제243조 및 제244조와 그에 관한 해석의 위헌성을 그냥 보아 넘겼고, ② 표현의 자유를 포함한 국민 기본권 제한과 죄형법정주의 및 음란문서 제조·반포죄의 법리를 오해 하였으며, ③ 채증법칙을 위배하였을 뿐만 아니라 ④ 심리미진의 위법까 지 범하여 판결에 영향을 미쳤습니다.

생각건대 성에 관한 자유로운 논의와 표현이 바람직스러운가에 대한 견해차는 사회 각 분야의 논쟁의 대상이어야지 사법판단의 도마 위에 올 려놓을 일이 아닙니다. 증명불가능한 '사회통념'이나 '성적 수치심'이 판 단의 기준 또는 처벌의 기준이 된다면 권력이 마음먹기에 따라서는 누구 나 '범인'이 될 위험이 있습니다.

실재하는 인간이 행동으로서 성적 문란을 저질러도 (성범죄가 아닌 한) 처벌되지 않는데 하물며 소설 속의 가공인물의 그런 행위(묘사)가 작 가 처벌의 이유가 될 수는 없습니다.

성(性)은 그 본질이나 속성이 (법적 개념 아닌) 통상적 용어로 말해서 음란한 면을 배제하기가 어렵습니다. 그것은 속박과 자유의 갈등을 불러 일으키는 인자(因子)가 되기도 하고 쾌락만큼의 위험과 추악도 걱정할 만 합니다. 그러나 현실적으로 존재하는 그 세계를 그냥 두고 그것을 다룬 픽션을 범죄시 하려고 하는 식의 법적용은 올바르지가 못합니다. 더구나 하나의 픽션 속에서 전개되는 성의 세계를 피해망상적인 가상(假想) 아래 규탄하고 저주하다 보면 자칫 표현의 자유가 짓밟히거나 무의미해질 위 험이 있습니다. 기본권의 헌법상 보장은 소수 의견 내지 이단(異端) 그리 고 지배세력이 꺼려하는 사상까지도 아울러 포용하고 존중하는 것입니 다. 법의 질서유지기능이 너무 지나치게 강조된 나머지 우리 시대의 문 화와 자유와 진실을 국가권력의 자의로부터 지켜야 할 헌법의 보장적 기능이 경시되어서는 안 될 것입니다.

아무쪼록 대법원에서만은 지금까지 반복된 하급심의 과오를 제대로 밝혀주시고 다시 올바른 판결을 내려주실 것을 확신합니다.

1994. 10. 1.

위 피고인의 변호인

변호사 한 승 헌

대법원 귀중

마광수

앞서 담당변호인이 제출한 상고 이유서에 첨가하여, 『즐거운 사라』의 저자 입장에서 다음과 같이 상고의 이유를 말씀드리고자 합니다.

1. 이 사건이 일어난 지 벌써 2년이 지나 상고에까지 이르게 되매, 사건 당사자로서 제가 느끼는 착잡한 심정과 감회는 무어라 표현할 길이 없습니다. 한권의 책을 집필한다는 것은 어쨌든 참으로 힘든 일이요 저자로서는 최선을 다하는 것입니다. 그래도 그것이 발표된 후에는 일괄적인 칭찬을 받기 어렵고, 독자들과 비평가들의 날카롭고 잔인하기까지 한 비평적 눈길이 기다리고 있습니다. 그런데도 한 작가가 작품을 집필하게 되는 것은, 그것이 돈을 벌기 위한 수단으로 씌어지는 것이 아니라 역시 스스로의 예술적 표현욕구와 의도에 기인하기 때문입니다.

그런데 이 건 소설의 경우에는 못썼다고 비판 내지 매도되는 차원을 뛰어넘어, 작품의 집필행위가 일종의 범죄로까지 간주되고 단죄 받는 상황에 이르게 되었습니다. 그러니 저자인 저의 입장에서는 참으로 가슴 아프고 우울한 일이 아닐 수 없는 것입니다.

이 사건이 일어나고부터 지금까지 제가 줄곧 의아하게 생각하고 있는 것은, "문학작품의 창작행위가 어떻게 재판 또는 단죄의 대상이 될 수 있는가" 하는 점입니다. 저는 문학작품의 창작행위는 토론의 개방성과 절차의 민주성이 보장되는 상황에서 공개적인 논의의 대상이 되어야지 재판의 대상이 되어서는 안 된다고 믿고 있습니다. 게다가 요즘같이 성에 대한 담론(談論)과 표현이 매우 개방적인 상황에서, 설사 그것이 일부 독자들에게 음란한 표현으로 읽혀졌다 해도, 문학작품의 유통제한을 넘어 창작행위까지 범죄행위로 다룬다는 것을 상식적으로 납득하기 어려운 일입니다. 그런데도 제 소설 『즐거운 사라』의 경우 우리나라는 물론 세계적으로도 유례가 없는 작가의 인신구속까지 이루어졌다는 것은, 설령 그 의도가 선의의 목적을 겨냥한 것이었다고 해도 표현의 자유의 신장에 의한 문화적 민주화를 지향하는 우리 사회에서는 납득하기 어려운 처사였다고 생각됩니다.

2. 상식적 통념의 범주에서 볼 때 어떤 '죄'라는 것은 범죄행위에 따른 피해자가 있어야 하고 범죄자의 '가벌성에 대한 예견'이 있어야 한다고 사료됩니다. 그런데 제 소설의 경우 특정한 구체적 피해자가 있을 수 없고, 다만 "청소년에게 나쁜 영향을 줄 우려가 있다." 정도가 기소 당시 검찰측에 의해 자주 거론되었습니다. 그러나 이 점은 항소심 재판부에 제출된 민용태·하일지·안경환·신승철 감정인의 감정서에서도 부정되고 있을 뿐 아니라, 이태동 감정인의 경우에도 "그럴 위험이 없다고 말할 수는 없습니다."라고 하여 지극히 소극적인 긍정을 내리고 있습니다. 그뿐 아니라 1심 판결문에서도, "성적 수치감정이 지나치게 민감 또는 둔감한 자나 미성년자가 아닌 그 시대의 통상적 성인을 기준으로 하여" 음란성 여부를 판단해야 한다고 전제하고 있으므로 더욱 의미가 없어졌습

니다. 그렇다면 결국 통상적인 성인들에게도 피해가 갈 우려가 있기 때문에 원심에서 유죄판결을 했다고 볼 수 있는데, 이 점은 감정인 5인이 다 확고하게 부정하고 있는 상황이므로 그 가능성이 극히 희박하다고 볼 수 있을 것입니다. 그래서 저의 소박한 법적 상식으로는 법이란 구체적인 범죄행위를 입증할 수 있는 사안에 관해서만 처벌하는 것이 상식이라고 사료되기에, 상상과 허구(虛構)에 바탕을 두는 소설의 창작자를 단죄할 수 있다는 발상이 매우 기이한 논리로 생각되는 것입니다.

또한 창작자의 허구적 창작행위의 산물인 작중인물의 행동을 가지고 그것을 범죄로 몰아갈 수 있다는 발상 역시 이해하기 어려운 부분입니다. 민용태 감정인이 법정증인으로 출석하여, "작중 인물의 행위를 단죄한다면 우리는 꿈조차 마음대로 꿀 수 없다."는 요지의 발언을 한 것은 바로 이 점을 간요하게 지적한 것이었습니다.

3. 그런 맥락에서 살펴볼 때 제가 원심에서 단죄 받은 형법상의 죄목은 "음란문서 제조"인 바, 과연 문학적 창작물을 '문서'라고 볼 수 있는가 하는 소박한 의문이 제기됩니다. 일반적 개념으로서의 문서란 허구적 예술작품이 아니라 어떤 확실한 사항에 대한 기록물을 의미하기 때문입니다. 또한 문학작품의 창작행위를 '제조'라고 할 수 있는가 하는 의문 역시 제기되는데, 통념상 '제조'란 어떤 물건을 단순 작업에 의하여 만들어내는 것에 해당되는 것이지 '창작'에는 해당되기 어려운 단어라고 생각되기 때문입니다.

제가 알기에 일반적으로 알려져 있는 '음란문서'의 개념은, 허가 받지 않은 불법적 제조행위에 의해 음화 등을 만들어 낸 결과물을 의미하는 것이고, 그것은 단순 인쇄 작업의 결과물일 뿐만 아니라, 음성적 유통경로를 예상하고 제조해 낸 것이기 때문에 제조자가 적발 시 처벌된다는 것을 예상하고 만들어내는 제조물입니다. 물론 이른바 '포르노'라고 해도 그것이 갖는 카타르시스적 기능이 있기 때문에, 성인들에게만 유통시킨다는 전제하에 허가 받은 생산자가 제조한다면 별 문제가 안 된다는 것이 제 생각이고 또 선진국의 관행이며, 우리나라의 경우에도 합법적 제조가 포르노에 가까운 비디오 영화나 누드 사진집 등의 경우에 이루어지고 있는 게 사실입니다(최근에는 아예 '포르노그래피'를 표방하고 나온 영화 〈너에게 나를 보낸다〉가 개봉되고 있습니다). 다만 그것이 불법적 음성제조의 성격을 띨 때 '음란문서' 등이 될 수 있고 또 지금껏 지속적인 적발이 이루어져 왔으며, 제조행위자 역시 처벌을 시인한다는 것을 말씀드린 것입니다.

4. 이러한 취지에 비추어 볼 때, 이 사건 발생 이후 자주 거론된 일본이나 구미의 이른바 '외설재판'의 예를 상고해 볼 필요가 있다고 생각됩니다.

19세기 중엽부터 1950년대에 이르기까지 흔히 예시되는 '외설재판'이 드문드문 있었는데, 프랑스의 『보바리 부인』 재판이나 영국의 『채털리 부인의 사랑』 재판, 그리고 미국의 『북회귀선』 재판이나 『율리시즈』 재판, 일본의 『채털리 부인의 사랑』 재판 등이 그것입니다. 그런데 작가를 구속한 적은 한 번도 없었고, 모두 다 유통제한을 목적으로 하는 재판이었던 것으로 알고 있습니다. 19세기 말 프랑스에서 생긴 보들레르의 『악의 꽃』 재판은 특정한 시구(詩句)들을 몇 줄 삭제하라는 판결이 내려진 것으로서 꽤 특이한 재판으로 기록되고 있습니다. 게다가 20세기 후반 이후에는 이런 재판이 극히 드물뿐더러 대개 유통문제에만 관심을 기울이고 있는 형편입니다.

그러므로 우리나라가 이미 선진국 문턱을 넘어선 상태에 있다고 볼 때, 50년대의 일본 재판 예 등을 들어 "선진국에서도 음란소설의 작가를 법으로 다스리고 있다."고 말하는 것은 어폐가 있다고 사료됩니다. 선진국에서는 창작행위를 범죄로 다스리지 않고 유통을 엄격히 제한하는 쪽으로 가고 있는 현실이며, 또 소설보다 한층 더 영향력이 강한 영화나 비디오, 사진 등에 치중하고 있는 것이 사실이기 때문입니다.

(외국 말씀을 드리다 보니 한 말씀 덧붙이고 싶은 것이 있습니다. 제 소설『즐거운 사라』가 94년 1월 일본에서 번역 출간되었는데, 별문제 없이 판매되고 있다는 것입니다. 일본의 반응은 이 소설을 성애소설로 보기보다는 여주인공 '사라'의 반유교적 사고방식과 자유분방한 의식을 그린 일종의 성장소설로 보고 있습니다. 제가 생각건대 우리나라의 독자 수준이 일본의 독자 수준보다 낮다고 볼 수 없고, 성에 대한 표현 내지 담론의 분위기 역시 일본보다 엄청나게 폐쇄적이라고는 보지 않기 때문에,『즐거운 사라』사건이 더욱 기이하게 여겨지게 됩니다.)

5. 다른 예술장르와 비교해 봐도 문학작품의 창작자를 범죄자로 단죄한다는 것은 형평성에 맞지 않습니다. 특히 영화의 경우가 그러한데, 영상매체가 문자매체보다 훨씬 더 직접적인 영향을 미치고 있다는 사실을 감안해 볼 때, 문학 작품의 창작행위를 범죄행위로 단죄하는 것은 지나치다 아니할 수 없습니다. 제가 '항소 이유 보충서'에서 "차라리 사전검열 제도라면 저는 구속까지 안 갔을 것입니다."라고 썼던 것은 그런 맥락에서였습니다.

아시다시피 영화는 사전 검열(심의)에 의해 특정부분을 삭제시킨다거나 아주 드물게는 영화 전편을 상영 금지시키는 방식으로 제재를 가합니다. 그렇기 때문에 영화의 창작자는 설사 부분삭제가 될 가능성은 있다 해도 영화 창작행위 자체가 범죄로 몰리는 일은 없습니다. 또 재심청구 제도가 있을 뿐더러, 만약 심의에 불복하여 행정소송을 제기하여 패소한다

해도 창작자가 처벌을 받지는 않는 것입니다.

그런데 문학의 경우엔 사전 심의제도가 없어 표면상으로는 영화에 비해 훨씬 더 표현의 자유를 보장해주는 것으로 되어 있습니다. 하지만 만약 이 건 소설의 경우처럼 사후에 특정부분이 음란으로 몰릴 경우 책 전체가 통째로 판금됨은 물론 창작자까지 법적 심판의 대상이 되게 되니 이는 참으로 아이러니라 하겠습니다.

물론 소설도 행정명령에 의해 제재 받을 경우 출판사가 행정소송을 제기하면 되고, 설사 패소해도 형사범으로 몰리지 않기는 마찬가지입니다만, '사라' 사건의 경우는 이례적으로 검찰 측의 급격한 개입에 의해 강력한 단죄행위가 이루어졌던 것입니다(제가 구속될 때까지 이 소설은 '제재 건의' 상태에 있었고, 문화체육부는 판금결정을 내리지 못하고 있었습니다). 제가 구속된 직후 어느 문학인이 이 사건을 언급하는 TV프로에 나와 "권투 시합을 하는데 한 사람은 묶어 놓고 한쪽에서만 때리는 경기를 보는 것 같다."고 발언한 것은 이런 맥락에서였다고 생각됩니다. 사건 발생 직후의 분위기는 문학적 논쟁의 단계를 뛰어넘어 중세기적 종교재판을 방불케 하는 것이었기 때문입니다.

6. 또한 다른 문학작품과의 형평성을 따져보지 않을 수 없는 바, 이 사건이 일어났을 때도 일반인들이 상식적으로 보였던 가장 큰 반응은 "왜 갑자기 작가가 전격 구속되었으며 또 왜 하필이면 이 소설만 걸렸을까?"였다고 보도되었습니다. 제가 여기서 다른 문학작품과의 형평성을 언급하는 것은, 제가 쓴 작품의 음란성을 시인하고 "왜 다른 음란소설을 쓴 작가는 안 잡아가냐?"는 식의 발상에서 나온 것은 아닙니다. '사라' 사건이 그만큼 이례적이었고, 또 최근의 성문화 및 성적 표현물의 개방 추세에 비춰볼 때 상식적으로 납득하기 어려운, 뜬금없고 과도한 법집행

이었다는 것을 말씀드리려는 것입니다.

이를테면 이 건 소설에서 음란한 부분으로 지적된 것 가운데 사라가 동성애를 연습해 보는 장면이 있습니다. 동성애는 최근 국내작가들도 소설에서 많이 다루고 있고, 특히 영화의 경우 동성애를 긍정적 시각에서 묘사한 <크라잉게임>이나 <패왕별희> 등이 아무런 문제없이 수입 상영되었습니다.

또 이 건 소설에서 사라가 땅콩을 질 속에 삽입하여 자위행위하는 부분이 있습니다. 그런데 바타이유의 『눈 이야기』라는 소설에는 여주인공이 성직자를 죽여 그 눈알을 빼어 질 속에 삽입한 뒤 자위행위를 하는 장면이 나옵니다. 그런데 이 소설은 아무런 제재없이 판매되고 있습니다.

또 일본작가 무라카미 류의 소설 『한없이 투명에 가까운 블루』 역시 제재 없이 판매되고 있는데, 이 소설에서는 『즐거운 사라』가 단죄 받은 이유 중의 하나인 '1 대 2'의 성희 정도가 아니라 수십 명이 마약을 복용하며 그룹섹스를 벌이는 행태가 세밀하게 묘사되고 있습니다.

국내 작가의 작품에도 동성애 등의 변태성희나 카섹스, 오랄 섹스 등은 자주 등장하는데, 이는 최근의 문학 경향이 포스트모더니즘의 영향에 따라 '인간 욕구의 리얼한 해체' 쪽으로 달려가고 있고, 상기한 섹스 행태가 실제로도 꽤 행해지고 있기 때문입니다.

저는 이 건 소설에서 강제적 추행이나 마약의 사용 등은 묘사한 적이 없고 '합의에 의한 성희'만을 그렸습니다(이 점은 안경환 감정인의 감정서에도 밝혀져 있습니다). 물론 허구적 픽션 속에서는 살인도 나올 수 있고 강제추행도 나올 수 있는 것이 당연한 것입니다만, 어쨌든 범죄적 성행위를 그린 것도 아닌데 그것의 창작행위가 범죄시됐다는 것이 참으로 안타깝게 생각됩니다.

7. 지금껏 저의 심신을 지치게 만들고 있고 명예의 실추는 물론 학교의 직위해제에 의한 소외감의 가중 및 집필의욕의 상실 등, 제가 감당하기 어려운『즐거운 사라』사건을 현 시점에서 회고해 볼 때, 제게 가장 희화적(戱畫的)인 느낌으로 다가왔던 것은 92년 10월 말 제가 구속될 때 "포르노 전용극장을 만들자"는 주제의 칼럼이 모 일간지에, 그것도 당시 공연윤리위원회 위원장의 기고문으로 게재되었던 일입니다. 그리고 94년 7월 항소심 판결이 기각으로 끝난 직후, 지금까지 당국에 의해 음란영화로 인정되어 상영이 금지됐던 영화 <엠마뉴엘>이 개봉되었다는 사실입니다. <엠마뉴엘>은 어쨌든 여성의 동성애와 자위행위 그리고 자유로운 변칙적 성희와 남성편력 등을 예찬하는 내용으로 되어 있습니다.

제가 다소 장황하게 형평성 문제를 말씀 드린 것은, 이른바 외설적 표현에 대한 시각이 사람에 따라 다를 수 있음은 물론 시대상황과 제재당국의 취향변화에 따라 엄청나게 달라질 수 있다는 사실을 말씀드리기 위해서였습니다. 특히 성문학이 문학의 한 분야로 엄연히 자리 잡아 가고 있는 상황에서, 독자들 개개인의 다양한 취향과 시각을 무시한 채 흑백논리에 의한 여론재판을 유도했다는 것 자체가 저로서는 심히 유감스러울 수밖에 없는 것입니다.

또한 최근 우리나라의 문화계가 점차 다원주의적 예술관 또는 문학관을 수용·정착해가는 상황에 비춰볼 때, 다소 이질적인 시도를 해봤다는 이유만으로 특정한 수구적 시각에 의해 한 작가가 집필의욕을 잃고, 또한 대학교수가 오랜 기간 나름대로 뜻이 있어 에로티시즘 문학뿐만 아니라 상징 이론 및 카타르시스 이론 등 여러 문학이론을 다각도로 연구해 온 것 자체가 송두리째 매도·단죄된다면, 이는 학문 및 예술 발전에 커다란 장애요인으로 기능한다 하지 않을 수 없습니다.

8. 원심의 유죄판결 이유를 살펴보건대, 청소년에게 성범죄를 유발시킬 가능성이 있다거나 하는 등의 당초의 구속입건 사유(이 사유는 간행물윤리위원회의 입장표명과 대동소이했습니다.) 대신, "성인 독자에게 혐오감과 불쾌감을 유발케 하여 선량한 도의관념에 반하고, 성행위가 통속적으로 형상화되어 삶에 대한 새로운 비전을 제시한 흔적이 없다."가 유죄의 이유로 제시되고 있습니다.

그래서 이 사건이 결국 작품성과 예술성을 따지는 재판으로 엉뚱하게 비약하고 있음을 알 수 있게 되는 바, 최근의 문학경향이 권선징악적이고 교훈주의적 성향을 벗어나 있는데도 불구하고, 다양한 현대문학의 여러 경향과 새로운 시도들을 무시한 채 단순논리로 『즐거운 사라』의 창작 행위를 단죄하고 있는 것이 저로서는 무척이나 유감스러울 수밖에 없습니다. '불쾌감'을 일부러 유도할 수도 있고 '도의관념'에 반할 수도 있는 것이 바로 허구적 픽션물인 '소설'이기 때문입니다.

원 판결의 이와 같은 유죄판결 이유 제시는, 안경환·이태동 감정인의 감정견해를 전폭 수용하고, 이윤석·김형진·민용태 증인의 법정 진술과 민용태·하일지·신승철 감정인의 감정견해를 별 논리적 근거의 제시 없이 일방적으로 배척한 것으로서, 항소심 재판부가 감정을 의뢰한 의도가 객관적 중립성에서 벗어나 있지 않았나 하는 의구심을 갖게 만듭니다. 또한 민용태·하일지 감정인의 감정서가 "음란성보다 예술성에 치우쳐 있다."는 이유로 무리하게 재감정을 실시한 재판부가, 결국 편협한 기준의 '예술성'을 문제 삼아 유죄판결을 내렸다는 사실에 유감의 염(念)을 품게 만듭니다. 그리고 그 이유가 결국 "불쾌감을 주는 문학작품은 유죄다."로 요약될 수밖에 없다는 사실에 대해 허탈한 비애감을 느끼게 됩니다.

9. 그래서 저는 다음에 이태동·안경환 두 감정인의 감정견해에 내재해 있는 모순과 문제점을 지적함과 동시에, 하일지·민용태·신승철 세 감정인의 감정견해를 보완 설명하여 원판결의 부당성을 설명 드리려고 합니다. 여기에는 민용태·이윤석·김형진 세 증인의 진술내용을 무조건 배척한 것의 부당성에 대한 입장 표명과 보완 설명 역시 내포될 것입니다.

또 여기에는 먼저 성적 흥분을 일으키는 것 자제가 죄가 될 수 없다는 사실이 전제되어야 하는 바, 민용태 증인이 법정 진술을 통해 "설사 음란 소설이라 해도 불감증 걸린 사람에게는 약이 될 수 있다."고 증언한 것을 부디 재음미해 주시기를 부탁드리고 싶습니다.

성문제가 이 건 소설에서 유죄의 이유로 제시된 '오랄 섹스' 같은 것 역시, 각종의 대중적 성 상담 기사에 나오는 의학자들의 견해에 따르자면, 성적 흥분을 유발시켜 행복한 성생활을 이루기 위한 촉매제로서의 긍정적 효용이 강조되고 있는 것입니다. 성치료 경험이 많은 전문의인 신승철 감정인이 감정서에서 "성적 방탕에 대한 환상은 모든 사람들이 갖고 있는 자연스런 환상이며", "엄격한 도덕적 규율은 많은 사람들을 엄청난 정신적 억압에 시달리게 하고, 성기능 장애자를 속출하게 하고, 정신적 질환을 증가시킨다." 요지의 진술을 한 것은, '성적 흥분'이 부도덕한 것이 아니라 오히려 건강성의 척도가 된다는 것을 잘 설명해 주고 있다 할 것입니다.

10. 이태동 감정인의 감정견해는 간행물윤리위원으로서의 입장을 밝힌 것이므로 객관적 감정이라고 보기 어렵습니다. 그러나 그런 점을 논외로 접어둔다 하더라도 그의 감정견해는 매우 편벽된 문학관에 기초하고 있어 객관성을 결하고 있다고 봅니다.

우선 이태동 감정인은 자신의 문학적 입장이 매튜 아널드의 문학관에 기초하고 있다고 전제하고 나서 감정을 시작하고 있습니다. 그런데 매튜 아널드(Matthew Arnold, 1822~1888)는 문학사에 있어 여러 갈래로 나타난 문학관 중 하나의 지류를 형성하고는 있어도, 그의 문학관이 그의 사후(死後) 100년이 넘게 지난 지금에 있어서도 하나의 정론(定論)으로 적용되기는 힘든 문학관이라는 사실을 감안하지 않으면 안 될 것입니다(이에 비해 민용태·하일지 감정인의 감정견해는 노스럽 프라이(Northrop Frye)의 이론과 토도로프(Todorov)의 이론 등 현대의 문학이론을 주로 적용하고 있어, 다양하게 변모해가는 현대문학의 모습을 보다 객관적으로 조감하고 있다고 볼 수 있습니다.).

매튜 아널드는 문학을 종교·철학의 위치 이상의 것으로 보아 문학이 도덕규범에 일치할 것을 요구했고, 도덕적 우수성을 갖는 문학만이 진짜 문학이라고 주장했습니다. 이는 당시 영국 빅토리아 시대의 도덕관을 그대로 문학에 투영시킨 이론으로서, 현대의 탄력성 있는 문학관에 비해 볼 때 엄청나게 엄격주의적이고 구태의연한 것이라 아니할 수 없습니다. 아놀드 시대의 윤리관은 지나치게 편협한 것이었다는 것이 지금 역사의 정설로 되어 있기 때문입니다.

당시의 문학작품에 묘사되는 연애는 육체를 가지지 않은 남녀의 그것이라야만 했고, 심지어 소설 속에서 'trousers(바지)'라는 말조차 쓰면 안 되게 되어 있어 그 단어를 부득이 써야 할 경우에는 'unmentionables'라고 표현해야 했을 정도였던 것입니다. 소설 속에서 '댄스'를 묘사해도 양속(良俗)에 걸리는 것이었고, 러브신에 있어서도 육체에 손을 댄다는 것은 용서할 수 없는 일이었습니다. 그래서 1891년에 발표된 토마스 하디의 명작『테스』조차 부도덕한 소설로 비난받아 일부 지방 특히 하디의 고향에서는 판매금지 처분까지 당해야 했던 것입니다.

11. 문학의 효용은 '쾌락'과 '교훈' 두 설(說)이 있습니다. 그런데 이 중 어느 것이 더 중요한 효용이라고 볼 수 없다는 것이 현금의 문학관입니다. 그러므로 교훈설에 집착한 매튜 아널드의 이론을 전적으로 신봉하는 이태동 감정인의 입장은 편벽된 것이라고 볼 수밖에 없습니다.

저 역시 이태동 감정인처럼 문학을 연구하고 가르치는 대학교수의 입장에서, 나름대로의 소신과 학문적 천착에 바탕하여 쾌락적 문학효용론을 지지하고 있는데(현대로 올수록 교훈설이 점차 약세로 몰리고 있다는 사실을 감안해 주시기 바랍니다. 고교 교과서에서도 근대 이전의 소설이 갖는 결점을 '권선징악'이라고 못박고 있습니다.), 이태동 감정인이 '문학비평'이 아닌 '감정서'에서 자신의 문학관에 반한다고 하여 제 소설을 감정적으로 단죄하기까지 한다는 것은 심히 유감스러운 일이 아닐 수 없습니다.

이 점에 비추어 볼 때 민용태 감정인이 법정증언을 통해 "교조적 윤리관은 독자를 무시하는 행위입니다."라고 발언한 것은 상당한 타당성을 갖는 문학관이고 또 지금 보편적으로 받아들여지고 있는 문학관인 것이 사실이므로, 이 점을 부디 감안해 주실 것을 부탁드리고자 합니다.

12. 이태동 감정인은 작가 이문열 씨의 기고문을 인용하여 이 건 소설을 단죄하고 있습니다. 그런데 이문열 씨가 이태동 감정인이 인용한 부분 다음 대목에 가서 "…그런데 그로부터 사흘도 안 돼 두 번째의 구역질과 욕지기가 첫 번째의 그것들을 잊게 했다."로 시작되는, 문학에 대한 검찰의 개입과 저자의 구속을 비난하는 내용의 글을 첨가한 사실은 슬쩍 빼놓고 있습니다. 그래서 감정서를 읽는 사람에게 오해를 불러일으키도록 만들고 있는 것입니다. 이문열 씨의 기고문은 이를테면 양비론에 속하는 것인데, 이 건 소설에 대한 '느낌'을 기술한 것으로서 법의 단죄를 찬성하는 글은 아니었습니다.

물론 제가 구속된 직후에 양비론적 내용의 글을 기고하여 얼핏 보면 구속을 찬성하는 것처럼 보이게 한 것은 심히 유감입니다만, 어쨌든 스스로의 문학관에 따라 타인의 소설을 비판하는 것은 자유이므로 비판 자체를 탓할 수는 없습니다. 그러나 이태동 감정인은 특정부분만 감정서에 인용하여 혼동을 주고 있으므로, 그리 떳떳한 인용은 되지 못한다고 생각하게 되는 것입니다.

하여, 제가 구속된 직후에 작가 장정일 씨가 『한국일보』에 기고한 글을 다음에 한 부분 인용해 보려 합니다. 문학작품 하나를 놓고 보는 시각이 상반될 수도 있다는 것을 새삼 밝히고 싶어서입니다.

> 『즐거운 사라』의 여주인공은 사회통념상 금지된 사제 간의 애정행각을 통해 권위주의를 공격하고, 남성중심의 성문화에 대한 하나의 대안으로 레즈비언을 실험하기도 한다. …마땅히 제자리에 있어야 할 위계질서와 이성간에만 허용된 성관계. 그리고 남녀간의 1대 1 소유에 의한 규범적 관계를 '즐거운 혼란'에 빠뜨리는 그의 작품이 추구하는 바는, 속으로는 병들고 겉으로는 멀쩡히 위장된 위선적 사회에 대한 가식 없는 직시와 새로운 성윤리의 요청이다. 또 그 '즐거운 혼란'은 답답한 일상을 초월한 어느 높이에서 한없이 낙관적이고 생의 긍정적 유토피아를 열어 보인다. 이 점, 경건과 금욕으로 강제된 한국문학사에서 희귀하고 소중한 예에 속한다.
>
> ― 장정일, 「마 교수 구속은 전체주의적 발상」, 『한국일보』, 1992.11.1.

작가 장정일 씨의 이러한 언급은 이윤석·김형진 증인의 증언이나 민용태·하일지·신승철 감정인의 감정견해와 일맥상통하는 것으로서, 이태동 감정인의 감정적 격분에 넘친 감정견해보다 한결 최근의 문학 동향에 근접해 있는 객관적 견해라 하겠습니다. 이러한 장정일 씨의 견해는 이윤석 증인의 "이중적 사이비 도덕군자의 본질을 폭로하여 현실을 있는 그대로 보여주려고 한 것이 이 소설의 주제다."라는 요지의 증언과 일맥 상통하는 것입니다.

13. 또한 이태동 감정인은 이 건 소설의 결말처리를 놓고서, "…종말에 가서도 사라가 아무런 깨달음 없이 또 '그 짓'을 하기 위해 새로운 성적 대상을 찾아 밖으로 나가는 것은 성적인 유희 이외에는 그녀에게 아무런 목적이 없는 것을 분명히 나타내 주고 있습니다."라고 진술하고 있는 바, 이는 제가 의도한 '작가의 무리한 개입에 의한 도덕적 설교의 배제'를 단순논리로 유치하게 재단하고 있다 하지 않을 수 없습니다. 소설을 읽고 판단하는 것은 독자의 몫이므로, 작가가 일일이 개입하여 미주알고주알 참견하거나 훈계를 가하는 것은 현대소설 이론에서 지극히 금기시하고 있는 사항입니다. 그런데도 이태동 감정인은 소설을 권선징악적 교과서로 착각하여 지나치게 구태의연한 문학관을 노정시키고 있는 것입니다.

이에 비해 볼 때 민용태 감정인이 법정증언을 통해 "이 소설 마지막 부분에서는 사라가 그 어느 남자의 이름도 기억하지 못하는 소위 불교의 불립문자(不立文字)적 의미로 끝나, 그래서 인간의 생명적 즐거움의 위상 자체를 구현하려고 하는 노력이 보입니다." 요지의 해석을 한 것은 전혀 다른 평가라고 볼 수 있는데, 이는 평자에 따라 문학작품을 보는 시각이 얼마든지 달라질 수 있다는 사실을 잘 보여주고 있다 할 것입니다. 따라서 적어도 이 건 소설이 이태동 감정인의 시각에 따라서만 획일적으로 재단될 수 있는 것은 아니라는 사실이 확연히 드러난다 하겠습니다.

14. 이태동 감정인은 더욱 감정적으로 고양되어 이 건 소설이 '주제'가 없다고 진술하면서, "작가가 이 작품의 주제를 성의 해방과 인간의 자

아타색이라고 말한 것은 '불량상품'을 과대포장하기 위한 '어거지와 궤변'에 지나지 않습니다."라고 쓰고 있습니다. 아마도 이태동 감정인은 소설의 주제가 반드시 '교훈적 메시지'라야만 한다는 낡은 문학관에 집착하고 있는 것 같은 인상을 줍니다만, 어쨌거나 주제가 없는 소설이란 있을 수 없는 것입니다. 민용태·하일지·신승철·안경환 감정인은 다 이 소설의 주제를 나름대로 제시하고 있는데 이태동 감정인만 주제가 없다고 한 것도 이상하지만, 설사 그의 말을 인정한다 하더라도 소설이 '불량상품'이면 죄를 받아야 한다는 식의 발언은 정말 이해하기 어렵습니다. 불량품이란 말하자면 형편없이 못쓴 소설이라는 얘기가 되겠는데, 못쓴 소설이라 해서 벌을 받는다면 소설을 쓸 작가가 이 세상 어디 있겠습니까. 비평은 언제나 창작에 대해 질추를 느껴 과정적으로 오만해지게 마련입니다만, 그것이 오만을 지나쳐 사법적 재판관의 역할까지 하려 한다면 월권 내지 착각이 아닐 수 없는 것입니다.

15. 또한 이태동 감정인은 이 건 소설 중 성에 관한 묘사와 서술이 노골적이고 상세하다고 감정하면서, "섬짓하리만치 추하고 노골적으로 상세하게 그리고 있다."고 진술하고 있습니다. 그리고 원심 판결 역시 이를 거의 그대로 수용하고 있는 바, "페니스, 고환, 클리토리스, 젖꼭지, 배꼽, 항문, 모가지, 혓바닥, 손가락, 발가락 등의 개별적 신체부위에 대한 성적인 애무와 접촉과정이 구체적으로 묘사, 서술되고 있다."고 하였는데, 페니스나 고환 등 성기의 묘사에는 혹 결벽증적 선입감을 가진 사람일 경우 거부감을 일으킬 수 있다 쳐도, 급변하는 이 시대 문학의 흐름을 객관적으로 조감하여 판단해야 할 재판부가 '모가지, 혓바닥, 손가락, 발가락' 정도의 애무묘사에까지 그토록 분개한다는 것은 좀처럼 납득이 가지 않습니다. 그런 결벽증적 관점에서 본다면 요즘 나오는 영화나, 소설,

비디오들은 모두 다 처벌받아 마땅한 것이 될 것입니다.

이태동 감정인의 견해는 안경환 감정인의 견해와도 거의 일치하는 것인데, '섬짓하리만치 추하고 노골적으로' 그린다는 것 자체가 현대소설에서 작가의 '의도'로 자주 시도된다는 사실을 간과하고 있는 견해입니다. 만약 살인사건을 다룬 소설에서 살인 장면을 '섬짓하리만치 추하고 노골적으로' 묘사했다고 할 때, 이태동 감정인이 그 소설 역시 단죄해야 마땅하다고 감정할 것인지 의문이 갑니다.

이것은 민용태·하일지 감정인의 감정서에서도 구체적으로 설명되고 있는 사항입니다. 다만, 영화가 출현하여 시각적으로 상세하고 노골적인 묘사가 가능해진 이후로 현대소설은 더욱더 묘사의 리얼리티에 치중하게 되었고, 아름다운 것뿐만 아니라 추한 것, 그리고 특히 근대소설까지 묘사의 금역(禁域)이었던 성행위 묘사까지도 상세한 묘사의 영역 안에 포함시키게 되었습니다. 그런데 민용태·하일지·신승철 감정인이 이 건 소설의 성묘사가 특별한 것이 못되고 관념적·고전적이라고 감정한 것은, 제가 생각하기에도 『즐거운 사라』의 성묘사가 회화적이고 영상적인 리얼리티를 갖도록 의도된 것은 아니기 때문에, 예리한 관찰에 의한 타당성 있는 감정이라는 생각이 듭니다.

그래서 이태동·안경환 감정인의 감정견해는 '성에 대한 묘사'에 지나치게 결벽증적으로 민감한 것에 기인한 것이 아닌가 하는 추측을 해보게 되는 것입니다. 아니면 '성은 아름다운 것이다.'라는 지극히 추상적이고 반(反) 리얼리즘적인 문학적 경건주의에 바탕을 둔 발상이 아닌가 하는 생각도 해보게 되는 바, 제가 구속된 직후 금세 판금되었지만 그 사이 이 건 소설을 읽은 독자나 일본어판을 읽은 재일동포 독자들 가운데 "성묘사가 생각보다 싱겁다."는 독후감을 전해온 독자들이 많았기 때문입니다. 한 독자가 보내온 편지의 일절은 다음과 같은 내용으로 되어 있습니다.

성에 대해서 아주 솔직하게 표현하고 있었습니다. 일본은 성에 대해서 개방적이지만 변태자들이 즐겨보는 것이 많습니다. 선생님의 『즐거운 사라』는 오히려 야한 느낌이 없고 그 사라의 허전함이나 자기를 객관적으로 보고 있는 것에 공감을 느꼈습니다. 사라는 이상적인 왕자가 자기에게 와서 결혼을 신청할 때까지 아무에게도 마음을 주지 않습니다. 그래도 그저 그 왕자를 기다리기만 하지 않고 자기의 쾌락에 충실해 '사랑'을 구하는 모험자입니다. 사라는 육체에는 정조대가 없는데도 마음에는 정조대가 있는 것처럼 보입니다. 사랑에 대한 사라의 Ambivalent(이중적)한 태도를 저는 이해했습니다.

그리고 문학평론가 임헌영 씨 역시 이 사건 발생 직후 일간신문에 기고한 글에서 다음과 같이 기술한 바 있습니다.

이미 우리 사회에 『즐거운 사라』 정도로 놀랄 독자는 없다고 할 수 있는데, 이유인즉 여대생이 교수와 관계를 가질 정도가 아니라 여교수가 남자 제자와 사랑하는 소설도 있고, 각종 변태는 흔하며, 동성애도 다뤄지고 있고, 번역판으로는 인간이 상상할 수 있는 모든 성행위가 존재하고 있기 때문이다.
— 임헌영, 「마광수 소설시비 이렇게 본다」, 『한겨레신문』, 1992.11.3.

그러므로 이태동·안경환 감정인의 견해는 역시 '개인의 주관적 인상'의 범주에 머물 수밖에 없습니다. 따라서 두 감정인의 감정과는 전혀 상반된, 어떤 의미에서는 보다 객관적으로 최근의 문학 동향을 감안하여 감정한 것으로 보이는 민용태·하일지·신승철 감정인의 감정견해가 원심판결에 공정하게 반영되어야 했던 바, 이 점 부디 참작해 주시기를 부탁드리고 싶습니다.

16. 이태동 감정인의 감정견해 가운데 가장 놀라운 부분은, 소설의 허구적 줄거리 또는 소설에 나오는 작중인물의 행동을 현실적 행동으로 착각하여 저자까지 비난하고 있다는 사실입니다. 이는 안경환 감정인 역시 비슷한데, 이태동 감정인이 사라의 행동을 "성적인 유희 이외에는 아무런 목적이 없다.", "음란한 여주인공이 고독을 핑계삼아 단순히 보다 자극적인 성행위를 성취하기 위해 이 남자 저 남자를 옮겨가는 것이 구성으로 되어 있다."고 감정한 것은 문제가 아닐 수 없습니다. 선입관에 치우쳐 작자의 의도를 잘못 읽은 소치라고 볼 수도 있겠습니다만(저는 사라가 무조건 성적 유희에만 몰두하는 것으로 그리지 않았고, 성에 대한 호기심에 이끌려 헷갈리며 고민하며 그녀 나름대로 이 사회가 갖는 위선을 비판적 시선으로 바라보는 모습을 그렸습니다. 이는 신승철 감정인의 감정서에서도 상세히 지적되고 있는 사항입니다.), 설사 사라가 그런 행동을 했다고 간주한다 해도 그것은 단지 허구 속의 인물인 사라를 비난하는 것으로 그쳐야 하는 것이 소설읽기의 상식이기 때문입니다. 그런데도 그러한 상식을 벗어나 작자를 나무라고 있기 때문에 문제가 될 수밖에 없는 것입니다.

현대소설은 꼭 '정신적 깨달음'(더 쉽게 말하면 반성과 참회)을 유도하기 위하여 작중인물을 교훈적 메시지의 꼭두각시로 만들지는 않습니다. 그래야만 근대 이전의 소설과는 다른 현대소설의 리얼리티가 존재하게 되는 것이고, 독자들 역시 '주인공의 성적 방황→파멸 아니면 회개'식의 도식을 역겨워하고 있기 때문입니다.

이태동 감정인이 감정적으로 흥분하고 있는 것의 이면에는 이러한 도식의 파괴에 대한 거부감과 함께 '여성의 성적 자유'에 대한 남성위주의 보수적 거부감 역시 잠재해 있다고 추측되는바, 이는 소설은 도덕적 교과서라야 한다는 진부한 문학관과 함께 현대의 여성소설이 갖는 자유주의적 경향에 대한 감정적 거부감의 소치라 하지 않을 수 없습니다.

이제 여주인공의 '성적 자유'를 곧바로 '윤리적 타락'과 결부시켜 작가의 도덕관을 의심하는 독자는 없습니다. 허구는 허구로 끝나는 것이어야 하지, 이태동 감정인의 견해처럼 반드시 '건강한 인간적 차원'으로 마무리되어야 하는 것은 아니라는 것을 잘 알고 있기 때문입니다. 또 설사 이태동 감정인의 견해처럼 '사라'가 허구적 인물이 아니라 현실적 실제 인물로서 '성적 유희'만을 목적으로 한다고 해도, 그녀가 성범죄를 저지르지 않은 이상에는 그것 자체가 비난 내지 단죄 받을 이유는 없습니다.

성적 유희를 추구하는 인간 역시 이 시대 수많은 인간 군(群) 가운데 하나이고, 성에 대한 자유로운 추구가 하나의 당당한 주장으로 인정돼 가고 있는 것이 현금의 추세이기 때문입니다. 제가 '사라'라는 허구적 인물을 주인공으로 내세운 까닭 역시 그러한 현실의 반영을 통해 한국의 현대소설이 갖고 있는 도식적 교훈주의의 구도를 깨고 싶었기 때문이었고, 저는 이미 그러한 의도를 이 건 소설 '작자후기'에서 밝혀 놓은 바 있습니다.

그러므로 이태동 감정인이 "『즐거운 사라』의 '성'은 지극히 황폐화되고 퇴폐적이며 학대받는 모습으로 그려져 있다."고 진술하면서 작자의 단죄를 주장하고 있다는 것은, "작자가 현실을 리얼하게 그리면 단죄 받아야 한다."는 의미가 되기 때문에 그의 비평가로서의 자질까지 의심하게 만드는 감정견해가 아닐 수 없습니다. 더더구나 이태동 감정인은 감정서 초두에 "사물을 있는 그대로 보지 않고 왜곡시키는 것은 죄악"이라고 말하고 있는데, 그렇다면 이는 앞뒤가 안 맞는 진술일 뿐 아니라 그 자신이 죄를 짓고 있다는 것을 암시한 진술일 수도 있기 때문입니다.

현금의 성이 부분적으로 '황폐화되고 퇴폐적으로 학대받고' 있다는 것은 우리가 익히 잘 알고 있는 사실입니다. 저 또한 그러한 현실의 조장이 아니라 인식과 개선을 위해서 지금까지 성에 관련된 글을 써온 것이고, 제가 이 건 소설 작자후기에서 "쓰레기통의 뚜껑을 벗겨봐야 한다."고 기술한 것 역시 그러한 취지에서였습니다.

이태동 감정인은 사라의 자위행위 장면을 "슬픔을 느낄 정도로 노골적이다."라고 진술했는데, 만약 그가 슬픔을 느꼈다면 이는 민용태·하일지 감정인이 그 장면에 대한 감정견해를 "인간 존재에 대한 비극적 인식"이라고 진술한 것과 일맥상통하는 것이 되고, 따라서 작자가 그 장면을 묘사한 목적이 단순히 선정적 의도에 있지 않았다는 것을 은연중 인정한 것이 됩니다.

그리고 그가 작중인물의 행동에 대해 그렇듯 감정적으로 흥분하여 분노하고 있다는 것 자체 역시 작자의 의도가 성공한 것을 의미하고 있기도 합니다. 독자들 역시 이태동 감정인처럼 사라의 행동에 슬픔을 느낄 정도로 분노하여 이 시대의 성문제에 대해 심각하게 사고하게 될 것이기 때문입니다. 그렇다면 이 소설이 성적 타락을 조장할 수도 있다는 이태동 감정인의 견해는 무의미한 것이 될 수밖에 없고, 이는 제가 이 소설을 "성 해방이 아니라 성에 대한 논의의 해방을 목적으로 썼다."고 작자후기에서 기술한 것과도 연결되어, 이태동 감정인이 작중인물의 행동을 비난하고 있는 것이 비문학적이고 비논리적인 것이라는 사실을 뒷받침해준다 하겠습니다.

17. 이태동 감정인은 또한 D. H. 로렌스의 예를 들면서, 그의 소설이 "성이라는 폭탄을 상징으로 사용한 것은 기계문명에 억압받고 있는 근원적 생명력을 구원하기 위해서였고, 그러한 상징성은 쉽게 이해되지 않았다."고 진술하면서, "이 건 소설에서는 성을 생명력의 상징으로 묘사하고 있지 않고 퇴폐적으로 학대하고 있다."고 감정견해를 밝히고 있습니다.

이러한 견해는 이 건 소설을 비난한 다른 사람의 글, 즉 이태동 감정인과 같은 간행물윤리위원으로 있는 서울대 손봉호 교수가 제가 구속된 직후 『동아일보』에 기고한 글과도 비슷한 것이고, 안경환 감정인이 감정서 말미에 기술한 내용과도 근사한 것이어서 세심하게 짚고 넘어갈 필요가 있습니다. 당시 손봉호 교수는 "만약 『즐거운 사라』가 로렌스의 『채털리 부인의 사랑』에 버금가는 명작이라면 같이 성을 리얼하게 묘사했다 하더라도 그에 대한 처벌은 정당화될 수 없을 것이다."라는 요지의 말을 했습니다.

　이러한 견해는 우선 로렌스의 작품 역시 처음에는 외설시비에 휘말렸다는 사실을 간과한 것이라는 점에서, 즉 로렌스의 작품과 이 건 소설과의 '시간상의 거리'를 인식하지 못했다는 점에서 문제점을 내포하고 있습니다.

　어떤 작품이 탄생했을 때부터 '명작'이 되는 수는 없습니다. 로렌스의 작품이 한참 후에 명작이 될 수 있었듯이 『즐거운 사라』 역시 훗날 명작 또는 문제작이 될 수 있는 것이고, 또 그렇게 되지 않는다고 해도 이는 작가의 '죄'는 아닙니다. 우리가 로렌스의 경우를 보고 배울 수 있는 것은 과거의 잘못을 현 시점에서 되풀이하지 않아야 한다는 것이고, '성이라는 폭탄'은 발표 당시 항상 쓸데없는 오해를 불러일으키기 쉬운 소재라는 사실에 대한 재인식일 것입니다.

　로렌스가 당대의 상황에 비춰보아 성이라는 폭탄을 '생명력의 고양'을 위해서 썼다고 한다면, 저는 성이라는 폭탄을 '인습적 윤리의 재고'와 '성을 관념적 상징물로만 보는 정신우월주의적 사고방식의 재고'의 상징으로서 사용하였습니다. 그러므로 성을 반드시 생명력의 상징으로만 써야 좋은 작품이 되고, 기타 다른 상징으로 사용하면 나쁜 작품이 된다는 발상은, 상징이 갖고 있는 다의성(多義性)과 가변성을 이해하지 못한 채 단순히 직유적 개념으로만 파악한 편협한 발상이 아닐 수 없습니다. 제가 쓴 문학 이론서 가운데 주저(主著)라고 할 수 있는 것이 『상징시학』인데, 저는 우리나라 문학인들이 '상징적 사고'를 통해 이루어지는 유연하고도 융통성 있는 문학관에 이르지 못하고 직유적이고 획일적인 문학관에 머무는 것을 안타깝게 여겨 일찍이 그 책을 집필했던 것입니다.

이태동 감정인은 상징의 의미를 잘못 이해한 나머지 로렌스의 작품을 잘못 해석하고 있을뿐더러, 『즐거운 사라』에 나타난 독특한 성 이해를 파악하지 못하는 우를 범하고 있습니다. 우선 로렌스의 『채털리 부인의 사랑』은 생명력의 고양을 상징한 것이기도 하지만 성에 대해 억압된 인식을 갖고 있는 당시 귀족계급의 이중적 윤리관에 대한 냉소적 풍자의 성격을 더 강하게 띠고 있는 소설입니다.

채털리 부인이 귀족인 남편을 배반하고 평민인 산지기와 불륜의 정사를 당당하고 노골적으로 벌이는 것은 당시의 귀족계급들이 갖고 있었던, 성은 가문상속 또는 종족보존을 위한 필요악에 불과한 것이라고 보는 견해에 대한 반발인 동시에 억압적 성윤리를 벗어나 자유로운 성희의 추구를 목적으로 한 것이었습니다. 그런데 로렌스는 성을 인간내면에서 이해한 것이 아니라 인간 외부에 놓고 있었기 때문에 성과 자연을 교묘하게 섞어가며 성을 표현하고 있는 것입니다.

그런데 저는 성을 성 자체로, 다시 말씀드려서 성을 인간 내면에서 이해하려고 노력하였고, 이것은 최근의 문학경향과도 맞닿아 있다고 봅니다. 이태동 감정인이 역겹게 느낀 이 건 소설에 나오는 여러 가지 성희 형태 역시 인간 내면에서 나온 것이지 특별한 인간 외부로부터 온 것은 아닙니다. 또 설사 로렌스가 성을 '자연의 생명성'의 상징으로 썼다고 해석한다 해도, '자연의 생명성' 안에는 건강하고 아름다운 것만 있는 것이 아니라 피·가학적 먹이사슬로서의 가열함 역시 포함하고 있기 때문에,

『즐거운 사라』에 나오는 사디즘, 마조히즘 등 이른바 변태적 성행위들이 '자연의 생명성'을 벗어나 있는 것이라고는 볼 수 없는 것입니다. 실존주의 문학의 대두 이후, 현대문학은 자연을 축복이나 섭리의 개념으로 파악하기보다는 잔인하고 변덕스러우며 추악하기도 한 개념으로 파악하고 있기 때문입니다. 민용태·하일지 감정인이 감정서에서 사르트르나 카뮈 등 실존주의 작가의 소설을 예로 들어 이 건 소설의 주제를 설명하고 있는 것은 그 때문이라 하겠습니다.

아무튼, 성을 성 그 자체로 그리면 안 되고 무언가의 상징, 이를테면 자연이든 계급갈등 같은 것의 상징으로 그려야만 예술이 될 수 있다는 생각은 성적 쾌락 자체에 알레르기 반응을 일으키는 병적 결벽증의 소산이 아닐 수 없습니다. 이를테면 앞서 예로 든 바타이유의 소설『눈 이야기』에서 성직자의 눈알을 뽑아 그것을 질 안에 넣고 자위행위를 하는 장면은 종교적 억압에 대한 저항의 상징이기 때문에 괜찮고, 사라가 쾌감을 위해 땅콩을 질 안에 넣고 자위행위를 하는 것은 오로지 퇴폐일 뿐이라는 식의 시각이 바로 그러한 생각을 설명하는 좋은 예가 될 것입니다.

이런 식의 생각은 일종의 '양다리 걸치기'식 사고방식이라고 볼 수 있는데, 저는 그런 '핑계'나 '구실'이 성을 성 자체의 육체적 메커니즘으로 파악하려는 노력에 방해물로 작용하고, 또한 이중적 선정주의의 명분으로 작용하는 점에 반대하는 뜻으로『즐거운 사라』를 썼던 것입니다. 이중적 선정주의란 이를테면 실컷 야한 것을 보여주고 나서 '이러면 안 된다'고 도덕적 코멘트만 붙이면 된다는 식의 발상인데, 이 건 소설이 문제가 된 이후에 성희 묘사 부분만을 모아서 게재하여 상업적 이익을 챙기려한 일부 매스컴의 보도 자세 역시 이중적 선정주의의 좋은 예라 할 수 있습니다.

어쨌든 60여 년 전에 나온 로렌스의 소설과 그 사이 성에 대한 시각뿐 아니라 소설에 대한 시각 역시 엄청나게 달라진 현금의 시점에서 나온 『즐거운 사라』를 단순 비교한 것은 많은 문제를 내포하고 있다 하겠습니다. 그리고 한편으로는 외국의 소설이나 영화에서 에로틱한 장면이 나오면 대충 너그럽게 보아 넘어가주고, 한국소설이나 영화에 나오는 에로틱한 장면에 대해서는 가혹한 비난을 퍼붓는 일종의 사대주의적 발상이 내재해 있는 것 같기도 하여, 우리나라 일부 고급지식인들이 갖고 있는 자기비하적 사고방식을 보는 것 같아 일종의 자괴감마저 느끼게 되는 것입니다.

18. 안경환 감정인의 감정견해는 이 건 소설이 성범죄를 유발시킬 위험은 없다고 감정한 것 이외에는 대체로 이태동 감정인의 감정견해와 유사하다고 볼 수 있습니다. 그러나 안경환 감정인이 문학인이 아닌 법학자로서 감정의뢰를 받았다고 볼 때, 그의 진술에는 진술 자체에 여러 모순점을 내포하고 있습니다.

우선 그는 "문학작품의 음란성을 법의 잣대로 판단하는 것이 바람직하지 아니하며", "예술작품에 대한 평가를 법이라는 당대의 다수가 신봉하는 보편적인 기준을 적용하여 평가하는 것은 장래를 향한 문학적 발전을 위축시키는 결과가 초래되기 십상입니다. 그러므로 예술작품의 평가는 법보다는 개개 국민에 위임하는 것이 바람직하다는 것이 저의 소신입니다."라고 진술하여 현재의 법으로 문학작품을 평가하는 것이 바람직하지 않음을 분명히 밝히고 있습니다. 그러면서 그는 결국 '불쾌감'을 준다는 이유로 이 건 소설을 단죄하는 것을 정당화하는 듯한 인상을 주는 결론을 이끌어내고 있는 것입니다.

그는 또 "피고인 마광수의 구속이 불법이거나 또는 심히 형평에 맞지 않았다는 사실 또한 감정의 내용과는 무관한 것이므로 고려의 대상에 넣지 않았습니다. 피고인 마광수의 구속이 도주 또는 증거인멸의 우려가 없는 상태에서, 그것도 학기 중에 이루어졌다는 사실은 비난받아 마땅하지만 이에 대한 판단과 구제는 재판부의 소관이므로 언급을 회피하였습니다."라고 진술하여 공정하고 객관적인 것 같은 인상을 주려고 하고 있지만, 이 건 소설을 감정한 것 자체가 제가 구속되어 재판을 받는 과정의 한 절차로서 이루어진 것이라는 사실을 간과하고 있습니다.

안경환 감정인이 감정인의 자격으로서가 아니라 한 문학애호가로서 독후감을 발표하는 형식으로 감정서를 썼다면 별 문제가 될 것이 없고, 얼마든지 혹독하게 이 건 소설을 비난할 수 있습니다. 하지만 그가 '처벌' 여부가 좌우되는 감정을 하면서 이렇든 모순된 논리로 감정에 임했다는 것이 저로서는 납득할 수 없는 것입니다.

만약 안경환 감정인이 이 건 소설을 감정하게 된 과정 자체를 정당하게 보지 않았다면 감정 자체를 거절했어야 하는 것이 '우리 사회에 있어서의 통상적인 성인'의 생각일 것입니다. 그런데도 그는 이 건 소설의 주제가 '성의 해방과 인간의 자아문제'라고 진술하면서도, 감정서 말미에 이 건 소설이 '통속성'을 극복하지 못했기 때문에 단순한 음란물에 지나지 않는다는 '사견'을 덧붙이고 있습니다. 이는 결국 양비론적 시각이라고도 볼 수 있고, 아울러 전위적 현대문학보다 관념적 고전에 집착하는 보수적 문학 애호가들이 흔히 갖고 있는 문학적 숭고미에 대한 경건주의적 편견에 기인한 것이라고도 볼 수 있습니다만, 어쨌든 수미일관된 논리를 바탕으로 해야 할 법학자의 감정 견해로는 수긍하기 어려운 면이 많습니다. 통속성을 극복하지 못했다고 해서 작가가 처벌받아야 한다는 것은 일반인의 법적 상식으로도 받아들이기 곤란한 견해이기 때문입니다.

그러므로 안경환 감정인의 감정서는 법학자의 입장과 한 독자로서의 입장이 혼재된 것이기 때문에, 만약에 법학자로서의 안경환 교수에게 감정을 의뢰한 것이라면 '문학작품에 대한 법적 판단'에 대한 그의 견해만을 수용하는 것이 마땅하다고 봅니다. 특히 안경환 감정인이 이 건 소설의 절반 이상이 성행위 묘사에 배정되고 있다고 감정한 것은 검찰의 공소장에 기재된 성행위 묘사부분의 분량을 고려할 때(전체의 2퍼센트 정도입니다) 도저히 객관적으로 이해되기 어려운 부분입니다. 성적 담론(談論)이 약간씩 들어가 있는 부분까지를 모두 '성행위 묘사'로 착각하고 있는 것 같아, 더욱더 그가 '문학적 경건주의에 몰입해 있는 보수적 문학애호가'라는 생각을 갖게 만드는 것입니다.

법학자로서의 안경환 감정인이 감정서에 진술한 대목 가운데 가장 주요한 것은 역시 "이 소설이 독자에게 성적 충동적 모방심을 자극시키고 성범죄를 유발하는 등 사회적 현실로서 위험을 가져올 위험은 없다."고 진술한 '감정사항 6'에 대한 답변일 것이고, 덧붙여 '감정의 전제조건 1항'에 씌어 있는 내용일 것입니다. 거기에는 다음과 같이 기술되어 있습니다.

문화적으로 성숙한 사회에서는 성인 독자를 상대로 하는 어문 저작물을 반사회성 또는 반윤리성을 문제 삼아 이에 대해 형사적 제재를 가하는 것은 바람직하지 않다고 저는 믿습니다. 출판물에 의한 명예훼손의 경우와 같이 피해자가 특정한 개인이 아니고 '선량한 사회풍속'을 존중하는 불특정 다수의 국민인 경우에는 개개 국민에게 작품에 대한 판단과 선택을 맡기는 것이 바람직하다고 생각합니다.

19. 민용태 · 하일지 · 신승철 감정인의 감정서를 보면 이 건 소설의 예술적 가치에 대한 판단을 유보하고 될 수 있는 한 신중한 자세와 객관적이고 합리적인 태도로 감정사항에 답변하고 있다고 사료됩니다. 말하

자면 잘 썼다 못 썼다를 떠나 이른바 외설적 묘사부분에 대한 견해와 이 시대의 통념에 비추어 볼 때 이 건 소설이 음란물로 단죄되어서는 안 된다는 의견을 논리적으로 피력하고 있는 것입니다. 민용태 감정인이 법정 증언을 통해 이 건 소설을 "문학성으로서의 당위성이 있는 수준작"이라고 증언했습니다만, 감정서 자체엔 예술적 평가가 유보되고 있습니다. 또한 민용태·하일지 감정인이 감정서 말미에 「문학에 있어서의 도덕성에 관하여」라는 부연설명을 단 것 역시 재판부의 판단을 돕기 위한 것이었지 이 건 소설에 대한 예술적 가치판단을 시도한 것은 아니라고 생각됩니다. 신승철 감정인 역시 문인으로서보다는 성을 다루는 정신과 전문의의 입장에서 사회심리학적 조명을 통해 외국의 사례를 들어가며 상세히 진술하고 있다는 점에서, 일방적으로 배척하기 어려운 합리성을 내포하고 있다고 생각됩니다.

그런데도 불구하고 항소심 재판부가 위의 세 감정인의 견해를 일방적으로 배척한 것은, 논리적 합리성에 입각해야 할 이 건 재판의 성격에 비추어 볼 때 객관적 중립성이 결여된 것이었다고 사료됩니다. 위의 세 감정인의 진술에 비해볼 때 이태동·안경환 두 감정인의 진술은 상당히 감정적이고 주관적인 재단에 치우쳐 있다는 것을 누가 보아도 금세 알 수 있기 때문입니다.

이태동 감정인이 이 건 소설은 주제가 없다고 감정한 것과 달리 민용태·하일지 감정인은 이 건 소설의 주제가 '성의 해방과 인간실존에 대한 현대의 비극적 인식'이라고 했고, 신승철 감정인은 '부권에 대한 저항을 통한 성적 억압으로부터의 해방'이라고 했습니다. 그리고 세 감정인 모두 성에 관한 묘사와 서술이 특별한 것이 못되고 미약하다고 감정했습니다.

또한 이 사건이 일어나게 된 핵심적인 쟁점인 '성범죄를 유발할 가능성’ 여부에 대해 세 감정인 다 부정하고 있고, 특히 신승철 감정인은 객관적 전거까지 들어가며 상세하게 설명하고 있습니다. 우리 사회의 성관념에 반하는지 여부에 대해서도 세 감정인은 “그렇지 않다.”고 대답하며 이 건 소설이 단순한 음란물이 아니라고 감정하고 있습니다. 특히 경직된 도덕관의 피해에 대해 신승철 감정인이 진술한 부분은 이태동 감정인의 견해와 안경환 감정인의 단정적 견해에 비해 설득력 있는 근거를 풍부하게 제시하고 있다고 생각합니다.

이윤석·김형진 두 증인의 증언 역시 위의 세 감정인의 감정을 뒷받침해주고 있습니다. 특히 문학 교수인 이윤석 증인이 “이 소설에서의 대담한 성 표현은 주제가 아니고 주제를 이끌어가기 위한 하나의 방편에 불과하고, 이 소설은 작가가 성을 통해서 문제의식을 보여주기 위한 것이기 때문에 그 정도의 표현은 마땅한 것이라고 생각합니다.”라고 증언한 것과, “문학작품이 사회를 선도한다든지 타락시킨다는 것은 문학이론에 어긋나는 것입니다.”라고 증언한 것은 객관적인 입장에서 문학적 통념을 잘 설명해준 것이라고 봅니다.

또한 독자인 김형진 증인이 “독자들이 마 교수의 작품을 좋아하는 이유는 선정적 호기심 때문은 아니고 여태까지의 문학이 대개 교훈주의 문학으로 작가가 독자에게 일방적으로 지시하는 식이었는데 작가가 성문제를 개방하여 논의하니까 거기에 공감하여 좋아하는 것입니다.”라고 증언한 것과, “이 소설을 재미있게 읽었고 논란이 될 만큼 유별나다고 보지 않습니다. 심리묘사가 탁월하다고 봅니다.”라고 증언한 것 역시, 이 건 소설에 대한 독자의 반응이 이태동·안경환 감정인의 반응과 얼마든지 다를 수 있다는 것을 입증해준 것이라 하겠습니다.

따라서 원심 재판부가 “이러한 성 표현물이 오늘날 독자 앞에 노출됨을 허용하기에는 아직 때가 이르다.”고 한 것은 최근의 문학경향을 도외시하는 지나치게 주관적인 판단일 뿐더러, 독자들을 우중으로 보는 판단이라는 생각을 하지 않을 수 없는 것입니다. 설사 그러한 판단을 한다고 해도 민용태·하일지·신승철 감정인의 감정내용과 이윤석·김형진 증인의 증언내용을 충분히 배척할 만한 설득력 있는 이유 제시가 없었다는 것은, 일껏 감정을 의뢰하고 증인 선정을 허락한 원심 재판부의 당초 태도에 비춰볼 때 객관적으로 납득하기 어려운 면이 있습니다. '시기상조'라는 것은 지나치게 추상적이고 애매모호한 이유 제시일 수밖에 없기 때문입니다.

20. 자율단체인 간행물윤리위원회 심의실장으로 있는 박종열 씨는 제가 이 건 소설로 구속되기 10여 일 전인 92년 10월 17일자 『세계일보』 지상에 「마광수 신드롬을 척결하자」라는 제목의 칼럼을 발표한 바 있습니다. '신드롬'이라는 말은 다분히 과장적이고 선정적인 용어이긴 합니다만, 어쨌든 '신드롬'이란 표현을 쓰기까지 한 것은 제가 저술한 책을 읽고 공감하는 독자가 꽤 많았다는 것을 반증해준 것이라고도 볼 수 있습니다. '마광수 신드롬'이란 말까지 나오게 된 것은 결국 제가 쓴 에세이집 『나는 야한 여자가 좋다』가 시발이었다고 생각되는데, 그 책이 나왔을 당시인 1989년 초만 해도 성에 대한 솔직한 담론이 희박한 실정이었기 때문에 상당한 화제가 될 수 있었고, 화제 끝에 찬반양론이 생기게 된 것이었습니다. 그런데 제 책에 공감하는 독자들을 무시하고 반대하는 독자들의 의견만을 가지고 저의 생각을 무조건 '척결'의 대상으로 몰고 갔다는 것은 다원주의적 사고방식을 필요로 하는 문화적 민주사회에 있어 도저히 이해할 수 없는 문화독재주의적 발상이었다는 생각이 드는 것입니다.

『나는 야한 여자가 좋다』 이후 우리 문화계는 급속도로 변화해 갔고 성에 대한 담론과 표현이 왕성하게 표출되기 시작했습니다. 그것은 제 책 때문에 그렇게 된 것이 아니라 이데올로기의 쇠퇴와 문화적 민주화 추세에 따른 당연한 결과였습니다. 지금 일종의 문화비평집인 『나는 야한 여자가 좋다』를 보고 좋든 싫든 그 책이 처음 나왔을 때처럼 흥분할 독자는 거의 없으리라 생각됩니다. 최근에는 신세대 문화론을 비롯해서 어찌됐든 새로운 성의식에 대한 개방적인 논의가 차츰 활기의 도를 더해 가고 있기 때문입니다. 이 건 소설 역시 그러한 추측을 할 수 있는데, 만약 문화의 자유시장 원리에 맡겨 그대로 내버려뒀더라면 지금쯤 사라는 특히 이른바 신세대들에게 있어서는 벌써 낡고 진부한 이미지의 여성이 돼버렸을 게 틀림없습니다.

『즐거운 사라』 역시 『나는 야한 여자가 좋다』 이후 제가 발표한 일련의 저작물 중의 하나이고, 다른 것이 있다면 그것이 에세이나 문화비평이 아닌 소설이란 점입니다. 저는 『즐거운 사라』에서 구체적인 사관과 구어적인 표현을 통해 성적 담론을 보다 활성화시켜 성문제를 음지가 아닌 양지로 끌어내 보고자 했습니다. 사실 『즐거운 사라』에서 문제가 된 부분을 보면 그것이 구체적 행동으로 묘사되어 있을 뿐 '성 심리학'이나 '정신분석개론' 등의 책에도 나오는 여러 가지 성행동의 양태들에 불과하다는 것을 알 수 있습니다. 그러므로 『즐거운 사라』를 읽고 성적 수치심을 느낄 만한 독자들이라면 성에 관한 일반적인 개론서만 읽어도 얼마든지 수치심을 느낄 수 있다고 봅니다.

소설은 에세이나 문화비평과는 다른 픽션이라 묘사가 불가피할뿐더러 저는 특히 무겁고 교훈적이고 현학적인 소설을 피해 가볍고 솔직한 소설을 의도했기 때문에, 엄숙주의적 문학에만 길들여진 일부 보수적 독자들에게 거부감을 줄 수도 있었다는 것이 지금의 제 판단입니다. 지금까지 대개의 우리나라 소설은 주인공이 설사 10대의 나이라 할지라도 지나치게 교훈적이고 현학적인 시각으로 세상을 바라보게 만드는 것이 보통이었고, 성문제를 다룰 경우 여러 가지 현학적 주제의 포장을 통해 성적 묘사를 변명하는 게 통례였습니다. 그러나 저는 그러한 포장이 불필요한 것이고 성 역시 성 그 자체로 그려야만 한다는 생각에서 일견 경박해 보일지도 모르는 소설을 시도해 봤던 것입니다.

제가 일견 경박해 보일지도 모르는 소설을 시도해 봤다고 말씀드린 것은 묘사를 할 때 사용되는 단어가 일상어 또는 비속어일 경우 흔히 그런 인상을 주기 쉽기 때문입니다. 우리나라는 특히 예전부터 한문을 숭상하고 우리말을 폄하해서 보는 습관이 지식층에 형성돼 있기 때문에, 이를테면 '핥았다', '빨았다' 등 순 우리말을 구사한 표현은 조악하고 경박한 표현으로 쉽사리 간주되는 경향이 있습니다. 그래서 성희 묘사 역시 대체로 빙 둘러 변죽올리고 한자어를 많이 쓰는 식의 문장이 더 품위 있는 문장으로 간주되고, 직설적인 구어체의 문장은 상스러운 문장으로 간주되는 경향이 많았습니다.

그렇지만 조선조 후기에 나타나는 민중적 표현양식들, 이를테면 사설시조나 판소리, 가면극 대본 같은 것들이 그 이전까지 주류를 이루었던 사대부 중심의 관념적 문학에 비해 구어적 표현과 비속한 표현이 솔직하게 많이 들어가기 때문에 오히려 인간의 욕구를 진솔하게 표현한 민중문학으로서의 가치를 지니고 있다고 인정되는 사실을 상기해 볼 때, 위의 시각은 그릇된 편견이 아닐 수 없습니다. 무릇 구어적이고 속어적인 표현으로 이루어지는 이른바 '음담패설'들은, 그것 자체가 일종의 위선적 허위의식에 대한 진지한 도전의 상징이 될 수도 있기 때문에 지금 연구의 대상이 되고 있는 것입니다. 이윤석 증인이 조선조의 「관부인전」, 「주장군전」 등의 작품을 예로 들며, 그 작품이 성행위 묘사를 처음부터 끝까지 상세히 묘사해서 쓴 것임에도 불구하고 대학에서 문학으로 인정받아 강의되고 있다는 요지의 증언을 한 것은 이 때문이었습니다.

따라서 이 건 소설에 대해 일부 엄숙주의적 문학관을 가진 이들이 거부감을 일으켰다는 것은, 저자의 의도를 저자 자신의 경박성과 혼동한 데서 비롯된 것이라고 볼 수 있습니다. 민용태 감정인도 법정증언을 통해 "이조의 사대부 문학보다 고려시대의 민중가요, 즉 이른바 남녀상열지사(男女相悅之詞)가 더 가치가 있다."는 요지의 증언을 한 것은 이런 맥락에서였다고 봅니다.

21. 이른바 『즐거운 사라』 파문은 제가 잘했다 잘못했다의 차원을 떠나 '문화관' 또는 '문학관'의 갈등 문제였다는 것이 지금 제가 갖는 솔직한 느낌입니다. 또 어쩌다 제가 성에 대한 자유로운 담론과 창작을 우리나라에서 처음 시작한 사람처럼 되다보니, 불과 몇 년 먼저였는데도 불구하고 논란의 표적이 되어 버렸다는 것이 저뿐만 아니라 일반인들도 갖고 있는 느낌입니다. 급변하는 모럴 앞에서 문화적 수구주의를 지향하는 분들은 분노와 함께 위기의식을 느낄 수밖에 없었고, 그래서 소설 속의 인물에 불과한 애꿎은 '사라'를 희생양으로 선택한 것이 아니었나합니다. 하지만 '사라'는 구시대의 윤리관과 새 시대의 윤리관 사이에서 정신적 혼란을 겪고 있는 이 시대의 상징이요, 짓누른다고 숨어버리는 '범죄자'가 아니라 그것이 좋은 것이든 나쁜 것이든 거부할 수 없는 힘으로 다가오는 에로티시즘 문화의 상징입니다. 어쨌든 항상 변하는 것이 문화(또는 문학)이게 마련이므로, 물길이 흐르는 대로 두면서 활발한 논의와 토론이 전개되어야 합니다. 문화란 개체들의 다양한 의식이 집결된 것이므로 도저히 물리적으로 억누를 수 없기 때문입니다.

저는 지금까지 문학이론서 5권, 시집 3권, 에세이집 3권, 문화비평집 2권, 소설 3권을 냈습니다. 성문제뿐만 아니라 문학 전반에 걸쳐 저 나름

대로 열심히 가르쳤다고 생각합니다. 이른바 '복지부동'의 척결이 외쳐
지는 지금, 복지부동하지 못하고 논란의 대상이 되어 구설수에 올랐다는
이유로 지금까지 제가 애써온 모든 노력들이 한꺼번에 매도되고 단죄된
다면, 이는 학문과 창작의 발전에 큰 걸림돌로 작용하리라 사료됩니다.
또 제가 급작스레 상업적 의도에 의해 한권의 소설을 만들어낸 것이 아
니라, 십수년에 걸쳐 이론적 천착 끝에 그 실천물의 하나로 어쨌든 최선
을 다해 써낸 것이 이 건 소설이라는 점을 부디 살펴주시기 바랍니다.

제가 알기에 '法'이란 글자는 물이 흘러가는 모양을 상형한 것으로 알
고 있습니다. 성에 대한 일반인의 통념이나 예술에 있어서의 성 표현 역
시 물이 흘러가듯 시대에 따라 언제나 변천해 왔습니다. 그런데 그것은
언제나 개방적인 쪽으로 흘러갔지 봉건적·폐쇄적인 쪽으로 거슬러 흘
러간 적은 한 번도 없었습니다. 최근 우리나라 예술계의 동향 역시 정
치·사회적인 개방화·민주화·국제화의 추세에 따라, 차츰 '인간본능의
개방적 표현'의 속도를 빨리해 가고 있습니다.

급변하는 문학예술의 흐름과 성에 대한 일반적 통념의 개방적 변화의
추이, 그리고 표현의 자유의 중요성을 객관적으로 살펴주시어, 부디 현철
하신 판결을 내려주시기를 바랍니다. 그래서 저의 문학적 열정을 되살려
주심은 물론, 앞으로 더욱 훌륭한 연구와 강의 그리고 저작에 몰두할 수
있게 해주시기를 간절히 바라마지 않습니다.

1994. 10. 17.
피고인 마 광 수
대법원 귀중

21세기 독일법률문화의 시각에서 한국의 ('고전소설의 백미'라는)『춘향전』과 (금서 '에로소설'인)『즐거운 사라』에 나타난 성적 표현 등에 관한 형사법적 연구

고시면_충청북도 U1대학교 교양융합학부 교수

Ⅰ. 서론

1. 한국에서 시중에 출판된 책들은 원칙적으로 음란하지 않다! 간행물심의위의 존재!!

필자가 처음으로『즐거운 사라』에 대하여 듣게 된 것은 (아마도 2000 년경을 전후하여) 모대학교 형사법 강좌에 청강생으로 참여를 하여 (아마도 자칭 혹은 타칭으로) '형사소송법의 대가'인 백○○ 교수님으로부터 본 소설의 심사위원으로 들어가 평가를 하였다는 내용이었다. 물론 부정적인 소견이었다. 그리고 지금까지 (유감스럽게도 '금서'이기에) 해당 원본을 읽어 본 바가 없다. 다만 본 논문에서는 해당 판례 및 신문기사 등을 참고하여 작성하고자 한다.

(소설『즐거운 사라』와 비교연구를 위하여)『춘향전』과 관련하여 '과연 음란한 책들이었다면 출판이 되었을까?'를 판단하는 와중에 '간행물심의위 등에서 음란하지 않다고 판단했기에 출판이 되어서 서점이나 도

서관에 비치되어 있다.'는 결론을 내리게 되었다. 따라서 춘향전과 관련하여 독자들이 확인할 수 있는 모든 자료들은 한국의 실정법상 음란하지 않다고 판단할 수 있을 것이다.

2. 과연 고전소설의 백미인 『춘향전』은 『즐거운 사라』보다 외설적인가?

누군가 "『춘향전』은 한국문화의 자랑스럽고 소중한 유산이다. 『춘향전』은 과거의 문학이면서 현재 '살아 있는 고전'으로서 왕성한 생명력을 발휘하고 있다. 수백 년 전에 근원도 알 수 없는 설화에서 출발한 '춘향 이야기'는 수많은 작가와 독자의 참여로 높은 수준의 예술작품으로 성장·발전하게 되었다. 『춘향전』은 소설이면서 소설의 영역에만 머물지 않고 판소리, 창극, 연극, 영화, 오페라, 발레, 마당극 등 다양한 예술 양식을 통해 끊임없이 새로운 모습으로 독자와 청중에게 나타나고 있다."[1]고 소개하기도 한다. 그런데 『춘향전』의 특정한 부분의 성행위 묘사와 관련하여 "마광수 교수의 소설 『즐거운 사라』는 18세기에 지어진 『춘향전』보다 오히려 성묘사가 상세하지도 노골적이지도 않다. 고대 민용태 교수는 … 감정서에서 '한국문학의 백미라 일컬어지는 『춘향전』을 두고도 신소설가 이해조는 '음탕교과서'라 혹평했다며, '20세기 말의 작품임에도 불구, 오히려 『춘향전』의 성행위 묘사만도 못한 감이 있어 특별히 외설적이라 할 수 없다.'고 밝혔다."[2]고 주장하기도 한다. 여기서 이해조는 신소설 '자유종'에서 '『춘향전』은 음탕교과서요, 『심청전』은 처량교과서요, 『홍길동전』은 허황교과서'라고 쓴 바가 있다. 다만 이러한 책들이 지금은 교과서에 실린 고전이 되어 있다.[3]

---

1) 정하영, 『춘향전』, 신구문화사, 2006, 5면의 머리말 참고.
2) 「『즐거운 사라』, 『춘향전』보다 덜 야하다」, 『경향신문』, 1993.8.22.

과연 『춘향전』이 (형사처벌을 받은 작품인 『즐거운 사라』보다도) 더 음란한 작품인가에 논의의 핵심이 있다.

3. 21세기 동·서양의 법률문화:
동일 작품에 '음란물'과 '성인물'이라는 시각의 상존!

동양에서 한국 등 특정국가에서는 어떤 작품에 대하여 법적으로 '음란한가 혹은 예술인가'를 따지지만 서양의 독일 등 특정국가에서는 '성인용인가 혹은 미성년자용인가'를 따진다. 다만 세계의 공통적인 법률문화로 미성년자에게는 '성인물' 혹은 '음란물'이 허용되지 않는다.

4. 1991년경 성과 관련된 관념:
1990년대 중·후반경 전후부터 개방적 성관념!

필자는 성과 관련하여 1980년대 말에는 대학교에서 남학생과 여학생이 손을 잡고 캠퍼스를 다닌다면 이미 평생을 약속한 사이라는 선입견을 가지고도 있었다. 1990년대 초에도 특별한 관계가 아니라면 남학생과 여학생의 만남에 대하여 보수적이었다고 생각한다. 그러나 이러한 흐름도 1990년대 중반부터는 많이 바뀌었다. 예를 들면 (유학 도중에 잠시 들러 캠퍼스 구경을 하려고 가는 길에) 서울의 동작구 상도동의 모 지하철 에스컬레이터를 올라가는 남녀 학생들이 (다른 사람들이 주위에 많이 있음에도 불구하고) 1~2분간 서로 안고 포옹 및 키스를 하는 장면을 본 적도 있다. 물론 독일의 경우에는 도서관 주변에서 휴식을 취할 때 남녀 학생들이 (주위에 수십 명의 학생들이 보고 있음에도 불구하고) 서로 안고 상

---

3) 「교과서의 역설」, 『한국일보』, 2013.5.14.

대편과 키스하면서 엉덩이를 주무르는 장면도 목격을 한 바가 있다. 결론은 1990년 중반 이후부터는 한국의 대학가나 도시의 경우 독일의 대학가나 도시의 일상처럼 성적 표현이 (과거 1980년대에 비해 상대적으로) 대단히 자유로우면서도 개방적이라는 느낌이 들었다.

5. 1991년에 출판된 소설 『즐거운 사라』에 대한 음란물 대소동

소설인 『즐거운 사라』(1991)의 저자인 마광수(66세)[4] 전 연세대 교수가 2017년 9월 5일 자살을 하였다. 『즐거운 사라』 사건 이후 그는 교단과 문단에서 '유랑'에 가까운 생활을 했었다고 한다. 그렇지만 갑작스러운 그의 죽음에 대중은 (1) **'정말 이 책이 그렇게 문제가 있었나'** 및 (2) **'음란물의 잣대는 무엇이었나'** 등의 의문을 가지기도 한다.[5] 결국 이 사건과 관련하여 1992년에 1심 법원은 마 교수에게 음란한 문서 제조 혐의로 실형을 선고하였으며, 마 씨는 항소했지만 2심 및 3심에서 기각이 되면서 유죄(징역 8월, 집행유예 2년)가 최종 확정된 바가 있었다.

구체적으로 살펴보면 마광수 전 교수는 1991년 8월 25일 소설 『즐거운 사라』를 발표한 뒤 외설논란으로 1992년 10월 29일 강의 도중에 구속이 되었다. 1992년 12월 28일 1심에서 징역 8월에 집행유예 2년을 선고받고 석방됐다. 1993년 2월 28일 교수 직위가 해제됐고, 1995년 6월 16일 대법원은 징역 8월 집행유예 2년을 확정했다. 다음날 교수직에서 해직됐

---

4) 그는 '소년 출세'한 시인이었다. 윤동주의 시 연구로 박사학위를 받은 그는 1979년 불과 스물여덟 살 때 홍익대에서 교수 생활을 시작했고, 1984년부터 모교인 연세대 강단에 섰다. 시집 『가자 장미여관으로』(1989), 수필집 『나는 야한 여자가 좋다』(1989)로 '외설 논란'이 시작됐지만, 법이 작동한 것은 『즐거운 사라』(1991)가 출간된 이듬해인 1992년이었다 (「"마광수 소설은 법적폐기물"이라던 안경환 감정서 입수해보니」, 『조선일보』, 2017.9.6.).
5) 위의 기사.

[사진] 마광수 교수의 소설 『즐거운 사라』의 표지ㅡ 「'사라'는 정말 행복했을까」, 『한국일보』, 2017.9.9.

다가 <u>1998년 3월 13일 특별사면</u>을 받았다. 1998년 5월 1일 연세대 교수로 복직했다. 복직했지만 삶은 순탄치 않았다. 2000년 6월 교수 재임용 심사에서 논문 실적 등의 문제로 탈락했다. 하지만 이는 표면적인 이유였다. 실제 동료 교수들의 집단 따돌림이 재임용 거부의 주된 이유라고 알려졌다. 이때 마 전 교수는 외상성 우울증으로 정신과 병원에 입원했다. 2002년 복직했지만 우울증이 악화돼 다시 휴직했다. 2004년에야 건강을 회복해 강단에 다시 올랐다. 검찰은 그를 가만두지 않았다. <u>2006년 11월 24일 개인 홈페이지에 음란물을 게시한 혐의</u>로 그를 불구속 입건시킨 뒤 이듬해 4월 10일 약식기소했다. 그는 200만 원 벌금형을 받았다. 2016년 교단을 떠나며 마광수 전 교수는 그간 쌓였던 한을 내비쳤다[6]고 한다.

본 논문에서는 '21세기 시각에서 ('고전소설의 백미'라는) 『춘향전』과 (금서 '에로소설'인) 『즐거운 사라』에 나타난 성적 표현 등에 관한 형사법적 연구'를 위하여 (1) 소설 『즐거운 사라』에 대한 2심 감정인들의 의견, (2) 소설 『즐거운 사라』에 대한 대법원 판례의 조명, (3) 고전소설의 백미인 『춘향전』에서 이몽룡과 성춘향의 첫날밤 잠자리 성적 묘사 장면 등을 살펴보고자 한다.

---

6) 「제자들 기억 통해 들여다본 '왕따 마광수 삶의 흔적들'ㅡ천박한 글? 꽉 막힌 한국사회에 질문 던진 것ㅡ」, 『일요신문』, 2017.9.9.

II. 소설 『즐거운 사라』에 대한 2심 감정인들의 의견

1. 감정서의 요약

소설 『즐거운 사라』에 대하여 당시의 (1) 서울대 법대 안경환 교수는 감정서에서 "문학적, 예술적, 정치적, 사회적 가치가 없는 '법적 폐기물'에 불과하다."고 마광수 교수의 소설을 평가했다. (2) 이태동 서강대 영어영문학과 교수도 "마 씨가 작품의 주제를 성 해방과 인간의 자아탐색이라고 하는 건 불량상품을 과대포장하기 위한 '어거지와 궤변'에 지나지 않는다."고 감정을 한 바가 있다.[7]

[도표] 소설 『즐거운 사라』에 대한 제2심에서의 감정내용의 요약

감정인 / 감정문항	민용태 (고려대 스페인문학 교수) 하일지 (문학박사)	신승철 (시인·정신과 전문의)	안경환 (서울대 법대 교수)	이태동 (서강대 영어영문학 교수)
1. 성에 관한 묘사와 서술이 노골적이고 상세한가	특별한 것이 못 된다	그렇지 못하다	그렇다	그렇다
2. 성묘사가 작품에서 차지하는 비중	높지 않다	지극히 작다	절대적이다	절대적이다
3. 성묘사와 소설주제와의 관련성	필연적 관련이 있다	관련이 있다	성묘사가 통속성을 극복 못했다	관련이 없다
4. 예술성에 의한 성적 자극의 완화정도	비애감을 느끼게 한다	공허감 우울감 준다	음란물이므로 답변생략	음란물이므로 답변생략
5. 이 작품의 사상성과 주제는 무엇인가	성의 해방과 인간실존에 대한 비극적 인식	부권에 대한 저항을 통한 성적 억압으로부터의 해방	성과 인간의 해방이라 하나 음란하게 읽힌다	사상성과 주제가 없다
6. 이 작품이 성범죄를 유발할 우려가 있는가	없다	없다	없다	그런 위험이 없다고 말할 수는 없다
7. 우리사회의 성 관념에 반하는가	그렇지 않다	그렇게 볼 수 없다	그렇다	그렇다

—「'마광수 소설은 법적폐기물'이라던 안경환 감정서 입수해보니」, 『조선일보』, 2017.9.6.

7) 「'마광수 소설은 법적폐기물'이라던 안경환 감정서 입수해보니」, 『조선일보』, 2017.9.6.

2. 감정내용

가. 이 작품 중 성에 관한 묘사와 서술이 그 정도와 수법에 있어서 노골적이고 상세한가?

감정서에 의하면 '그렇다'고 한다. 그 이유로는 (1) 작품의 말미에 부기한 '작가의 말'에서 피고인은 이 작품의 저술 목적을 '작가의 당위론적 세계관의 개입을 배제한' 성의 사실적 묘사를 통한 리얼리즘의 추구에 있다고 제시하고 있는데, 작가의 이러한 의도가 독자에게 제대로 전달되었는지는 의문이지만 적어도 작가가 이러한 목적을 달성하기 위한 수단으로 택한 성에 관한 묘사는 성을 주제로 하는 통상적인 문학작품에 등장하는 묘사보다 그 정도와 수법에 있어서 상세하고 노골적이라고 판단된다고 보았다. 또한 (2) 이 작품에서 여주인공 사라는 최소한 여섯 사람의 이름이 밝혀진 특정 남성과 성행위를 하는 것으로 묘사되어 있으며, 1 대 1의 남녀 간의 성행위뿐만 아니라 여성과의 동성애 장면 및 남 1 대 2의 혼음과 자위행위의 장면도 등장하고, 성행위의 태양도 오럴섹스와 항문섹스 및 카섹스 등 다양하게 소개하고 있으며, 어느 경우에나 성행위의 묘사와 서술은 노골적이고 상세하다고 보았다. 예를 들어 오럴섹스의 장면 묘사를 보자면 (가) "(…중략…) 나도 팬티를 벗어 던지고 치마를 위로 젖힌 다음 그에게 흐아 달라고 했다. … 그의 흐물흐물한 혀끝이 내 사타구니 사이를 미끌미끌 스치고 지나갔다. … 김승태가 오로지 의무감에 넘쳐 내 ○○○○○를 혀끝으로 힘겹게 찾아 헤매는 게 안쓰러워 보이고 또 감질만 나서, 나는 손으로 그의 입술을 밀어버리고 다시금 ○○○를 향해 입을 벌리고서 엎어졌다. 혓바닥이 얼얼할 정도로 한참 흐아주고 나니까, 그제서야 드디어 쩰쩰쩰 ㅈ액이 흘러나온다. 생각보다는 수압이 별로였다. 나는 그것을 한 방울도 남기지 않고 다 받아 마셨다. 별로 맛있게 느껴지지 않았다.(171~172면)", (나) "나는 왠지 신경질이 나서 김승태의 윗도리까지 홀라당 다 벗겨버렸다. 그리고는 혓바닥에 잔뜩 힘을 주어 그의 배꼽에서부터 젖꼭지까지, 그리고 젖꼭지에서 모가지 언저리까지 날름날름 ㅎ아 나갔다. … 결국 그는 나를 발딱 젖혀 놓더니, 빳빳하게 선 ○○○를 앞장세우고 씨근씨근 돌진해왔다. (편집과정서 생략) … (176~177면)", (다) "그는 미칠 듯이 ㅎ아대다가 내 몸에 침을 뱉기도 하고 어떤 때는 내 몸 전체에 술을 붓고 ㅎ아 먹기도 했다. (편집과정서 생략) … (293면)"고 한다. 이 밖에도 신원이 특정하지 않은 남자와의 성교 장면을 회상하거나 막연히 성행위를 상상하는 장면도 지극히 노골적으로 묘사하고 있다. 예를 들어 "나는 기철이의 ○○○를 머릿속에 그려보면서, 그 아래 매달린 ○○속의 ㅂㅇ 두 개를 내 손바닥 안에 넣고 살살 비벼본다. 그리고 말랑말랑한 ○○을 손가락으로 이리저리 톡톡 건드려도 본다. … 어느새 그놈이 성을 낸다. … 그 녀석은 몸 안의 살덩이 안으로 비집고 들어와, 좁은 터널 속을 이리저리 종횡무진으로 휩쓸고 다닌다.(33면)"고 한다. 주인공이 자위를 하는 장면의 묘사 또한 노골적이고 상세하다고 판단된다. 예를 들면 "그래서 나는 땅콩 서너 알을 ㅈ 속에다 집어넣고 손가락으로 휘휘 저어보았다. … 나는 불두덩 근처가 차츰 달아오르는 것을 느꼈다. 다시금 한 주먹의 땅콩을 ○ 속에다가 쑤셔 넣어본다. 꽉 찬 만복감, 아니 만질감 같은 느낌이 항문에서부터 머리 끝까지 올라오는 것이 거 참 기분이 상당히 괜찮다. 근사하다. 나는 다시 ○ 속에 꼭꼭 숨어 있는 땅콩 알갱이들을 뾰족한 손톱 끝으로 한알 한알 빼내어 입에다 넣고 먹어본다. 처음에는 빼내기가 쉬웠지만 나중에는 어려웠다. 하지만 깊숙이 박혀 있는 땅콩 알갱이를 빼내려고 손가락들을 집어넣고 휘저어 대다보니 정말로 저릿저릿 하면서도 그윽한 쾌감이 뼈 속

깊숙이 밀려왔다. 그래서 나는 일부러 손가락 동작을 아주 천천히 하여 ○ 속의 땅콩을 우아한 방법으로 수색해내기 시작했다. 얼근한 취기와 함께, 남자의 ○○○에 의해서 이루어지는 싱거운 오르가즘보다 훨씬 더 유연하고 지속적인 오르가즘이 찾아왔다.(30면)"고 한다. 결국 이 작품은 전반적으로 성행위에 대한 묘사는 비록 성을 주제로 한 문학작품이라고 하더라도 불필요하게 상세하고, 노골적이라고 보고 있다.8)

나. 그러한 묘사와 서술이 이 사건 작품 전체에 차지하는 비중은 어떠한가?

감정서에 의하면 '비중'의 의미를 계량적인 측면과 주제의 전개에서 차지하는 중요도라는 두 가지 측면에서 살펴본다면 이 작품에서 성행위의 묘사가 차지하는 비중은 절대적이라고 판단하였다. 순수히 계량적인 측면에서 관찰하면 이 작품은 전체 본문 300면 정도(백지 간지 제외)의 분량 중 최소한 절반 이상을 성행위의 묘사에 배정하고 있으며, 성행위의 묘사는 저술의 특정 부분에 편중되어 있지 않고 전반에 걸쳐 시종일관 지속적으로 이어지고 있다9)고 보았다.

다. 그러한 묘사와 서술이 이 사건 작품 전체의 내용의 흐름에 비추어 볼 때 이 사건 작품에 표현된 사상 내지는 주제와 소설의 구성상 필연적인 관련성이 있는가?

감정서에 의하면 성의 해방을 주제로 다루는 작품이기 때문에 성행위를 상세하고, 노골적으로 묘사해야 하는 것은 아니다. 그런데 작가는 '사실적 기법'을 중시한다는 이유로 마치 성을 주제로 한 리얼리즘 작품은 필연적으로 성행위의 노골적이고도 상세한 묘사가 포함되어야 하는 것

---

8) 위의 기사; 밑줄 부분(ㅎ, ㅂㅇ 등)은 필자가 편의상 가필한 부분이다.
9) 위의 기사.

처럼 주장하고 있는 듯하다. 그러나 이러한 주장은 정당하다고 할 수 없다. 일반적으로 사실주의라고 번역되는 리얼리즘의 본질은 작가가 주장하는 듯한 현실의 복사 내지는 모사를 통해 당대의 정확하고도 객관적으로 그려낼 수 있는 소재 선택과 기법, 문제 등을 지칭하기는 하나 반드시 이러한 의미에 한정되지는 않는다. 어떤 정확한 필력에 의해서도 현실의 정확한 모사는 불가능하다. 성에 관한 현실의 전체 내지는 핵심이라는 주제를 다루기 위해 성행위에 관한 적나라한 묘사가 필수적인 것은 아니라고 생각한다. 비록 피고인의 주장대로 성에 대한 상세한 묘사가 성을 주제로 하는 작품에 필수불가결한 요소라 하더라도 성을 다루는 문학작품이 예술작품으로 인정받기 위해서는 묘사의 기법이 통속성을 극복하여야 한다. 성에 관한 사실적 묘사가 예술이 되느냐 아니면 음란물이 되느냐는 묘사의 기법이 통속성을 극복했느냐 여부(흔히 외국의 판결이 문제삼는 '승화시켰느냐' 여부)에 의해 일응 판가름할 수 있다[10]고 보기도 한다.

라. 그러한 묘사와 서술에서 만약 자극이 유발된다면 이 작품에서 의도된 작가의 사상성과 작품의 예술성에 의해 어느 정도 완화된다고 평가하는가?

감정서에 의하면 음란성과 예술성은 법적으로 양립할 수 없는 상호 배척되는 개념으로 생각하고 있다.[11]

마. 이 작품 전체를 놓고 볼 때, 즉 작품 전체의 내용의 흐름에 비추어 볼 때 의도된 작가의 사상성 내지는 주제는 무엇인가? 또한 그것이 객관적으로 독자 측면에서 이해될 수 있는 사상성 내지는 주제는 무엇인가? 또한 그것이 객관적으로 독자 측면에서 이해될 수 있는 사상성 내지는 주제와 다르다면 그것도 또한 무엇인가?

---

10) 위의 기사.
11) 위의 기사.

감정서에 의하면 성과 인간의 해방이 작가가 의도한 사상성 내지는 주제라고 판단하면서 이 작품은 '사실적 묘사'라는 명분 아래 성행위의 노골적인 묘사가 이어져 있고 독자는 작가가 의도했다고 표방하는 성과 인간의 해방이라는 사회적 내지는 철학적 주제보다는 성행위 그 자체의 사실적 묘사에 주목할 것이라고 단정을 하였다. 작품의 군데군데 주인공의 가벼운 일상적 갈등이나 인간적 고뇌 또는 사회적 이슈에 관한 서술과 묘사가 등장하나 이러한 서술과 묘사는 작품 전체에 걸쳐 이어지는 성행위의 묘사를 위한 최소한의 스토리 내지는 본 주제와는 직접적인 연관성이 없는 삽화에 불과한 정도로 보았다. 작가의 의도가 자신이 밝힌대로 '일체의 도덕적 코멘트나 이른바 전망의 제시 같은 것을 무시하고 헷갈리고 방황하는 가운데 스스로의 아이덴티티를 확립해 나가려고 애쓰는 한 여대생의 시각을 통해 전환기의 우리 사회가 안고 있는 가치관의 문제를 조감해 보려' 했다고 할지라도 통상적인 독자의 입장에서는 이러한 가치관의 문제보다는 대상과 태양을 바꾸어가며 행하는 각양각색의 성행위의 묘사에 더욱 주목할 것이 분명하다[12])고 추정을 하고 있다.

바. 이 작품은 독자에게 성적 충동적 모방심을 자극시키고 성범죄를 유발하는 등 사회적 현실로서 위험을 가져 올 우려가 있는가?

감정서에 의하면 '그럴 위험은 없다'고 보고 있다. 보편적인 윤리의식과 충동적인 행동의 자제력을 보유한 독자라면 이 작품을 읽고 성범죄에의 충동을 느끼고 이를 실행에 옮길 위험은 전혀 없다고 보았다. (1) 이 작품에 묘사된 성행위로서 현행법상 범죄에 해당하는 행위는 단 한 건뿐으로 배우자가 있는 김승태와의 성행위뿐이다. 이러한 행위는 현행법상 간통죄에 해당할 수 있지만 이러한 혼외정사는 모든 문학작품에서 지극

---

12) 위의 기사.

히 일반적으로 다루는 이야기이며 통상적인 의미의 성범죄의 분류에 속하지 아니한다. (2) 이 작품은 성의 해방을 주장하지만 어디까지나 당사자 간의 자유의사에 기한 합의에 의한 성행위만을 미화시킨다. 폭력이나 기망 등 부자연스런 수단에 의한 성행위를 고무시키지 않고 오히려 이를 혐오하는 메시지를 전하고 있다. 주인공 사라는 일체의 성행위를 자신의 자유의사에 기해, 그리고 무엇보다도 자신의 주도 아래 행한다. '학습의 실천'이라는 모토를 내세우면서, 작가 스스로 주장하는 바와 같이 성의 해방, 그중에서도 여성의 성적 해방은 여성이 자유로운 인격의 주체임을 전제로 하고 있다. 따라서 이 작품을 읽고 충동적인 모방심리에 의해 주인공을 포함한 등장인물의 행위를 현실적인 행동으로 옮긴다 하더라도 비윤리적, 비도덕적인 인물이 될지는 모르나 범죄자가 될 가능성은 전혀 없다[13]고 생각한다.

사. 결론적으로 현재의 우리 사회를 기준으로 하여 그 작품 자체로서 통상적인 성인 독자로 하여금 성욕을 자극하여 흥분케 하고, 정상적인 성적 수치심을 해하여 건전한 성 풍속이나 선량한 성적 도의관념에 반한다고 보는가?

감정서에 의하면 '통상적인 성인' 독자의 개념은 지극히 모호하며, 법이 규정하는 성인의 범위는 지극히 광범하다. 연령만을 기준으로 보더라도 성적 능력이 지극히 왕성한 갓 성년이 된 사람에서부터 육체적으로 성행위의 능력을 상실한 국민에 이르기까지 다양하기 짝이 없다. 또한 성별, 성경험, 종교적 성향 등에 따라 더욱 세분할 수 있다. 그러므로 사회통념의 기준이 되는 '통상적인 성인'이란 실제로 특정할 수 없는 하나의 이념형이다. 음란성에 관한 외국 법원의 판결도 불법행위에 있어서의 주의 의무의 기준이 되는 '합리적인 인간' 등 추상적인 개념을 제시했을

13) 위의 기사.

뿐이다.[14]

3. 감정인의 사견
　　(안경환 교수는 감정서에 사견을 따로 넣었다.)

　감정인은 법리의 구성상 음란성과 예술성은 상호 배척되는 개념이라는 견해를 가지고 있다. 다시 말하자면 특정 출판물이 '음란함에도 불구하고 예술적 가치가 있을 수 있다.'라는 일반의 인식은 우리 법상의 법리로는 옳지 않다고 생각한다. 이러한 일반의 인식을 법리로 수용하자면 개념상의 혼란이 초래된다고 생각한다. 왜냐하면 헌법 제22조 제1항은 명백히 학문과 예술의 자유를 보장하고 있는데 음란물을 예술적 작품으로 인정한다면 이에 대해서도 헌법적 차원의 보호를 부여해야 되는 논리적 귀결에 이르기 때문이다. 그러므로 음란물은 헌법이 보호할 만한 예술적 가치가 결여된, 이를테면 법적 폐기물인 것이다. 물론 이러한 입장을 취한다고 해서 노골적이고 상세한 성행위의 묘사가 바로 음란을 의미한다고 주장하는 것이 아님은 물론이다. '음란성'이라는 개념은 사실적인 개념이 아니라 사실판단의 결과 도출된 '법적'인 결론이다. 그러므로 헌법이 보호하는 예술 작품은 법적으로 음란하지 않는 작품에 한정된다. 특정 작품이 법적으로 음란하냐의 여부는 법리상 아래의 세 가지 기준에 의해 판정할 수 있다고 생각한다. (1) 전체로 해당 출판물의 주체와 묘사가 작품을 접하는 동시대의 사회의 평균성인의 저속(低俗)한 성적 충동을 자극하고, (2) 성행위가 통상인에게 도의적 수치심과 불쾌감을 유발하는 방법에 의해 묘사되고 있고, (3) 작품이 전체적으로 보아 심각한 문학적, 예술적, 정치적 또는 사회적 가치를 결여한다면 음란물에 해당한다고 판

---

14) 위의 기사.

정할 수 있다고 생각한다. 이상의 심사기준은 언론, 출판, 학문, 예술의 자유가 잘 보장되어 있는 미국의 연방 대법원이 오랜 시일에 걸쳐 정립한 기준으로 세계 여러 나라의 판결에 강한 영향을 미치고 있는 기준이다. 우리나라의 경우에도 이러한 법리를 적용하여 특정 출판물의 음란성 여부를 판정할 수 있으리라 생각된다. 이러한 기준을 적용하여 본 건 출판물 『즐거운 사라』를 판정해 보고자 한다. (1) 이 작품에 나타난 성행위의 묘사는 성에 관한 예술적인 묘사라고 보기 어렵다. 어떤 의미에서든 이 작품으로부터 예술적 가치를 얻고 싶어 하는 독자는 끝까지 읽는 무익한 노력을 기꺼이 포기할 것으로 생각된다. 현대인의 일상생활에 있어서의 성은 도시생활에서의 수도에 비유할 수 있다. 도시의 생활에 식용수와 세척용 상수도가 필수적인 만큼 상수도에서 효용을 다한 폐기수와 배설물을 처리할 하수도 또한 필요악이다. 인간의 생활에도 후손의 창출과 사랑의 표현이라는 숭고한 기능의 성이 있듯이, 인간의 저급한 본능을 충족시키기 위한 성 또한 존재하기 마련이다. 그러나 양자는 무대가 다르고 영역이 달라야 한다. 도시계획의 요체는 상수도와 하수도를 적재적소에 배치하고 서로 혼화(混和)되지 않도록 하는 데 있듯이 성을 묘사하는 출판물도 각기 지정된 활동 영역 내에서 행해져야 한다. 성에 관한 출판물도 그 형태와 내용에 따라 문학작품과 문학작품이 아닌 단순한 음란물들은 무대가 엄격히 구분되어 서로 섞이지 않도록 해야 한다. 그러기에 이 문제를 법적으로 먼저 경험한 많은 나라에서 '성인서적' 또는 '포르노그라피' 등의 이름으로 분류하고 이를 전문적으로 취급하는 서점을 개설하는 등 예술작품과 음란물의 유통경로를 엄격히 분리한다. 이를테면 성적 묘사에 관한 공식적인 하수도를 건설하는 것이다. 이러한 성의 상수도와 하수도를 법적 구분을 하지 않고 공적으로는 하수도를 전면적으로 폐쇄하고 금지하는 우리나라에서는 사실상 이와 유사한 기능을 하는 출판매체가 있다. 이를테면 '황색주간지'가 한 예이다. 이러한 매체에 실린 글은 일반적으로 심각한 문학적 가치가 있다고 기대하지 않는다. 그러므로 성에 대한 적나라한 묘사가 포함되어 있더라도 독자는 거부감을 덜 느끼게 된다. 다시 말하자면 이러한 매체를 선택한 독자는 스스로 '문학작품'을 접하는 것이 아니라는 것을 분명히 알았기에 성에 관한 묘사도 주로 저속한 성적 충동을 자극하기를 기대할 것이다. 소설『즐거운 사라』에 나타난 성의 묘사도 이러한 범주에 속한다고 판단된다. 위의 비유에 입각하면『즐거운 사라』는 하수도의 무대에 머물러 있어야 함이 마땅한 작품임에도 불구하고 상수도의 무대에서 막이 잘못 오른 작품이라고 생각한다. (2) 이 작품에서 성행위 및 이와 관련된 대화의 묘사는 통상인에게 도덕적 수치감과 불쾌감을 유발한다고 생각한다. 감정본문 (1)에서 예시한 묘사는 정상적인 성인 독자의 건전한 성감정을 해친다고 생각한다. 또한 성행위와 관련하여 군데군데 등장하는 "네 멘스를 받아서 거기에 밥을 말아 먹고 싶다."(293면) 등의 표현은 아이디어의 신규성에도 불구하고 대다수의 국민에게 혐오감을 불러일으킨다고 생각한다. (3) 감정인의 견해로는 이 작품은 적어도 현재의 기준으로는 법이 창작물로 보호해야 할 정도의 문학적, 예술적, 정치적 또는 사회적 가치가 결여되었다고 생각한다. 이 작품에 예술적 가치를 부여하고자 하는 사람은 이 작품이 성을 노골적으로 다루었기 때문에 출판 시에는 시대에 뒤진 법의 제재를 받았으나 후일 명작의 반열에 오른 작품들에 비유하고 싶을지 모른다. 에밀 졸라의『나나』, D.H. 로렌스의『무지개』와『채털리 부인의 사랑』, 플로베르의『보바리 부인』또는 헨리 밀러의『북회귀선』도 출판 당시에는 법의 규제를 받았다는 사실을 예로 들어 이 작품에 대한 평가도 예술에 무지하고 시대에 뒤진 사람들의 우매한 고집이라고 매도할지도 모른다. 그러나 이러한 작품들은 성에 대한 비통념적인 묘사라는 지엽적인 문제 때문에 법의 제재를 받은 것일 뿐, 작품의 문학적 가치 그 자체에 대해서는 심각한 의문이 제기되지 않았다는 사실을 중시해야 할 것이다. 어느 나라에서나 음란물로 법의 제재를 받은 출판물의 절대다수는 후세에 이름조차 전해지지 않고 쓰레기가 되어버렸다는 사실을 알아야 할 것이다. 이 점이 바로 법이 보호하는 문학적 가치가 있는 성의 묘사와 음란물에 불과한 성의 묘사와의 차이이다. 이런 관점에서 볼 때『즐거운 사라』는 후세인들에 의해 선구적인 문학작품으로 인정받을 것이라고는 결코 기대할 수 없는 음란물에 불과하며, 혹시 다시 보는 독자가 있다면 이 작품의 문학적 가치 때문에서가 아니라 단순히 재판의 대상이 되었다는 사실 때문일 것이라고 생각한다. 이러한 법적 심사기준에 입각하여 본 감정인은 피고인 마광수의『즐거운 사라』는 헌법이 보호하는 문학작품의 수준에 이르지 못하는 단순한 '음란물'에 해당한다고 판정하는 바이다.[15)]

Ⅲ. 소설『즐거운 사라』에 대한 대법원 판례의 조명

대법원은 1995년 6월 16일에 마광수 교수의 소설『즐거운 사라』에 대하여 유죄판결을 하였다.

1. 소설『즐거운 사라』에 대한 대법원의 판시사항

판시사항은 (1) 음란한 문서의 개념과 음란성의 판단기준, (2) 마광수

---

15) 위의 기사.

교수가 쓴 소설『즐거운 사라』가 음란한 문서에 해당한다고 한 사례, (3) 문학에 있어서의 표현의 자유와 형법 제243조, 제244조의 관계, (4) 형법 제243조, 제244조의 규정이 죄형법정주의에 반하는지 여부이다.16)

2. 소설『즐거운 사라』에 대한 대법원의 판결요지

가. 종합적 분석

형법 제243조의 음화등의반포등죄 및 형법 제244조의 음화등의제조등죄에 규정한 음란한 문서라 함은 일반 보통인의 성욕을 자극하여 성적 흥분을 유발하고 정상적인 성적 수치심을 해하여 성적 도의관념에 반하는 것을 가리키고, 문서의 음란성의 판단에 있어서는 당해 문서의 성에 관한 노골적이고 상세한 묘사 서술의 정도와 그 수법, 묘사 서술이 문서 전체에서 차지하는 비중, 문서에 표현된 사상 등과 묘사 서술과의 관련성, 문서의 구성이나 전개 또는 예술성 사상성 등에 의한 성적 자극의 완화의 정도, 이들의 관점으로부터 당해 문서를 전체로서 보았을 때 주로 독자의 호색적 흥미를 돋우는 것으로 인정되느냐의 여부 등의 여러 점을 검토하는 것이 필요하고, 이들의 사정을 종합하여 그 시대의 건전한 사회통념에 비추어 그것이 공연히 성욕을 흥분 또는 자극시키고 또한 보통인의 정상적인 성적 수치심을 해하고, 선량한 성적 도의관념에 반하는 것이라고 할 수 있는가의 여부에 따라 결정되어야 한다.17)

나. 표현의 자유의 한계

헌법 제22조 제1항, 제21조 제1항에서 기본권으로 보장되는 문학에 있

---

16) 대법원 1995.6.16, 선고, 94도2413, 판결.
17) 위의 판례.

어서의 표현의 자유도 헌법 제21조 제4항, 제37조 제2항에서 공중도덕이나 사회윤리를 침해하는 경우에는 이를 제한할 수 있도록 하였으며, 이에 따라 형법에서는 건전한 성적 풍속 내지 성도덕을 보호하기 위하여 제243조에서 음란한 문서를 판매한 자를, 제244조에서 음란한 문서를 제조한 자를 각 처벌하도록 규정하고 있으므로, 문학작품이라고 하여 무한정의 표현의 자유를 누려 어떠한 성적 표현도 가능하다고 할 수는 없고 그것이 건전한 성적 풍속이나 성도덕을 침해하는 경우에는 형법규정에 의하여 이를 처벌할 수 있다.[18]

다. 죄형법정주의의 요청

일반적으로 법규는 그 규정의 문언에 표현력의 한계가 있을 뿐만 아니라 그 성질상 어느 정도의 추상성을 가지는 것은 불가피하고, 형법 제243조, 제244조에서 규정하는 "음란"은 평가적, 정서적 판단을 요하는 규범적 구성요건 요소이고, "음란"이란 개념이 일반 보통인의 성욕을 자극하여 성적 흥분을 유발하고 정상적인 성적 수치심을 해하여 성적 도의관념에 반하는 것이라고 풀이되고 있으므로 이를 불명확하다고 볼 수 없기 때문에, 형법 제243조와 제244조의 규정이 죄형법정주의에 반하는 것이라고 할 수 없다.[19]

3. 소설 『즐거운 사라』에 대한 대법원의 참조조문들 및 판례들

모두 형법 제243조, 제244조를 살펴보았다. '다'는 헌법 제21조 제1항, 제21조 제4항, 제22조 제1항, 제37조 제2항을 확인하였다. '라'는 제12조

---

18) 위의 판례.
19) 위의 판례.

제1항을 참고하였다. 참고판례로는 (1) 대법원 1975.12.9. 선고 74도976 판결(공1976,8901), (2) 1995.2.10. 선고 94도2266 판결(공1995상,1367), (3) 1995.6.16. 선고 94도434 판결(동지) 등이다.20)

4. 원심 판결과 상고기각의 이유

원심판결(서울형사지방법원 1994.7.13. 선고 93노446 판결)에 대하여 상고를 하였으나 기각을 하였다. 변호인의 상고이유를 본다(다만, 피고인이 제출한 상고이유보충서는 상고이유서제출기간이 경과된 이후에 제출된 것이므로 변호인의 상고이유를 보충하는 범위 내에서 본다).21)

가. 소설의 한계

형법 제243조의 음화등의반포등죄 및 같은 법 제244조의 음화등의제조등죄에 규정한 음란한 문서라 함은 일반 보통인의 성욕을 자극하여 성적 흥분을 유발하고 정상적인 성적 수치심을 해하여 성적 도의관념에 반하는 것을 가리킨다고 할 것이고, 문서의 음란성의 판단에 있어서는 당해 문서의 성에 관한 노골적이고 상세한 묘사·서술의 정도와 그 수법, 묘사·서술이 문서 전체에서 차지하는 비중, 문서에 표현된 사상 등과 묘사·서술과의 관련성, 문서의 구성이나 전개 또는 예술성·사상성 등에 의한 성적 자극의 완화의 정도, 이들의 관점으로부터 당해 문서를 전체로서 보았을 때 주로 독자의 호색적 흥미를 돋우는 것으로 인정되느냐의 여부 등의 여러 점을 검토하는 것이 필요하고, 이들의 사정을 종합하여 그 시대의 건전한 사회통념에 비추어 그것이 공연히 성욕을 흥분 또

20) 위의 판례.
21) 위의 판례.

는 자극시키고 또한 보통인의 정상적인 성적 수치심을 해하고, 선량한 성적 도의관념에 반하는 것이라고 할 수 있는가의 여부에 따라 결정되어야 할 것이다(당원 1970.10.3.선고 70도1879 판결; 1975.12.9.선고 74도976 판결; 1995.2.10.선고 94도2266 판결 참조). 원심이 채용한 증거들을 기록과 대조하여 검토하여 보면, 이 사건 소설 "A"는 미대생인 여주인공 "D"가 성에 대한 학습 요구의 실천이라는 이름 아래 벌이는 자유분방하고 괴벽스러운 섹스행각 묘사가 대부분을 차지하고 있는데, 그 성희의 대상도 미술학원 선생, 처음 만난 유흥가 손님, 여중 동창생 및 그의 기둥서방, 친구의 약혼자, 동료 대학생 및 대학교수 등으로 여러 유형의 남녀를 포괄하고 있고, 그 성애의 장면도 자학적인 자위행위에서부터 동성연애, 그룹섹스, 구강성교, 항문성교, 카섹스, 비디오섹스 등 아주 다양하며, 그 묘사방법도 매우 적나라하고 장황하게 구체적이고 사실적으로, 또한 자극적이고 선정적으로 묘사하고 있어서 위 소설은 위와 같이 때와 장소, 상대방을 가리지 않는 다양한 성행위를 선정적 필치로 노골적이고 자극적으로 묘사하고 있는데다가 나아가 그러한 묘사 부분이 양적, 질적으로 문서의 중추를 차지하고 있을 뿐만 아니라 그 구성이나 전개에 있어서도 문예성, 예술성, 사상성 등에 의한 성적 자극 완화의 정도가 별로 크지 아니하여 주로 독자의 호색적 흥미를 돋우는 것으로밖에 인정되지 아니하는바, 위와 같은 여러 점을 종합하여 고찰하여 볼 때 이 사건 소설은 작가가 주장하는 "성 논의의 해방과 인간의 자아확립"이라는 전체적인 주제를 고려한다고 하더라도 음란한 문서에 해당되는 것으로 보지 않을 수 없다. 소론과 같이 오늘날 각종 영상 및 활자매체 등을 통하여 성적 표현이 대담, 솔직하게 이루어지고 있고 다양한 성표현물이 방임되어 오고 있는 것이 일반적인 추세라고 하여도 정상적인 성적 정서와 선량한 사회풍속을 침해하고 타락시키는 정도의 음란물까지 허용될 수는 없는 것이어서 그 한계는 분명하게 그어져야 하고 오늘날 개방된 추세에 비추어 보아도 이 사건 소설은 그 한계를 벗어나는 것임이 분명하다. 그리고 기록에 의하면 제1심 제2회 공판기일에서 검사작성의 E, F에 대한 각 진술조서에 대하여 피고인이 증거로 함에 동의를 하였음이 명백하므로 이는 증거능력이 있다고 할 것이니 이를 피고인에 대한 유죄의 증거로 삼은 원심의 조치에 무슨 잘못이 있다고 할 수 없다. 따라서 원심이 이 사건 소설을 음란문서라고 인정한 데에 소론과 같은 심리미진이나 채증법칙 위배로 인한 사실오인, 자유심증주의의 남용, 이유불비, 이유모순, 심리미진 등의 위법이 있다고 할 수 없다.[22]

나. 형법 규정

그리고 우리나라 헌법은 그 제22조 제1항에 "모든 국민은 학문과 예술의 자유를 가진다." 그 제21조 제1항에 "모든 국민은 언론과 출판의 자유를 가진다."고 각 규정하고 있어 예술의 영역에 속하는 문학에 있어서의 표현의 자유를 국민의 기본권으로 보장하고 있으나, 한편 그 제21조 제4항에 "언론·출판은… 공중도덕이나 사회윤리를 침해하여서는 아니 된다.", 그 제37조 제2항에 "국민의 모든 자유와 권리는… 공공복리를 위하여 필요한 경우에 한하여 법률로써 제한할 수 있으며, 제한하는 경우에도 자유와 권리의 본질적인 내용을 침해할 수 없다."고 각 규정하고 있으므로 문학에 있어서의 표현의 자유도 공중도덕이나 사회윤리를 침해하는 경우에는 이를 제한할 수 있도록 하였으며, 이에 따라 우리 형법에서는 건전한 성적 풍속 내지 성도덕을 보호하기 위하여 그 제243조에서 음란한 문서를 판매한 자를, 그리고 그 제244조에서 음란한 문서를 제조한

---

22) 위의 판례.

자를 각 처벌하도록 규정하고 있으므로, 문학작품이라고 하여 무한정의 표현의 자유를 누려 어떠한 성적 표현도 가능하다고 할 수는 없고 그것이 건전한 성적 풍속이나 성도덕을 침해하는 경우에는 위 각 형법규정에 의하여 이를 처벌할 수 있다고 할 것이다. 따라서 이와 다른 견해에서 원심판결에 표현의 자유에 관한 법리를 오해한 위법이 있다는 소론은 받아들일 수 없다.[23]

다. 음란성의 판단

일반적으로 법규는 그 규정의 문언에 표현력의 한계가 있을 뿐만 아니라 그 성질상 어느 정도의 추상성을 가지는 것은 불가피하고, 형법 제243조, 제244조에서 규정하는 "음란"은 평가적, 정서적 판단을 요하는 규범적 구성요건 요소이고, "음란"이란 개념이 일반 보통인의 성욕을 자극하여 성적흥분을 유발하고 정상적인 성적 수치심을 해하여 성적 도의관념에 반하는 것이라고 풀이되고 있음은 앞서 본 바와 같으므로 이를 불명확하다고 볼 수는 없다. 따라서 형법 제243조와 제244조의 규정 자체가 죄형법정주의에 반하는 것이라고 할 수 없을 뿐만 아니라 원심이 위와 같은 음란의 개념을 적용하여 이 사건 소설을 음란문서라고 판단하였다고 하여 원심판결에 소론과 같이 위 법조 소정의 음란문서의 해석을 잘못하여 죄형법정주의에 어긋나는 기준을 가지고 판단한 위법이 있다고 볼 수도 없다. 논지는 모두 이유가 없다.[24]

---

23) 위의 판례.
24) 위의 판례.

IV. 고전소설의 백미인 『춘향전』에서
이몽룡과 성춘향의 첫날밤 잠자리 성적 묘사 장면

사실 『춘향전』과 관련하여 (조선 후기의 작품부터 지금까지) 총 120~
130여 편 중에서 여러 책들을 살펴보았으나 필자의 현대적 시각으로서
는 다소 성인용으로 보일 수는 있어도 한국에서 법적으로 문제가 될 정
도의 음란한 장면이 쓰여 있다고 판단하기에는 한계가 있다.

일반적으로 도서관에는 '어린이용 자료실'에 등록되어 있는 『춘향전』25)
이나 '일반인용 자료실'에 비치된 『춘향전』이나 내용상 별반 차이가 없
었기 때문이다.

그럼에도 불구하고 음란하다고 주장하는 분들의 입장을 확인하고자
소개할 수 있을 정도의 성적 묘사를 살펴보고자 한다.

1. '외설 춘향전'(김주영, 1994)에 기술된 첫날밤 등의 성적 묘사의 장면

    ※ 내용은 아래 인용된 『춘향전』과 비슷함.(엮은이)

2. '춘향전 / 심청전'(청목출판사 편집부, 2000)에 기술된
   첫날밤 등의 성적 묘사의 장면

    … 이 도령이 술이 거나해져서 횡설수설하자 춘향이 민망히 여겨 말했다.

---

25) 예를 들면 (1) 고정욱, 『춘향전 아동문학가 고정욱 선생님이 다시 쓴 우리 고전』, 영림카
    디널, 2007, (2) 고진하, 『춘향전』, 주니어김영사, 2012, (3) 김경란, 『신분 사회를 비틀다:
    춘향전』, 휴이넘, 2011, (4) 김영춘, 『춘향전』, 꿈동산, 1994, (5) 박이경, 『(조선시대의 아
    름다운 사랑) 춘향전 이야기』, 청년사, 2011, (6) 신동흔, 『춘향전』, 한겨레아이들, 2004,
    (7) 임정아, 『사랑 사랑 내 사랑이야: 춘향전』, 나라말, 2014, (8) 장철문, 『춘향전』, 웅진
    씽크빅, 2005 등이다.

"달도 기울어 밤이 깊었으니 어서 쉬도록 하시지요."

"그럼 옷을 벗어라. 너 옷 벗는 것을 보고서 내가 눕겠다."

"에그머니나! 도련님이 먼저 벗으셔야지요."

"주인 되는 사람이 먼저 벗어야 할 게 아니냐?"

"주인이 시키는 대로 하셔야 할 게 아니어요!"

이렇게 해서 그 시절의 표현을 빌린다면 서로 승강이 끝에 알몸이 되어 이불 안에 든 두 사람은 북해흑룡이 여의주를 물고서 채운간을 넘어놀 듯, 단산봉황이 죽실을 물고서 오동나무 위를 넘놀 듯, 끝없는 사랑의 희롱으로 꿀 같은 첫날밤을 보내게 된 것이었다.

이렇듯 즐기다가 날이 새면 몸을 비껴 돌아오고 어두우면 황급히 돌아가 자취 없이 다니기를 여러 날이 되었다.

그러던 어느 날, 그날도 다름없이 소풍한다 핑계하고 이 도령이 춘향의 집에 놀고 있으려니까 방자가 부르러 왔는데,

"도련님, 사또께옵서 부르시옵니다."

...26)

필자는 내용상 별로 문제가 없다고 생각한다.

3. '(논술대비) 중학생이 보는 『춘향전』'(성낙수 외, 2002)에 기술된 첫날밤 등의 성적 묘사의 장면

춘향과 도련님이 마주 앉아 놓았으니 그 일이 어찌 되겠느냐, 사양을 받으면서 삼각산 제일봉에 봉학이 앉아 춤추는 듯 두 활개를 살포시 들고 춘향의 섬섬옥수를 반듯이 겹쳐 잡고 의복을 교묘하게 벗기는데 두 손길 썩 놓더니 춘향의 가는 허리를 담쑥 안고,

"치마를 벗어라."

춘향이가 처음 일일 뿐 아니라 부끄러운 고개를 숙여 몸을 틀며 이리

---

26) 청목출판사 편집부, 『춘향전 / 심청전』, 청목, 2000, 19~20면.

곰실 저리 곰실 녹수의 홍련화가 잔바람을 만나 흔들리 듯, 도련님이 치마 벗겨 제쳐 놓고 바지와 속곳을 벗길 때에 무한이 실랑이 한다. 이러 굼실 저리 굼실 동해의 청룡이 굽이를 치는 듯하더라.

"아이고 놓아요. 좀 놓아요."

"엣다. 안 될 말이로다."

실랑이 하는 중에 옷끈 끌러 발가락에 딱 걸고서 지긋이 누르며 기지개를 켜니 발길 아래 떨어진다. 옷이 활짝 벗겨지니 형산의 백옥덩이가 춘향에 비길소냐. 옷이 활짝 벗겨지니 도련님 거동을 보려 하고 슬금히 놓으면서,

"아차차 손 빠졌다."

춘향이 금침 속으로 달려든다. 도련님이 왈칵 쫓아 드러누워 저고리를 벗겨 내어 도련님 옷과 모두 한데다 둘둘 뭉쳐 한편 구석에 던져 두고 둘이 안고 마주 누웠으니 그대로 잘 리가 있는가. 애를 쓸 때에 삼승 이불이 춤을 추고 샛별 요간은 장단을 맞추어 챙그렁 쟁쟁 문고리는 달랑달랑, 등잔불은 가물가물, 맛이 있게 잘 자고 났구나. 그 가운데의 재미있는 일이야 오죽하랴.

하루 이틀 지나가니 어린 것들이라 신맛이 간간 새로워 부끄러움은 차차 멀어지고 이제는 희롱도 하고 우스운 말도 있어 자연히 사랑가가 되었구나. 사랑하고 노는데 꼭 이 모양으로 놀던 것이더라.

...

"그것 잡담 아니로다. 춘향아. 우리 둘이 업음질이나 하여 보자."

"애고 참 잡성스러워라, 업음질을 어떻게 하오?"

업음질을 여러 번 한 듯이 말하더라.

"업음질은 처하 쉬운 것. 너와 나와 활짝 벗고 업고 놀고 안고도 놀면 그게 업음질 아니냐?"

"에고 나는 부끄러워 못 벗겠소."

"에라 요 계집아이야, 안될 말이로다. 내 먼저 벗으마."

버선, 대님, 허리띠, 바지, 저고리, 활짝 벗어 한편 구석에 밀쳐 놓고 우뚝 서니 춘향이 그 거동을 보고 방긋 웃고 돌아서며 하는 말이,

"영락없는 낮도깨비 같소."

"오냐 네 말 좋다. 천지만물이 짝 없는 게 없느니라. 두 도깨비 놀아 보자."

"그러면 불이나 끄고 노사이다."

"불이 없으면 무슨 재미가 있겠느냐? 어서 벗어라. 어서 벗어라."

"에고 나는 싫소."

도련님 춘향 옷을 벗기려 할 때 넘놀면서 어룬다. 만첩청산 늙은 범이 살찐 암캐를 물어다 놓고 이가 없어 먹지는 못하고 흐르룽 흐르룽 아웅 어루는 듯, 북해의 흑룡이 여의주를 입에다 물고 색구름 사이에서 넘노는 듯, 단산의 봉황이 대 열매를 물고 벽오동 속으로 넘나드는 듯, 구고 청학이 난초를 물고서 오송간에 넘노는 듯, 춘향의 가는 허리를 후리쳐 담쑥 안고 기지개 아드득 떨며 귀와 뺨도 쭉쭉 빨고 입술도 쪽쪽 빨면서 주홍 같은 혀를 물고 오색단청 순금장 안의 날아가고 날아오는 비둘기 같이 꾹꿍꾹꿍 으흥거려 뒤로 돌려 담쑥 안고 젖을 쥐고 발발 떨며, 저고 리 치마바지 속곳까지 벗겨 놓으니, 춘향이 부끄러워 한편으로 잡치고 앉았을 때, 도련님 답답하여 가만히 살펴보니 얼굴이 복짐하여 구슬땀이 송실송실 맺혔구나.

"이 애 춘향아. 이리 와 업혀라."

춘향이 부끄러워 하니,

"부끄럽기는 무엇이 부끄러워. 이왕에 다 아는 바이니 어서 와 업혀라."

춘향을 업고 추기시며,

"아따 그 계집 똥집 장히 무겁고나. 네가 내 등에 업힌 것이 마음에 어 떠하냐?"

"더할 수 없이 좋소이다."

…

온갖 장난을 다하고 보니 이런 장관이 또 있으랴. 이팔 이팔, 둘이 만나 비친 마음 세월 가는 줄 모르든가 보더라.

이 때 뜻밖에 방자 나와,

"도련님! 사또께옵서 부릅시오."

…27)

필자는 보는 시각에 따라서는 중학생용이라면 논란의 가능성이 있을 수도 있다고 생각한다.

4. 『춘향전』(구인환 편, 2002)에 기술된 첫날밤 등의 성적 묘사의 장면

춘향과 도령님과 마주 앉아 놓았으니 그 일이 어찌 되겠느냐. 사양을 받으면서 삼각산 제일봉 봉학 앉아 춤추는 듯 두 활개를 애구부시 들고 춘향의 섬섬옥수 받으듯이 검처잡고 의복을 공교하게 벗기는새 두 손길 썩 놓더니 춘향 가는 허리 담쑥 안고,

"나상을 벗어라."

춘향이가 처음 일일 뿐 아니라 부끄러워 고개를 숙여 몸을 틀 때, 이리 곰실 저리 곰실 녹수에 홍련화 미풍 만나 굼니는 듯, 도령님 치마 벗겨 제쳐놓고 바지 속옷 벗길 적에 무한히 힐난된다. 이리 굼실 저리 굼실 동해 청룡이 굽이를 치는 듯,

"아이고 놓아요. 좀 놓아요."

"에라 안될 말이로다."

힐난 중 옷끈 발가락에 딱 걸고서 끼어 안고 진드시 누르며 기지개 쓰니 발길 아래 떨어진다. 옷이 활짝 벗겨지니 형산의 백옥덩이 이 위에 비할소냐. 옷이 활짝 벗겨지니 도령님 거동을 보려 하고 슬그머니 놓으면서,

"아차차, 손 빠졌다."

춘향이가 침금 속으로 달려든다. 도령님 왈칵 좇아 드러누워 저고리를 벗겨 내어 도령님 옷과 모두 한데다 둘둘 뭉쳐 한편 구석에 던져두고 둘이 안고 마주 누웠으니 그대로 잘 리가 있나. 골즙 낼 때 삼승 이불은 춤을 추고, 샛별 요강은 장단을 맞추어 청그렁 쟁쟁, 문고리는 달랑달랑 등잔불은 가물가물 맛이 있게 잘 자고 났구나. 그 가운데 진진한 일이야 오죽하랴. 하루 이틀 지나가니 어린 것들이라 신맛이 간간 새로워 부끄럼은 차차 멀어지고, 그제는 기롱도 하고 우스운 말도 있어 자연 사랑가가

---

27) 성낙수 · 조현숙 · 김은정, 『중학생이 보는 춘향전』, 신원문화사, 2002, 52~71면.

되었구나.

   …

   "도련님! 사또께옵서 부릅지요."

   …28)

필자는 보는 성인용으로 별로 문제가 없다고 생각한다.

V. 결론

1. 국민문학으로서의 『춘향전』

누군가 "한국문학을 조금이라도 이해하는 사람이라면 『춘향전』을 모르는 사람이 없을 것이다. <아리랑>이 한국 음악을 대표하는 것과 마찬가지로 『춘향전』은 한국문학을 대표하는 작품이다."29)라고도 한다.

누군가 "『춘향전』에는 한국인의 삶이 고스란히 녹아 있다. 신분의 벽을 뛰어넘는 남녀간의 사랑, 고단한 삶을 살아가면서도 밝고 희망찬 내일을 기다리는 서민의 꿈, 불의한 관리에 대한 백성의 비판과 항거, 현실의 어려움을 견디는 해학과 풍자 등을 작품 속에서 만날 수 있다. 『춘향전』은 어느 특정 계층만이 향유하는 예술이 아니라 여러 계층의 남녀노소가 함께 즐기는 국민문학적 성격을 가지고 있다."30)고 한다. 『춘향전』의 문학적 가치를 정리하자면 (1) 계층 화합의 국민 문학이며, (2) 민족성이 강한 토속적 문학이고, (3) 개방문학이자 성장문학이며, (4) 통합적 예

---

28) 구인환 편, 『춘향전』, 신원문화사, 2002, 51~68면; 비슷한 내용으로 '송성욱 편, 『춘향전』, 민음사, 2004, 55~73면'을 참고하였다.
29) 정하영, 앞의 책, 10면.
30) 위의 책, 5면의 머리말.

술이고, (5) 한국문학연구의 전범을 제시한 작품이라고 볼 수도 있을 것이다.31)

정하영은『춘향전』의 이본을 (1) 제1기로 최초의 이본 '한문 필사본' <만화본>이 나온 1745년경부터 목판방각본이 나오기 시작하는 1850년 전후까지이며, (2) 제2기의 이본 '목판본과 국문 및 한문필사본'은 목판본이 나온 이후부터 이해조의 개작 활자본 <옥중화>가 나오는 1910년 전후까지이고, (3) 제3기의 이본 '활자본'은 1910년대 이후 현재까지로 나누기도 한다.32) 특히 지금까지의 번역본들은 대부분 <열녀춘향수절가>를 그 대상으로 하고 있다. 왜냐하면 목판본 가운데 후대의 것으로 상대적으로 문학적 완성도와 대중적 선호도가 높아 '춘향전 문학을 집대성한 작품'으로 평가를 받는다고 볼 수 있기 때문이다.33)

(당시 서울지검 특수2부에 근무하면서『즐거운 사라』의 담당검사였던) 김진태 검사는 "비록 일부 대목에 성적 묘사가 있다 하더라도 권선징악을 전체 주제로 하는『춘향전』등 고전과 성관련 대목을 제외하면, 조사만 남을 이 소설은 애초부터 비교 불가능한 것"34)이라고 평가하기도 하였다.

2.『즐거운 사라』에 대한 찬반론

이문열 작가에 의하며 "읽고 난 뒤 내가 먼저 느껴야 했던 것은 구역질이었고, 내뱉고 싶은 것은 욕지기였다. 나는 솔직히 이제 어떤 식이든 그런 불량식품이 문화와 지성으로 과대포장돼 문학시장에 유통되는 것

31) 위의 책, 52~53면 참고.
32) 위의 책, 25면 참고.
33) 위의 책, 29 및 37면 참고.
34)「20여 년 전『즐거운 사라』재판 다시 보니」,『경향신문』, 2017.9.6.

을 막아야 한다고 생각한다."35)고 비판을 한 바가 있다.

한승헌 변호사는 "지나친 성의 묘사는 퇴폐적이며, 퇴폐적인 것은 곧 음란범죄라고 보는 등식은 지나친 편견이다. 같은 성묘사라도 그것이 문학·예술로 인정되면 괜찮고, 그렇지 않은 것은 곧 음란죄가 된다는 식의 이분법적 사고도 문제다. … 문학작품은 도덕이나 윤리에 얽매이는 권선징악의 교과서가 아닐진데, 그 속에 변태적 성행위 등을 포함한 자유로운 성행위의 표현이 있다 하더라도 그 역시 표현의 자유의 영역이고 보면 함부로 이를 형법상의 음란문서로 단죄해서는 안 된다. … '건전한 성적 풍속이나 성도덕'과 같이 그 개념과 실체가 막연한 풍속론, 도덕론을 가지고 작가를 처벌하는 이유로 삼는다면 이것은 결코 헌법상 보장된 언론·출판의 자유, 학문과 예술의 자유 등의 법리를 잘못 이해한 탓이라고 아니할 수 없다."36)고 긍정을 하기도 한다.

3. 정리

이상의 내용을 정리하면 다음과 같다.

첫째로 누군가 "당초 전라도의 어느 소리꾼이 판소리로 불렀던 것을 다시 판본으로 새긴 듯한 이 『춘향전』은 그래서 판소리 다섯 마당 가운데 하나였으나, 『춘향전』이기 전에 <춘향가>로 불려짐이 마땅한 듯하다. 조선 중기인 1754년(영조 30) 유진한이 지은 『만화집』의 <춘향가>가 가장 오래된 문헌으로 손꼽히고 있지만, 그로부터 오늘에 이르는 긴 세월 동안 『춘향전』은 판본으로 혹은 소리꾼들의 구전으로 많은 사람들에게 회자되었다."고 한다. 이러한 주장이 의미가 있는가에 있다.

---

35) 「다시 나온 마광수의 『즐거운 사라』」, 『뉴시스』, 2013.11.18.
36) 위의 기사.

필자는 상기의 내용은 '춘향전의 저작 연도'에 대한 하나의 추측성 주장이라고 생각한다. 왜냐하면 (정확한) 물적 근거에 의해서라기보다는 추측에 의한다고 보기 때문이다. 다만 당시에 '춘향'이라는 단어가 사용된 점은 의미가 깊다고 하겠다.

둘째로 독일 등의 경우에 마광수 교수의 소설 『즐거운 사라』(1991) 수준이라면 어떻게 대처할 것인가? 예를 들면 '음란물이어서 불법'이라고 볼 것인가 혹은 '성인물이어서 합법'이라고 볼 것인가에 논의의 핵심이 있다. 이와 관련된 내용으로 한국의 검찰은 "단순 음란을 단죄하는 차원이 아니라 위기의 상황에 처한 정신적, 문화적 흐름에 대한 경고의 의미도 담고 있다며 사뭇 비장했다. 변태성 행위, 여성 간의 동성애 행위, 교수와 제자 간의 성행위 등을 노골적으로 묘사해 사회에서 용납되는 성애 행각의 수준을 넘긴, 문학이 아닌 음란물이라고 단정했다. 사회 윤리를 정면으로 파괴하고 성적으로 타락한 행동을 다룬 『즐거운 사라』라는 사실상의 포르노물을 '마광수 신드롬'이란 유행어 속에 방치해 두는 것은 일부 매스컴의 선정주의에 영합하는 것으로 사회 전반에 해악을 미칠 소지가 크다."[37]고 한다.

필자가 독일에서 1994년부터 2000년까지 유학 중에 살펴본 유럽시민의 생활과 법률문화를 살펴본 바에 의하면 '예술의 자유 등'이 거의 100% 보장되기에 『즐거운 사라』와 유사한 수준의 소설책을 출판하는 것은 별로 문제가 되지 않는다고 보인다. 왜냐하면 성과 관련하여 영화나 책들이나 작품 등에서 노출(100% 완전노출)과 모션(상상이 가능한 모든 행위) 등의 수위가 과감해도 (성인용일 경우 성인을 대상으로 한다면) 전혀 법적으로 문제가 되지 않기 때문이다.

---

37) 「다시 나온 마광수의 『즐거운 사라』」, 위의 기사.

셋째로 (소설)『즐거운 사라』에 동성애를 묘사하고 있다. 만약 무조건적인 동성애 반대의 입장에서 심사를 한다면 어떻게 판단하여야 할 것인가에 있다.

필자는 확인하기에 '동성애 합법화 국가들'(2017년 기준시)로 (1) 네덜란드 (2001년 4월), (2) 벨기에(2003), (3) 스페인(2005), (4) 캐나다(2005), (5) 남아공 (2006), (6) 스웨덴(2009), (7) 노르웨이(2009), (8) 아이슬란드(2009), (9) 포르투갈(2010), (10) 아르헨티나(2010), (11) 덴마크(2012), (12) 영국(2013), (13) 우루과이(2013), (14) 브라질(2013), (15) 뉴질랜드(2013), (16) 프랑스(2013), (17) 룩셈부르크(2015), (18) 아일랜드(2015), (19) 미국(2015), (20) 핀란드 (2017), (21) 멕시코(2017), (22) 독일(2017), (23) 오스트리아(2017년 12월 동성결혼 금지 위헌결정: 2019년 1월 시행), (24) 호주(예정), (25) 대만(예정) 등이다. 아마도 한국에서 수천년 후에도 동성애를 반대한다면 모르겠지만 수년 혹은 수십년 후에 동성애 합법화 대열에 동참을 하게 된다면 어떻게 판단하여야 할 것인가에 있다. 깊게 생각해 볼 일이다.

넷째로 소설『즐거운 사라』라는 작품에 "묘사된 성행위로서 현행법상 범죄에 해당하는 행위는 단 한 건뿐, 배우자가 있는 김승태와의 성행위 뿐이다. 이러한 행위는 현행법상 간통죄에 해당할 수 있지만 이러한 혼외정사는 모든 문학작품에서 지극히 일반적으로 다루는 이야기이며 통상적인 의미의 성범죄의 분류에 속하지 아니한다."[38]고 한다. 이 경우 간통죄가 현재에 형법상 범죄에 해당하는가에 있다.

필자가 확인하기에 한국에서 간통죄는 2015년에 폐지가 되었다.[39] 따라서 더 이상 소설『즐거운 사라』에서 유부남 김승태와의 성관계는 형법적으로는 문제가 되지 않는다. 다만 "2015년 2월 26일, 형법상 간통죄는

---

38) 「'마광수 소설은 법적폐기물'이라던 안경환 감정서 입수해보니」, 앞의 기사.
39) 「간통죄, 62년 만에 폐지… 예상되는 파장은?」, MBC, 2015.2.26.

폐지됐다. 하지만 우리 법원은 여전히 부부가 '성적 성실의무'를 지키도록 요구하고 있다. 간통죄 폐지가 외도를 용인하는 건 아니라는 얘기다. 부부 간 성적 성실의무를 충실히 지킨 사람은 법으로 보호받아 마땅하기 때문이다. 그래서 우리 민법은 이혼 사유의 하나로 배우자의 부정행위를 규정하고 있다. 부정행위가 인정되면 성적 성실의무를 저버린 이에게 상대방 배우자가 금전적 위자료를 청구할 수 있다. 부정행위의 개념도 간통보다 더 넓다. 종합해 보면 '외도=불법행위'라는 등식은 간통죄가 폐지됐음에도 변하지 않았다는 거다. 물론 부부관계를 온전히 유지하고 있는 상태에서 부정행위가 있었다는 게 입증돼야 한다. 만약 부정행위를 입증할 수 있다면 외도에 동참한 제3자에게도 손해배상책임을 물을 수 있다. 특히 외도한 배우자에게만, 혹은 외도한 배우자와 혼인관계를 유지한 채 제3자에게만 손해배상을 청구할 수도 있다. 두 사람 모두에게 손해배상을 청구하는 방법도 있다. 외도를 한 제3자가 다른 사람의 가정을 침해하고 상대방 배우자에게 정신적인 고통을 가했다는 점을 인정하는 건데, 외도한 배우자와 제3자를 '부진정연대채무' 관계로 보기 때문이다. … 다만 상대방이 유부남·유부녀라는 사실을 몰랐거나 혼인관계가 이미 파탄난 것으로 알고 만났다면 불법행위의 성립요건인 고의성이 인정되지 않아 제3자는 손해배상 책임을 지지 않는다. 이 때문에 상간남·상간녀는 종종 재판에서 상대방이 유부남·유부녀라는 사실을 몰랐다고 주장한다. 위자료 소송에서 증거를 모아야 하는 이유가 여기에 있다. 법원도 손해배상의 범위를 일률적으로 보지 않고 사안별로 달리 판단한다. 혼인관계 파탄 여부, 부정행위 기간·정도·범위, 혼인기간, 소송 전후 정황, 고의성 등을 종합적으로 고려한다. 따라서 SNS 대화내용, 전화통화 내용, 전자우편, 동영상, 사진, 자동차 블랙박스 등 증거로 사용할 수 있는 자료들을 모아야 한다. 원본이면 더 좋다. 가끔 위법한 방법으로 증거를 수집하는 경우가 있는데, 오히려 상대방으로부터 형사고소를 당할 수 있으니 주의해야 한다."[40]고 소개하고 있다.

다섯째로 누군가 "'이런 것을 문학이라 해야 하는가'라는 '불쾌감'은 심○○ 검사의 문학적 무지의 소산이다. 『즐거운 사라』는 문학적 상상력의 산물이며, 성(性)과 문학과 개인·여성의 자유가 어떻게 관련 맺는가에 대한 마광수의 작가적 탐구의 산물이다. 그것은 90년대 초반이라는 시대가 요구하는 문학적 실험이기도 했다. 그러므로 이 사건은 문학을 읽는 눈의 낙후성이 실험적인 문학을 단죄한 엽기적 사건이다. 이러한 단죄야말로 성을 인간을 장악할 도구로 삼은 근대적 권력의 특기 가운데 하나다. 성에 대한 표현을 문학이다, 아니다 라고 규정하는 권력을 국가와 일부 계층이 지니겠다는 것. 무력의 지배가 물러간 자리에, 개인의 자유를 갈가리 찢어 허용하고 금지하는 담론적 지배가 들어선 것이다. 여기에 맞서 가장 첨예한 자유, 어린 여성의 성적 자유를 말한 것은 정면도전이 아니겠는가."[41]라고 주장하기도 한다. **이러한 시각이 무난한가에 있다.**

필자는 '조선시대에 『춘향전』의 저자가 실명을 밝혔다면 과연 어떠한 일이 발생했을 것인가?'에 대하여 고민해 보았다. 추론하건대 (조선 광해군 때 좌찬찬을 지내다가 반역죄로 능지처참된 교산) 허균이 소설 『홍길동전』 등을 쓴 후에 발생한 일들이 뇌리를 스친다. 허균은 조선 중기 양반 가문의 아들로 태어났으나 1618년 광해군의 폭정에 항거하였다는 이유로 가산이 몰수되었고, 식솔들과 함께 참형에 처해진 인물이다. 그는 『배비장전』, 『토끼전』, 『이춘풍전』 등 주로 양반사회의 치부를 고발하는 작품들을 발표하여 권력의 미움을 샀었다.[42] 그러나 21세기에 『춘향전』

---

40) 「간통죄 폐지됐어도 외도는 '불법'」, 『더 스쿠프』, 2017.1.19.
41) 「용납할 수 없는 자유는 금기가 된다」, 『시사저널』, 2017.9.11.
42) 허균, 『홍길동전』, 청목사, 2000, 소개글 참고.

은 '고전소설의 백미'가 되었고, 『홍길동전』은 '국문소설의 백미'라는 칭호가 붙어 있다. **반만년 전통의 역사 속에서의 소설작품 등에 대한 법적 평가가 반만년 후에는 과연 어떠한 평가가 내려질지 사뭇 궁금해진다.** 예를 들면 간통죄는 "고조선의 팔조금법뿐 아니라 구약성경의 십계명에도 포함돼 있는데, 기독교의 관점에서 보자면 간통은 신이 인간에게 내린 율법의 핵심이라 할 수 있을 것이다. 그 율법이 인간으로 구성된 현대의 국가기구에 의해 비범죄화된 것이다."[43]라는 점에 있다. **2000년경 독일 파사우시의 한 미술전시관에서 크로키로 된 '난잡한 성적 표현물'**(예로 다대일, 다대다, 짐승도 출현, …)**을 전시하면서 도록을 파는 것을 보면서 '역시 독일에는 예술의 자유가 있구나!'라고 탄식을 한 바가 있다.** 만약 한국에서 유사한 일이 발생한다면 아마도 경찰들이 난입하여 미술관은 난장판이 되었을 것이며, 관련자들이 법적 처벌을 받을 것이다.

결론적으로 필자는 '음란성과 예술성을 구별하는 기준이 모호하다'고 생각한다. 과거 수백 년 전의 개념정의와 현재의 개념정의 및 수백 년 후의 개념정의가 다르다는 점을 인정한다면 '진짜 불가능한 것을 가능하다고 하는 것은 난센스이다'라고 하겠다. **독일 등의 경우처럼 (현실적으로 관리 등이 불가능하다면) 법적으로 성인이 된 자에게는 스스로 자율적으로 선택할 경우 각자가 전적으로 모든 책임을 진다는 전제하에 성인물을 허용하는 것도 '진짜 가능한 것을 가능하게 하는 것이 진리이다'라는 점을 인정하여야 할 것이다.**

---

43) 「간통죄 처벌조항의 위헌 결정」, 『한국보험신문』, 2015.3.8.

마광수 소설 『즐거운 사라』 사건(1991)*

채형복_경북대학교 법학전문대학원 교수

"허위의식과 위선에 빠지지 않은 솔직한 정신을 보여주다."

마광수는 1951년 4월 14일 서울에서 태어나 청계초등학교와 대광중고 등학교, 연세대학교 국어국문학과를 졸업하였다. 1977년 『현대문학』에 「배꼽에」 등 여섯 편의 시를 발표하고, 박두진 시인의 추천으로 등단했 다. 1983년 「윤동주 연구」로 연세대학교에서 박사학위를 받았다. 홍익대 국어교육학과 교수(1979~1983)를 역임했고, 연세대 국어국문학과 교수 (1984~1995, 1998~2016.8)로 있었다.

그는 다수의 문학이론·비평서, 시집, 에세이집은 물론 소설을 펴냈다. 그중에서 1989년 장편 소설 『나는 야한 여자가 좋다』로 언론의 혹평을 받았고, 『즐거운 사라』로 필화를 겪고 구속 및 해직되는 등 갖은 고초를 겪는다. 자신의 작품과 작품세계를 소개하는 누리집 '광마클럽'(www. makwangsoo.com)을 운영하고 있다.

---

* 이 글은 졸고, 「마광수 소설 『즐거운 사라』 사건(1991)」, 『법정에 선 문학』(한티재, 2016. 12), 215~246면을 재수록한 것임.

사건 원인과 경과

'마 교수'로 불리는 마광수는 1992년 펴낸 장편소설 『즐거운 사라』가 외설 논쟁에 휘말리면서 논란의 중심에 선 인물이 된다. 『즐거운 사라』 는 여대생인 주인공 '나사라'가 대학교수 '한지섭'과 음란한 성관계를 맺 는다는 내용을 담고 있다.

『즐거운 사라』는 1990년 2월부터 7월까지 6개월 동안 월간지 『여성자 신』에 연재되었던 소설로, 그 이듬해인 1991년 7월 서울문화사에서 단행 본으로 출간된다. 하지만 1991년 8월 초 간행물윤리위원회의 고발로 서 울 중구청은 서울문화사에 대해 출판등록취소 경고를 한다. 이에 출판사 측은 자발적으로 배포된 책을 회수하고, 다시 『즐거운 사라』를 발간하지 않겠다는 포기각서를 쓴다. 1992년 8월 이 책이 다시 청하출판사에서 간 행되자 간행물윤리위원회는 『즐거운 사라』를 '외설 작품'이라고 결론 내 린다. 이것이 사회문제로 비화되자 조사 절차에 착수한 검찰이 마광수와 청하출판사 대표인 장석주를 구속하였다.

1992년 10월 29일 검찰은 『즐거운 사라』가 형법 제244조의 음란물에 해당된다는 혐의로 마광수를 연행한 다음 서울구치소에 수감하였다. 검 찰에 따르면, 『즐거운 사라』는 "성욕을 자극·흥분시키고 사회 일반인의 정상적인 성적 수치심과 선량한 성적 도의관념을 해치는" 음란소설이라 는 것이다.[1)]

작가인 마광수 본인은 물론 책을 펴낸 출판사 대표까지 구속한 이 사 건이 일으킨 사회적 파장은 컸다. 마광수의 구속은 오히려 사람들의 호 기심을 자극하여 『즐거운 사라』가 매진되기까지 하였다.

---

1) 『즐거운 사라』에 대한 소송 절차 및 그 쟁점에 대한 개요는 한승헌, 『권력과 필화』, 문학 동네, 2013, 91~95면 참조.

이러한 반응에 놀란 것일까. 검찰은 마광수를 구속한 후 관계기관인 문화부에『즐거운 사라』의 판금조치를 요구한다. 이에 문화부는 서둘러 판금처분을 내리고, 서둘러 이 책의 수거에 나섰다.

그의 구속을 둘러싸고 종교단체와 문학가들은 자신들의 입장에 따라 서로 극렬하게 대립하였다. 이 가운데 소설가 이문열은, "마광수의 소설을 읽고 난 뒤 내가 먼저 느껴야 했던 것은 구역질이었고, 내뱉고 싶던 것은 욕지기다."며 마광수의 구속을 적극적으로 옹호했다. 이문열의 이러한 태도는 1990년 1월 마광수가 어느 언론에 실은 글에서, "이문열의 상업적 성공의 근본적 원인은 대한민국 독자들의 교양주의 선호 현상에서 찾아볼 수 있다."며 비판한 데 대한 반감에 따른 것이다.[2]

1992년 12월 28일 1심 재판부는『즐거운 사라』가 외설적이라는 이유로 두 피고인에게 각각 징역 8월에 집행유예 2년의 형을 선고한다(서울형사지방법원 1994. 7. 13. 선고 93노446 판결). 마광수는 집행유예로 가까스로 풀려났지만 그의 시련은 여기서 그치지 않았다. 구속 파문으로 그는 1993년 연세대로부터 직위해제되었고, 1995년 6월 대법원에 제기한 상고는 기각되어 유죄가 확정된다(대법원 1995. 6. 16. 선고 94도2413 판결). 이로써 그는 해직되어 교수직을 잃는다.

연세대학교 국어국문학과 학생회는『즐거운 사라』필화 사건을 "이 시대의 가장 음란한 싸움"으로 보고, 스승 마광수 교수를 변호한다. 1995년 학생회는『즐거운 사라』사건과 관련된 공판기록 및 감정서는 물론 마 교수의 문학세계를 조망하는 자료집『이 시대의 가장 음란한 싸움에 대한 보고: 마광수는 옳다』를 발간한다.[3] '작가 마광수'는 필화 사건으로

---

2) 강준만,『한국현대사산책: 1990년대 편 1』, 인물과사상사, 2006, 189면.
3)『즐거운 사라』필화 사건의 상세한 경위에 대해서는 연세대학교 국어국문학과 학생회,『마광수는 옳다』, 사회평론사, 1995, 666면 참조. 이 책은『즐거운 사라』사건 백서로, 재판기록과 논쟁 기록, 그리고 마광수 문학세계의 재조명 등의 내용을 담고 있다.

적잖은 고충을 겪었다. 그러나 제자들의 절대적인 지지와 지원을 받은 '스승 마광수'는 그나마 행복하고 위로받았을 것이다.

1998년 3월 다행히 김대중 정부에 의해 복권되어 그는 다시 교수직에 복직되었으나 2000년 6월 논문 실적 등의 미달로 교수 재임용심사에서 탈락한다. 이 조치에 대해 학생들은 강력하게 반발하였다. 학교 당국은 그의 재임용 탈락을 보류하였으나 그는 한동안 우울증을 앓는 등 심한 심적 고통으로 휴직한다. 2002년 마광수는 연세대에 복직하였으나 우울증이 악화하여 휴직하였다가 2004년 재복직한다.

2013년 마광수는 『2013 즐거운 사라』(책읽는귀족, 2013)를 발간한다. 그는 이 소설의 발간 취지를 이렇게 밝히고 있다.

> 1992년 10월 29일에 내가 쓴 소설 『즐거운 사라』가 음란물이라는 이유로 전격 구속 수감되면서, 소설 『즐거운 사라』 역시 판매금지 처분을 받았다. 검찰과 사법부와 문화부의 공모로 이루어진 무고한 여인의 사형 집행이었다. 그래서 나는 2013년 현재 21년 동안이나 판금 상태로 있는 그 소설의 판매금지 해제를 바라는 마음으로, 그리고 헌법에 보장된 (문학적) 표현의 자유를 되찾기 위해서 이 소설을 썼다.

이 글에는 마광수가 '작가'로서 필화 사건으로 겪은 고충과 함께 그의 '작품' 『즐거운 사라』의 복권(판금 해제)을 바라는 마음이 여실히 드러나 있다.

마광수 교수는 2016년 8월 정년퇴임한다. 어느 언론과의 인터뷰에서 그는, "후회는 없습니다. 내 소신이니까. 그런데 너무 두들겨 맞은 게 억울하네요."라며 『즐거운 사라』 필화 사건에 대한 자신의 심정을 담담하게 술회한다. 이 기사를 읽고 필자는 마광수 교수에게 대구 지역의 독자들과 간담회를 제안하는 이메일을 보냈다. 이에 대해 그는, "훌륭한 일을 하고 계십니다. 저는 건강상 토론엔 참석하기 어렵습니다. 지금 몹시 우울증을 앓고 있습니다. 부디 양해 바랍니다. 마광수 드림"이라는 짤막한 내용의 답신을 보내 왔다. 마광수는 심한 우울증으로 심리적으로 불안하고 안정되지 못한 듯 보였다. 독자들과 만나 대화하지 못할 정도로 고통받고 있는 그의 모습이 안쓰러웠다.

법적으로 '작가 마광수'는 사면되었으나 '소설 작품'『즐거운 사라』는 현재까지도 판매금지 상태에 있다. 하지만 일본어로 번역·출간된 일어판 『즐거운 사라』는 일본에서 아무런 법적 제재를 받지 않았다. 오히려 10만 부 이상 판매되는 등의 역설적인 모습을 보였다.[4]

마광수의 사례는 필화가 예민한 감성을 가진 작가의 몸과 마음을 얼마나 피폐하게 만들 수 있는가를 실증하고 있다. 작품 속 주인공 '사라'도, '작가 마광수'도 여전히 복권되지 못하고 있다. 그의 필화는 아직도 계속되고 있다.

작품 줄거리

H대 미대 3학년에 다니는 여학생 '나사라'는 성에 관심이 많다. 요즘 그녀를 사로잡고 있는 것은 "남자와 결부되지 않는 섹스, 아니 섹스라는 단어 자체와도 결부되지 않는 오르가즘, 그 오르가즘의 정체에 대한 관심"이다.

그녀는 키 168센티미터에 체격도 팔등신에 가깝게 늘씬하다. 하지만 자신이 생각하기에 광대뼈도 약간 튀어나왔고 코도 얼굴 전체에 비해서

---

4) 한승헌, 앞의 책, 95면.

작다는 외모콤플렉스가 있다. 사라는 자신의 외모를 극복하고자 성형외과에 가서 쌍꺼풀 수술도 하고, 대학에 들어와 '얼굴에 색칠할 수 있는 권리'를 행사하여 머리 손질과 화장술로 매력적인 외모를 가지게 된다.

사라는 섹스에 대해 자유분방한 관념을 갖고 있다. 사랑하지 않으면서도 나이트클럽에서 만난 남자와 춤추고, 섹스를 한다. 그녀가 고등학교 2학년 때 미술대학 2학년에 다니고 있던 학생이자 그녀에게 그림을 가르치던(실기 레슨) 선생이던 '기철' 선배와 화방에서 처음으로 육체관계를 한다. 그 일로 임신을 하지만 낙태를 한다. '기철'과의 섹스로 '처녀막 파열의식'이 얼떨결에 치러졌지만 그녀는 여성이 지켜야 할 최후의 보루요 지고지존(至高至尊)의 미덕이라 여기는 '순결한 여성'의 허울을 벗어버렸다는 데서 해방감을 느낀다.

대학에 입학하여 '기철'과 자주 만나지만 자신을 '소유'하기를 원하고, '사랑'을 요구하는 그의 태도에 실망한다. 또한 페팅만 좋아하고 인터코스를 하지 않는 '기철'의 소극적 태도에 사라는 점점 그와 멀어진다.

기철과 헤어진 뒤 사라는 학교생활에 충실하려 애쓴다. 학기말 시험을 치르고 나서 6월 어느 날 나이트클럽에서 만난 남자는 사라에게 원하지 않는 섹스를 요구한다. 그러나 사라는 '코가 납작한 천골'인 데다 '천골답게 힘만 센' 그 남자를 거부한다. 호텔방으로 가지 않으려 버티는 사라에게 남자는 손찌검까지 한다. 그때 베이지색 소나타 승용차에서 내린 어느 남자가 그녀를 구해 주고는 그녀를 인적이 드문 곳으로 데려가 차 안에서 거칠게 사라의 몸을 탐하고는 사라의 젖무덤 사이에 코를 박고 울기까지 한다. 사실상 '강간'을 당했지만 이 일을 겪은 다음날부터 사라는 이상하게도 다시금 원위치로 되돌아왔고, 명랑을 되찾는다.

얼마 후 사라는 나이트클럽에서 우연히 어느 남자의 정부(情婦)로 살고 있는 고등학교 동창 정아를 만난다. 그 남자의 이름은 '김승태'로 사업을 하고 있다. 정아의 소개를 받고 사라는 김승태와 춤을 춘다. 그날 이후 사라는 정아와 부쩍 가깝게 지낸다. 정아의 말을 통해 김승태는 길고 뾰족한 손톱을 페티쉬로 가지고 있는 독특한 성적 취향을 가진 남자라는 것을 알게 된다. 사라는 점점 김승태에 대한 호기심을 갖는다.

어느 날 정아네 집에서 레즈비어니즘에 관한 포르노 비디오테이프를 보면서 사라와 정아는 서로 애무하고 춤도 춘다. 또 어느 날 정아네 아파트에 갔을 때는 김승태와 정아가 항문(애널) 섹스를 하고 있었다. 셋은 남자 하나와 여자 둘이 나오는 비디오를 보며 1 대 2의 페팅을 하기도 한다. 8월 중순 제주도로 여행을 떠난 그들은 하이야트 호텔방에서 자유롭게 성적 유희를 즐긴다.

가을 학기에 사라는 교양과목으로 '한지섭 교수'의 '문학과 인간'을 듣는다. 첫 수업 시간 사라는 그에게 강한 호기심을 갖는다. 강의가 진행되면서 한지섭에게 더욱 깊이 빠져들게 된 사라는 그의 또 다른 강의 '문예사조사'를 신청한다. 한지섭에게 빠져드는 만큼 외로움을 느끼던 때 사라는 청담동의 호화 비밀요정에서 언더그라운드 가수인 '김철'을 만난다. 김승태와는 달리 김철은 "혀로 사라의 몸을 정성껏 살금살금 핥는" 예술가 기질로 사라에게 봉사한다. 사라도 김철이 그리 싫지는 않지만 '당당한 카리스마를 가진 남자'를 원한다. 한지섭은 사라가 원하는 남자였다.

사라는 한지섭의 '문학과 인간'과 '문예사조사' 두 과목을 듣고 있다. 한지섭은 수강생들에게 "수업 내용과는 무관해도 좋으니 어쨌든 가장 독창적이면서도 대담한 내용의 리포트를 써서 제출하라"고 요구했다. 사라는 "몸으로 리포트를 쓴다."는 과감한 생각을 한다.

사라는 한지섭과의 '우연한 상봉'을 원하지만 그와의 만남은 리포트를 제출하기 위해 들른 연구실에서 이뤄진다. 한지섭은 사라가 쓴 리포트를 칭찬한다. 사라는 아직 제출하지 않은 다른 과목의 리포트는 '몸으로 쓰겠다'고 약속한다. 첫 만남이고 한지섭의 연구실이지만 사라는 대뜸 그의 무릎 위로 올라가 다리를 벌리고 걸터앉고 깊은 입맞춤을 하는 등 대담하게 행동한다. 그러고는 카페 '메자미'로 가서 맥주를 마신다.

일주일 뒤 사라는 다시 한지섭의 연구실로 간다. 연구실을 나온 둘은 사라의 아파트로 가서 깊은 애무를 하며 그날 밤을 보낸다. 사라는 한지섭과 자신을 진정 '한 쌍의 귀여운 바퀴벌레' 같다며 아주 만족해한다. 그녀는 아예 지금부터 한지섭과 함께 영영 같이 살았으면 좋겠다고까지 생각한다.

사라는 한지섭과의 만남을 즐기며 성애(性愛)를 탐닉한다. 그녀가 생각하기에 그는 한 마리의 독거미였다. 끈끈한 점막으로 그녀의 온몸을 움켜잡고 그녀를 조금씩 조금씩 미쳐가게 했다. 하지만 사라가 한지섭에게서 도저히 헤어나오지 못하는 진짜 이유는, 바로 그가 뱉어내는 갖가지 '희망 사항' 때문이었다. 그녀에 대한 그의 요구 사항은 다분히 가학적이었지만 오히려 그것이 그녀에게 아주 기묘한 쾌감을 느끼게 한다.

해가 바뀌고 이월 하순 어느 날 사라는 한지섭과 결혼하고 싶다는 뜻을 밝힌다. 한지섭은 한참 동안 아무 말 없이 담배만 피우다가 조금 어두운 음색으로 말한다. "아무래도 결혼만은 안 돼. (…) 우리가 만약 결혼하게 되면 나중에 가서 반드시 후회하게 될 것 같아서 그래." 그는 사실상 그녀의 요청을 거절한다. 사라는 한지섭에게 주역 점을 쳐달라고 부탁했는데, '귀매(歸妹)'라는 점괘가 나온다. 이 괘는, "시집을 갔다가 과거의 부정이 드러나 쫓겨온 여자라는 뜻"이라며, 그는 그녀에게 여러 남자들과 연애를 즐기면서 돈도 벌 수 있는 직업을 갖는 게 좋겠다고 말한다. 사라는 결혼은 아무래도 자신에겐 '뜨거운 감자' 같다는 생각이 든다며 당분간 결혼은 하지 않고 자유롭게 살기로 마음먹는다.

4학년이 되면서 사라와 한지섭과의 만남도 뜸해진다. 사라는 김철을 다시 찾아가고, 복학생 최승구도 만난다. 그리고 한지섭도 만나고, 같은 과 친구인 미애의 남자 친구 노주형도 만난다. 심지어 노주형은 사라에게 결혼해 달라고 졸라댔다. 그렇지만 그녀는 적당히 얼버무려두기 작전으로 시종일관하고 있었다.

그러던 어느 날, 사라는 한지섭이 보낸 다음 내용의 편지를 받는다. "사라, 왜 전번에 나하고 약속한 거 있지? 지난 학기 때 과제물을 안 낸 과목의 리포트를, 사라가 몸으로 써서 보여주겠다고 한 것 말야. 언제라도 내가 시키는 대로 행동하겠다고 사라는 약속했어. 이제 그 리포트를 내주겠어. 과제는 이거야. 앞으로는 사라가 내 앞에서 절대로 얼씬거리지 않기. 전화도 안 하기. 물론 나도 사라를 귀찮게 하지 않겠어. (…) 네게 자유를 주고 싶어서 그러는 거니까 너무 기분 나쁘게 생각하지 말아줘." 한지섭의 "자유를 주고 싶어서"라는 말에 사라는 자존심이 구겨진 듯 분노에 식식거린다.

학교에 간 사라는 자신의 '첫사랑의 대상이자 자신의 처녀막을 뚫어준 첫 남자'인 기철이 자살했다는 충격적 소식을 듣는다. 하지만 그녀는 기철의 죽음이 슬프기보다 오히려 자신이 그로부터 홀가분하게 해방된 것 같아 유쾌한 기분을 느낀다.

정신을 가다듬고 사라는 T교수의 수업을 들으러 강의실로 들어간다. 허구한 날 자신을 째려보기만 하는 T교수는 "나사라, 수업 끝나고 잠깐 내 방으로 와"라고 말한다. 연구실에서 T교수는 음흉하고 몽롱한 눈길로 사라에게 대학원에 들어와서 자신의 조교를 하기를 제안한다. 사라는 평소 야하고 관능적인 것을 경멸하는 체하며 거드름을 빼던 T교수가 갑자기 발정난 수캐처럼 나오는 이중적 태도에 혐오감을 느낀다.

집에 돌아온 사라는 독한 술을 서너 잔 마시고 잠이 든다. 저녁에 눈을 뜬 사라는 다시 청담동 술집으로 출근하려고 진한 화장을 하고, 누가 봐도 섹시해 보이게끔 치장을 한다. 거울 속 자신의 모습을 비춰 보고는 아름답다는 생각에 웃음이 난다. 그녀는 문득 한지섭이 편지에서 말한 '자유'를 생각한다. 그러나 이상하게도 한지섭 생각은 나지 않는다. 한지섭뿐만 아니라 기철과 김승태, 그리고 김철, 노주형, 최승구 등 지금까지 그녀가 만났던 남자들에 대한 기억이 마치 전생의 일이라도 되는 것처럼 까마득한 옛일로 느껴졌다.

법적 쟁점과 판단

『즐거운 사라』 필화 사건의 법적 쟁점은 이 소설이 형법 제244조의 음란물에 해당하는가, 헌법에서 보장되는 표현의 자유가 공중도덕 등의 이유로 제한될 수 있는가 여부이다.

첫째, 대법원은 『즐거운 사라』의 음란성 여부에 대해 '문서의 음란성 판단 기준'을 다음과 같이 제시하고 있다.

> 형법 제243조의 음화 등의 반포 등 죄 및 같은 법 제244조의 음화 등의 제조 등 죄에 규정한 음란한 문서라 함은 일반 보통인의 성욕을 자극하여 성적 흥분을 유발하고 정상적인 성적 수치심을 해하여 성적 도의관념에 반하는 것을 가리킨다고 할 것이고, 문서의 음란성의 판단에 있어서는 당해 문서의 성에 관한 노골적이고 상세한 묘사·서술의 정도와 그 수법, 묘사·서술이 문서 전체에서 차지하는 비중, 문서에 표현된 사상 등과 묘사·서술과의 관련성, 문서의 구성이나 전개 또는 예술성·사상성 등에 의한 성적 자극의 완화의 정도, 이들의 관점으로부터 당해 문서를 전체로서 보았을 때 주로 독자의 호색적 흥미를 돋우는 것으로 인정되느냐의 여부 등의 여러 점을 검토하는 것이 필요하고, 이들의 사정을 종합하여 그 시대의 건전한 사회통념에 비추어 그것이 공연히 성욕을 흥분 또는

자극시키고 또한 보통인의 정상적인 성적 수치심을 해하고, 선량한 성적 도의관념에 반하는 것이라고 할 수 있는가의 여부에 따라 결정되어야 할 것이다.

대법원의 음란문서의 판단 기준은 이미 1심 법원 판결에 명확하게 요약·정리되어 있다. 즉, 음란문서라 함은, ① 어느 정도 상세하고 노골적인 묘사를 하는가, ② 관련 문서의 구성에 있어 음란하다고 판단되는 부분이 어느 정도인가, ③ 묘사 방법에 있어서 비유적·상징적인가 혹은 즉물적·직접적인가, ④ 관련 묘사 부분이 중추적인 부분을 차지하는가 등이다.

1심 법원은 이러한 기준이나 상황 등을 볼 때 『즐거운 사라』가 음란문서에 해당하는 구체적인 이유를 다음과 같이 제시하고 있다.

특히 여대생이 대학교수와 사회적 통념에서 벗어나게 벌이는 부도덕한 성관계, 여자 친구와의 동성연애, 혼음, 애널(항문) 섹스, 저질의 욕설, 임의의 남자와의 즉흥적 동침, 카섹스 등에 대한 적나라한 묘사는 건전한 상식을 가진 사람들의 입장에서 볼 때 충분히 비난이나 혐오의 대상이 된다.

따라서 1심 법원은, 『즐거운 사라』는 이 시대의 지배적인 성문화 관념에 비추어도 형법상 음란죄에 해당한다고 보았다.

이에 대해 피고인과 변호인은 『즐거운 사라』는 "성 논의의 해방과 인간의 자아 확립"이라는 주제를 담고 있는 문학작품이라고 주장하였다. 그러나 대법원은, 이 소설이 "성행위의 묘사 부분이 양적·질적으로 문서의 중추를 차지하고 있을 뿐만 아니라 그 구성이나 전개에 있어서도 문예성, 예술성, 사상성 등에 의한 성적 자극 완화의 정도가 별로 크지 아니하여 주로 독자의 호색적 흥미를 돋우는 것으로밖에 인정되지 아니하다."는 이유로 음란한 문서에 해당한다고 보았다.

둘째, 헌법상 보장된 '학문과 예술의 자유'(제22조 1항)와 '언론출판의 자유'(제21조 1항)에 대해서도 법원은 그 자유가 제한될 수 있다고 보고 있다. 1심 법원은, "예술의 자유와 표현의 자유는 존중되어야 하나 『즐거운 사라』는 상업주의와 손잡은 것"으로 본다. 따라서 "소설 『즐거운 사라』는 온갖 변태적 성행위와 불륜 관계가 작품의 중추를 이루고 있어 문학작품으로서 예술성을 잃었을 뿐 아니라 각종 성범죄를 유발하는 등 사회적 폐해도 적지 않다."는 입장을 취하고 있다.

이에 대한 대법원의 입장도 동일하다. 대법원도, '학문과 예술의 자유' 및 '언론과 출판의 자유'에 따라 예술의 영역에 속하는 문학에 있어서의 표현의 자유를 국민의 기본권으로 보장하고 있다는 점에 대해서는 인정한다. 그러나 "언론·출판은 (…) 공중도덕이나 사회윤리를 침해하여서는 아니 된다."는 헌법 제21조 제4항 및 "국민의 모든 자유와 권리는 (…) 공공복리를 위하여 필요한 경우에 한하여 법률로써 제한할 수 있으며, 제한하는 경우에도 자유와 권리의 본질적인 내용을 침해할 수 없다."는 제37조 제2항에 따라 문학에 있어서의 표현의 자유도 공중도덕이나 사회윤리를 침해하는 경우에는 이를 제한할 수 있다고 보고 있다.

따라서 대법원은, "우리 형법에서는 건전한 성적 풍속 내지 성도덕을 보호하기 위하여 그 제243조에서 음란한 문서를 판매한 자를, 그리고 그 제244조에서 음란한 문서를 제조한 자를 각 처벌하도록 규정하고 있으므로, 문학작품이라고 하여 무한정의 표현의 자유를 누려 어떠한 성적 표현도 가능하다고 할 수는 없다. 또한 그 작품이 건전한 성적 풍속이나 성도덕을 침해하는 경우에는 위 각 형법규정에 의하여 이를 처벌할 수 있다."고 판시하였다.

문학으로 법 읽기, 법으로 문학 읽기

2014년 7월에 행해진 '어느 고교 문학 지망생과 마광수의 문답'5)에는 마광수의 '성'과 '에로티시즘'에 대한 인식이 드러나 있다.

문 에로티시즘 문학의 선구자로서 현재 우리나라 사람들의 성에 대한 인식 혹은 성에 대한 수준이 어느 정도라고 생각하는지 묻고 싶습니다.

답 한국 사람들은 성 문제에 위선적으로 행동하고 이중적 처신을 하지요. 내가 보면 예술, 남이 보면 외설이 되는 식이죠. 낮에는 신사, 숙녀고, 밤에는 야수, 창녀입니다. 하루 속히 표현의 자유가 이루어져, 포르노와 매매춘이 합법화되어야 합니다. 집창촌은 없애면서 고급 룸살롱의 매매춘은 봐주는 정부에 책임이 있습니다. 성을 음지에서 양지로 끌어내야 해요.

문 1992년 『즐거운 사라』가 음란하다는 이유로 판금이 되고 그 이후에도 에로티시즘 작품을 쓰면서 많은 어려움을 겪으셨을 텐데 혹시 지금이라도 계속 에로티시즘 작품을 쓸 계획이 있으신지 묻고 싶습니다. (저는 에로티시즘 문학에 관심이 많은 학생으로서 계속 써주셨으면 하는 바람입니다.)

답 요샌 검열이 더 심해져서 성문학작품을 써도 출판 자체가 힘들어요. 애는 쓰지만 주위 여건에 절망하고 있습니다.

이 문답에는 성과 에로티시즘에 대한 마광수의 복잡한 심사가 드러나 있다. 그는 평소 한국인 또는 한국문학(가)들이 가진 윤리주의를 가감 없

---

5) http://formks.tistory.com/m/post/3104.

이 비판하고 있다. 그의 표현에 따르면, 사디즘이나 마조히즘은 결코 비윤리적인 '변태 심리'가 아니다. 이것은 인간이 가진 보편적 욕구에 지나지 않는다. 이러한 욕구는 솔직히 드러나기만 하면 어떤 부작용도 없다. 문제는 '감추는 것'에서 발생한다는 것이 그의 기본인식이다.6) 그는, 한국 예술(문학)계가 극복해야 할 최대의 과제는 '변형' 혹은 '은폐된 이중성'에 있다고 보고, "있는 그대로의 사실 그대로 그리는" 리얼리즘이 실현되어야 한다고 주장한다.7)

'리얼리즘'은 그의 사고와 문학작품을 이해하는 '키워드'다. 즉, 리얼리즘이란 '가리고 감추는 것'이 아니라 '벗고 드러내는 것'이다. '먹는 것'이 아니라 '푸는 것', '싸는 것' − '배설'이다. 이것을 한마디로 표현하면 '솔직함'이다. 이런 입장에서는 그는 경건주의와 도덕주의를 신랄하게 비판한다.

> 한국의 경직된 문화풍토는 상상과 현실을 혼동하고 허구와 사실을 구별하지 못하는 촌스러운 수준에 머물러 있다. 문학은 그 안에 사상적 메시지가 있어야 하고, 무언가 '고상한 것'이어야 하고, 일종의 권선징악이어야 한다고 주장하는 답답한 엄숙주의자들이 판을 치고 있다는 것이다. (…) 경직된 엄숙주의에 따른 경건주의와 도덕주의의 만연은 우리 문학의 성장을 정지시키고, 세계화를 불가능하게 하고, 결국에 가서는 표현의 자유를 억압하게 만든다.8)

마광수는, 『나는 야한 여자가 좋다』와 『즐거운 사라』를 통해 촉발된 "문학에 있어서의 '외설'의 문제"를 어떻게 볼까? 그는 이 문제를 기본적으로 "성을 죄의식과 연결시켜 생각하려는 육체비하주의 또는 정신우월

---

6) 마광수, 「문학과 성, 그리고 '외설'의 문제」, 『오늘의 문예비평』, 1994년 12월호, 52면.
7) 마광수, 위의 글.
8) 마광수, 「야하디 야하라」, 『인물과 사상』, 2005년 11월호(통권 91호).

주의적 사고방식이 사회 상층부에서 보수 기득권자들의 기득권 유지 내지는 민중 지배의 수단 역할을 하며 일반 대중을 옥죄는 메커니즘으로 사용되고 있기 때문"으로 본다.9) 요컨대 마광수는, '예술'과 '외설'을 구분하는 절대적 기준이나 관념을 설정하는 것 자체가 불가능하다며, "외설은 없다."고 단정한다.10) '외설적 표현'이라는 것도 결국은 '성에 대한 담론'의 일종으로 보아야 한다는 것이다.11)

『즐거운 사라』 필화 사건은 소위 '사라이즘'으로 불리며 '예술'과 '외설' 논쟁을 불러일으켰다. 강준만은 마광수에 대한 사람들의 다차원적인 반응을 『즐거운 사라』에 대해 '적대적'이거나 '비적대적'인 두 가지 유형으로 나누고 있다([표 1]).12)

[표 1] 『즐거운 사라』에 대한 반응의 유형 분류

적대적인 사람의 유형	비적대적인 사람의 유형
도덕주의자	쾌락주의자
권위주의자	자유주의자
예술신성주의자	예술지상주의자
페미니스트	페미니스트
진보주의자	진보주의자

[표 1]에서 보듯이 도덕주의자-쾌락주의자, 권위주의자-자유주의자, 예술신성주의자-예술지상주의자의 성에 대한 관념의 차이는 이해할 수 있으나 페미니스트와 진보주의자 사이에서도 『즐거운 사라』를 바라보는 시각이 서로 차이가 있음을 알 수 있다. 하지만 강준만은 유형화된 사람

---

9) 마광수, 「문학과 성, 그리고 '외설'의 문제」, 『오늘의 문예비평』, 1994년 12월호, 57~58면.
10) 마광수, 「외설은 없다」, 『철학과 현실』, 1994년 12월호, 46~56면.
11) 마광수, 「문학과 성, 그리고 '외설'의 문제」, 65면.
12) 강준만, 「마광수를 위한 변명」, 『실천문학』, 1994년 11월호, 320~338면.

들의 입장 차이보다 문인들, 즉 문단의 '반발'이 보잘것없다는 데서 '놀라운 깨달음'을 얻었다고 비판한다.

　문인 2백여 명이 '문학작품 표현의 자유 침해와 출판 탄압에 대한 문학·출판인 공동성명서'를 발표하고 조그마한 시위를 벌이긴 했지만, 그들 대부분이 "마광수 소설의 문학성은 인정할 수 없지만"이라는 단서를 달고 있었다.[13]

　'문학성' 개념에 따른 작가 마광수와 소설작품 『즐거운 사라』에 대한 비판은 엄숙한 경건주의에 바탕한 도덕주의와 윤리주의를 벗어나지 못한 문인들의 의식이자 곧 검찰의 기소 이유이기도 했다.

　(마 교수의 소설은) 그야말로 문학 이하다. 왜 개념에서부터 무지하며, 천박한 노출을 표현의 자유라고 주장하는가. 이러한 사고의 수준으로 교단에서 무엇인가를 가르친다는 상황도 문제다.
　　　　　　　　　　　　　　　—문학평론가 구중서, 『중앙일보』, 1992.10.31.

　(마광수의) 보잘것없는 상품이 쓰고 있는 낯 두꺼운 지성과 문화의 탈과 이미 자신의 생산에서 교육적인 효과는 포기한 듯함에도 불구하고 대학교수라는 신분을 애써 유지하는 점이 못마땅하다. 마광수의 소설을 읽고 난 뒤 내가 먼저 느껴야 했던 것은 구역질이었고, 내뱉고 싶던 것은 욕지기다.
　　　　　　　　　　　　　　　—이문열, 『중앙일보』, 1992.11.2.

『즐거운 사라』의 어떤 내용과 표현이 이문열로 하여금 그토록 '구역질'과 '욕지기'를 나게 만들었을까? 그는 이에 대해 명확한 설명을 하고

---

13) 강준만, 위의 글, 327면.

있지 않으므로 그 이유를 알 수 없다. 하지만 이문열의 말을 통해 알 수 있듯이 우리 사회를 지배하고 있는 것이 '도덕주의'다. 도덕주의로 무장한 사람들(혹은 집단)이 공권력과 결탁하여 '학문과 예술의 자유'를 억압할 때 그것은 '모럴 테러리즘'이다. 이에 맞서 싸우는 '대학교수'라는 직분을 가진 마광수는 '위험하고 불경한 성해방전사'로 비칠 수밖에 없다.

> 대학교수나 작가란 이름을 가진 사람들에게는 다른 사람들보다 더 큰
> 책임을 묻는 것이 당연하다.
> ─『동아일보』, 1992.11.7.

> 마광수 씨는 교수라는 칭호 없이 마광수 씨로 불러야 된다.
> ─『문화일보』, 1993.12.9.

> 제재는커녕 교육자가 앞장서 성교 소설을 쓰고 있으며, 그것을 출판
> 한 출판사가 일확천금의 꿈에 취해 있다. 사회적으로 비난받아 마땅한
> 일이다.
> ─이원홍, 『스포츠서울』, 1992.11.4.

도덕적 엄숙주의는 우리 사회 기득권 지배층의 의식을 지배하고 있다. 그들이 『즐거운 사라』를 판금조치하고, 또 저자인 마광수를 구속하는 것이 당연하다고 주장하는 한결같은 이유는 무엇일까. 그것은 바로 이 소설이 "청소년들의 가치관을 혼란시키며, 성의 타락을 가져온다."는 것이다. 간행물윤리위원회 위원인 손봉호의 견해는 이러한 입장을 여실히 반영하고 있다.

> 문학작품이라도 그 외설적인 내용은 독자의 성욕을 자극하고, 자제 능
> 력이 부족한 청소년들을 성범죄로 이끌 수 있다. 우리나라에서는 지금
> 세계에서 세 번째로 많은 강간이 범해지고 있다. 그 반 이상이 10대에 의

하여 저질러진다. 금년에도 성범죄는 19퍼센트나 증가했다. 그리고 에이즈 보균자 상당수는 자신이 감염된 줄도 모르고 자유롭게 돌아다니고 있다 한다. 어떤 예술도 청소년들의 성욕을 자극할 권리가 없다.

—『동아일보』, 1992.11.7.[14]

손봉호의 "『즐거운 사라』 때문에 청소년의 성범죄가 늘어난다."는 주장에 대해 외국어대학교 신문방송학과 조종혁 교수는 「마광수 교수의 도전과 수난」[15]이란 글에서 '의사(疑似) 인과관계의 논리'라며 비난했다. 그에 따르면, 마광수의 『즐거운 사라』와 청소년의 비행이란 두 가지 사회현상 사이의 상관관계는 아이스크림의 판매량과 교통사고 양의 증가 사이의 상관관계처럼 문제의 본질이 아니다. 손봉호를 비롯한 일단의 사람들이 『즐거운 사라』와 청소년의 성범죄 사이의 상관관계를 핵심으로 생각한다면 이것이야말로 반지성적 · 반문화적 오류라고 말하지 않을 수 없다.[16]

이와 같은 논의들을 볼 때, 마광수가 구속된 것은 명목상으로는 소설 『즐거운 사라』라는 '음란물 제조'지만, 작품 자체의 문제라기보다는 마광수 '교수'라는 개인의 행동과 글에 대한 우리 사회 기득권 지배층의 반감에 기인하고 있다는 것을 반증하고 있다.

실제 1992년 12월 3일 서울형사지방법원에서 열린 1심 첫 공판에서 이 사건을 담당한 석호철 판사마저 "피고는 이 책을 딸에게 읽힐 수 있느냐?", "피고인이 교수가 아니었다면 책이 팔렸으리라고 생각하느냐?"는 식의 질문을 했다. 사건의 실체적 진실을 규명하기 위해 냉정한 이성

---

14) 연세대학교 국어국문학과 학생회, 앞의 책, 132면에서 재인용함.
15) 조종혁, 「마광수 교수의 도전과 수난」, 『커뮤니케이션과 상징조작』, 성균관대출판부, 1994.
16) 연세대학교 국어국문학과 학생회, 앞의 책, 133면.

적 판단을 해야 할 법관조차도 개인의 도덕적 가치에 의거한 판단을 하고 있는 것이다. 이러한 인식과 판단 태도는 1심과 2심은 물론 대법원 판결에 이르기까지 바뀌지 않고 그대로 유지된다.

대법원은 『즐거운 사라』의 음란성 유무에 대해 판단하면서, '음란한 문서'(음란물)에 대해 이렇게 판시하고 있다.

> 음란한 문서(음란물)라 함은, 그 시대의 건전한 사회통념에 비추어 그것이 공연히 성욕을 흥분 또는 자극시키고, 또한 보통인의 정상적인 성적 수치심을 해하고, 선량한 성적 도의관념에 반하는 것이라고 할 수 있는가의 여부에 따라 결정되어야 한다.

그런데 이 판결에서 사용되고 있는 표현을 살펴보면, 법적인 판단이라기보다는 온통 '주관적·도덕적' 판단에 의지하고 있음을 알 수 있다. 이 판결문에서 사용되고 있는 '건전한 사회통념', '공연히 성욕을 흥분 또는 자극', '보통인의 정상적인 성적 수치심', '선량한 성적 도의관념' 등의 표현을 그 전형적인 예로 들 수 있다.

한 작가의 작품을 이해하거나 평가하기 위해서는 그 작가의 문학세계에 대한 총체적 이해가 전제되어야 한다. 마광수는 『즐거운 사라』를 발표하기 이전부터 이미 자신의 문학관을 시와 소설, 논문 등을 통해 광범위하게 밝혀왔다. 어느 인터뷰[17]에서 마광수는 자신의 성묘사는 도덕주의자의 눈에는 '음란'하지만, 자신이 말하는 '야(野)하다'라는 단어는 자신의 성묘사가 나름의 인생관이나 예술관에 근거하고 있다며 다음과 같이 주장한다.

---

17) 강영희, 「외계인의 모진 세월 견뎌가기」, 『사회평론 길』, 1997년 10월호, 164~165면.

내가 지금까지 줄곧 얘기해 온 '야한 사람'의 요체는, 우리 사회에 만연한 겉 다르고 속 다른 허위의식이나 위선에 빠지지 않고 안팎으로 솔직한 사람을 가리킨다. 그리고 지금까지 내가 강조해온 '야한 정신'은 정신보다는 육체에, 과거보다는 미래에, 국수주의보다는 세계적인 보편성에, 집단보다는 개인에, 관념보다는 감성에, 명분보다는 실리에, 교조주의보다는 다원주의에 가치를 두는 세계관을 가리킨다. 그리고 이런 세계관으로의 변환을 가능하게 하기 위해서는 성에 대한 의식의 변환이 절대적으로 필요한 것이다.[18]

그의 주장에 대한 평가는 독자 개인의 몫일 뿐 사법당국에 의한 법적제재의 대상이 될 수 없다. 오히려 마광수는 『즐거운 사라』를 통해 평소자신이 주장하는 성애론을 문학작품으로 구상하고 밝힘으로써 도덕적엄숙주의가 지배하는 기성의 가치에 대해 재고할 수 있는 기회를 주고있다. 실제로 마광수의 『즐거운 사라』는 성애(性愛)에 대한 담론뿐 아니라문학작품의 외설(음란성) 여부에 대해 많은 사회적 논의를 불러일으켰다.

이에 대해 장정일은, "(『즐거운 사라』를 통해 야기된) 그 '즐거운 혼란'은 (⋯) 한국문학사에서 희귀하고 소중한 예에 속한다."며 『즐거운 사라』가 가져온 사회적 혼란을 오히려 '즐거운 혼란'으로 받아들이고 있다.[19] 오히려 그는 "저자의 '야한 정신'을 곧이곧대로 보여주는 이 책은, 고등학교 윤리 시간에 부교재로 쓸 만하다."고 하면서, 그 이유를 밝히고 있다.

왜냐하면 그의 '야한 정신'의 요체는, 이 사회에 만연한 겉 다르고 속다른 허위의식이나 위선에 빠지지 않고 안팎으로 솔직한 사람을 기르는데 있기 때문인데, 저자의 '야한 정신'은 정신보다 육체에, 과거보다는 미

18) 마광수, 『성애론』, 해냄, 2006, 354면.
19) 장정일, 『장정일의 독서일기: 1993.1.~1994.10.』, 범우사, 1994, 59면.

래에, 국수주의보다는 세계적인 보편성에, 집단보다는 개인에, 관념보다는 감성에, 명분보다는 실리에, 교조주의보다는 다원주의에 가치를 둔다. 그는 스스로 합리성의 옹호자라고 말한다. 그러면 그가 생각하는 '합리성'이란? "결정론에 대한 저항이지요."(161면). 그러니 '야한 여자'를 성에 헤프고 사치한 여자로 생각하는 것은 잘못이며, 그 용어가 여성의 성도구화를 부추기는 것도 아니다. 저자는 여성을 위한 '야한 남자'의 필요성도 역설하니까.[20]

어쩌면 장정일은 마광수의 성애론보다 한발 앞서 나간다. 그는 아예 '야한 정신'의 요체는 '야한 여자'가 아니라 '야한 남자'라고 주장하며 마광수를 옹호한다. 그러면서도 장정일은 『즐거운 사라』에 대해 사회적 혼란을 이유로 사법당국이 법적 판단을 한 것에 대해 강한 어조로 경고한다.

　　예술작품을 법률적 잣대로 평가하려는 태도는 우리 사회 예술의 장래가 여전히 공권력에 의해 좌우될지도 모른다는 엄청난 공포를 심어준다.[21]

장정일의 우려는 단순히 기우가 아니었다. 후일 그는 자신의 소설 『내게 거짓말을 해봐』로 필화를 겪는다. 그는 "이 책은 마광수에 대한 모든 오해를 푼다. 그리고 『즐거운 사라』를 둘러싸고 마광수를 욕해댄 필자들이 모두 개새끼들이라는 것을 가르쳐 준다."라며, 예술(혹은 문학)의 사회적 책임을 내세우는 위정자와 문학인들을 신랄하게 비판한다.[22] 그에게 문학작품인 『즐거운 사라』는 사법적 심판의 대상이 될 수 없으며, 마광수

---

20) 장정일, 위의 책, 173면.
21) 연세대학교 국어국문학과 학생회, 앞의 책, 87면.
22) 장정일, 앞의 책, 175면.

의 문학세계는 총체적으로 파악되어야 한다. 도덕적 엄숙주의에 빠져 있는 우리에게 장정일은 '솔직해지자'며 일침을 가한다. 그리고 마광수를 옹호한다.

청컨대, 마광수를 미워하지 말자. 그가 가진 '솔직성'은 우리 가운데 들어 있는 악한 부분이 아니라, 인간 속에 숨어 있는 또 인간이 개발해야 할 선한 부분이다. 때문에 그를 박해해서도 안 된다. 이념과 철학이 붕괴된 시대에 그것은('솔직성') 새로운 세계를 준비하는 빛과 소금이다.[23]

나이와 지위에 걸맞은 처신을 하라는 무언의 압력이 이 사회의 엄숙한 도덕률이자 정언명령이 되어 버린 현실에서 우리는 자신의 감정에 좀 더 솔직해져야 한다. 그래서 우리는 좀 더 '야한 사람'이 되고, '야한 정신'을 가져야 한다. 그리하여 국가권력과 자본이 결탁하여 무한경쟁을 강요하는 현실에서 우리는 『즐거운 사라』가 되어 '즐거운 혼란'을 즐길 권리가 있다.

---

23) 장정일, 앞의 책, 175면.

우리는 제2의 마광수의 죽음을 용인할 것인가

주지홍_부산대학교 법학전문대학원 교수

선악의 판단 이전에 '솔직성'에 대한 판단이
한 사람의 인격을 저울질하는 척도가 되어야 한다.
―마광수 [생각] ―

1. 마광수 교수님과의 만남

마광수 교수님을 알게 된 것은 1987년 대학 학부 때 수업을 통해서이
다. 워낙 유명한 분이었기에 기대수준이 매우 높았으나, 막상 수업을 듣
고 나니 좀 실망이 되었다. 1학년 때 들었던 국어수업과 별다른 차이가
없었고, 문학에 대한 지적 호기심을 충족시키기에도 충분하지 못했다.
『귀골』 등 시집도 읽었으나 별다른 감동을 주지 못했다. 그 원인으로는
여러 가지가 있을 수 있다. 문학에 대한 내 기초소양이 부족해서일 수도
있고, 몇 백 명이 넘는 대형 강의실에서 교수법이 갖는 한계 때문에 그럴
수도 있다.

그러던 어느 날 우연히 중앙도서관에서 흥미가 가는 책들을 읽다가 마

교수님의 희극비평에 관한 글을 읽게 되었다. 그 글을 읽는 순간 등에서 소름이 돋았다. 그 글의 정치함과 사고의 깊이가 나를 감동시켰기 때문이다. 그제야 비로소 마광수 교수님의 이름이 허명이 아님을 알게 되었다. 그리고 지금 겉으로 보이는 그러한 솔직함과 유치함(?)이 전부가 아니라, 깊은 사색과 고뇌, 연구와 깨달음을 통해 현재의 위치에 도달한 것임을 알게 되었다.

오래전 미국에서 여행을 하다가 뉴욕에 있는 유명한 미술관에 가게 되었는데, 백남준 작가의 그림이 걸려 있었다. 100호짜리 정도 되는데 마치 유치원생이나 초등학교 저학년 학생이 크레파스 가지고 대충 그린 그림과 같은 것을 걸어 놓았다. 만약에 그 그림을 누가 그렸는지 알려주지 않고, 미술관에 전시하기에 좋은 그림이니 이 그림을 전시하자고 했다면 당장 미친 사람이라고 면박을 주었을 것이다. 그러나 그 그림을 그린 사람이 세계적인 아티스트인 백남준 씨라고 하면 당장 태도가 바뀌어 머리를 조아리며 자기 미술관에 모시기를 간청했을 것이다.

그렇다면 의문이 드는 것이 마 교수님을 단죄하고 손가락질하고 감옥에 처넣은 사람들은, 그분의 문학적 사고와 깊이를 모르고 한 것일까?

2. 희생양을 통한 기득권자들의 부당한 이익보호와 이에 동조한 법조계

마광수 교수님을 처단하는 데 동조한 세력을 크게 두 가지로 나눈다면, 문인신성주의(文人神聖主義) 입장인 문인 및 연세대학교 동조교수들과, 수세에 몰린 정국을 타개하기 위한 목적으로 미풍양속보호를 빙자하여 적절한 희생양을 찾아 탄압한 검찰과 정치권을 들 수 있다. 두 세력 모두 마광수 교수님의 문학적 사고와 깊이를 모르지는 않았을 것으로 생각된다.

그럼에도 불구하고 그들은 왜 마 교수님을 희생양으로 삼았을까? 정치공학 상 국면전환의 목적으로 또는 자신들의 위선적 태도를 비판받고 화가 난 고발인들이 마 교수님을 희생양으로 삼아 자기들의 기득권 및 사회적 지위와 체면을 보호하려는 불순한 의도를 가지고 고소를 했다 하더라도, 법원이 표현의 자유가 갖는 헌법적 중요성을 좀 더 고려하여 문학성과 예술성의 판단을 문학계의 자율적인 정화기능에 맡겼더라면, 이러한 억울한 희생양이 나오는 것을 방지할 수 있지 않았을까?

기득권자들의 성에 대한 위선적 태도를 문학작품을 통해 비판한 경우에, 문학작품의 작품성과 예술성에 대한 고려 없이 표현상의 문장 일부를 문제 삼아 이를 형법상 음란문서 제조·판매죄로 처벌하는 것이 과연 타당한가? 이는 마치 법 규정의 취지를 고려하기보다는, 법 규정을 자기 입맛대로 기계적으로 해석 적용하는 것과 무엇이 다른가?

그럼에도 불구하고 그 당시 사회 일부 세력과 법원이 그분을 처벌하는 입장을 취한 것에 대한 상황논리와 정치적 이유에 대해서는 이미 많은 비평서가 언급하였기에 여기에서는 재론하지 않겠다.

문제는 이와 유사한 상황이 앞으로 일어났을 때, 또 다른 희생양인 제2의 마광수가 나올 수 있다는 점에 있다. 그렇다면 적어도 법적 측면에서 이를 방지할 수 있는 방법은 없는 것일까? 외국에서는 이러한 문제에 어떻게 대처하였을까?

이하에서는 문제가 되었던 『즐거운 사라』에 대한 처벌 찬반론 및 근거를 살펴보고, 문제점을 제시한 후, 개선안을 제시하고자 한다.

3. 『즐거운 사라』에 대한 처벌 옹호론 및 근거

대법원이 『즐거운 사라』를 음란문서 제조죄에 해당한다고 본 근거는 다음과 같다.

가. 음란성 여부 판단의 근거

형법 제243조의 음화반포등 규정[1] 및 형법 제244조의 음화제조 등 규정[2]의 음란한 문서라 함은 일반 보통인의 성욕을 자극하여 성적 흥분을 유발하고 정상적인 성적 수치심을 해하여 성적 도의관념에 반하는 것을 가리킨다. 문서의 음란성의 판단에 있어서는 당해 문서의 성에 관한 노골적이고 상세한 묘사 서술의 정도와 그 수법, 묘사 서술이 문서 전체에서 차지하는 비중, 문서에 표현된 사상 등과 묘사 서술과의 관련성, 문서의 구성이나 전개 또는 예술성 사상성 등에 의한 성적 자극의 완화의 정도, 이들의 관점으로부터 당해 문서를 전체로서 보았을 때 주로 독자의 호색적 흥미를 돋우는 것으로 인정되느냐의 여부 등의 여러 점을 검토하는 것이 필요하다.

나. 표현의 자유 제한 가능

헌법에서 기본권으로 보장되는 문학에 있어서의 표현의 자유도 공중도덕이나 사회윤리를 침해하는 경우에는 이를 제한할 수 있도록 하였다.

---

1) 제243조(음화반포 등) 음란한 문서, 도화, 필름 기타 물건을 반포, 판매 또는 임대하거나 공연히 전시 또는 상영한 자는 1년 이하의 징역 또는 500만원 이하의 벌금에 처한다.
2) 제244조(음화제조 등) 제243조의 행위에 공할 목적으로 음란한 물건을 제조, 소지, 수입 또는 수출한 자는 1년 이하의 징역 또는 500만원 이하의 벌금에 처한다.

따라서 문학작품이라고 하여 무한정의 표현의 자유를 누려 어떠한 성적 표현도 가능하다고 할 수는 없고 그것이 건전한 성적 풍속이나 성도덕을 침해하는 경우에는 형법규정에 의하여 이를 처벌할 수 있다.

다. 음란개념의 불명확성 여부 및 죄형법정주의

일반적으로 법규는 그 규정의 문언에 표현력의 한계가 있을 뿐만 아니라 그 성질상 어느 정도의 추상성을 가지는 것은 불가피하고, 형법에서 규정하는 "음란"은 평가적, 정서적 판단을 요하는 규범적 구성요건 요소이다. 따라서 죄형법정주의에 반하는 것이라고 할 수 없다.[3)]

4. 『즐거운 사라』에 대한 처벌 불가론 및 근거

마 교수님의 변호인인 한승헌 변호사가 작성한 상고이유서 및 마 교수님의 상고이유 보충서가 이에 대한 적절한 근거가 될 수 있다.

가. 음화제조 및 음화반포죄의 위헌성 간과

형법 제243조 및 제244조[4)]와 그에 관한 해석의 위헌성을 간과하였다. 1심이나 2심의 판결에서 이야기하는 '건전한 풍속이나 성도덕'과 같이

---

3) 대법원 1995.6.16. 94도2413.
4) 제243조(음화반포 등) 음란한 문서, 도화, 필름 기타 물건을 반포, 판매 또는 임대하거나 공연히 전시 또는 상영한 자는 1년 이하의 징역 또는 500만원 이하의 벌금에 처한다.
제244조(음화제조 등) 제243조의 행위에 공할 목적으로 음란한 물건을 제조, 소지, 수입 또는 수출한 자는 1년 이하의 징역 또는 500만원 이하의 벌금에 처한다.

개념과 실체가 모호한 풍속론과 도덕론으로 『즐거운 사라』의 저자를 처벌하는 것은, 헌법에 보장된 언론 출판의 자유와 학문 예술의 자유의 본질적인 내용을 침해하게 된다.

'보통인의 성적 수치심'이란 것도 지극히 애매한 말이어서 범죄요건의 기준이 되기에는 너무 위험하다. '보통인'은 누가 무슨 기준으로 정하며 '성적 수치심'은 또 무슨 척도로 규정할 수 있는가에 관해서는 누구도 명확히 대답을 해줄 수 없다. 그러므로 그것은 결국 사건을 다루는 법관의 머릿속에서 가설이나 '희망사항'으로 떠오르는 측정기준, 즉 법관 개인의 주관적 사유작용에 전적으로 좌우될 수밖에 없게 된다.

나. 표현의 자유 등 법리 오해

표현의 자유를 포함한 국민기본권의 제한과 죄형법정주의 및 음란문서 제조 반포죄의 법리를 오해하였다.

다. 채증법칙 위반

2심 재판부는 감정인을 선정하고 증거로 채택하는 과정에서 불공정한 재판을 진행하였다. 검찰측 감정인 민용태 교수와 변호인측 감정인 하일지 박사가 공동으로 제출한 감정서가 마광수 교수에게 유리하게 작성되자 재판부에서는 재감정을 결정했다. 그리고 재감정 결과 마 교수에게 불리한 감정이 나오자 재판부는 이것만을 증거로 채택했다. 특히 간행물 윤리위원회 위원으로서 실질적으로 이 사건을 고발한 이태동 교수의 감정서는 독단적인 의견이 많아 공정성을 인정할 수 없는데도 불구하고, 2심 재판부는 이 감정서를 믿은 잘못이 있다.

라. 법적 문제가 아닌 문화관의 갈등문제

『즐거운 사라』에 대한 파문은 개인의 잘잘못 여부 차원을 떠난 문화관 또는 문학관의 갈등 문제이다. 급변하는 모럴 앞에서 문화적 수구주의를 지향하는 사람들이 분노와 함께 위기의식을 느낄 수밖에 없었고, 그래서 소설 속의 인물에 불과한 '사라'를 희생양으로 선택한 것이다. 그러나 '사라'는 구시대의 윤리관과 새시대의 윤리관 사이에서 정신적 혼란을 겪고 있는 이 시대의 상징이요, 짓누른다고 숨어버리는 '범죄자'가 아니다. 그것이 좋은 것이든 나쁜 것이든 거부할 수 없는 힘으로 다가오는 에로티시즘 문화의 상징이다. 항상 변하는 것이 문화(또는 문학)이기 마련이므로, 물길이 흐르는 대로 두면서 활발한 논의와 토론이 전개되어야 한다. 문화란 개체들의 다양한 의식이 집결된 것이므로 도저히 물리적으로 억누를 수 없기 때문이다.

5. 비판 및 소결

동 판결에 대해 다음과 같이 비판하는 견해가 있다.[5]

1) 음란성 개념의 헌법적 구체적 개념으로의 재구성

"헌법상의 기본권제약 개념으로서의 성도덕"과 "음란물의 보호법익으로서의 성도덕"은 사실상 서로 일치하는 개념은 아니다. 음란물에 대한 형법적 금지의 근거로서의 성도덕은 헌법상의 제원칙－명백하고 현존하

---

5) 박미숙, 「형법상 음란물 규제와 그 헌법적 한계」, 『형사판례연구』, 2004, 박영사, 970면.

는 위험의 원칙, 과잉금지의 원칙, 명확성의 원칙―에 의하여 개별적인 사례에서 별도로 정당화되어야 한다. 음란성 개념은 도덕적인 개념에서 헌법적인 개념으로, 추상적 개념에서 구체적인 개념으로 재구성되어야 한다. 결국 형법상 금지의 실질근거로서의 성도덕은 헌법상 기본원칙에 의하여 별도로 정당화되어야 하며, 이는 성적 표현의 자유라는 기본권 보호와의 이익형량을 거쳐 반사회적인 것으로서 금지의 대상으로 해야 할 것인가 여부에 의하여 판단해야 한다.

2) 표현의 자유에 대한 필요 최소한도의 제한

표현의 자유에 대한 제한은 필요 최소한도에 그쳐야 한다. 표현의 자유에 대한 제한이 없이는 국가안전보장, 질서유지, 공공복리가 '명백하고 현존하는 위험'에 봉착하게 되는 경우에, 그리고 명확성의 원칙을 충족시킬 수 있는 형식적 의미의 방법에 의하여, 과잉금지의 원칙에 따라 필요불가피한 최소한의 제한이 허용된다.

음란물 개념 및 동법 적용에 대한 판례를 비판하는 위 견해는 상당히 설득력이 있으며 타당하다고 본다.

3) 미국의 "밀러" 판결

헌법재판소의 결정에서 보는 것처럼 음란 개념을 사회적 가치와 결부하여 정의하는 것은 미국 판례에서도 볼 수 있다. 1973년 밀러 판결[6]에서 음란성 판단기준으로 LAPS(serious liability, artistic, political or scientific value)를

---

6) Miller v. California, 413 U.S. 15(1973).

사용하였다. 즉 성표현물이 전체적으로 볼 때 실질적인 문화적, 예술적, 정치적, 과학적 가치를 가지는 경우에는 음란물에 해당하지 않는다고 보았다. 이 경우에 음란물의 '소위 사회적 가치'를 객관적으로 판단하는 기준은 그 음란물 제작자의 사상과 업적에 대한 총체적 평가이다.[7]

그러나 문제는 법관이 판단할 때, 아무리 예술적 문화적 거장의 문학작품이라 하더라도, 법관이 판단하기에 성행위 표현의 정도가 심하여 용납할 수 없다고 판단되면, '음란한 간행물'에 해당하여 불법으로 제재를 가할 수 있게 된다. 그렇다면 법관이 예술성 문학성을 판단할 수 있는가? 비전문가인 법관은 전문가들의 감정서를 받아 최종적으로 법관이 판단하기 때문에 별 문제가 되지 않는다고 항변할 수 있다. 그러나『즐거운 사라』의 예에서 보듯이 재판관이 예단을 가지고 편향적으로 감정인을 선택하고 자신의 입맛에 맞는 감정결과가 나올 때까지 재감정을 하는 방법 등으로 공정성을 해한다면 결국 이현령비현령(耳懸鈴鼻懸鈴)이 된다.

따라서 세계적으로 인정받는 예술적 문학적 거장이 만들었어도, 또한 그 작품이 아무리 문학성이나 예술성이 뛰어나다고 해도, 법관이 자의적으로 판단하기에 우리 사회의 풍속, 윤리, 종교에 거슬리는 경우에는 '음란물' 딱지를 붙일 수 있는 것이다.[8]

음란물반포등죄와 공연음란죄의 보호법익은 우리나라에 있어서는 건전한 성적 풍속 내지 성도덕이라고 보는 데 이설이 없다.[9] 위 형법규정은 모두 "성풍속에 관한 죄"의 장에 규정되어 있다. 이에 대하여는 형법

---

7) 박미숙, 전게서, 977~978면.
8) "아마티스타"가 성에 대하여 노골적으로 묘사하고 있지만 우아하고 독창적인 예술성으로 인하여 중남미 에로티시즘 문학의 대표작의 하나로 손꼽히는 작품이라고 평가받고 있지만, 위 소설은 우리 시대의 건전한 사회통념에 비추어 공연히 성욕을 흥분 또는 자극시키고 또한 보통인의 정상적인 성적 수치심을 해하고 선량한 성적 도의관념에 반하는 '음란한 간행물'에 해당한다고 보았다. 대법원 1997.12.26. 97누11287.
9) 주석형법(Ⅳ) - 각칙(Ⅱ), 한국사법행정학회, 1997, 96면(김종원 집필부분).

의 임무가 일반인의 도덕을 유지하는 것일 수는 없고 국가형벌권에 의해 개인의 자유를 침해하기 위해서는 명백한 근거가 있어야 할 것인데 성적 풍속이나 성도덕이란 개념은 너무 막연하고 추상적이어서 헌법상 보장되는 표현의 자유를 제한하는 근거로서는 미약하다는 비판이 가해지고 있다. 따라서 그 보호법익은 개인의 성적 자기결정의 자유와 청소년의 보호육성으로 보아야 한다는 견해가 주장되고 있다.[10]

4) 독일의 '패니 힐' 판결과 개정형법규정

이와 같은 비판이 제기되자 독일의 연방대법원(Bundesgerichtshof)은 1969. 7.22.의 이른바 '패니 힐(Fanny Hill)' 판결[11]에서 음란성의 개념을 성 분야에 있어서 일반인의 성적 수치심 내지는 도덕적인 정서를 해치는 것으로 정의하던 종래의 입장에서 벗어나 "성과 관련된 분야는 사회의 공통적인 견해의 밑바닥에 분명하게 관계하고 있고, 그에 따라 공동생활을 침해하고 부담이 되는 위반만이 형벌규정의 구성요건을 충족할 수 있다.… 형법은 성의 영역에 있어서는 성인의 도덕적인 기준을 관철할 임무를 갖지 않으며, 사회질서를 침해하거나 현저하게 혼란스럽게 하는 것으로부터 지킬 임무를 가진다."고 판시하였다.[12] 그 후 1973년 제4차 독일형법개

---

10) 김영환·이경재, 「음란물의 법적 규제 및 대책에 관한 연구」, 『한국형사정책연구원연구보고서』, 1992, 70~71면; 박양식, 「음란물규제의 법리」, 『사법행정』 362호, 1991.2, 53면.
11) BGHSt Bd. 23, S. 40. 이 작품은 『Fanny Hill』이라는 소설에 대한 것으로, 위 소설은 영국의 시골에 살던 패니 힐이라는 여자가 런던에 진출하면서 겪게 되는 일들을 그린 작품으로서 1749년 영국에서 처음 출간되었으며 에로티시즘 소설 분야에서는 고전으로 여겨진다.
12) 이와 비교하여 이른바 '채털리부인의 연인사건'에서의 일본의 최고재판소 1957. 3. 13.판결(형집 11권 3호, 997면)은 성행위비공연성의 원칙을 성에 관한 기본적 규범으로 규정하고 "가령 일보 양보하여 상당 다수의 국민 층의 윤리적 감각이 마비되어 진실로 음란한 것을 음란한 것이 아니라고 하여도 법원은 양식을 가진 건전한 인간의 관념인 사회통념의 규범을 좇아서 사회적·도덕적 퇴폐에서 수호하지 않으면 안 된다.…법과 재판은

정법률에서 형법각칙 제13장을 성적 자기결정에 대한 '죄'라는 제목으로 성적 자유와, 청소년의 성적 육성 및 개인적 법익의 보호를 주목적으로 하여 종래 '음란행위', '음란문서' 등의 용어를 가치중립적인 '성행위', '포르노그래피' 등으로 변경하였다. 또한 종래 음란문서를 포괄적으로 규제하던 태도에서 탈피하여, 일반 포르노그래피에 대하여는 18세 미만의 자나 원하지 아니하는 자에 대한 반포 등의 행위만을 금지하였다. 다만 폭력행위, 아동의 성적 남용 또는 동물과 인간의 성적 행위를 대상으로 하는 이른바 악성 포르노그래피의 반포 등 행위는 전면적으로 금지하는 것으로 개정하였다.13)14) 형법상 죄는 어떤 항목 하에 위치하느냐에 따라 법의 취지와 적용범위가 달라지게 되는 점을 고려해 볼 때 유의미한 변화가 아닐 수 없다.

6. 결론

지금과 같은 대법원 태도에 의하면 희생양으로서 제2의 마광수가 나오지 말란 법이 없다. 이를 방지하기 위해서는, 성적 수치심이나 성도의 등 도덕적인 관념을 근거로 하여 헌법상 표현의 자유를 제한해서는 안 될 것이다.

음란물에 해당한다는 것을 이유로 헌법상 표현의 자유를 제한하기 위

사회적 현실을 반드시 항상 긍정하여야 하는 것은 아니고 병폐타락에 대하여 비판적 태도를 가지고 임하여 임상의적 역할을 수행하지 않으면 안 되는 것이다."고 판시하고 있는바 위 독일의 연방대법원의 판시와 좋은 대조를 이룬다.

13) 김영환, 이경재, 전게서, 265~266면.

14) 일본과 독일 사례 및 비판적 견해에 대해서는 한위수, 「음란물의 형사적 규제와 표현의 자유-특히 예술작품과 관련하여-」, 『김철수 교수 정년기념논문집 한국헌법학의 현황과 과제』, 2002, 569~570면 참조.

해서는, 추상적이고 모호한 "성적 수치심이나 성도의 등 도덕적인 관념"을 기준으로 할 것이 아니라, 1973년 밀러 판결[15]에서 음란성 판단기준으로 삼은 "실질적인 문화적, 예술적, 정치적, 과학적 가치"가 있는지 여부가 판단기준이 되어야 할 것이다. 음란물의 '소위 사회적 가치'를 객관적으로 판단하는 기준은, 그 음란물 제작자의 사상과 업적에 대한 총체적 평가가 기준이 되어야 한다. 또한 제한의 필요성이 있다 할지라도 필요 최소한도에 그쳐야 할 것이다. 즉 표현의 자유에 대한 제한이 없이는 국가안전보장, 질서유지, 공공복리가 "명백하고 현존하는 위험"에 봉착하게 되는 경우에 한하여, 그리고 명확성의 원칙을 충족시킬 수 있는 방법에 의해, 과잉금지의 원칙에 따라 필요불가피한 범위에서 최소한으로 제한하여야 할 것이다.[16]

문학성과 예술성의 판단에 관한 문학계의 문제는, 법관의 자의적인 판단에 의존하기보다는 문학인들의 집단지성으로 해결하는 것이 바람직하다. 앞으로 우리 법원이 이와 유사한 사례에 접하게 되었을 때, 미국과 독일에서의 이러한 판결기준과 개정 법안을 참고하여 좀 더 합리적인 판결을 내릴 것을 기대해 본다. 그럴 때 비로소 억울한 제2의 희생양이 나오지 않게 될 것이고, 마 교수님의 죽음도 헛되지 않게 될 것이다.

---

15) Miller v. California, 413 U.S. 15(1973).
16) 박미숙, 전게서, 981~982면.

제2부

문학과 예술

영원한 자유인으로 기억되고 싶다

대담자 : **김유중**_문학평론가, 서울대학교 국어국문학과 교수
　　　이재복_문학평론가, 한양대학교 한국언어문학과 교수

일시_2003년 10월 14일 오후 15 : 00
장소_동부이촌동 레스토랑 '일·마레'

김유중·이재복 : 안녕하십니까. 이곳 지리를 잘 몰라서, 찾느라 조금 늦었습니다. 기다리시게 해서 송구스럽습니다.

마광수 : 천만에요. 이렇게 먼 데까지 오시게 해서 제가 되레 미안하지요. 아무튼 만나서 반갑습니다.

(참석자들 상호 인사 교환)

김유중 : 요즘 건강은 좀 어떠신지요?

마광수 : 다소 안 좋은 편입니다. 특히 위장이 좋질 못해요.

이재복 : 그래도 이렇게 직접 뵈니까 간접적으로 전해들었던 것보다는 많이 나아 보이시는데요.

마광수 : (웃으며) 허허. 그렇습니까. 그렇게 봐주시니 다행스럽군요.

김유중 : 최근 연세대에서 다시 강의를 맡으셨다고 들었습니다. 이번 학기에는 어떤 강좌를 맡게 되셨나요?

마광수 : <문예사조사> 강의를 하고 있습니다.

김유중 : 휴직 기간이 좀 되신 것으로 압니다만, 다시 강의를 맡게 되시

면서 그전 강의하시던 때와는 여러 가지로 다르게 느껴지시리라 생각됩니다. 선생님 주변 환경이나 개인적인 면에서, 이런 점들에 대해 요즘 특별히 느끼시는 바가 있으시면 간단히 말씀해 주시지요.

마광수 : 우선 제가 이젠 나이가 들었다는 생각이 자꾸 드네요. 용기를 내서 강단에 서기는 했는데, 건강도 좋지 않고 해서 어떨지 걱정이 앞섭니다. 글을 쓸 때도 예전처럼 성 문제를 정면으로 다루는 게 쉽지 않을 것 같기도 하고……. 강의할 때도 마찬가지로 여러 가지로 신경 쓰이고, 말을 조심하게 된다고 할까, 그런 측면이 변화라면 변화겠죠.

이재복 : 그래도 평소 조금 힘드시기는 하겠지만, 수업 시간에 들어가서서 학생들 얼굴 보면 또 힘이 나시겠지요. 수업하시는 시간만이라도.

마광수 : 예, 그건 그렇지요.

김유중 : 이제 학교로 돌아오셨으니, 문단 활동도 다시 재개를 하셔야죠. 이 점에 대한 구체적인 계획은 있으신지요.

마광수 : 소설을 하나 써 놓은 것이 있는데, 『문화일보』에 연재를 했던 거거든요. 한 1년 연재했죠. 「별 것도 아닌 인생이」라는 제목의 글로, 책으로 치면 한 2권 분량 될 것 같습니다. 그런데 이것 역시 막상 출판하려 하니 좀 주저되네요. 또 문제가 되지 않을까 싶어서. 요새는 점점 조심스러워져서 자기 검열의 차원을 의식하게 돼요. 발표하게 되면 이제는 손을 좀 많이 봐야 할 것 같다는 생각이 듭니다. 어쨌든 정리를 해서 내야죠.

이재복 : 최근에 따로 구상 중이신 시 작품은 없나요?

마광수 : 그동안에 시도 가끔씩 썼습니다. 이것도 정리가 되는 대로 시집으로 묶어서 낼 작정입니다.

김유중 : 아까 '자기 검열'의 문제를 말씀하셨는데, 이런 문제 때문에 창

작 당시나 그 이후에 의식적으로 피한다고나 할까, 그런 부분이 있지는 않은지 모르겠습니다.

마광수 : 사실 그래요. 연재할 때에도 고통을 느꼈지만, 자꾸 경고장 같은 것이 날아오니까 중간에 내용을 고치게 되고, 그래서 뒤죽박죽이 되는 느낌이에요. 이번 작품에서는 동성애 문제를 한번 본격적으로 다루어볼까 싶었는데, 의도대로 제대로 될지 모르겠습니다. 과거 『즐거운 사라』나 『가자, 장미여관으로』를 쓸 때만큼 자유스럽지는 못하다는 생각이 드는군요. 그때는 아직 심한 타격을 받기 전이라서 그런지 몰라도, 소위 표현의 자유라는 문제에 대해서 상당히 낙관적으로 이해를 했었습니다. 그런데 한번 당해 보니까 '이게 아니구나' 하고 생각을 고치게 되는군요. 최근에도 누군가가 누드 퍼포먼스를 했다고 해서 문제가 불거지는 것을 보니, 아직 성 문제만큼은 표현의 자유 면에서 자유롭지 못하다는 생각이 듭니다. 문단 내부에서도 아직 이 문제에 대해 그렇게까지 오픈되어 있지 않은 것 같고.

김유중 : 그런데 한 가지 궁금한 것은, 제가 알고 있는 한, 선생님께서 모교에서 학위를 받고 처음 부임하셨던 홍익대에 계셨을 때만 하더라도 문학에 있어 성적인 문제에 대해서는 별로 큰 관심을 보이신 적이 없었던 것으로 기억됩니다. 많은 독자 분들 또한 궁금해하실 텐데, 모교로 가신 이후에, 이런 성 문제라든가 성 담론에 대해 창작 면에서나 학문적인 면에서 관심을 가지게 된 특별한 이유나 계기 같은 것이 있으셨나요?

마광수 : 글쎄. 사실 그전부터, 아니 어렸을 때부터 사람이면 누구나가 성 문제에 대해 관심이 있는 거고, 저 역시 그런 방면에 관심이 있었다고 할 수 있는데, 저도 그 시절에는 다른 사람들과 마찬가지로 자기 은폐라고 할까, 그런 걸 했었죠. 그런데 모교로 옮기게 된 이후에

가만히 생각해 보니까 그렇게 억압하고 은폐하기만 할 게 아니라, 누군가가 좀 과감하게 고백하는 게 필요할 것 같다는 생각을 해보게 되었습니다. 그래서 처음 썼던 작품이 「가자, 장미여관으로」라는 시 하고 『문학사상』을 통해서 발표했던 『권태』라는 소설이죠. 그때부터 왜 우리나라에는 제대로 된 성 문학이 없나, 성 심리에 대해 그렇게 억압적이기만 하고 동시에 무지한가 하는 생각이 들어 좀 변화가 있었다고 볼 수 있네요.

김유중 : 제가 받아들이기에도 그 점에 관한 한, 어쩌면 선생님께서 상당히 선구적인 입장에서 노력을 하신 셈인데, 사실 서양에서, 유명한 D. H. 로렌스 같은 작가도 『채털리 부인의 사랑』을 발표했을 당시에는 문단의 평가도 아주 부정적이었고, 사회로부터는 거의 삼류 포르노물이나 쓰는 저질 작가로 지탄의 대상이 된 적이 있는 걸로 들었습니다. 이 작품이 세계의 명작으로 재평가된 것은 그의 사후의 일이죠. 이건 좀 다른 질문이 되겠습니다만, 한편에서는 이런 이야기가 있는 것도 사실입니다. 선생님께서 그렇게 성적인 담론에 집착하시게 된 것은 일부 저널리즘에 의해 그것이 상당히 부풀려지고, 부추겨지게 되고 해서, 선생님께서 실제 생각하셨던 측면보다도 과장되게 드러내신 것은 아닌지, 하는 의문을 제기하는 경우도 보았는데요.

마광수 : 그런 점도 없지는 않았죠. 그런데 그때만 하더라도 저는 청탁 불문(淸濁不問)으로 나갔습니다. 『즐거운 사라』만 하더라도 정식 문예지가 아닌 여성지에 연재했던 거거든요. 그리고 또 칼럼도 스포츠신문에 쓴다든가, 말하자면 자기 관리랄까 이런 측면에 별로 신경을 쓰지 않았고, 또 그런 데 신경을 쓰는 것 자체가 일종의 위선적인 것이라고 생각했거든요. 그런데 결과적으로 보니까, 우리나라는 아직도 엄숙주의 같은 것이 있어서 같은 작품도 어느 지면에 게재하느냐

에 따라서 그 평가나 판단이 달라지는 걸 알게 되었습니다. 보는 시선 자체가 달라진다고 할까요. 그때만 해도 그랬습니다. 아무튼 요새는 저도 몸을 좀 사리고 있죠. 방송 출연도 자제하고 안 나가고.(웃음) 제가 또 문단에서 주류가 되는 문예지들과는 직접적인 관련을 맺고 있지 않았거든요. 또 학교에만 있다 보니 평소에 문단 교제가 제한적이었습니다. 책을 내도 유명 출판사에서 내지를 않았는데, 이제 돌아보니 그런 것들 역시 영향이 없지는 않았다고 봅니다.

김유중 : 저도 공부를 하면서 한때는 문학에 있어서 에로티시즘의 문제, 성 담론이나 금기의 문제, 위반의 문제 등을 학문적인 차원에서 깊이 있게 다루어 보아야겠다고 마음먹었던 적이 있었는데, 그 바람에 프로이트라든지 사드, 바타이유 등의 저작들에 대해 관심을 가지고 집중적으로 읽었던 기억이 있습니다. 제 옆에 계신 이재복 선생님 역시 '몸'이라는 주제를 가지고 주로 감성이나 감각 이쪽으로 공부를 하다보니까 그 방면으로도 많이 연구하시게 되었고, 그런데 이런 부분들에 대해 선생님께서는 지금까지 주로 창작 활동을 통해 관심을 유지하고 계셨고, 창작이라는 특성상 아닌 게 아니라 한때 큰 어려움을 겪으셨는데, 앞으로는 이론적으로 정교하게 정리하신다거나 깊이있게 논의하실 생각은 없으신지요?

마광수 : 작년에 그런 주제로 책을 한 권 낸 적이 있지요. 『문학과 성』이라고 앞으로도 계속 그런 문제를 거론해 보려고 하는데, 지금은 좀 정신적으로나 신체적으로 많이 지쳐 있는 상태입니다. 슬럼프기라고 할까, 아무튼 그런 걸 많이 느끼네요. 제가 책을 내니까 어떤 대학에서는 <문학과 성>이라는 강좌가 생기기도 하고, 또 그런 강좌들에서 교재로 쓰기도 한다는 이야기는 들었습니다. 사실 이런 이야기들을 들으면서 이제야 비로소 그런 담론이 대학가를 중심으로 조금

형성되는 것이 아닌가 하는 생각을 해보게 되는군요. 또 『성애론』이라는 걸 내기도 했지요. 그런데 제가 느끼는 한, 우리나라에서는 아직도 본격적인 의미에서의 심리주의 비평 이론이 정립이 되어 있질 않았다고 봐요. 이 방면에는 제가 펴낸 『심리주의 비평의 이해』라는 책이 아마 처음인 걸로 아는데요, 그 이후로는 솔직히 이 방면에 대한 관심들이 거의 없어요. 물론 『프로이트 전집』 등이 나오기는 했지만, 별로 팔리지를 않았다고 그러고. 그래서 지금은 다소 의기소침해 있는 상황입니다. 그리고 특히 검열에 대한 압박감 같은 것도 생각하게 되고……. 전 아직도 창작에 대한 미련이 많은데요.(웃음) 창작 방면에서 아직도 그런 것들이 전혀 평가를 받지를 못하니까, 오히려 담론은 무성한데. 학술적인 담론은 뭐 예전부터 제재를 받지를 않았죠. 창작 면에서는 아직도 제재가 심하고, 또 조만간 풀릴 것 같지도 않고, 해서 좀 위축이 되어 있는 셈이네요.

이재복 : 선생님 말씀대로 담론은 많아졌는데, 그걸 적나라하게 드러낼 수 있느냐, 없느냐의 문제겠지요.

마광수 : 그래요. 참 난해한 담론들이 많아졌다고 봐요.

김유중 : 이거, 초반에 저만 자꾸 질문하는 것 같아서 좀 그런데요.(일동 웃음) 사실 오늘 선생님 만나 뵈면 여쭤보고 싶은 것들이 워낙 많았습니다. 선생님께서 다시 학교로 돌아가신 이후에, 몇몇 지면을 통해 인터뷰한 기사를 제가 봤거든요. 그런데 거기서 하신 말씀 중에 이제 돌이켜 생각해 보니 옛날 일들이 많이 후회가 되신다 하는 말씀을 하신 것도 제가 봤어요. 그런데 선생님, 그럼에도 불구하고, 오늘날의 관점에서 봤을 때 지난날의 선생님의 활동이 어떤 의의를 가진다고 한다면 개인적으로 어떤 점들을 들고 싶으신가요? 이전의 활동들에 대해서 정리하는 겸해서 한 말씀해 주시지요.

마광수 : 그간 여러 가지 문제들로 인해 마음고생, 몸 고생이 좀 심했습니다. 『즐거운 사라』로 인해 무려 6년간을 재판을 받아야 했고, 그 과정에서 매스컴에 엉뚱한 방식으로 조명을 받으면서, 아닌 게 아니라 제 진의가 잘못 전달되고 보도된 측면도 없지 않고요. 그래도 그 때는 지금에 비해 젊었었으니까, 좌충우돌하면서도 물불을 안 가리고 덤볐었거든요. 그런데 그 결과가 너무 진을 뺐고 너무 고생을 가져왔기 때문에, 지금 와서 보니 그저 얌전하게 교수 생활이나 했었으면 얼마나 좋았을까 하는 생각이 들었다는 거죠.

김유중 : 지나간 것은 그렇게 생각하신다는 말씀이시고요. 그것과 비교해서, 어떻게 본다면 '파격'이고, 이런 표현이 적합할까도 싶지만, 어쨌든 당시 교수 사회에서는 일종의 '일탈'이라고도 볼 수 있는 그런 것들이 요즘은 좀 학계의 관심 동향이라든지, 학생들의 정서 변화 등에 비추어보면 충분히 수용될 수도 있을 것 같다는 생각이 들거든요. 선생님 개인적으로, 예전의 그런 활동들이 이런 분위기에 비추어 볼 때 요즘 세상에 어떤 의의 같은 것을 가질 수 있다면 어떤 점들을 지적하고 싶으신지요.

마광수 : 제가 생각하기로도 과거에 시도했던 성 담론 등은 특히 창작 방면에서 집중적으로, 본격적으로 전개한 것은 제가 아마 처음이 아닌가 싶어요. 그런 측면에서 어느 정도 자부심이 없지도 않은데, 다만 우리나라 문단에서는 그런 저의 활동들이 이른바 '뜨거운 감자'가 아니라 아예 '차가운 감자' 취급을 당했어요. 호된 비판도 받았고 문제가 되었던 『즐거운 사라』 같은 소설들은 일본어로도 번역이 되어서 많이 팔리기도 했고, 또 거기서는 아무런 문제가 될 게 없었거든요. 분명한 것은 제가 그때만큼 여유롭게 글을 쓸 수 있을 것 같지가 않아요. 아직 우리 문단에서는 점잖은 문학이라고 할까, 문학신

성주의라고 할까, 이런 것들에 의해 좌우되고 지배되는 측면들이 많이 있다고 봐요. 예전에 '가벼운 문학'과 '무거운 문학'을 나누어서 논문을 쓴 적도 있는데, 제가 그때 가벼운 쪽의 문학도 필요한 것이 다 하는 논조로 글을 쓴 것도 있거든요. 그런데 아직도 우리 문단에서는 무거운 쪽, 그러니까 설사 성 담론을 하더라도 아주 무겁게, 뭔가 포장을 그럴듯하게 해야지만 되는 것 같아서 한편으로는 좀 씁쓸하지요.

김유중 : 선생님 말씀을 듣고 보니까 정말 그런 측면이 있다는 생각이 드네요. 성 담론을 다루더라도 좀 무겁게 다루어야 한다, 좀더 학술적인 것같이 생각되고 받아들여지는……

마광수 : 그렇죠. 그리고 이건 제가 제일 오해를 많이 받게 된 부분인데, 자기를 드러내게 되면 안 돼요. 제가 그간 발표했던 작품들이 대부분 1인칭이었거든요. 그게 제가 실제 경험한 것이 아니라 전부 허구적인 거지만, 독자들이나 일반인들이 자꾸만 작중 인물과 저를 동일시한다든지 이런 게 그간 어려움을 겪게 됐던 직접적인 원인이 된 것 같아요. 그런 오해를 안 받으려면 작품 자체에서부터 의도적으로 거리를 두어야 한다든가, 아니면 객관성을 가장해야 한다든가, 이렇게 되어버리기 십상이지요. 저 개인으로 봐선 상상 속에서 대리 만족을 취한 건데, 문학이라는 게 원래 그런 측면이 강하니까. 1인칭으로 쓰니까 자꾸 사람들은 그걸 저와 동일시하더라고요.

이재복 : 저는 선생님이 추구하셨던 문학 세계 자체가 자유롭다고 생각합니다. 그런 의미에서 보면 선생님의 성 담론들이 자연스럽게 느껴지기도 하고요. 그런 자연스러움이 저는 자유와 통한다라고 생각을 하거든요. 그런데 우리 사회가 그런 점을 용납하지 않는 성향이 강했기 때문에 여기에서 비롯된 선생님과 사회와의 간극에서 오는 불

화 내지는 트러블, 이런 것들이 첨예하게 대립된 데서 오는 것들이 선생님 주변에서 벌어진 일련의 사건들이 아닐까 싶기도 해요. 그런데 이런 문제들에 대해서 애초에 선생님께서 일종의 '전략적인 접근'을 꾀하셨더라면 하는 생각도 들거든요. 그런 전략을 구사하지 않으셨기에 선생님께서 일방적으로 희생양으로 몰리지 않았나 하는 점도 있는데요.

마광수 : 그럼요. 그래서 제가 지금 후회한다거나 하는 부분이 바로 그겁니다. 전략이라고 말씀하시니까 그런데, 성을 다루더라도 좀 무겁게 갔으면 그렇게까지 몰리지는 않았었지 않았나 하는 생각이 듭니다. 하여간 우리나라의 경우 작품에서 자기를 내보이지 말아야 해요. 저는 작품 속에서나마 자기 고백적인 태도로 끌고 나갔기 때문에, 그런 게 사회적으로 저항을 불러일으켰던 것 같습니다. 문학에서의 전략이란 아직도 무거운 쪽으로 가야지만 허용되는 그런 측면이 강한 것 같아요.

이재복 : 선생님의 책들을 읽어가는 동안 떠올랐던 것 가운데 하나가 이런 성 담론들을 문명의 문제와 결부시켜 나갔으면 어땠을까 하는 그런 생각이 들었는데, 뭐 프로이트 식으로 '문명과 터부' 이런 각도에서 말이죠. 예를 들어 우리가 성이라는 문제의식을 들고 나왔을 때 거기에는 그것을 매개로 하는 일종의 문명 비판적인 그런 요소들도 분명 개입되어 있는 것 같거든요. 문명이 가지는 어떤 허구성 같은 측면을 들추어내는. 아까 제가 전략이라는 측면을 예로 들어 보았는데, 성 문제가 이런 의식들과 결부되었을 때 자연스럽게 깊이 같은 것을 획득할 수 있지 않나 하는 생각도 들거든요.

마광수 : 아, 맞습니다. 어떤 평론가가 그런 비평을 쓴 것을 본 적이 있는데, 성 문제를 다루려면 "바타이유를 본받아라"라고 쓴 것을 봤어요.

뭐『에로티즘』이나『눈 이야기』이런 책들이 떠오르지요. 그런데 그때까지만 해도 전 그런 것들을 일종의 포장이라고 받아들였어요. 그당시 저로서는 성 문제에 관한 한 '일단 까발리고 보자'라는 생각이 앞섰거든요. 포장이라거나 깊이를 추구한다거나 하는 것은 그때까지만 하더라도 그 이후의 문제라고 생각했거든요. 그런데 그 후에 보니까, 일단 까발리는 것은 안 먹혀들어 가더라고요. 아까도 이야기했지만 성을 다루되, 바타이유 식으로 문명이라든가 이 시대의 시대 의식 같은 것과 연관을 지으면서 성을 매개로 삼으면 그것은 상당히 호평을 받더라고요. 그런데 저의 경우에는 오히려 적나라하게 까발리는 데만 주력해서, 어떤 면에서 보면 변태적인 입장만이 강조된 듯한 측면도 있거든요. 그런 점들에 대해서는 우리 사회가 아직도 굉장히 터부시하는 경향이 있는 것이 사실입니다. 사실 따지고 본다면 바타이유 같은 작가들이, 서구에서 문제작이라고 하니까 그렇지, 어떻게 보면 더 변태적인 성향이 있는 것도 같은데. 예를 들어『눈 이야기』에서 보면 성직자의 눈을 도려내서 여성의 은밀한 부분에 넣고 자위행위를 하는 장면 같은 것들이 그렇죠. 그런데 이런 부분들을 그곳 평론가들은 오히려 서구 사회의 문명 자체에 대한 근본적인 비판이나 보수 도덕에 대한 도전의 상징으로 이해하고 다루더라고요.

이재복 : 이런 점은 어떤가요. 저는 성 문제라는 것이 그렇게 단순하지만은 않다고 보거든요. 상당히 복합적인 요소들을 가지고 있는 건데, 선생님의 경우는 너무 순수하고, 어떤 점에서는 한쪽 방면에서만 지나치게 탐닉을 하지 않았나 하는 생각이 없지도 않거든요. 저는 성 문제가 일방적으로 나르시시즘의 차원에서 전개되는 것은 그다지 바람직스럽지 못하다고 생각합니다. 가령 문명 비판, 문명의 부조리

등과 결부된 주체 내면의 허무라는 측면, 즉 니힐리즘의 차원에서 접근한다면 몰라도……. 또는 선생님만의 독자적인 스타일을 개발함으로써 새로운 방식의 추구를 시도해 보신다든가 하는 쪽으로 나갔더라면 어땠을까 싶은 부분도 있고요.

마광수 : 사실 그래요. 나르시시즘이랄까 대리배설이라는 문제의식에 빠져서 좀 단순해진 측면이 있습니다. 그런 점에서 제 약점을 분명히 아는데, 아직도 저는 꼭 제 작품에 대해서, 그게 꼭 잘 썼다거나 하는 게 아니라, 좀더 솔직하게 논의가 되고 비평의 대상이 되고 했으면 더 좋았을 텐데, 하는 아쉬움이 있죠. 일단은 까발리고 보자고 쓴 것이 오히려 거부감을 불러일으킨 면이 분명히 있다고 봐요. 이제까지는 그야말로 마스터베이션하는 기분으로 창작을 했거든요.

이재복 : 예전에 제가 선생님의 시에 대해서 쓴 글 중에 「수음으로서의 시쓰기」라는 제목의 글이 있습니다. 거기서 제가 지적한 부분도 지금 말씀하신 그런 부분과 연관이 된다고 할 수 있는데요. 선생님께서 그런 말씀을 하시니까 생각이 나네요.(웃음)

마광수 : 저런, 논의해 주신 것만으로도 고맙습니다.(웃음)

이재복 : 선생님 시 중에 「피아노」라는 작품이 있지 않습니까? 그런데 그 시를 통해서 저는, 상당히 야한데도 불구하고, 내용보다는 어떤 형식이나 이미지의 측면에 눈길이 갔습니다. 그래서 말씀인데, 아까 제가 성적인 스타일의 개발 문제를 잠시 거론했는데, 그런 식의 시들을 많이 쓰신다면 어떨까 하는 생각도 해보았거든요. 시 쪽에서는 그런 시들이 꽤 많이 눈에 띄기도 하던데, 이 점에 대한 선생님의 의견을 한번 듣고 싶습니다.

마광수 : 그런 점에서 보면, 시라는 장르 자체가 보호막이 좀 되기도 하지요. 그러나 소설 쪽에서는 아무래도 그게 어려운 점이 있어요.

김유중 : 이제 선생님이 '내가 이런 방향으로 다시 한번 본격적으로 내 문학을 전개해 봐야겠다.' 하는 그런 면이 있으신지를 여쭙고 싶네요. 앞으로의 구체적인 계획이 있으신지요.

마광수 : 앞서 말씀드렸듯이 지금은 조금 지쳐 있는 상탭니다. 당장은 무슨 계획을 구체적으로 세우기가 어렵다는 게 제 솔직한 심정입니다. 그동안 줄곧 성이라는 문제의식을 가지고 줄기차게 물고 늘어졌었거든요. 사실 그게 제 장기라면 장긴데,(웃음) 지금 심정으로는 그런 제 장기를 마음껏 발휘하기가 어렵다는 생각이 드니까 좀 힘이 드는군요. 그러면서 한편으로는 외제는 호의적으로 봐주기도 하고……. 사실 아까도 말씀하셨지만 『채털리 부인의 사랑』 같은 것은 명작이라고 이야기들을 하고. 물론 제가 쓴 게 무슨 명작이라는 그런 말씀은 감히 드릴 수 없습니다만, 그래도 어떤 점에서는 제 나름으로 어렵게 한 시도인데, 그런 점들에 대한 고려는 별로 없는 것 같고 원색적인 반응들이 많았어요. 심지어 모 작가는 신문에 '사라' 사건 당시 '구역질이 난다'라는 표현을 쓰더군요. 그런데 그게 일본하고는 반응이 아주 다르더라고요. 일본에서는 그 소설을 일종의 '여성 성장 소설'로 보고, 반응도 과히 나쁘지 않았었는데, 한국에서는 아직 문학신성주의의 뿌리가 깊은 것 같고, 거기서 젊은 작가들도 거의 예외가 아니더라고요.

김유중 : 혹시 일본의 독자들이나 비평가들로부터 직접 편지나 글을 통해 연락이 온 적은 있나요?

마광수 : 물론입니다. 주로 재일교포들로부터 많이 받았지요.

김유중 : 구체적인 내용을 거론하시기는 어렵겠습니다만, 대체적으로 그 내용들은 어떤 것들이었나요?

마광수 : '사라'의 성격 묘사 같은 것이 상당히 흥미롭다, 뭐 그런 내용들

이었지요. '사라'를 성장 소설로 받아들인 것은 그곳 신문에 난 평이 그렇다는 이야깁니다. 책도 꽤 팔렸다고 들었습니다. 한 10만 부 나 갔다고 하지요.

이재복 : 그런 측면을 보면, 우리 사회가 이런 문제들에 대해 바라보는 시각이 아직도 상당히 경직되어 있는 것 같습니다.

마광수 : 저는 그렇게 봐요. 아직 우리나라에서는 성 문제에 관한 한 잣 대 자체가 이중적이라는 거죠. 관심들은 많고 자기들끼리는 자주 이 야기하면서도 남들이 그런 이야기를 드러내놓고 하면 그것은 아주 몰지각한 일이 되어버리는……. 그런 측면에서 성에 대해 툭 까놓고 이야기하기가 사실 힘들죠. 또 이런 것들에 대한 여성 단체의 반발, 이런 것도 심한 것 같고.

김유중 : 이런 질문은 여러 군데서 많이 들어 보셨을 테지만, 다시 또 말 씀을 부탁드려보지 않을 수 없는 것이, 독자들 입장에서는 아직도 상당히 궁금해하실 것 같아요. 선생님께서 생각하시는 예술과 외설 의 구분은 어느 지점이라고 생각하십니까?

마광수 : 제가 이미 밝혔듯이, '외설은 없다.'라고 생각합니다.

김유중 : 그 글 일부를 저도 보긴 했는데, 읽으면서 한 가지 의문이 드는 것이 만약에 외설이란 없다라고 했을 때, 그렇다고 해서 그런 글들 이 전부 또 예술이지는 않지 않습니까? 그때의 예술과 예술 아닌 것 의 경계, 이렇게 여쭈어 봐야 될까요? 그런 문제에 대해서는 어떻게 생각하십니까?

마광수 : 그런 것들은 충분히 학자들이나 비평가들 사이에서 논의가 가 능하고 객관적인 평가를 통한 경계 설정이 가능하리라고 봅니다. 다 만 예술이 아니라고 해서, 즉 외설이라고 해서 일방적으로 매도되거 나 사법적인 심사 기준에 의해 법의 심판대에 오르는 것은 이 시대.

에는 더 이상 있어서는 안 된다고 봐요.

김유중 : 오늘 선생님 말씀을 들으니까, 자꾸 제가 이론적으로 공부하던 부분과 결부가 되어서 이야기가 되는데요. 한때 제가 리쾨르의 이론을 정리하다 보니까 이런 내용이 있더라고요. 일상적으로 이성에 의해 지배되는 그런 세계가 있다고 한다면 이성이나 주체에 대한 믿음만 가지고는 파악 불가능한 세계가 있는데, 그중 하나가 거룩하고 성스러운 세계, 종교적인 세계라고 한다면 다른 한편에서는 무의식적인 충동과 본능의 세계, 악마적인 욕망과 리비도의 세계가 있다고 주장하는 걸 본 적이 있습니다. 사실 성스러운 세계, 종교적인 세계가 인간의 이성을 벗어난 영역으로서 인간의 감각을 이끄는 한 축이라고 한다면, 그것과 더불어 악마적인 욕망과 리비도적인 성적 충동의 세계 역시 엄연히 감각의 다른 한 축을 형성하는 것이라는 논리지요. 그런 의미에서 양자는 너무도 다르지만, 다른 한편으로는 동일한 측면을 공유하고 있다고도 볼 수 있습니다. 선생님께서 지금 법의 심판대라는 말씀을 하셨는데, 그런 측면에서 보았을 때, 저는 이 문제는 이성적인 판단 기준에 의해 경계를 지운다는 것이 분명히 한계가 있다고 봐요. 그렇다고 한다면 학술적인 논의만 가지고 커버가 안 되는 부분을 바로 예술가들이 담당해 주어야 하는 것은 아닌지, 예술은 예술 나름의 독자적인 가치 판단 기준을 정립하고 그것을 통해 예술의 질서랄까 우열을 판가름하여야 하는 것은 아닌지, 하는 생각을 해봅니다. 그런 점에서 저는 재차 선생님께 질문드리고 싶은데요. 선생님께서 과연 내 작품이 지닌 예술적인 가치는 바로 이 부분이다라고 생각해오신 것이 있는지 여쭈어 보고 싶습니다.

마광수 : 글쎄, 저는 사실 지금도 제 작품에 대해서 불만이 많습니다. 그런데 저는 아직도 가벼운 문학이랄까, 좀더 적나라하게는 지저분한

문학이랄까 하는 것들에 대해서 옹호하고 싶은 심정입니다. 문학이란 것은 기본적으로 금지된 것에 대한 도전이라는 생각이 들고…….
반복이 되겠습니다만, 일단 성 문제를 다루려고 마음을 먹었으면 가차없이 솔직해져야 한다고 보고, 표현 면에 있어서 포장이 없어져야 한다고 보는데, 그런 측면을 강조하다보니 일반적인 문학적 기준에서 보면 잘되었다고 평가받기는 힘들지요. 하여간 포장이라는 문제에 대해서는 그간 무척 부정적이었는데, 스타일의 포장이든, 이데올로기의 포장이든, 허무주의의 포장이든, 그런 점들이 오히려 이 문제에 관한 한 핵심을 회피하는 수단이라고 보았거든요. 그 문제에 대해서는 이후로도 좀더 생각해 보아야 할 문제가 아닌가 합니다.

이재복 : 저는 선생님 개인의 생활적인 측면, 이런 부분에 대해서도 질문을 드리고 싶은데요. 선생님께서도 혹시 일반인들과 마찬가지로 평범한 삶에서 느끼는 행복, 다시 말해서 결혼을 해서 아이를 가지고, 또 자식들 재롱을 보고, 이런 삶을 요새 꿈꾸고 계시지는 않은지, 한번 여쭙고 싶네요.

마광수 : 정말, 아닌 게 아니라 요즘 들어 자꾸 후회스러워요. 이 나이가 되어보니까 자식 낳고 애들 대학 보내고 하는 친구들이 주위에 많잖아요? 그게 솔직히 부럽습니다. 제가 이혼할 때까지만 하더라도 저는 독신주의 체질이라서 결혼이 어떤 의미에서는 구속처럼 느껴지는 측면도 있었고 해서 이혼을 했는데, 요즘은 나이를 먹다 보니까 노후에 외로운 것, 이런 것에 대한 겁도 많이 나고, 노모와 함께 사는데, 아무래도 저도 그렇지만, 어머님께서도 더 이상 건강하신 분이 아니니까. 평범한 가정을 가지고 사는 사람들의 모습을 보면 솔직히 많이 부럽죠. 그게 부럽긴 한데, 이제 너무 나이를 먹었다는 걸 느껴요. 연애 같은 건 이제 엄두도 못 내고 있고. 해서 더욱 쓸쓸한

생각이 들기도 하는데……

김유중 : 선생님 입장을 충분히 이해할 수 있을 것 같습니다. 그런데 그 럴수록 선생님께서 꿋꿋하게 다시 서시고 힘을 내셔야지요. 선생님, 지금까지 선생님께서 추구해 오신 문학에 대해서 변함없는 이해와 성원을 보내 주신 독자분들, 그리고 일반 대중들에 대해서 마지막으로 한 말씀 해주시지요.

마광수 : 그래요. 사실 먼저 미안하다는 생각부터 든다는 말씀부터 드려야 겠군요. 말하자면 요새는 그때만한 용기를 가지고 작품 활동에 임하지를 못하니까요. 저 자신부터가 자기 검열이 심해져서 앞으로 그런 걸 계속 쓸 수 있을까 하는 생각이 앞선단 말이죠. 무언가를 앞에 두고 자꾸 주저하게 되고 그러는데, 나이를 먹고 그러다보니까 요즘은 자주 맥이 빠진다는 느낌이 들어요. 다시 그 맥을 살려야겠는데.(웃음)

이재복 : (웃으며) 자꾸 나이 드셨다는 걸 강조하시는데, 왜 그런 말씀을 하십니까? 선생님, 아직 절대 늦으신 게 아닙니다. 그동안 선생님을 위해 계속적으로 성원해 주시고 지켜봐 주신 제자, 일반 독자분들을 위해서라도 더욱 힘을 내셔야죠.

마광수 : 그런 생각을 하도록 노력해야겠죠. 말씀 감사합니다.

김유중 : 오늘 일부러 이렇게 시간 내 주시고, 또 몸이 다소 불편하신데도 불구하고 장시간 저희 지면과 독자들을 위해 애써 인터뷰에 응해 주신 선생님께 다시 한번 감사드립니다. 그럼, 나중에 다시 뵙도록 하고, 이쯤에서 저흰 인사를 드릴까 합니다.

마광수 : 일부러 여기까지 찾아 주셨으니, 제가 더 감사드려야죠. 다음에 또 봅시다.

김유중·이재복 : 감사합니다. 또 뵙겠습니다.

—『시사사』, 2003. 11 · 12

장석주_시인, 문학평론가

2017년 9월 5일 오후 1시 51분, 마광수(1951~2017) 교수가 자택인 서울시 용산구 동부이촌동의 한 아파트에서 숨진 채 발견되었다. 화요일이었다. 쾌청한 초가을 날씨로 햇빛이 유난히도 화창한 날이었다. 산 자에게 평화로운 날이고, 죽기에도 좋은 날이었다. 정오가 막 지났을 무렵 마광수는 죽음의 길로 성큼성큼 걸어갔다. 그는 혼자 있는 시간에 '불의 경계선'을 넘어가 버렸다. 아무도 손을 쓸 수가 없었다. 누구도 제 목에 줄을 감아 죽으려는 자의 손길을 말릴 수가 없었다. 그는 영혼이 명석한 자만이 느낄 수 있는 육신으로 태어난 자의 괴로움을 그렇게 끝냈다. 그가 쓴 유서가 나왔다. 경찰은 자살로 매듭지었다. 마광수, 그는 어느 날 갑자기 돌아올 수 없는 다리를 건너서 우리를 떠났다. 우리는 "자, 건배! 우리의 고통을 위하여!"라고 할 수 없다. 우리는 황망함 속에서 그의 죽음을 피동적으로 받아들일 수밖에 없었다.

마광수, 그는 '장미' 담배를 하루에 세 갑씩 피우는 애연가였고, 페티시즘의 열렬한 옹호자였다. 무지한 자들은 그를 변태성욕자로 여겼다. 그는 정말 성 중독자이거나 변태성욕자일까? 아니다. 그는 성에 대한 판타

지를 좇는 사람, 성의 탐닉에서 얻는 쾌락을 긍정하는 사람이다. 그를 성
해방론자이거나 쾌락주의자로 규정할 수 있을 테다. 인간에게 성은 매우
중요하다. "생계유지와 죽음을 제외하고 거의 어떤 주제도 섹스만큼 인
간 정신 위에 큰 그림자를 드리우지 못한다. 매력·힘·학대·데이트·
자아상·가족 등의 문제들, 그리고 자식을 낳고 손자를 보는 등의 대리
불멸은 모두 성관계라는 돌쩌귀에 연결되어 있다."[1] 성은 두 독립된 개
체의 접촉을 통해 이루어지는데, 그 결과 유전자의 이동과 재조합의 기
회가 생겨난다. 모든 유성생식을 하는 생물 종에서 성은 종의 번식이 첫
번째 목적이다. 생물 개체는 종을 이어가면서 '대리 불멸'을 좇는다. 한
편으로 인간에게 성은 난자와 정자의 결합을 통한 번식 행위 너머의 그
무엇, 훨씬 더 복잡한 생물학적·심리적인 행위이다. 인간은 단지 번식하
기 위해서만 섹스를 하지 않는다. 성은 쾌락을 얻고 기분전환을 이루는
것, 성적 긴장의 해소 수단, 더러는 낙담과 저주의 덫이다.

마광수는 줄곧 성에 매달렸다. 그의 상상력, 관심과 탐구, 글쓰기는 오
직 하나의 주제인 성에 집중했다. 그의 사후에 나온 『추억마저 지우랴』
에 이런 문장이 나온다. "투명한 망사 브래지어를 하고 하반신엔 티 팬티
를 입고, 무릎까지 오는 검은 킬힐 가죽 부츠를 신은 모습이 전라의 모습
보다도 더 흥분되는 것이다. 검은색 매니큐어를 칠한 손톱은 30센티미터
가량 늘어져 섹시함을 더하고 있었다. 그리고 허벅지 옆에 찬 채찍을 보
니 염라대왕, 아니 염라여왕은 사디스트가 분명했다."(「마광수 교수, 지옥으로 가
다」 중에서) 그는 섹스 판타지에 열광한다. 그는 유교 이념이 굳게 빚어낸
도덕의 강고함이 작동하는 한국 사회에서 '성'이라는 금단의 열매를 따
먹은 사람이다. 그는 『가자 장미여관으로』라는 시집, 『나는 야한 여자가

---

1) 도리언 세이건·타일러 볼크, 『죽음과 섹스』, 김한영 옮김, 동녘사이언스, 134면.

좋다』라는 수필집, 『권태』, 『즐거운 사라』 같은 소설을 써내며, 한국 사회에서 성 담론의 해방을 외친 사람이다. 그는 여로 모로 한국 사회의 도덕과 윤리의 프레임을 벗어난 특이한 미의식과 사상을 갖고, 그를 실천한 사람이었다.

나는 마광수의 『즐거운 사라』를 출판한 청하출판사의 대표였다. 1992년 책이 나온 뒤 여러 미디어에서 표현의 자유와 외설의 충돌 지점을 다루며 여러 미디어에서 논쟁이 일어났다. 그러던 중 10월 29일 새벽 집으로 들이닥친 검찰수사관들에 붙잡혀 서울지검 특수2부로 끌려갔다. 가보니 학기 중인 마광수도 끌려와 있었다. 그날 마광수와 나에게 영장이 발부되어 우리는 구속되었다. 우리는 61일 동안 서울구치소에 수감되었다가 12월 30일, 집행유예로 풀려났다. 우리는 법정에서 '공범'으로 취급받았다. 그 구속 사건으로 마광수는 숱한 시련을 겪으며 참담한 날들을 보내야만 했다. 그와 마찬가지로 그 사건은 내 인생에도 커다란 변곡점이 되었다.

결국 마광수는 자살을 선택했다. 그는 자살하기 전 극심한 우울증과 대인기피증에 시달렸다. 지난해 연세대학교 학보인 『연세춘추』와의 인터뷰에서 "요즘 너무 우울해서 글이 잘 써지지 않는다."고도 했다. 최근 병원에서 우울증 약을 처방받아 복용해오고, 증상이 나빠져 입원 제안까지 받았다. 그는 끝내 입원을 거부하고 약만 복용했다. 한 재능 있는 작가의 자살 소식은 비보였다. 그의 자살은 가장 사랑했던 자신의 소설 『즐거운 사라』의 트라우마 때문이었다. 그 소설로 구속되어 감옥을 다녀온 뒤 검열을 두려워했다. 책을 써도 선뜻 출판해 주겠다고 나서는 출판사가 없었다. 한국 사회는 마광수를 부당하게 매도하고, '왕따'를 시켰다. 마치 그를 제1전염병 보균자인 듯 격리시키고 그에게 치욕과 수모를 안겼다. 그는 의사가 처방해준 우울증 약을 먹으며 겨우 견디다가 자살에 이른

것이다. 내가 서울의 순천향대학병원 영안실의 빈소를 찾았을 때 그곳에는 대광고 시절의 친구들과 연세대학교 제자들만 북적일 뿐 문학계 인사는 거의 보이지 않았다. 어쩌면 그는 우리 사회 전체가 공모해 타살을 했는지도 모른다. 자, 갑작스럽게 이승을 등지고 떠난 그를 이 자리에 불러내 그의 목소리를 들어보자.

장석주 : 2017년 9월 5일, 당신은 사람과 접촉을 끊고 일종의 자폐 속에 웅크려 있다가 우리 곁을 조용히 떠났다. 당신은 지금 어디에 있는가?

마광수 : 나는 천국에 있다. 죽은 다음엔 천국밖에 없다. 태어나서 살아가기가 이렇게 힘든데 지옥까지 있다면 그건 너무한 일 아닌가? 나는 2014년에 시집 『천국보다 지옥』을 낸 바 있는데, 그 시집에 「희망 통조림」이란 시가 있다. "매일같이 절망에 몸부림치다가 / '희망'이라도 생기면 / 좀 더 나은 삶이 될 수도 있을 것 같아 / 신문 광고를 보고 '희망 통조림'이라는 걸 샀다 / 그런데 그 통조림을 사가지고 집으로 돌아와 / 뚜껑을 여는 순간 회색 기체가 / 순식간에 날아오르더니 재빨리 사라져 버렸다 / (…중략…) 나는 곰곰이 생각해보다가 / 그 통조림 회사를 소비자고발센터에 / 신고하지 않기로 했다 / '희망'에 대해 과도한 기대를 가졌던 / 나 자신을 반성하면서"(「희망 통조림」). 지금 여기 와서 회고해보니, 내가 산 한국 사회는 '희망 통조림'이나 만들어 팔던 절망에 찌든 가짜 천국이었다. 여기서는 먹고 사는 문제도 없고, 남녀의 차이, 인종의 차별없이 누구나 평등을 누리고, 자신의 욕구에 따라 자유와 행복을 추구하며 살아간다. "내게 사랑이 오면, 온종일 / 그녀와 함께 신나게 변태적으로 보내리 / 그녀는 고양이 되고 나는 멍멍개 되어 / 꽃처럼, 불처럼, 아메바처럼,

송충이처럼 / 끈적끈적 무시무시 음탕음탕 섹시섹시 / 서로 물고 빨고 할퀴고 뜯어 온갖 시름 잊으리 / 사랑은 순간, 사랑은 변덕, 사랑은 오직 꿈! / 오오 변태는 즐거워라, 사랑이 오면."(「일평생 연애주의」 중에서) 나는 천국에 와서 비로소 사랑을 누리고 행복을 되찾았다.

장석주 : 당신이 천국에 있다니, 참으로 다행이다. "역사는 이상하게도 '투사'보다는 '유약하지만 솔직한 사람'을 한 시대의 상징적 희생물로 만드는 일이 많다. 윤동주는 바로 그러한 역사의 희생물이라고 할 수 있다. 그러나 그의 작품들은 일제 말 암흑기, 우리 문학의 공백을 밤하늘의 별빛처럼 찬연히 채워주었다."(「윤동주 생각」) 당신은 시인 윤동주를 역사의 희생물이라고 했지만, 당신 역시 낡은 시대의 도덕에 의한 희생자였다는 생각이 든다. 당신은 자신을 희생자라고 여기는가?

마광수 : 맞다. 나는 가여운 희생자다. 한국 사회는 도덕적 엄숙주의에 빠져 있는 사회다. 그런 사회에 "사랑은 관능적 욕망 자체이며 인간의 행복은 성욕 충족에서 온다."라는 발칙한 문학관과 내 자유주의성 담론은 큰 파문을 일으켰다. 어느 정도 기득권의 윤리 감각을 불편하고 파장이 일어날 것이라고 예상한 바였지만, 나는 보수 언론은 물론이거니와 여성계와 진보 진영 모두에게서 공격을 받았다. "문학은 상상력의 모험"이자 "금지된 것에 대한 도전"이라고 믿었던 내가 순진했던 것일까? 나는 사회적으로 고립되면서 수구적 봉건윤리의 희생물이 된 것이다.

장석주 : 본격적으로 얘기를 펼쳐 보기 전에 당신에 대해 말해 보라. 당신은 누구인가?

마광수 : 나는 1951년 서울에서 유복자로 태어나 홀어머니 아래서 성장했다. 서울의 청계초등학교를 나와 당시 일류 중학교인 서울중학교

시험을 봤다가 낙방하고 대광중학교에 입학했다. 대광고등학교를 거쳐 연세대학교 국어국문학과와 동대학원을 나와 「윤동주 연구」로 문학박사학위를 받은 사람이다. 1975년 25세에 대학 강의를 시작하고, 28세에 홍익대 사범대학 국어교육과 교수를 지냈다. 1984년부터 연세대학교 국어국문학과 교수로 재직하다가 1992년 10월 『즐거운 사라』 필화 사건으로 구속되어 두 달 동안 수감생활을 했다. 1995년 최종심에서 유죄가 확정되어 연세대학교 교수직에서 해직되고 1998년 복직됐으나, 2000년 재임용에서 탈락했다. 그 뒤 우여곡절 끝에 연세대학교 교수로 복직하고, 2016년 8월에 교수직에서 퇴직했다. 1977년 박두진 시인의 추천으로 『현대문학』으로 문단에 나와 시, 소설, 에세이, 평론 등 여러 장르의 글쓰기를 해오며 70여 권의 책을 써냈다.2) 1989년 『나는 야한 여자가 좋다』라는 에세이가 베스트셀러에 오르면서 세간의 화제가 되었다. 1992년 소설 『즐거운 사라』의 출간은 내 인생의 큰 변곡점이 되었다. 그 책이 나온 뒤 이 사회의 주류에게 외설 작가라는 낙인이 찍힌 뒤 표현의 자유를 구속당하고,

---

2) 마광수의 저서 목록은 다음과 같다. 문학이론서 『윤동주 연구』, 『상징시학』, 『심리주의 비평의 이해』, 『시 창작론』, 『마광수 문학론집』, 『카타르시스란 무엇인가』, 『시학』, 『문학과 성』, 『삐딱하게 보기』, 『연극과 놀이정신』. 시집 『광마집(狂馬集)』, 『귀골(貴骨)』, 『가자 장미여관으로』, 『사랑의 슬픔』, 『야하디 얄라숑』, 『빨가벗고 몸 하나로 뭉치자』, 『일평생 연애주의』, 『나는 찢어진 것을 보면 흥분한다』, 『모든 것은 슬프게 간다』, 『천국보다 지옥』, 『마광수 시선』. 에세이집 『나는 야한 여자가 좋다』, 『사랑받지 못하여』, 『열려라 참깨』, 『자유에의 용기』, 『마광쉬즘』, 『나는 헤픈 여자가 좋다』, 『더럽게 사랑하자』, 『마광수의 뇌구조』, 『나의 이력서』, 『스물 즈음』. 문화비평집 『왜 나는 순수한 민주주의에 몰두하지 못할까』, 『사라를 위한 변명』, 『이 시대는 개인주의자를 요구한다』, 『모든 사랑에 불륜은 없다』, 『육체의 민주화 선언』, 『마광수의 유쾌한 소설 읽기』, 『생각』. 철학적 전작 에세이 『성애론』, 『인간에 대하여』, 『비켜라 운명아 내가 간다!』, 『마광수 인생론: 멘토를 읽다』, 『사랑학 개론』, 『행복 철학』, 『마광수의 인문학 비틀기』, 『섭세론』. 소설 『권태』, 『광마일기』, 『즐거운 사라』, 『불안』, 『자궁 속으로』, 『알라딘의 신기한 램프』, 『광마잡담』, 『로라』, 『귀족』, 『발랄한 라라』, 『사랑의 학교』, 『돌아온 사라』, 『미친 말의 수기』, 『세월과 강물』, 『청춘』, 『상상 놀이』, 『2013 즐거운 사라』, 『아라베스크』, 『인생은 즐거워』, 『나는 너야』, 『나만 좋으면』, 『사랑이라는 환상』.

많은 것들을 잃었다. 나는 늘 "작가는 '상상의 자유'를 마음껏 누릴 수 있는 사람이어야 한다."고 주장하고, '성 해방'과 '표현의 자유'를 외쳐왔다. 내 성적 판타지를 허구의 장르인 소설로 쓰고, 개인의 성적 취향을 사회의 토론장으로 끌어들였다. 이 사회의 주류 권력은 나를 감옥에 처넣고 마녀 재판을 해서 사회에서 고립시켰다. 최근 나는 그것에 대한 분노와 환멸이 누적되어 우울증과 대인기피증을 앓았다.

장석주 : 당신은 이런 글을 쓴 적이 있다. "우리는 태어나고 싶어 태어난 것은 아니다. 그러니 죽을 권리라도 있어야 한다. 자살하는 이를 비웃지 말라. 그의 좌절을 비웃지 말라. 참아라 참아라 하지 말라. 이 땅에 태어난 행복, 열심히 살아야 하는 의무를 말하지 말라. 바람이 부는 것은 바람이 불고 싶기 때문. 우리를 위하여 부는 것은 아니다. 비가 오는 것은 비가 오고 싶기 때문. 우리를 위하여 오는 것은 아니다. 천둥, 벼락이 치는 것은 치고 싶기 때문. 우리를 괴롭히려고 치는 것은 아니다. 바다 속 물고기들이 헤엄치는 것은 헤엄치고 싶기 때문. 우리에게 잡아먹히려고, 우리의 생명을 연장시키려고 헤엄치는 것은 아니다. 자살자를 비웃지 말라. 그의 용기 없음을 비웃지 말라. 그는 가장 솔직한 자. 그는 가장 자비로운 자. 스스로의 생명을 스스로 책임 맡은 자. 가장 비겁하지 않은 자. 가장 양심이 살아 있는 자."(「자살자를 위하여」) 당신의 자살 소식을 파주의 한 카페에서 글을 쓰고 있다가 한 기자에게서 전해 듣고 나는 큰 충격을 받았다. 당신의 자살은 사회적 파장을 낳았다. 그 충격과 파장은 곧장 '마광수'라는 이름을 호출해 그 의미를 재조명하게 만들었다. 나는 당신의 자살을 사회적 타살이라고 말했다. 사회적 타살이란 말은 앙토냉 아르토라는 프랑스 작가가 빈센트 반 고흐의 죽음을 두고 한 말이다.

고흐는 자살했지만 사실은 사회적 타살이란 것이다. 고흐의 자살이
나 21세기 당신의 자살은 다를 바가 없다고 본다. 자살 형식을 빌렸
지만 이것은 한 사회가 그 예술가에 대한 냉대와 몰이해로 공모해서
죽인 것이다. 많은 사람들이 궁금해 한다. 당신은 왜 자살했나?

마광수 : 왜 자살했겠나? 사는 게 무의미하고 환멸스럽고 고통스러웠다.
그 무의미, 환멸, 고통을 견디고, 밥 먹고 움직이며 자연수명을 이어
나가는 게 싫었다. 올해 내 나이가 66세다. 자살은 예정된 죽음을 조
금 앞당긴 것에 지나지 않는다. 예술가가 자살하면 멋있고, 승려가
분신자살하면 소신공양(燒身供養)이고, 혁명가가 자살하면 열사(烈士)로
추앙받는다. 이건 참 우습다. 자살에 무슨 의미가 있나? 개나 소의
죽음이나 파리의 죽음이 다르지 않듯이 인간의 죽음은 다 같다. 죽
음은 무와 공으로 돌아가는 것이다. 생활고에 지쳐 선택한 자살은
비겁한 것이고, 치정에 얽혀 자살한 것은 병신 짓이고, 예술가의 자
살은 근사한 것이라는 편견은 정말 우스운 일이다. 자살이나 자연사
나 병사(病死)나 무엇이 다른가? 죽는다는 것은 다 같은 것이다. 나는
몸이 아팠고, 무기력했고, 더는 아무것도 할 수가 없었다. 살아 있는
것 자체에 아무 의미도 없었던 것이다. 무의미한 삶을 연명하는 게
구질구질했다. 그래서 스스로 죽음을 선택한 것이다. 물론 이것은
유쾌한 일은 아니다. 내가 자살하고 난 뒤 한국 사회에서 벌어진 소
동은 도무지 이해할 수 없었다.

장석주 : 많은 동시대인이 당신에 대해 잘못 알고 있다. 다시 한 번 당신
은 어떤 사람인가?

마광수 : 사람들이 뭐라고 하든 나는 시인이고 소설가다. 그림도 그렸고
전시회도 몇 차례 했다. 연세대학교에서 국문학을 공부하고 박사를
딴 뒤로는 대학교수를 지낸 국문학자이다. 『나는 야한 여자가 좋다』

를 낸 뒤 교수들의 품위를 실추시켰다는 이유로 징계를 받았고, 소설『즐거운 사라』가 야하다는 이유로 긴급체포 당해 수감되는 바람에 해직되었다. 2000년 같은 과 동료 교수들에게 집단 따돌림을 당하면서 우울증이 심해져 3년 6개월 동안 휴직을 했다. 외상성 우울증으로 정신과에 입원했다. 2002년 한 학기 동안 복직해 강의하다가 우울증 악화로 학기 말 다시 휴직했다. 2004년 건강을 겨우 회복하고 연세대로 복직했다. 나는 문단에서 왕따고, 대중은 책도 안 읽어보고 무조건 나를 변태로 매도했다. 문단의 처절한 국외자, 단지 성을 이야기했다는 이유만으로 평생을 따라다니는 간첩 같은 꼬리표. 그동안 내 육체는 울화병에 허물어져 여기저기 안 아픈 곳이 없었다. 지독한 우울증이 나를 점점 갉아먹고 있었다. 나는 점점 더 늙어갈 거고 따라서 병도 많아지고 몸은 더 쇠약해 갈 것이고, 논 기간이 길어 아주 적은 연금 몇 푼으로 사는 바람에 생활고도 겪었다. 하늘이 원망스러웠다. 위선으로 뭉친 지식인, 작가들 사이에서 따돌림 받고 고통을 받은 게 너무나 억울해서 그저 한숨만 내쉬었다. 내 인생은 한마디로 파란만장, 엉망진창, 이제 나는 지쳤다. 그토록 애썼지만 한국 문화풍토의 위선성과 이중성은 안 없어졌다. 나를 지지해주는 동지가 한 사람도 없다. 나 같은 작가가 더 이상 안 나오고 있지 않느냐. 나는 무엇보다도 권위와 위선을 싫어하는 사람이다. 그것은 진실을 가리는 베일이다. 나는 평생 한국 주류 사회를 지배하는 그 권위와 위선에 맞서 싸웠다. 나는 시대와 불화하는 인물이고, 블랙리스트에 올랐다. 내 시와 소설에 대해서는 후대가 평가해줄 것이다.

장석주 : 철학자 니체는 천재에 대해 "지나치게 높은 목표와 그에 도달하는 모든 수단을 탐내는 자."라고 말한다. 어떤 사람은 당신을 가리

켜 '천재'라고 한다. 당신은 천재인가?

마광수 : 내 스스로 나를 천재라고 말할 수는 없다. 나는 중학교 1학년 때부터 시를 썼다. 중1 때부터 고교 졸업 시절까지 나가는 백일장마다 상을 받았다. 중학교 3학년 때 「나이테」라는 시로 전국의 수많은 문학도에게 선망의 대상이던 『학원』 문학상에 당선했다. 일찍이 문재를 드러낸 셈이다. 시만 아니라 그림을 그리고, 『주역』을 혼자 공부해서 친구들의 점을 봐주기도 했다. 중학교 3학년 때 이상에 대한 비평을 써서 발표했더니 친구들은 물론이고 선생님들도 놀라는 듯했다. 내 중고교 시절 친구들은 이런 나를 더러 '천재'라고 했다. 1983년, 22세 때 「윤동주 연구―그의 시에 나타난 상징적 표현을 중심으로」라는 논문으로 박사학위를 받았다. 한국에서 최연소로 박사학위를 받았을 것이다. 나는 이 논문에서 국문학 역사상 처음으로 윤동주 시 전편을 분석했다. 그리고, 곧 홍익대학교에 국어국문학과 교수로 임용되었다. 나는 한의학을 스스로 공부해서 내 병을 치료한 사람이다. 여러 모로 내가 이 시대의 평균적 한국인의 모습과 다른 것은 사실이다.

장석주 : 당신은 늘 '야한 여자'를 예찬했다. 당신이 보여준 페티시즘은 한국 사회에서 유별난 것이다. 당신은 여성의 긴 손톱, 긴 생머리, 하이힐에 페티시즘을 느낀다고 고백했다. 당신의 페티시즘은 페르소나 '사라'에게 그대로 투사되어 있다. "나를 특별히 설레게 하는 '야한 아름다움'의 이미지는 아주 길게 기른 여인의 손톱, 아라비아 무의들의 선정적인 옷과 배꼽춤, 무지무지하게 높은 하이힐, 오색 물감으로 염색한 여인의 긴 머리카락, 젖꼭지에 매단 젖꼭지걸이, 배꼽에 매단 배꼽걸이 등 그로테스크한 장신구들이다. 그중에서도 내게 가장 페티시즘적 흥분을 가져다주는 것은 역시 여인의 길디 긴

손톱이고, 나머지는 보조 작용을 한다."라고 했다. 당신은 무엇보다 더 여성의 긴 손톱에 대한 얘기를 자주 했다. 여성의 긴 손톱이 그토록 당신을 성적으로 흥분시키는가?

마광수 : 그렇다. 여자가 손톱을 아주 길고 뾰족하게 길러 오색 매니큐어를 발랐을 때, 그 손톱을 보고 만지고, 또 그 손톱으로 내 온몸을 슬슬 할퀴게 하면서 숨 막힐 정도로 황홀한 관능적 법열감을 맛보고 싶어 했다. 그런 여자를 만나기란 거의 불가능한 일이었기 때문에 상상으로라도 그런 손톱을 그리며 관능적 쾌감을 경험하곤 했었다. 또 그런 내용의 문학작품을 쓰면서 관능적 쾌감에 빠져 들기도 했다. 나는 여인의 긴 손톱이 환기시켜주는 상징적이고 개방적인 상상력이 성적 결합보다 훨씬 더 중요한 것이라고 생각한다. 긴 손톱을 성적 결합을 위한 전희의 도구로 이용한다는 말이 아니다. 참된 에로티시즘은 '사정'이 아니라 '발기'에 있다. 오르가슴을 기대하는 시간을 연장시켜 준다는 말이다. 권태에 빠지지 않기 위해서 나는 오르가슴의 순간을 거부한다. 왜냐하면 사정 후엔 반드시 권태가 오고, 곧이어 오르가슴이 사라져버리기 때문이다.

장석주 : 당신이 말하는 '야한 여자'는 어떤 여자인가?

마광수 : '야하다'는 것은 본능에 솔직하다, 천진난만하게 아름답다, 동물처럼 순수하다는 뜻이다. '야한 여자'와 '섹시한 여자'는 다르다. '야한 여자'는 "동물적 본성으로서의 성욕과 식욕, 그리고 여자로서는 꼭 가지고 있어야만 하는 '모성 본능'을 두루 갖"춘 여자를 말한다. '야한 여자'는 "본능에 솔직하기 때문에 마음속이 언제나 화통하고 시원해서, 누구에게나 절대로 내숭떨지 않고 솔직하게 말하고 행동한다."3) '야한 여자'는 관능적 상상의 자유를 누릴 뿐만 아니라 생활에서도 그것을 거침없이 실천하는 여자다. 나는 평생 그런 여자와의

연애를 꿈꾸었지만 그 꿈을 이루지 못한 채 눈을 감았다. 내가 자연수명을 다 누리지 못한 것은 억울하지 않지만 '야한 여자'와의 연애를 해보지 못한 채 죽은 것은 억울하다.

장석주 : 당신의 페티시즘, '야한 여자'를 향한 성적 취향을 솔직하게 드러낸 시가 「나는 야한 여자가 좋다」일 것이다.

나는 야한 여자가 좋다
꼭 금이나 다이아몬드가 아니더라도
양철로 된 귀걸이나 목걸이, 반지, 팔찌를
주렁주렁 늘어뜨린 여자는 아름답다
화장을 많이 한 여자는 더욱더 아름답다
덕지덕지 바른 한 파운드의 분(粉) 아래서
순수한 얼굴은 보석처럼 빛난다
아무것도 치장하지 않거나 화장기가 없는 여인은
훨씬 덜 순수해 보인다 거짓 같다
감추려 하는 표정이 없이 너무 적나라하게 자신에 넘쳐
나를 압도한다 뻔뻔스런 독재자처럼
적(敵)처럼 속물주의적 애국자처럼
화장한 여인의 얼굴에서 여인의 본능이 빛처럼 흐르고
더 호소적이다 모든 외로운 남성들에게
한층 인간으로 다가온다 게다가
가끔씩 눈물이 화장 위에 얼룩져 흐를 때
나는 더욱더 감상적으로 슬퍼져서 여인이 사랑스럽다
현실적, 현실적으로 되어 나도 화장을 하고 싶다
분으로 덕지덕지 얼굴을 가리고 싶다
귀걸이, 목걸이, 팔찌라도 하여
내 몸을 주렁주렁 감싸 안고 싶다

---

3) 마광수, 『육체의 민주화 선언』, 책읽는귀족, 173면.

현실적으로

진짜 현실적으로

— 마광수, 「나는 야한 여자가 좋다」 전문, 1979

「나는 야한 여자가 좋다」라는 시에서 두드러지는 것은 외모 지상주의다. 당신은 귀걸이나 목걸이, 반지, 팔찌를 주렁주렁 늘어뜨린 여자가 아름답다 하고, 화장한 여인의 얼굴에선 여인의 본능이 빛처럼 흐르고 있다고 예찬했다. 더러는 당신을 가리켜 외모 지상주의자라고 비난하는 사람도 있다. 그에 대해 스스로를 변호해 보라.

마광수 : 나는 유미주의자다. 나는 아름다움을 최고로 치는 사람이다. 나는 줄곧 "외모가 권력이야. 어떻게 알아요. 얼굴 보고 알지. 외모만 따진다."라고 외쳐왔다. 내 생각에 가장 아름다운 여자는 '야한 여자'다. 손톱을 길게 기르고, 생머리를 하고, 혀를 포함한 온갖 예민한 부위에 피어싱을 하고, 짙은 화장을 하고, 몸의 굴곡이 드러나고 노출이 심한 옷을 입은 '야한 여자'를 좋아한다. 여자의 긴 손톱에 대한 내 페티시즘을 숨길 생각은 조금도 없다. "손톱을 한 10센티미터쯤 되게 길러. 그리고 거기에 뻣뻣하게 풀을 먹여. 그런 다음에 그걸로 빗대신 내 머리를 빗겨주고 포크 대신 음식을 먹여줘. 그리고 내 온몸을 할퀴고 찔러줘."(『즐거운 사라』 중에서) "그녀는 손을 움직일 때마다 손톱이 다칠까봐 조심스러워 하는 모습을 보였는데, 아주 습관화된 동작이라 무척이나 우아하면서도 나태스러워 보여 나의 성감대를 자극시켰다. 주로 두 손을 무릎 위에 포개고 있었는데, 날카로운 손톱 끝이 손등을 찌르지 않도록 손가락들을 부챗살처럼 쫙 펴고 있는 모습이 소름 끼치도록 고귀해 보였다."(『2013 즐거운 사라』) 손톱을 길게 기른 여자는 내 성적 판타지를 자극한다. 그런 여자가 진짜 '야

한 여자'다. '야한 여자'는 한마디로 자기 본성에 정직한 여성을 가리킨다. 내가 '야한 여자'를 좋아하는 것은 공작새 암컷이 꼬리 깃털에 무지개 빛깔이 있는 수컷에 더 끌리는 것과 다를 바 없다. 진화생물학의 관점에서 보자면 짝짓기의 상대를 고를 때 종의 화려한 외모를 따지는 것은 외양을 생명의 무대 위에 투사한 것일지도 모른다. 그러나 우리가 인체 내에 숨어 있는 심장이나 간의 아름다움을 느낄수는 없다. 우리는 얼굴, 가슴, 엉덩이, 다리 같은 드러나 있는 외모의 아름다움을 취할 수밖에 없다. 그런 까닭에 나는 외모 지상주의자다.

장석주 : 당신은 1990년대 초반 『즐거운 사라』를 펴내면서 구속이 되고, 시련을 겪었다. 당신은 왜 『즐거운 사라』를 썼는가?

마광수 : 『즐거운 사라』는 내 소설 중에서 가장 애착을 갖는 작품이다. 『즐거운 사라』는 처음부터 끝까지 "결혼을 하게 될 때까지 처녀성을 보존하고 있어야만 한다는 것이 너무나 거추장스럽고 짐스럽게 여겨졌다.", "나는 흔히들 여성이 지켜야 할 최후의 보루요 지고지존의 미덕이라고 얘기하는 '순결한 여성'의 허울을 빨리 벗어버리고 싶었다. 내가 기철에게 이런 생각을 말하면서 나와 육체관계를 가져달라고 부탁했을 때, 아니 속된 말로 나를 아무 부담감 없이 공짜로 '따먹어 달라'고 부탁했을 때…" 같은 '사라' 1인칭 시점의 독백으로 이루어진 소설이다. 나는 '사라'가 사랑스럽다. 그 발랄한 현존, 남성지배적 가부장 시대의 도덕을 찢고 나와 자신의 성적 결정권을 주체적으로 향유하는 모습이 정말 좋다. '사라'는 한국 사회에 일반화된 '아버지'의 권력과 그 규율에 도전하는 주체적 여성이다. '아버지'는 지배적인 법, 규범, 기존 질서의 상징물이다. '사라'는 '아버지'라는 영토에서 탈주하는 인물이다. "게다가 성이라는 것이 무조건 아버지

성만을 따르도록 되어 있다는 게 영 불쾌하게 느껴지던 터였다. 왜 어머니의 성을 따르지는 못한단 말인가. 아니, 조상이니 족보니 하는 게 대체 무엇이길래.", "엄마는 아버지한테 언제나 꽉 쥐어서 지냈다. 그렇다고 엄마가 아버지를 미칠 듯이 사랑하고 있는 것 같지도 않았다. 다만 그렇게 하는 것이 부덕(婦德)이라고 믿고 있는 모양이었다. 내가 보기에도 엄마는 한심한 여자였다." '사라'는 거침없이 '아버지'라는 식민지에서 벗어난다. 여성의 순결을 강요하고, 가부장적 결혼제도로 여성의 욕망을 억압하는 '아버지'의 법과 규범에 도발하며 그 금기를 깨는 것이다. "나는 신이 나서 매일매일 남자를 바꿔가며 만났다. 마치 일처다부제의 방식으로 살아가는 것 같았다." 성기 수준의 섹스에 만족하는 시대에 파격과 일탈의 섹스 판타지를 추구하는 '사라'의 도발적인 태도로 우리 사회의 도덕적 이중성과 위선의 가면을 벗겨버리고 싶었다.

장석주 : 잠깐 당신과의 인연에 대해 털어놓을 필요가 있겠다. 1980년대 나는 청하출판사를 운영하며 당신의 『마광수 문학론집』, 『상징시학』, 『심리주의 비평의 이해』 등을 펴냈다. 1980년대 한국 사회는 좌파 이념이 휩쓸던 때다. 나는 한국 사회가 한쪽으로 편향된 사회가 되는 것을 우려했다. 지식생태계가 건강해지려면 균형을 잡아야 한다고 믿었다. 1980년대는 운동권이 득세하던 시기였고, 군사독재 정권에 저항하지 않는 것은 시대의 책무를 다하지 못한 것으로 생각했었다. 나는 그게 다가 아니라고 생각했다. 당신은 성 담론 해방을 거의 혼자 주창하고, 그것을 시로 소설로 창작해서 계속 보여줬다. 그런 측면에서 당신이 가진 문학적 혹은 이념적·사상적 위치가 대단히 독특했다. 우리는 밤과 낮이 너무나 다른 사회를 살았다. 낮은 근엄한 도덕주의자가 지배하지만, 밤은 성적으로 타락한 사회였다. 당

신은 그런 이중성을 폭로하고, 성 담론을 음지에서 양지로 끌어내고 싶어 했다. 나는 당신이 우리 사회에 꼭 필요하다고 판단했다. 1992년 4월 경, 나는 당신의 신작소설을 출판하고 싶다는 의사를 전달하려고 연세대학교를 찾아갔다. 그때 당신은 한 신문에 연재했던 「자궁 속으로」의 원고를 주기로 약속했다. 당신의 방을 나올 때 당신이 『즐거운 사라』를 건네주면서 읽어보라고 했다. 『즐거운 사라』를 서울문화사에서 출판했는데, 간행물윤리위원회에서 고발이 들어와 서점에서 자진 회수했다고 했다. 당신은 그걸 억울해하면서 꼭 재간됐으면 좋겠다고 했다. 그래서 『즐거운 사라』가 다시 세상에 나온 것이다. 『즐거운 사라』가 나온 지 벌써 서른 해에 가까워오고 있다. 그동안 한국 사회는 많은 변화를 겪었다. 『즐거운 사라』가 이 변화에 얼마나 영향을 끼쳤다고 보는가?

마광수 : 『즐거운 사라』가 처음 나온 게 1990년대 초였다. 한국 사회는 1988년 올림픽을 치른 뒤 고도소비사회로 넘어가며 억압되었던 다양한 욕망이 분출하는 시대였다. 그 당시 일부에서 <빨간 마후라>, <O양의 섹스비디오>를 비밀스럽게 공유하고, 마르끼 드 사드의 『규방철학』이나 『소돔 120일』, 조르주 바따이유의 『O의 이야기』, 에리카 종의 『날으는 것이 두려워』, 아나이스 닌의 책들이 시중 서점에 나와 진열되고 팔리고 있었다. 그동안 성의식도 많이 바뀌고, 예전보다 훨씬 더 성적 자유를 누리는 것처럼 보인다. 그럼에도 여전히 한국 사회의 한쪽에는 수구적 봉건윤리와 도덕 만능주의자들이 완고하게 버티면서 그들이 자유와 다원주의의 촉매제인 섹스를, 그리고 육체의 자유를 억압하고 있다. 그 때문에 우리 사회의 창조적 역량이 억압되고 있다는 사실을 아무도 인지하지 못한다. 안타까운 일이다!

장석주 : 당신은 성 담론의 선구자라고 할 수 있겠다.

마광수 : 남들은 시대를 앞서갔다고 얘기하지만 나는 그런 거대한 소명 의식은 없었다. 다만 나는 한국 사회의 이중성에 대해 환멸을 느꼈던 사람이다. 겉으론 근엄한 척하면서 뒤로는 호박씨를 까는 우리 사회의 행태에 한번 시비를 걸어본 것이다. 성에 대한 알레르기 현상을 깨부수고 싶었다. 물론 나는 누구보다도 일찍 성 담론의 자유를 외친 사람이다. 나는 문학적 벤처 정신의 소유자다. 이 시대에 필요한 정신은 홀로 가기 정신, 자유정신, 남의 눈치 안 보기 정신, 천상천하유아독존의 독립 정신, 창조적 불복종의 정신이다.

장석주 : 1990년대 초 한국 사회에서 성적 자유가 일정 부분 용인되고 분출되던 시기인데, 유독 검찰은 『즐거운 사라』의 작가인 당신과 출판사 대표인 나를 콕 지목해서 구속시켰다. 왜 그랬다고 생각하는가?

마광수 : 1960년대 『반노(叛奴)』의 작가 염재만이나 『영점하의 새끼들』을 쓴 건국대 교수이자 작가인 박승훈이 음란문서 제조의 혐의로 기소되었지만 불구속 상태에서 재판을 받았다. 『즐거운 사라』가 나온 게 1990년대 아닌가! 1992년 『즐거운 사라』을 '청하'에서 재출간하면서 어느 정도 마찰이 있을 것이라고 예상을 했지만 작가를 구속까지 시킬 줄은 꿈에도 몰랐다. 당시 국무총리이던 현승종이 보수적인 인물이고, "대학교수라는 자가 어떻게 이런 걸 쓸 수 있느냐, 한번 혼내주자."라는 말을 했다고 전해 들었다. 그런 생각이 관력 내부에서 어떤 공감대를 형성했던 것 같다. 당시 서울대 교수였던 손봉호는 "마광수 때문에 에이즈가 유행한다."라는 무식하기 짝이 없는 말을 떠벌렸다. 서울지검 특수 2부를 움직여 현직 교수인 나와 출판사 대표를 구속시킨 것은 권력의 최상층부에서 오더를 하고, 검찰이 그 오

더에 따라 꾸민 사건이다. 작가와 출판사 대표 두 사람 다 신원이 확실하고 증거인멸의 우려가 전혀 없었지만 검찰은 국가적 사안이라고 내세우며 구속시켰다. 결국 두 사람은 수감 두 달 만에 집행유예로 풀려나왔다. 교수가 이런 천박한 소설을 썼어? 어디 망신 한번당해 봐라. 그러니까 문명국가에서 유례가 없는 작가 인신구속은 공개적 망신주기 퍼포먼스였던 것이다.

장석주 : 당신의 소설에 대한 평가는 엇갈린다. 소설가 이문열은 "(『즐거운 사라』를) 읽고 난 뒤 내가 먼저 느껴야 했던 것은 구역질이었고, 내뱉고 싶던 것은 욕지기였다. 나는 솔직히 이제 어떤 식이든 그런 불량상품이 문화와 지성으로 과대포장돼 문학시장에 유통되는 것을막아야 한다고 생각한다."고 했다. 당시 서울대학교 법학과 교수였던 안경환은 당신의 소설을 "쓰레기"라고 평가절하했다. 당신은 어떻게 반론을 할 것인가?

마광수 : 나는 작가다. 나는 무엇보다도 성적인 자기 결정권, 성적 쾌락을 누릴 자유, 성 담론의 해방을 작품 속에 담아왔다. 나는 경제적풍요와 민주화 역시 성의 해방이 이루어져야만 가능하다고 믿는다. "성적 쾌락을 당당하게 인정하지 않으면 우리는 파멸할 수밖에 없다. 성적 쾌락을 죄악시할 때, 그 죄의식의 대가는 '성욕의 승화'가아니라 '자기 학대'와 '자기 파멸'로 이어지기 때문이다."⁴⁾ 내 작품들은 '야한 정신', 즉 "과거보다 미래에, 도덕보다 본능에, 절제보다쾌락에, 전체보다 개인에, 질서보다 자유에 더 가치를 매기는 정신"의 문학적 실천이라고 할 수 있다. 물론 성에 대한 결벽주의자들과전통적 도덕에 훈육된 사람들이 그런 내 작품에 혐오감을 느낄 수도

---

4) 마광수, 앞의 책, 73면.

있을 테다. 나는 소설이 주는 재미의 본질이 결국은 '감상(感傷)'과 '퇴폐'에 있다고 생각한다. 아무리 복잡한 사상을 담고 있는 작품일지라도 그런 주제의식은 '포장'이 될 수밖에 없고, 기둥 줄거리를 통해 독자가 얻는 카타르시스의 본질은 '감성을 억압하는 엄숙한 이성으로부터의 상상적 탈출'과 '답답한 윤리로부터의 상상적 일탈'을 통해 얻어지는 '감상'과 '퇴폐'에 있다. 거기에 곁들여 추가되는 것이 있다면 과장, 청승, 엄살, 능청, 비꼼, 익살 같은 것이 될 것이다. 내 문학은 당대에 부정되었지만 후대에 객관적인 평가를 받을 것이다.

장석주 : 인간은 음습한 포유동물이고, 존재 자체가 죄악이다. 우리는 저마다 극복해야 할 고통과 업이 있는 것 같다. 나는 시대와 불화하는 동안 당신에게 일어난 그 모든 불행과 비극을 안타까워한다. 학계와 문단의 집단 따돌림 따위는 지나쳤다. 당신의 문학, 그 안에 담긴 정신은 반시대적이었던 것이다. 당신은 그 '반시대적인 태도'에 대한 복수를 당했다. 당신은 어떤 사람으로 기억되고 싶은가?

마광수 : 나에게 '자유'는 지상가치였다. 20세기 한국에서 성의 평등과 자유를 주장하고, 우리 안에 억압된 본능을 일깨우려고 한 사람이다. 나는 '야한 사람'이다. 동양 철학자 장자도 그렇고, 서양의 현자 디오게네스, 그리고 조선 시대의 김시습도 다 '야한 사람'이다. 사회의 습속을 따르지 않고 자유롭게 살았던 거지. 나 역시 뼛속까지 자유주의자다. 그런 시를 쓰고, 소설을 쓰고, 문학이론서를 펴냈다. 그러나 나는 '다르다'거나 '야하다'는 이유로 모욕과 냉대를 당하고, 철저하게 짓밟혔다. 이 사회는 에로티시즘 예술과 향락산업을 하나로 취급한다. 나는 저급한 에로물이나 써내는 사람으로 낙인찍혔다. 그리고 알다시피 아직 그 잔재가 남아 있는 유교적 금욕주의 사회의

희생양이 되었다. "우리들은 죽어가고 있는가, 우리들은 살아나고 있는가. 우리들의 목숨은 자라나는 돌덩이인가, 꺼져가는 꿈인가. 현실의 삶은 죽어가는 빛인가, 현실의 죽음은 뻗어가는 빛인가."(「자유에」) 나는 살아서 죽어가는 빛이고, 죽어서 뻗어가는 빛이다. 나는 평생 남을 해치거나 남의 것을 빼앗은 적이 없다. 당연하다. 나는 평화주의자다. 그런데 나는 처벌받았다. 내 성적 판타지가 유죄의 유일한 근거였다. 그랬으니 억울했던 거지. 내 자살은 그 억울함에 대한 항의의 표현인 거다.

장석주 : 이제 우리의 대화를 마무리할 때가 되었다. 당신에게 마지막 질문을 하겠다. 당신은 불행한 사람이었나?

마광수 : 내가 늘 행복했다고 말할 수는 없지만 그렇다고 늘 불행했다고 말할 수도 없다. 살아 있는 게 좋았던 날도 많았다. 인생이란 불행과 행복을 날줄과 씨줄로 엮어 짜는 피륙이다. 내가 박사논문으로 썼던 윤동주의 시가 떠오른다. "창밖에 밤비가 속살거려 / 육첩방(六疊房)은 남의 나라, // 시인이란 슬픈 천명(天命)인줄 알면서도 / 한 줄 시를 적어 볼까, // 땀내와 사랑내 포근히 품긴 / 보내주신 학비 봉투를 받아 // 대학 노-트를 끼고 / 늙은 교수의 강의 들으러 간다. // 생각해 보면 어릴 때 동무를 / 하나, 둘, 죄다 잃어버리고 // 나는 무얼 바라 / 나는 다만, 홀로 침전하는 것일까? // 인생은 살기 어렵다는데 / 시가 이렇게 쉽게 씌어지는 것은 / 부끄러운 일이다. // 육첩방은 남의 나라 / 창밖에 밤비가 속살거리는데, // 등불을 밝혀 어둠을 조금 내몰고, / 시대처럼 올 아침을 기다리는 최후의 나 // 나는 나에게 적은 손을 내밀어 / 눈물과 위안으로 잡는 최초의 악수."(윤동주, 「쉽게 씌어진 시」 전문) 윤동주는 시인이란 슬픈 천명(天命)을 살다 갔다. 윤동주는 남의 나라에서 자신의 생이 홀로 침전하는 것을 바라보며 외로웠을 거다.

그랬지만 그는 꿋꿋하게 자기의 길을 걸었다. 윤동주가 그랬듯이 나역시 내게 주어진 길을 걸었을 뿐이다.

장석주 : 긴 시간 동안 당신을 붙잡고 괴롭혔던 것 같아 미안하다. 당신의 얘기를 들으면서 당신에 대해 더 잘 이해하게 되었다. 고생했다. 이제 편히 쉬시라.

니체는 『차라투스트라는 이렇게 말했다』에서 "위태로운 곳은 산봉우리가 아니라 비탈이다. 우리는 비탈에서 시선은 아래쪽에 두고, 손은 위를 붙든다. 이 두 가지 의지 때문에 우리의 심장은 현기증을 일으킨다." 라고 했다. 마광수는 산봉우리가 아니라 비탈에 섰던 사람이다. 그는 비탈의 삶에서 환멸과 현기증을 느끼고 자살로 생을 마감했다. 그가 자살하던 가을날 오후 시각, 나는 페루 안데스 출신의 시인 세사르 바예호의 시집 『오늘처럼 인생이 싫었던 날은』을 손에 들고 있었다. "오늘처럼 인생이 싫었던 날은 없다. / 항상 산다는 것이 좋았었는데, 늘 그렇게 말해왔는데. / 내 전신을 이리저리 만지면서, 내 말 뒤에 숨어 있는 / 혀에 한방을 쏠까 하다가 그만두었다."(세사르 바예호, 「오늘처럼 인생이 싫었던 날은 없다」 중에서) 항상 산다는 것이 좋았었는데! 그의 자살 소식을 듣는 순간, 모든 것이 다 일그러졌다. 나는 슬퍼졌다. 그의 돌연한 자살은 그의 패배를 증언하는 것일까? 아니다. 그는 인생의 패배자가 아니다. 그는 오히려 죽음으로써 패배를 넘어섰다. 우리는 이제 그를 놓아줘야 한다. "넘어져서 아직울고 있는 아이가 사랑받기를. / 넘어졌는데도 울지 않는 어른이 사랑받기를."(세사르 바예호, 「두 별 사이에서 부딪치다」 중에서)

마광수는 '야한 사람'이다. 거칠 것 없이 자유롭게 살고자 했다. 그는 이 사회에 성 담론의 해방과 함께 '육체의 민주화'를 요구했다. 그는 "참된 민주주의는 자유와 다원(多元) 없이는 이룩될 수 없다. 그리고 당연히 인권으로 보장되는 '성적 자유'는 자유와 다원의 실현을 위한 촉매제가 되는 것이다."라고 했다. 그는 다양한 '성적 판타지'를 담은 소설과 시를 써냈다. 그러나 에로티시즘 예술에 대한 몰이해로 인해 그는 부당한 대우를 받았다. 그를 재판하고, 감옥에 가두고, 대학교수직에서 끌어내렸다. 사회가 공모하여 그를 자살에 이르게 했다. 그의 인생 배심원들은 그에게 유죄 평결을 내렸다. 자살은 그 유죄 평결에 대한 마광수 자신의 응답이었을지도 모른다. 나는 그가 예술의 가장 높은 경지에 이르렀다고 말하지는 않겠다. 그러나 그가 아무도 가지 않은 길을 혼자 꿋꿋하게 걸어갔다는 점은 인정하자.

유미적 상상력으로서의 페티시즘 읽기

김성수_문학평론가, 연세대학교 학부대학 교수

1. 머리말

문학(예술)은 현실의 질료를 원료로, 그리고 현실의 경계를 넘어서면서 삶의 긴장과 억압을 풀어내고 끊임없이 욕망의 새 지평을 밝혀주는 거울이면서 램프이다. M. H. 에이브럼즈의 구분처럼, 현실을 기계적으로 객관화하고 외면화하는 고전주의적 관점에서 볼 때 문학은 거울이며, 창조적 주관성의 상징으로 현실을 주관화하고 내면화하는 낭만주의적 관점에서 볼 때 문학은 램프이다.[1] 현실을 구심성의 원리로 파악하는 문학은 그래서 그 제한된 폭과 깊이에 인간 삶의 무수한 상(像)을 담기 위해 전형성과 보편성의 원리를 채택하는 반면, 현실의 경계를 원심성의 원리에 의해 벗어나려는 문학은 특수성과 개별성을 지향하게 된다. 이 점은 우리들이 세계를 에토스적 차원에서 이해할 것인지, 아니면 파토스적 차원에서 수용할 것인지를 요청하는 형식(미학)의 문제와 관련되는 사항이기

---

1) 임철규,『왜 유토피아인가』, 민음사, 1994, 317면.

도 하다.

 문학이 일차적으로 현실을 반영한다고 할 때 그 반영의 매개물인 '거울'은 어떤 성질의 물체이며, 어떤 기능을 하는가? 이는 결국 서양 문학의 장구한 역사를 통해서 매우 중요한 논의를 유발시켜 온 본질적 문제이기도 했다. 거울에 비치는 현실의 어떤 상(像)은 그것이 평면거울이냐 아니면 '오목·볼록' 거울이냐에 따라서 그 형체가 사뭇 달라진다. 또한 다면체의 거울 속에서도 그 형상은 원래의 것과는 매우 다르게 나타날 수 있다. 따라서 만화경으로 비유되는 현실은 그것을 비추는 거울의 종류에 따라 선택적으로 보일 수밖에 없게 된다. 왜냐하면 그것은 선택자의 취향과 의지, 그리고 목적에 의해 좌우되기 때문이다.

 현실을 언어로 반영하는 문학, 특히 소설은 서술자가 어떤 거울을 선택해서 어느 곳을 비추느냐 하는 문제가 형식적 본질을 이루게 되는데, 그 거울의 위치와 각도에 따라 현실과 욕망의 양상은 여러 가지로 나타나게 된다. 그런데 반영체로서의 문학은 단순한 평면거울이 아니라 가깝게도 혹은 멀리도 볼 수 있도록 실제의 상(像)을 굴절시키는 입체적 거울로서의 '렌즈'에 비유할 수 있다. 현미경이나 망원경이 볼록거울을 응용한 것이듯이, 문학이 현실의 여러 상(像)을 다양하게 변형시키는 것은 결국 작가가 선택하는 거울의 종류와 각도에 따라 결정된다.

 현실을 같은 크기와 모습으로 비추는 거울과는 달리 실제상들의 굴절과 변형체인 문학적 거울(렌즈)은, 작가의 체험과 사유의 방식에 따라 더 가까이, 혹은 더 멀리 인간 실존의 욕망을 비추어 내고자 한다. 그것은 집단의 공통 체험과 소망을 비출 수도 있지만, 인간 내면의 잠재된 욕망을 보여주는 의식의 내시경일 수도 있다. 작가는 현실을 가깝게도 혹은 멀리도 동시에 볼 수 있는 유용한 거울을 품에 안고서, 자신의 욕망을 문학이라는 가공적 거울을 통해 비추어 보고자 한다. 그 욕망이 실현되기 어려울수록 더욱 더 집요하게 그것에 집착하는 작가의 비극적 전망은 분명히 문학의 역설적 본질에 다름 아니다.

문학이 유토피아에 대한 전망을 매우 입체적인 거울을 통해 비추어낼 수 있다고 할 때, 그것을 우리는 현실의 거울이 아니라 상징적 상상력의 거울이라고 이름 붙여도 좋을 것이다. 귀납적 속성으로서가 아니라 연역적 특성을 가진 상징적 거울을 통해 미래의 소망을 상상해내는 요술거울, 즉 상상력은 현실적 질서에 대한 작가의 치외법권적·면책적 거울이어야 한다는 전제로부터 논의는 출발하고자 한다.

작가의 의식과 욕망의 거울에 현상(現像)되는 현실은 곧 문학적 프리즘을 통해 마치 영사막처럼 가시화될 수 있는데, 프리즘 이전의 빛(현실)과 이후의 빛(상상 혹은 꿈)은 문학이라는 거울 속에서 모두 상징적 상상력으로 연역되어 때로는 진실보다 더한 진실을 보여주기도 한다. 그러므로 상징적 상상력의 소산인 문학(소설) 안의 현실원칙(문학적 약속)을 프리즘 통과 이전의 현실원칙(사회적 규범 혹은 윤리)과 차별 없이 동일시하려는 태도는 적절하지 못한 태도라고 할 수 있다. 그것은 프리즘 자체를 인정하지 않겠다는 생각과 같은 것이다. 인류가 생존하는 한, 의식의 거울로 현상(現像)되는 어떤 상상, 즉 현실의 프리즘은 결코 유보할 수 없는 우리들의 본질이기 때문이다. 현실과 꿈은 분명히 다르고, 그래서 꿈속의 어떤 일도 현실의 원칙으로부터 면죄부를 갖게 되는 것이다. 문학이라는 상상, 꿈도 마찬가지라고 할 때 작가의 상상적 거울에 나타나는 갖가지 상(像)들은 그것이 문학인 한에서 어떠한 경우에도 가능한 자유를 누릴 수 있어야만 한다.

플라톤이 '동굴의 신화'에서 말한 사물의 그림자는 결코 그 본질이 이것이라고 말해주지 못한다. 우리도 또한 그 그림자의 본질을 명확하게 알 수는 없다. 신이 존재한다면 그만이 알 수 있을 것이다. 그러나 우리는 그 그림자를 매개로 사물의 정확한 본질을 파악할 수 있는 실마리를 찾지 않으면 안 된다. 그래서 경험적 지식을 통해 귀납적으로 그 본질에 도달하려는 과학과는 달리, 문학은 끊임없는 상상적 표현(表現) 과정을 통해 그것을 연역하고자 하는 것이다. 그런 의미에서 우리는 플라톤이 말한 '그림자'에 대한 부정적 인식을 다시 역으로 부정하지 않을 수 없다. 아무도 알 수 없는 현실의 본질, 그것은 작가의 상상력 속에서 연역적으로 가시화될 수 있으며, 그렇게 규정된 주관적 본질은 그 구체성과 당장의 현실적용성의 가능성 여부에 관계없이 그 자체로 의미 있는 것이 될 수 있다. 거기엔 어떤 규범이나 윤리가 쉽게 잣대를 들이댈 수 없는 것이며, 또 그럴 수도 없다. 비평의 내적 체제만이 배심원의 자격을 어느 정도 확보할 수 있을지 모른다. 그렇게 생각하면 문학과 윤리는 어떤 의미에서는 비가역적 폐쇄회로인 셈이다.

그것은 우리들 인간들이 절대자의 전지전능함에 대해서 불평과 불만을 품을 수 없듯이 현실의 상상인 작품 속의 현실에 대한 도덕적 가치평가는 그다지 유쾌한 행위로 취급되지 않는다. 우리들의 육체와 행위와 정신이 언어로 재창조되어 소설 속에 들어갈 때는 소설의 내적 규칙을 따를 수밖에 없는 것이다. 동물과 식물이 모두 생물이긴 하지만 그 둘의 종류가 다른 것처럼, 문학과 윤리가 모두 현실적 욕망을 내화(內貨)로 가지고 있지만 문학이 문학이고 윤리가 윤리인 한에서 양자의 외화(外貨)는 달리 환산돼야만 한다.

이런 관점에서 소설적 현실에 대해 그것이 성적 담론이든 이데올로기적 담론이든 자유와 상상을 억압하는 일체의 검열과 통제는 불순한 것이다. 변태행위로 규정하는 어떤 것이나 심지어는 마약의 문제, 그리고 빨치산의 산 속 생활에 대한 실존적 의미로서의 인간애에 바탕을 둔 묘사나 사회주의적 이데올로기의 지향 등 그 어떤 것도 윤리와 체제의 이름으로 유폐시킬 수 없는 것이다. 오직 작가의 진실한 묘사와 진지한 주제 탐구만이 문학의 자기검열로 기능할 수 있을 뿐이다.

이와 같은 전제를 인정하면서 마광수의 소설의 세계를 조망할 때, 그의 소설은 낭만정신, 자유정신, 분방하고 발랄한 상상력, 탈권위적 문체와 탈윤리적 인물설정 등의 어휘로 표현될 수 있을 것이다. 『권태』와 『광마일기』, 그리고 『즐거운 사라』는 물론, 여러 편의 단편과 장편(掌篇)소설들은 모두 낭만적 자유정신에 토대를 두고 성적 판타지의 무애(無碍)한 상상을 그려내고 있는 작품들이다.

그런데 지금까지 그의 소설들이 우리의 비평시장에서 활발하게 유통되지 못한 것은 물론 여러 가지 이유가 있겠지만, 무엇보다도 그의 첫 문화비평적 에세이집 『나는 야한 여자가 좋다』 이후 일련의 그의 저작들에 대해 우리 사회가 가지고 있는 지나친 성 알레르기 현상의 부정적 여파 때문이 아닌가 한다. 이런 연장선 위에서 리얼리즘(사회주의 리얼리즘이든 비판적 리얼리즘이든)만이 우리 소설과 비평의 주화(主貨)처럼 통용되는 비평의 시장에서 그의 소설들이 독자들의 호오(好惡)에 상관없이 활발하게 거론되지 못한 것은 기이한 현상이 아닐 수 없다. 특히 일체의 성적 담론에 대해 지나칠 정도로 민감한 반응들은 작가 자신에 대한 편견으로 악화되고, 또한 이런 현상의 한 요인이 우리 사회의 열린 담론 구조를 폐쇄시키는 억압구조로 적용하고 있다는 사실을 생각할 때, 그의 작품을 비롯한 성적 담론의 작품들에 대한 좀 더 공정한 해석과 평가의 태도는 사회의 이곳저곳에서 우후죽순으로 성 담론이 용출하고 있다는 점에서 이에 대한 관심이 더 긴절히 요청되지 않을 수 없다.

문학작품을 이해한다는 것은 결국 그 작품에 대한 해석과 평가로 귀결될 수밖에 없는 것인데, 이때 해석이란 작품에 나타난 여러 요소들을 세밀하게 따져보는 일이며 그리고 난 이후 그에 대한 정당한 평가가 가능한 것이다. 그런 의미에서 작품에 대한 '자세히 읽기'는 무엇보다도 중요한 논의의 전제가 된다. 여기에 어떤 편견이나 선입관이 미리부터 개입해서는 결코 온전한 평가가 이루어질 수 없다. 마광수의 소설에 대한 객관적 시각과 평가는 따라서 좀 더 자세하고 진지한 독서가 전제돼야 함은 물론 공정한 비평의 태도가 확보돼야 한다.

이 글에서는 마광수의 소설세계 전반에 짙게 나타나는 성적 담론의 본질과 유미적 시각의 미학적 테마를, 소설의 일반적 분석틀 가운데 주로 인물과 문체를 중심으로 하여 살펴봄으로써 그의 소설세계가 추구하는 주제에 대해 해석과 평가로 연결시켜 보고자 한다.

2. 마광수 소설의 미학

소설이 화자를 통해 어떤 이야기를 전달하는 형식의 문학이라고 할 때, 작가가 자신의 창작과정에서 가장 우선적으로, 그리고 중요하게 구상하는 것은 인물일 것이다. 이야기의 형태로 포장된 여러 가지 구성 요소, 즉 인물·환경·플롯·문체 가운데서 특히 인물은 우리들 인간의 삶의 모습을 되비쳐 보기 위한 가상적 표상(그러나 한 전형적 표상)으로, 소설이 실제의 사건이 아니라 만들어지고 꾸며진 이야기라는 점에서 철저히 비실제적인 것이다. 그래서 소설의 주인공은 인간뿐만이 아니라 우화적인 여러 종류의 동물이나 환상적 공간의 비(非)인간들이 될 수도 있는 것이다. 여기서 특별하게 인물과 관련하여 소설의 허구성과 개연성을 강조하려는 것은 우리 사회에서 소설 속의 '현실'과 실제의 '현실'을 혼동하는 일이 적지 않게 일어나고 있으며, 또 그러한 인식상의 혼란이 작품을 제대로 이해하고 평가하는 데에 적지 않은 걸림돌이 되고 있다는 점을 강조하고 싶어서이다.

예를 들면, 무대 위에서 가련한 주인공을 괴롭히고 학대하는 악한을 향해 객석의 관객이 방아쇠를 당기는 미국 서부 개척시대의 희화적 해프닝이나, 전후 50년대의 세태풍속을 그린 정비석의『자유부인』외설성 논쟁도 따지고 보면 그런 혼동의 똑같은 실례들이다. 최근『무궁화 꽃이 피었습니다』라는 소설을 읽고 주인공의 애국적 행동에 감명 받은 독자들이 작가가 국립묘지에 묻힌 것으로 그려낸 주인공을 참배하기 위해 묘지 관리인에게 그 무덤의 위치를 물어보는 일이 하루에도 몇 건씩 생긴다는 신문기사의 보도도, 실제 현실과 소설적 허구를 이해하지 못했기 때문에 생기는 희극적인 예들이다. 이와 같은 현상들은 소설이라는 문학양식이 그만큼 현실과 구별되기 어려운 사실성을 그 본질로 하고 있다는 현상의 분명한 반영임과 동시에, 허구적 사실과 실제적 현실을 동일시하려는 태도로부터 소설의 가공적 세계는 차별화되어야 한다는 소설적 당위성을 요청하게 한다. 이런 전제 밑에서만이 소설은 서사적 형식으로서 뿐만 아니라 개성적이며 동시에 전형적인 인물의 창조적 표상을 가능하게 하는 서사미학적 자유를 확보할 수 있는 것이다.

마광수의 소설에 대한 해석과 평가 및 비판에 있어서도 이와 같은 '태도의 미학'은 필요하다. 그래서 다시 우리는 소설의 여러 원칙과 약속에 대한 원론적인 질문과 아울러 문제제기가 필요하다고 생각한다. 이 점에 대해 마광수는 자신의 소설과 작품 속의 인물에 대해 분명한 입장을 밝힌 바 있는데, 이것은 자신의 소설에 대해 평자들이 지나치게 작가와 작품 속의 인물을 동일시하는 발생적 오류를 염두에 두었기 때문이라고 생각할 때, 그의 그런 발언은 충분히 이해가 되는 것이다. 그는『권태』,『광마일기』, 그리고『즐거운 사라』의 주인공들에 대한 작의(作意)를 비교적 소상하게 밝혀 놓은 바 있다. 우리는 여기서 작가 자신이 소설 속의 인물에 대해 어떤 생각과 입장을 가지고 있는지 확인해 보도록 하자.

내가 발표한 소설에 나오는 인물들은 모두 다 가공인물들이다. 이것이 소설과 시의 다른 점인데, 시는 나 자신이 그대로 시 속의 화자(話者)로 등장하기 때문이다. 나는 문학 생활을 시로 시작했고 나름대로 열심히 썼다. 그러나 시를 써 나가는 동안 뭔가 답답한 기분을 느낄 수밖에 없었다. 그 이유는 시가 상상의 세계를 그리는 것이긴 하지만 '거짓말하는 즐거움'이 소설만큼 없기 때문이었다. 그래서 나는 소설이 갖고 있는 허구적 특성에 매력을 느끼게 되었고, 처음부터 겁도 없이 장편소설에 손을 대게 되었다.[2]

마광수는 이미 1977년 박두진 시인에 의해 「배꼽에」, 「망나니의 노래」 등 여섯 편의 시가 『현대문학』지에 추천되어 시인으로 데뷔한 바 있고, 세 권의 시집을 가지고 있는 시인이다. 그가 소설가로 정식 등단한 것은 1989년 『문학사상』에 장편소설 『권태』를 연재하면서부터이다. 그러나 좀 더 엄밀하게 따지면 그는 이미 문화비평적 에세이 『나는 야한 여자가 좋다』에 단편소설과 여러 편의 장편(掌篇), 즉 콩트를 발표한 바 있다.

단편소설 「손톱」을 비롯하여 콩트 「서기 2200년까지 어떻게 기다리지?」, 「그 여자의 손톱」, 「인생살이」, 「개미」, 「신선이 되기까지」 등과, 그 후에 발간된 『사랑받지 못하여』, 『열려라 참깨』에 수록된 단편소설 「초상화」, 「인생은 즐거워」, 그리고 콩트 「벽 속에서」, 「등기우편」, 「돼지꿈」, 「K씨의 비극」, 「이상한 전당포」, 「유다」 등을 통해서 그는 이미 자신의 소설적 구성과 인물, 그리고 주제를 피력해 놓은 바 있다.

콩트라는 양식 자체도 분명히 소설의 영역에 포함되는 것이라고 할 때 그의 소설가로서의 출발은 1989년 이전부터라고 보아도 틀리지 않을 것

2) 마광수, 「내 소설의 주인공」, 『사라를 위한 변명』, 열음사, 1994, 262면.

이다. 그가 콩트에서 그리고자 했던 분위기도 위의 인용문에 나와 있듯이 '가공적 세계'의 성적 판타지와 즐거움을 주제로 하는 것이었다. 이야기의 사건은 실제로 일어난 일이 아니라 만들어지고 꾸며진 허구이며 이 사실은 이야기와 역사를 구분해 줄 뿐만 아니라,[3] 이야기 속의 인물도 실제 현실의 인물보다 초월적이거나 비인간적이며 비규범적일 수 있는 것이다. 따라서 그가 '가공 인물'과 '거짓말하는 즐거움'이라고 밝힌 것도 이와 같은 소설의 원론적 약속을 충분히 이해하고 있는 입장에서 자연스럽게 도출되는 것이다. 물론 이 '허구성'이라고 하는 것이 개연적 특성으로서의 좀 더 포괄적이고 전형적인 현실 적용 가능성에 대한, 과학이나 철학과 구별되는 변별 자질로서의 소설적 특성임은 물론이다. 바로 허구성과 개연성에 의지하고 있는 마광수의 소설세계는 그 단초부터가 자유주의적 낭만정신에 뿌리를 내리고 있는 것이다. 이와 같은 맥락에서 1990년에 발표된 장편『권태』나『광마일기』, 1992년에 발표된 문제의 『즐거운 사라』등은 그 자신의 소설에 대한 이전의 진지한 관심사가 장편양식으로 확대된 것이라고 할 수 있다.

소설에 대한 이와 같은 전제 밑에서 출발한 마광수의 소설세계는, 그러므로 오늘날 우리 문학의 주류를 형성하고 있는 리얼리즘적 미학의 소설 세계와는 다른 분위기와 서사미학적 토대를 가지고 있다는 점을 이해해야만, 그의 소설이 추구하는 미학적 형식으로서의 인물이나 문체 그리고 묘사에 대한 올바른 이해가 가능할 것이다.

---

3) 조정래·나병철,『소설이란 무엇인가』, 평민사, 1991, 31면.

3. 『권태』와 페티시즘의 회화적 만화경

『권태』를 비롯하여 『광마일기』와 『즐거운 사라』 등 그의 세 편의 장편 소설에 등장하는 주인공들은 매우 독특한 개성을 갖고 있는 인물로서, 우리 근대소설의 인물들과 비교할 때 유니크한 특징을 보여 준다. 이러한 그의 소설의 인물 창조는 자신의 문학관과도 밀접하게 관련되어 있다. 그는 문학의 근본적 창작동기를 '판타지의 창조'에 두고 있는 듯하다. 그래서 그의 소설은 '사회주의 리얼리즘'이 추구하는 이념지향이나 '비판적 리얼리즘'의 현실비판과 전망의 제시보다, 낭만주의적 환상에 바탕을 둔 소설 세계를 추구하고 있다.

> 리얼리즘이라는 것이 꼭 현실의 반영이어야 한다고 하는 말에도 나는 찬동할 수 없다. 어떻게 보면 모든 문학작품은 다 '리얼'한 것이다. 낭만적 환상을 소재로 하여 글을 쓴다고 할지라도, 그 수법은 환상을 얼마나 '리얼'하게 묘사해 내느냐에 중점을 두어야 한다. 물론 요즘 주장되는 리얼리즘은 '묘사론'적 기법주의로서의 리얼리즘이 아니라 일종의 '사회주의적 리얼리즘'이긴 하지만, 아무튼 인간의 마음속에 품고 있는 생각—이성적 판단에 의한 것이든, 환타지에 의한 공상에 의한 것이든—을 묘사한다는 점에 있어서는 낭만주의와 별 차이가 없다고 본다.[4]

그는 이념적 지향으로서의 리얼리즘에 대해 매우 비판적인데, 그것은 앞서 밝힌 바 있듯이 자신의 소설적 입장에 대한 뚜렷한 신념에서 비롯되는 것이다. 특히 '묘사론'적 기법의 중요성에 대해서 그는 매우 적극적인 입장을 취한다. 그가 인물의 성격을 창조하는 과정에서 기존의 다른 작가들에 비해 지나칠 정도로 집요하게 인물의 심리적·외면적 묘사에

---

4) 마광수, 「창조의 원천으로서의 권태」, 『권태』 후기, 409~410면.

집착하는 이유는 '묘사'에 대한 강한 신념에서 비롯되고 있다.

지금까지의 소설은 흔히 인물들이 사건을 만나 그것을 이끌어 가는 서사적 구조를 지닌다. 그래서 이야기의 전개에만 독자의 흥미가 집중되기 쉽다. 그러나 『권태』는 사건 전개의 과정이 펼쳐지기보다는, 한 장 한 장의 그림이 마치 영화의 화면처럼 생동감 있게 펼쳐지고 있다. 그래서 독자는 박진감 넘치는 사건의 발전에서 느낄 수 있는 감흥보다 더 크고 색다른 감흥을, 그림책이 정지된 느낌 속에서 한 장 한 장 넘어가고 있음을 감지하며 경험하게 되는 것이다. 작가 마광수의 탁월한 묘사력은 상상력의 등을 타고 신나게 달린다. 도도한 물줄기처럼 거침없는 문장력은 섬세한 묘사와 더불어 조화를 이룬다. '그림 같은' 묘사적 표현에 적당한 말을 골라내려고 고심한 작가의 흔적이 역력히 드러나는 소설이 바로 『권태』(문학사상사, 1990)이다.

우리가 리얼리즘에 대해 말할 때 가장 중요한 판단 기준으로 거론하는 것 가운데 하나가 바로 '전형'의 개념이다. 이 전형성의 개념은 마가레트 하크네스의 소설 「어느 도회지 아가씨」에 대해 엥겔스가 독후감 형식으로 보낸 편지에서 비롯되어 마르크스주의 문학비평의 한 금과옥조처럼 여겨지는 항목이 되었다. 특히 루카치에 의해 세련되고 정식화된 이 개념은, 우리의 리얼리즘 문학 논의에서도 작중인물과 환경의 전형적인 창조라는 의미에서 작품평가의 핵심 참조조항 역할을 하고 있는 덕목이다. 엥겔스는 "세목의 진실 이외에도 전형적인 상황에서의 전형적인 인물의 재생"[5]을 지적하면서 작중인물의 탁월한 묘사를 말하고 있다. 루카치도 진정한 리얼리즘의 전제조건으로서 전형적인 인물과 연관된 전형적 상황의 중요성을 그의 실제비평에서 강조하였다.

---

5) 유종호, 「급진적 상상력의 비평」, 『세계의 문학』, 1987 가을호, 45~52면.

리얼리즘적 관점에서 전형성에 대한 이와 같은 의미규정과 실제 작품에의 구체적 적용은 그 자체로 의미 있는 미학적 방법이라고 할 수 있지만, 엥겔스의 발언에서 우리가 간과하기 쉬운 부분이 '세목의 진실'이라는 부분이다. 하크네스의 인물에 대한 묘사의 탁월성을 지적하고 있으면서도 엥겔스가 관심의 대부분을 전형성에 할애할 수밖에 없었던 것은, 상승하는 노동계급의 적극적이며 낙관적인 전망을 가능케 하는 의미로서의 전형성이 상황과 인물의 상호 작용 속에서 '구체적 보편'으로 드러나야만 한다는 신념 때문이었다. 이것은 1980년대 이후 우리의 노동소설이나 한국 사회의 여러 모순을 다루는 리얼리즘 계열 소설에도 그대로 적용되는 개념일 것이다. 이념으로서의 주제를 인물과 상황의 교호작용 속에서 전형화하는 리얼리즘의 이러한 미학적 태도는, 따라서 졸라나 플로베르적인 묘사의 추구가 사태의 본질이나 현상의 역동적인 관계를 외면한다는 관점에서 예술적으로도 질이 떨어진다는 견해를 보유하고 있는 것이다.

그러나 리얼리즘의 자연주의에 대한 도식적 비판이 아무런 설득력을 얻지 못하는 것은, 예술적 양식과 미학적 범주로서의 자연주의적 묘사가 단순히 기법적 차원에서만 의미 있는 것이 아니라, 인간의 내면과 외면으로서의 대상세계에 대한 상호 연관성을 이해하는 근본적인 방식으로 발생한 것이기 때문이다. 이 점을 생각한다면 19세기적인 사실주의적 묘사의 개념은 오늘날에도 여전히 유용한 미학적 개념으로 채택될 수 있을 것이다. 그것은 세계에 대한 이념적 지향이 개체의 심리적 진실보다는 집단적이며 사회적인 범주로 향하는 이 시대에 있어, 작중인물의 심리나 외양(외모로서의 얼굴, 복장, 집, 음식, 색깔, 장신구 등등) 등이 상대적으로 더 중요한 가치로 규정될 수도 있기 때문이다.

오늘날처럼 사회집단의 공통된 소망뿐만 아니라 개인의 심리적 욕망과 존재의 중요성이 부각되는 시대에 있어서, 문학적 이념으로서의 세부 진실에 대한 묘사는 매우 긴요한 소설의 미학으로 의미화되고 있다. 그런 의미에서 볼 때 우리의 근대소설이 보여주는 인물과 대상의 묘사에 대한 문학적 전통은 의외로 소극적인 편이다. 현진건의 「B사감과 러브레터」에 묘사된 B사감의 얼굴, 김유정의 소설에서 보이는 외면묘사 등이 우리의 고전소설인 「흥부전」, 「춘향전」의 묘사적 전통을 어느 정도 계승하고 있긴 하지만, 「춘향전」에 나오는 이도령과 춘향의 성희의 세부묘사나 여러 가지 다양한 정밀묘사 수준에도 미치지 못하고 있는 것은, 우리의 의문과 관심을 충분히 제기해 주는 문제라고 생각된다.

따라서 위 인용문에서 마광수가 지적하는 마음이나 공상의 세부묘사 기법은 단순히 기법의 차원을 넘어서서 오늘날의 소설미학이 추구하는 대상세계의 묘사적 진실성을 보여주는 태도로 수용될 수 있다고 본다.

작가가 어떤 대상을 묘사한다는 것은 외형적 장식으로서의 호사취미 때문만은 아니다. 우리들 인간의 내면과 가치는 무의식 저 밑바닥에 고정되어 침잠돼 있지만은 않고 의식의 껍질을 부단히 깨뜨리며 외화되는 과정을 되풀이할 뿐만 아니라, 이 외화된 내면의 심리가 구체적 실체로 드러나는 것이 일상적 인간들의 외모나 장신구, 화장술, 의상, 헤어스타일 등이라고 할 때, 소설 속에서 나타나는 인물의 세밀하고 구체적인 모습은 작품 전체의 주제와 분위기를 풍부하게 형성해줄 뿐만 아니라, 이를 통해 독자는 주인공의 성격과 행동 방식까지 생생하게 경험할 수 있는 것이다. 추기경의 옷 색깔, 황제의 장신구뿐만 아니라 일상인들의 평범한 귀걸이, 구두의 모양새에 이르기까지 사람(인물)의 육체를 보완해 주는 일체의 물체들은 굳이 플로베르적 묘사의 예를 들지 않아도 작품의 전체 분위기와 성격에 소중한 의미를 갖게 한다.

이와 같은 문제가 창작의 주요 모티프를 이루었다고 생각되는 마광수의 첫 장편소설 『권태』는, 작가의 묘사적 기법에 대한 소설적 신념과 대 상사물에 대한 심리적 열정이 미학적 등가물로 표현된 페티시즘(fetishism) 의 내면세계를 환상적 리얼리즘의 묘사와 서술기법에 의해 그려낸 소설 이라고 할 수 있다.

『권태』는 화자인 '나'와 주인공인 '희수'가 어느 나이트클럽에서 우연 히 만나 이틀 동안 나누는 환상적 사랑의 카니발을 통해, '몽상의 원천으 로서의 권태', '창조의 원천으로서의 권태'가 창출해 내는 '관능적 상상 력의 해방'을 그린 소설이다. 이 소설의 주요 등장인물은 주인공인 '희 수'와 그녀의 독특한 개성과 성관(性觀)을 설명해 주는 보조자이면서 또 다른 주인공인 '나', 그리고 희수의 유아적(幼兒的) 에피고넨이라고 할 수 있는 어린 소녀 '민희(미니)' 세 사람이다. 희수는 대학 영문과를 졸업했으 며, 엄청나게 부자인 노(老) 패트런에 의해 생활하는, 똑똑하면서도 '나'에 게 철저히 복종하는 것을 당당히 즐기는 마조히스트로 그려지고 있다. 이 소설은 대략적으로 말하면 나와 희수와의 질탕하고 그로테스크하면 서도 즐거운 '환상적인 이틀간의 사랑'을 주제로 하고 있다.

이 작품이 일견 인물들 간의 다양한 매개와 관련성을 보여주지 못함으 로써 구성상의 도식성을 벗어나지 못하고 있는 것처럼 보임에도 불구하 고, 희수와 나의 성격과 행동 및 취향이 신기하리만치 조화로운 궁합을 갖게 만든 작의(作意)는 독자의 시각을 좀 더 새롭게 요구하고 있다.

분명히 이 작품은 어떤 휴머니즘적 감동이나 사회문명 비판적 시각을 가지고 있는 소설은 아니다. 이 소설은 프로이트적 심리학을 바탕에 깔 고 있긴 하지만 프로이트의 '변태'의 개념을 전면적으로 부정하고 있으 며, '변태'란 오히려 창조적 상상력의 결과물이고 창조적 상상력은 '정상 적인 것'에 대한 '권태'로부터 비롯된다는 것을 소설의 주제로 삼고 있 다. 이 작품에서는 작가 나름대로 오랫동안 공부하고 생각해 온 남성과 여성의 성관을 심리학적 메커니즘 속에서 치밀하게 해부하고 분석하여 성 심리와 성행동의 환상적 원형(原型)을 추구하고자 하는 의도가 강하게 드러난다. 인간의 성격과 취향이 학교교육과 가정교육 등의 공식·비공식적 과정을 통해 좋든 나쁘든 자연스럽게 형성되는 것이긴 하지만, 그럼에도 불구하고 유전적 형질이나 남녀 간의 성차(性差)는 분명히 다르다고 할 수밖에 없다. 그 점에서 볼 때 이 소설에서 '권태'를 초극할 수 있는 '창조적 변태'의 원형으로 삼고 있는 두 개념소인 '마조히즘·사디즘', 즉 '사도 마조히즘'은 차라리 생물학적이기까지 하다. 작가는 희수를 창조해 낸 의도를 다음과 같이 밝히고 있다.

> 희수는 내 마음속에 자리 잡고 있는 이상적 여인상이라고 할 수 있는 '똑똑한 마조히스트'의 성격을 대변하는 인물이다. 그래서 나는 '희수'라는 이름도 '喜囚'라는 한자가 연상되도록 만들었다. '똑똑한 마조히스트'란 마조히즘이 단순한 복종심리, 또는 힘 앞에 할 수 없이 굴복하게 되는 심리가 아니라, 마치 음양의 관계처럼 사디즘과 당당하게 대(對)를 이루는 심리라는 것을 자각하고 있는 마조히스트를 가리킨다.[6]

작가가 의도한 것의 성취 여부를 검토하는 것이 비평의 기능일 수 있으며, 작가의 주관적 성취와 독자(비평가)의 객관적 성취가 백 퍼센트 완벽하게 한 소설에서 그대로 구현되느냐 하는 것은 분명히 따져보아야 할 문제이긴 하다. 그러나 문학작품을 철저하게 작가의 욕망의 대리배설이라고 보는 마광수의 소설이론에 비추어 볼 때, 위의 진술은 이 작품을 분석하고 해석하는 데 한 참조틀이 될 수 있을 것이다. 작가는 이 소설에서 완벽한 마조히스트이며 페티시스트인 희수와, 사디스트이며 페티시스트인 나의 심리적 역학관계를 성이라는 행동과 담론 구조 속에서 그려내고

---

6) 마광수, 「내 소설의 주인공들」, 『사라를 위한 변명』, 열음사, 1994, 262면.

자 한다.

총 8장으로 구성된 이 소설을 처음 대할 때 우선 강렬하고 충격적인 느낌으로 다가오는 것은 우선 작가의 무한한 상상력과 묘사력이다. 그리고 그러한 묘사를 뒷받침하는 요소 가운데 가장 특이하며 핵심을 이루는 부분은 특히 '페티시즘'에 관한 것이다. 페티시즘에 관한 소설적 보고서라고도 부제를 붙일 만한 이 소설은 작가의 편집증적인 '손톱' 취향을 주축으로 해서, 화자인 '나'가 희수의 육체를 성적 매재(媒材) 삼아 온갖 성적 페티시의 환상을 체험하는 심리와 행위가 매우 구체적으로 묘사되고 있다.

그런데 이와 같은 페티시즘, 혹은 사도 마조히즘의 성 심리를 단순히 작가 자신의 기벽적(奇癖的)인 성 취향으로만 판단해서는 안 된다. 거기에는 보다 심층적인 인간에 대한 집요한 탐색이 내재되어 있다. 소설이 인간의 내면에 도사린 복잡한 심리를 예술적으로 복원해내어 이해하려는 노력이라고 볼 때, 작가는 화자인 '나'를 프리즘으로 하여 주인공 '희수'의 심리를 비추어 해부해내고 있는 것이다. 따라서 페티시즘의 문제를 작중인물, 특히 그의 소설에 등장하는 여성주인공들의 심리문제와 관련지어 함께 생각해 보는 것이 필요하다.

소설의 주제인 '사랑'의 문제를, 그가 왜 다른 작가들과는 달리 유물론적인 입장에서 육체와 대상사물에 투사하여 집요하게 천착하고 있는가 하는 문제를 이해하지 않고서는 그의 작품을 제대로 읽어내기 어렵다. 이것을 알기 위해서 우리는 작가가 이 작품 속에서 희수에게 입고, 붙이고, 걸고, 칠하기를 요구하는 페티시 욕망의 본질에 대해 알아볼 필요가 있을 것이다.

페티시즘은 원래 물신숭배(物神崇拜)나 주물숭배(呪物崇拜) 또는 고착성욕 등으로 번역되는데, 우리가 특히 어떤 물건에 집착하면서 쾌감을 얻는 것을 가리킨다. 아이들이 인형이나 장난감을 가지고 놀면서 즐거워하는 것이라든가, 어른들이 이성의 특정한 장신구나 의복 또는 신체 부위 등에 특별히 집착하는 현상 역시 페티시즘의 심리라고 할 수 있다. 그래서 페티시즘은 인간의 성적 본능의 일부를 형성하게 된다. 우리가 이러한 심리를 좀더 심층적으로 분석해 보면 그것은 '살아 있는 생명체에 대한 혐오증'을 전제로 하고 있다. 현실적 삶의 고통에 의해 야기되는 인간의 퇴행욕구는 어떤 영원한 물질로 돌아가고 싶어하는 원초적 소망을 갖게 하며, 궁극적으로 죽음에 대해 강력한 긍정을 하게 만든다. 페티시즘은 그래서 '죽음에의 욕구'와 통해 있으며, 따라서 마조히즘과도 깊이 연계되어 있다.[7]

마광수의 시 해석에 의하면 유치환의 「바위」라는 시도 "내 죽으면 한 개 바위가 되리라 / (…중략…) 억년 비정의 침묵에 / 안으로만 안으로만 채찍질하여 / (…중략…) 두 쪽으로 깨뜨려져도 / 소리하지 않는 바위가 되리라"고 하여 영원히 변하지 않고 소리하지도 않는 바위에 대한 강한 집착을 읊고 있다. 이 시의 '바위'는 바로 시인 자신이 궁극적으로 소망하여 마지않는 영원불변의 무감각적 물질로서 시적 페티시를 이루고 있다.

'죽는다'는 사실 자체가 '있음'에서 '없음'으로의 전환이며, 곧 '생물체'에서 '무생물체'로의 존재전이이다. 더 나아가 페티시즘은 '살아 있는 생명체에 대한 혐오감'이나 '무생물에의 동경'에서 비롯된 '중성 지향적 심리'에 그 현실적 뿌리를 내리고 있다. 무생물은 삶과 죽음의 중간입장에 서 있는데, 그것은 곧 남성과 여성의 차별성을 벗어난 '행복한 통합'의 형태일 수 있기 때문이다. 플라톤이 「향연」에서 말한 남녀양성

---

7) 마광수, 『권태』, 문학사상사, 1991, 107면.

(hermaphrodite)처럼 남성에게 여성이, 여성에게 남성이 통합되어 존재할 수 있다면 인간의 성에 대한 욕구는 그다지 중요한 것으로 여겨지지 않을지도 모른다. 심리비평이나 원형비평 등에서 '아니무스'나 '아니마'의 개념 정도로 인간의 양성지향성을 설명하고 있긴 하다. 플라톤의 우화적 진술대로 너무나도 완벽한 남녀양성의 인간이 제우스신의 질투심 때문에 불행하게도 자신의 반쪽을 잃어버린 이래, 인간의 이성(異性)에 대한 지향은 그만큼 처절해질 수밖에 없는 것이다.

이성(異性)에 대한 집착은 어떤 면에서는 정신적인 것보다 육체적인 것이 중심이 될 수밖에 없다. 잃어버린 자신의 반쪽을 찾는 것은 우선 정신보다는 육체가 먼저이기 때문이다. 그래서 성에 대한 욕망은 '잃어버린 육체적 완전성'에 대한 회복의지와 맥락을 같이 한다고도 해석할 수 있으며, 그런 의미에서 우리들 성 심리는 중성적 혹은 양성적 심리를 궁극적인 지향목표로 삼게 되는데, 페티시즘은 바로 이와 같은 심리에 대한 대안적 욕망이라고 할 수 있다.

『권태』의 '나'와 '희수', 『광마일기』의 주인공 '나'와 女鬼(妖精)들, 그리고 『즐거운 사라』의 한지섭 교수와 사라 등이 모두 헤비 페티시스트들로 그려져 있는 것은, 작가의 페티시즘 소망(그의 페티시는 '손톱'으로 보인다)이 작품 속에 반영된 흔적들이다. 마광수는 여성의 미의식과 '치장할 수 있는 권리'를 부러워하며 사회제도로 강요된 남녀의 변별성을 거부하고 양성적 나르시시즘을 꿈꾼다. 그러면서 그는 또한 '물질이면서도 물질이 아닌 상태'로서의 중성적 존재가 되고 싶어하기도 한다. 그러한 중성적 존재의 대표적 상징이 바로 손톱이다. 마광수는 그가 수많은 페티시 가운데서 특히 '긴 손톱'에 집착하고 있는 이유를, 물질과 생명 양자를 포용하는 의미와 유미적 실용주의 및 평화주의, 그리고 양성적 의미로 수용하여 각각 다음과 같이 밝히거나 암시하고 있다.

손톱은 좀 특별한 종류의 페티시(fetish)이다. 손톱은 감각이 없고, 각질화되어 있다는 점에서 물질에 가깝다. 그러나 손톱은 보통의 물질처럼 완전히 고정되어 있는 것은 아니다. 그것은 조금씩 자라난다. 그러니까 손톱은 물질적인 성질만이 아니라 약간의 생명력도 가지고 있는 셈이다.

— 『나는 야한 여자가 좋다』, 173면.

몇 초 동안의 오르가즘이 우리의 종족 번식을 이루게 하고 그래서 우리에게 영생에의 가냘픈 미망을 품게 만들어준다. 저주 받을진저, 그 망할 놈의 오르가즘! (…) 권태에 빠지지 않기 위해서 나는 오르가즘의 순간을 거부하려고 노력하지 않으면 안 된다. 왜냐하면 사정 후엔 반드시 권태가 오고, 곧이어 오르가즘은 사라져 버리기 때문이다. (…) 오르가즘을 없애고 사정을 없애버리면, 그리고 성적 결합을 없애고 결혼을 없애버리면 이데올로기도 없어지고 관념의 유희도 없어지고 인과응보도 없어지고 내세도 없어질 것이다. (…) 자연(自然)이 '사정'이라면 인공미(人工美)는 '발기의 지속'이다. 자연은 가난하고, 못생기고, 고통스러운 것이다. (…) 그래서 매니큐어를 칠한 긴 손톱은 역시 아름답다. 손톱은 원시시대 인류에게는 다른 동물들과 마찬가지로 생존경쟁에서 살아남기 위한 일종의 무기였다. 그러나 이제 인간의 손톱은 가학적 무기가 아니라 가학적 아름다움의 심벌로 변했다. '자연의 손톱'은 가고 '인공의 손톱'이 왔다. 자연미보다 인공미가 더 아름다울 수 있다는 것을 보여주는 가장 적절한 예가 바로 매니큐어를 칠한 손톱이고, 싸우지 않고도 살아갈 수 있다는 것을 보여주는 예가 바로 가학적 용도를 위해서가 아니라 미적·관능적 용도를 위해 한껏 길게 기른 손톱이다. 고통과 권태를 극복할 수 있도록 노력하는 것, 고통과 권태 사이에 존재하는 관능적 오르가즘의 순간을 최대한으로 오래 지속시키도록 노력하는 것, 그것이 바로 시인의 임무라고 할 수 있다. 시인이 있어야 과학이 발달하게 된다. 과학은 시적 상상력의 토대 위에서만 이루어질 수 있기 때문이다. 나는 희수의 손을 들어 올려 그녀의 긴 손톱들을 하나하나 내 입속에다 넣고 쪽쪽 빨아도 보고 핥아도 보았다.

— 『권태』, 235~239면.

아,
꽃들은
얼마나
좋을까

자기 몸
안에
암술과
수술을
함께
갖고
있으니

끝에 인용한 시는 마광수의 「어느 외로운 날」이라는 시인데, 이 시에
서 그는 양성지향성을 모티프로 삼고 꽃에 대한 페티시의 열망을 고백하
고 있다. 이처럼 그의 시뿐만 아니라 소설의 주인공들이 모두 페티시스
트로 그려지고 있는 것은, 표면적으로는 유미적 평화주의와 여성적 '인
공미'에 대한 열망이요 성적 대상으로서의 여성에 대한 열망이지만, 이
면적으로는 '살아 있음'에 대한 존재론적 공포를 극복하기 위한 심리 때
문이라고 생각된다. 삶에 대한 존재론적 공포 심리는 궁극적으로 죽음에
대한 것이지만 그것은 우리들 일상사에서 고독이나 불안 등으로 변주되
어 나타나고, 더 포괄적으로는 권태감으로 표출된다. 그렇지만 이러한 고
독이나 불안, 권태는 그의 소설 주인공들의 의식과 행동 속에서 그대로
나타나지 않고 여과과정을 거쳐 성적 페티시와 판타지에 대한 발랄한 상
상력으로 구체화된다. 이 점이 마광수의 소설을 기존의 다른 작가들의
작품과 변별되게 하는 중요한 인자이다.

앞서 논의의 전제에서도 밝힌 바 있듯이 소설이란 상상적 현실의 재현

을 통한 상징적 상상력의 연역적 표현이 가능한 서술 공간이라고 볼 때, 에이브럼즈의 문학해석 좌표 중 표현론적 측면에서 작가의 작의(作意)가 지향하고 의도하는 회로를 인정한다면 마광수 소설 논의의 발생론적 오류는 상당히 불식될 수 있을 것이다.

『권태』는 철저히 낭만적 환상의 프리즘을 통해 페티시즘과 그것의 밑바탕을 이루는 사도 마조히즘의 성 심리를 상상적으로 표현하고자 한 작품이다. 이 소설에서 희수는 "손톱을 길게 기름으로써 손가락을 마음대로 놀릴 수 없는 데 따른 마조히즘적 쾌감을 스스로의 나르시시즘으로 향수하는 여성"8)으로 나오는데, 이러한 인물의 성격은 종교에서처럼 철저히 복종하는 것에 만족감을 얻는 완전한 마조히즘의 심리를 충실히 보여주고 있다.

마조히즘은 인간심리의 보편적 양상 가운데 하나이다. 이것은 기독교의 순명(順命)처럼 하나님께 절대 복종하며 만족감을 느끼는 것뿐만 아니라, 우리들 일상적 삶의 여러 영역에서도 쉽게 발견되고 느껴지는 심리라고 할 수 있다. 한용운의 시 「복종」은 아마도 이와 같은 인간의 보편적 심리를 상징적으로 보여주는 시가 아닐까 생각한다. 즉, "남들은 자유를 사랑한다지만 / 나는 복종을 좋아해요"라고 화자는 진술하면서, "자유를 모르는 것은 아니지만 당신에게는 복종만 하고 싶어요"라고 하는 데서 알 수 있듯이, 어떤 책임감이나 의무감으로부터 벗어나 철저히 타자화되는 데서 느껴지는 절대자유의 심리를 역설적 표현을 통해 보여주고 있다.

우리가 궁극적으로 소망하는 절대자유라는 것은 황제가 노예를 부리듯이 주체가 타자를 완벽하게 지배하는 데에서 이루어질 수 있는 것이지

---

8) 마광수, 「내 소설의 주인공들」, 앞의 책, 263면.

만, 왕이나 황제가 결코 될 수 없는 대부분의 평범한 사람들이 절대자유를 얻는다는 것은 현실적으로 도저히 불가능한 일이다. 그렇다면 그것은 어떻게 가능할 것인가. 과학이나 철학과 달리 문학은 이것을 역설적인 표현을 통해서 상상(꿈) 속에서 이루어낼 수 있는데, 『권태』의 '희수'가 보여주는 절대복종으로서의 마조히즘은 바로 이와 같은 인간의 심리 저 밑바닥에 잠재해 있는 욕망의 보편적 진실을 보여주고 있는 것이라고 할 수 있다.

투쟁과 갈등 과정을 극복하고 그 결과물로 무궁한 자유가 얻어질 수도 있겠지만 그것은 현실적으로 도저히 불가능하다. 물론 현실원칙에 토대를 둔 정치나 경제, 또는 사회의 제 영역에서는 모든 사람의 공동체적 소망에 근거하여 그들의 행복을 억압하는 세력에 대항하는 현실적 투쟁이 끊임없이 요청되는 것이 당연하다. 리얼리즘은 이와 같은 현실 문제를 문학의 영역 안에서 이루고자 노력하는 문학 이념이라고 보아도 틀리지 않을 것이다.

그러나 문학이 추구하는 방향과 목표에 대한 창문을 좀 더 활짝 열어젖히고서 밖을 바라볼 때, 그와 같은 목적을 이루어내는 데는 다양한 상상의 넓이와 깊이가 또한 필요하다. 그것은 다름 아닌 문학의 고유한 특성으로서의 상상력, 즉 상징적 상상력에 의한 꿈의 자기실현 방식을 이해하는 일이다.

예술은 꿈의 효과를 높이기 위해서 적어도 예술을 감상하는 동안에는 현실의식을 전적으로 배제하기로 약속하는 행동이며, 예술의 감상에 있어서도 집중적으로 꿈의 상태에 머무는 훈련을 함으로써 예술의 즐거움을 극대화할 수 있는 것이다.[9] 이것은 작가나 독자 모두에게 공통적으로

---

9) 최인훈, 「예술이 추구하는 길」, 『길에 관한 명상』, 청하, 1989, 199면.

요망되는 약속이다. 이 약속에 대해 어느 한 쪽이 인정할 수 없을 때 예술, 즉 문학의 원칙이나 효과는 위기에 봉착할 수밖에 없다. 예술의 이러한 효용은 여러 가지 면에서 우리들에게 유용하다. 인간의 현실적 행동은 언제나 그 행동에 대한 꿈에서부터 출발하며, 예술이라는 모습에서 묘사된 꿈은 그것을 현실에서 실천하려는 의지를 자극한다.10)

물론 예술적 상황과 현실적 상황은 분명히 같을 수가 없기 때문에 예술 속의 작중현실과 그것이 현실화되는 과정 사이에 어떤 조정 작업이 필요한 것은 물론이다. 실제로 어떤 작품을 해석하고 비판하는 데 있어 이와 같은 조정 작업의 실패 때문에 혼란을 일으키는 수가 많은데, 이럴 경우 예술과 현실 사이에 상호 화해될 수 없는 오해와 혼란만이 가중되어 예술은 현실에 대하여, 그리고 현실은 예술에 대하여 서로 억압과 멍에가 되어버린다. 그러므로 예술 작품의 감상 과정에서 인정한 가치를 우리는 현실 안에서 거부할 수도 있는 것이다. 우주선을 타고 지구의 성층권을 벗어나는 순간부터는 우주의 물리법칙에 따라야만 하고, 다시 지구로 귀환할 때는 지구의 법칙에 따라야 하는 것과 마찬가지로, 절대적 조정 작업에 대한 이해가 선행돼야 하는 것이 문학·예술의 세계이기 때문이다.

또한 예술은 그 내용의 현실에의 이행여부에 관계없이 그 자체로 가치를 지닌다.11) 예술은 자기가 환상임을 잘 알면서, 이 환상의 영역 안에서 인간이 꿀 수 있는 최고의 꿈을 꾼다. 인생이 유한하고 역사에 불가능이 있는 동안은 예술은 인간에게 필수의 위안이며 스스로의 힘으로 얻을 수 있는 억압 없는 행복12)임을 우리가 분명히 자각할 때만이 예술의 현실

---

10) 위의 글, 199면.
11) 위의 글, 200면.
12) 위의 글, 200면.

적 힘은 최대치가 될 수 있다. 이데올로기 문제이든 성적 담론에 관한 것이든 이런 맥락에서는 모두 동일한 것이다. 『권태』는 바로 이와 같은 작가의 소망적 사고가 페티시즘과 사도 마조히즘의 심리에 대한 탐구를 통해 페티시스트인 '나'의 프리즘으로, 무한한 성적 판타지의 즐거움을 '희수'와 '미니'를 통해 실험해 보고자 한 소설이라고 할 수 있다. 이 소설에서 작가는 타자에 대한 주체의 절대 복종만이 역설적으로 그런 자유를 가능하게 해 줄 수 있다는 사실을 선명하게 보여주고 있다.

그렇다면 이와 같은 마조히즘이 현실적으로는 어떤 의미를 갖는 것인가. 상식적으로 볼 때 우리들은 철저한 주체적 정신으로 무장한다고 해도 험난한 이 세상을 보다 적극적으로 헤쳐 나가기 어려운데, 소극적이며 비주체적인 이 마조히즘이 도대체 어떤 현실적 이익을 보장해 줄 수 있다는 말인가. 여기에 마광수 소설의 인물과 주제를 해석해 내는 어려움이 있다. 이것은 또한 역사발전의 필연성을 확신하는 사람들에게는 지극히 비역사적이고 퇴행적이라는 비난을 쉽게 하게 하는 부분이다. 현실적으로 마광수 소설에 대한 기존의 평가가 여기에 머물러 있다는 사실은, 보다 정치(精緻)한 해석을 통한 평가와 비판만이 올바른 문학이해의 태도라고 볼 때, 그의 소설에서 보이는 그와 같은 비현실적이고 환상적인 인물설정과 주제의 모티프에 대한 문학적 설명을 더욱 요청하고 있다.

『권태』에서 희수의 마조히즘은 '나'에 의해 온갖 페티시들로 치장되는데, 이 페티시는 앞서도 밝힌 바 있듯이 마조히즘과 융합됨으로써 가장 완벽하게 탈의지적 심리, 즉 '가사상태를 통한 생존의 부담감으로부터의 탈출'을 상상적으로 성취할 수 있는 기제이다. 이 탈의지적 심리는 '자궁회귀본능'과 관련되는 인간의 보편적 심리체계라고 할 수 있다. 자궁회귀본능은 정신적 퇴행현상의 일종으로서, 성인이 현실적으로 어려운 문제에 부딪치며 살아갈 때 생존의지의 박약으로 말미암아 곧잘 과거로 돌아가고 싶은 무의식적 충동을 느끼는 잠재심리이다.13) 어린 시절에 대한 향수나 과거의 행복했던 시절에 대한 집착들이 바로 '자궁회귀본능'의 일종인데, 이것이 그의 소설 속에서는 여주인공의 외모의 '아름다움'에 대한 문제와 연결되어 집요하게 묘사되고 있다. 『권태』에서 희수가 치장하는 장신구나 화장, 손톱 등의 의미는 바로 이와 같은 심리의 소설적 장치로 기능한다.

'아름다움'과 '자궁회귀본능'은 많은 소설에서 그려지고 있는 여주인공의 '미모'의 문제에 대해 매우 설득력 있는 설명을 가능하게 해 준다. 실제로 리얼리즘 문학이 문학의 본령인 것처럼 여겨지는 요즘 소설에서도 여주인공이 미녀로 그려지고 있는 현상을 생각할 때, 『권태』에서 과장적으로 그려지는 희수의 외모에 대한 다양한 실험은 전혀 이상할 것이 없는 것이다. 소설 속의 미녀의 유형에 대해서 마광수는 다음과 같이 밝혀 놓은 바 있다.

사실 리얼리즘 문학이 문학의 왕도인 양 행세하는 요즘의 현대소설에 이르기까지, 여주인공으로 미녀가 나오지 않는 소설이 어디 있었던가? 소설의 여주인공이 꼭 미녀여야 한다는 점은 사실 문학의 기본 요건이라는 개연성(probability)을 상실하고 있는 현상인데도 아무도 그러한 사실에 의문을 느껴본 적이 없다. 그런데 그 '미녀'는 대개 두 가지 유형이 있다. 하나는 아주 고귀한 신분의 여자로서 태어날 때부터 노동할 필요가 없는 유형이요, 다른 하나는 비록 신분은 천하더라도 빼어난 미모로 태어난 여인―그러나 돈 많은 남자의 눈에 띄어 신분이 상승된다거나 불치의 병에 걸려 죽어가는 여인이다. 그러므로 미인의 조건은 신분과는 상관없이 '일을 하지 않거나 못하는 것'으로 일단 정리될 수 있다.14)

---

13) 마광수, 「미의식의 원천으로서의 자궁회귀본능에 대하여」, 『마광수 문학론집』, 청하, 1987, 9면.

그의 소설의 여주인공들이 아무 일도 하지 않거나, 설사 어떤 직업을 가지고 있다 하더라도 그것에 대해 구체적으로 설명되지 않고 있는 것도 작가의 이와 같은 작의(作意)에 의한 인물 설정 때문이라고 볼 수 있다. '일을 하지 않아도 되는 상태'를 즐기기 위하여 인간은 권력을 추구하게 되고, 극단적으로는 일을 하지 않기 위하여 자신의 신체를 놓아두는 행위, 예컨대 손톱을 길게 길러 신체 활동을 부자유스럽게 만드는 일 따위의 '일부러 불편하게 하기'를 욕구하게 된다. 이것은 모두 미의식의 원천으로서의 '자궁회귀본능'과 맞닿아 있다. 따라서 '미의식'과 '자궁회귀본능'과 '일부러 불편하게 하기'의 세 가지 개념은 서로 깊은 연관성이 있는 것이라고 마광수는 파악한다.15)

『권태』에서 희수가 보여주는 높은 굽의 하이힐, 긴 머리카락, 그로테스크한 화장 등 여러 가지 페티시 가운데 가장 주목되는 것은 역시 '손톱'이다. 이것은 결국 작가의 '미의식'과 '자궁회귀본능'과 '일부러 불편하게 하기'의 페티시적 총화가 바로 '손톱'임을 짐작케 하는 것인데, 그의 손톱에 대한 관심은 그것이 가지고 있는 문화론적 상징성과 인간 심리의 가시적 표상성이 결합되어 이루어진 것이다. 다시 말해서 개인적 취향으로서뿐만 아니라 그 이전에 형성된 손톱이 환기시켜 주는 여러 가지 상징적 의미가 손톱이라는 페티시 안에 집중적으로 농축되어 나타난 것으로 보인다.

현대인의 정치심리 깊숙이 뿌리내려 있는 마조히즘의 속성에 대해 에리히 프롬(Erich Fromm)은 『자유로부터의 도피』에서, "정열적으로 권력을 욕구하는 인간은 누군가 자기에게 음식을 먹여주거나 돌보아 주는 꿈 또는 공상을 가진다."고 말한 바 있는데, 이것은 권력을 추구하는 근본적인

---

14) 위의 글, 10면.
15) 위의 글, 11면.

목적이 결국은 자궁회귀본능을 만족시키기 위한 것이라는 것을 밝힌 것이라고 볼 수 있다.[16] 손 하나 움직이지 않고 노예나 시녀들이 먹여주는 음식을 편하게 받아먹기만 해도 되는 의사(擬似) 황제 심리는 자궁 속의 태아의 상태와 흡사한 것이다.

　자궁회귀본능이 '권력의 획득'에 의해서만 충족될 수 있었던 전제주의 때와는 달리, 이제는 그것이 일반 평민들한테까지도 '미'라는 '고상한 의식'에 부회하여 민주적 이론으로도 합법적으로 받아들여지게 된 것이다. 남성들은 사회가 요구하는 윤리적·도덕적 초자아(super-ego)의 억압 때문에 충족시키지 못하는 그러한 권력추구본능 또는 자궁회귀본능을, 그러한 초자아로부터 비교적 자유롭고 적어도 아름다워질 수 있는 자유가 보장되어 있으며 본능적 삶에 비교적 가까운 생활을 할 수 있는 여성을 통하여 대리해소시키고 있다고 할 수 있다.[17]

『권태』의 '나'와 '희수'가 손톱을 비롯한 여러 페티시들을 통해 보여주는 완벽한 사도 마조히즘은 바로 이와 같은 심리의 소설적 형상화라고 할 수 있다. 이 손톱의 문화 심리적 성격에 대해 데스먼드 모리스는 『Body Watching』의 「손 항목」에서 다음과 같이 밝히고 있다. "시대와 문화권을 달리하는 수많은 사람들이 어떤 형태의 육체노동도 할 필요가 없다는 표시로 손톱을 길러 왔다. 이러한 상류신분의 전시행위는 절대로 수고할 필요가 없는 손이라는 사실에 관심을 끌게 하기 위해 손톱에다 영롱한 물감을 칠해 더욱 돋보이게 한다. 고대 중국이나 이집트에서는 귀족의 남녀가 이런 까닭으로 손톱을 길게 길렀고, 황금으로 칠했다. 그러다 보니 그들이 일상적인 손놀림을 하기가 너무 거북스러워 나중에는

---

16) 위의 글, 10면.
17) 위의 글, 12면.

새끼손가락에만 전시적(展示的)인 손질을 했을 뿐, 나머지 손가락들은 훨씬 짧게 깎았다. 또 다른 해결 방법으로는 평상시에는 보다 짧게 깎은 손톱을 쓰고, 특별한 행사가 있을 적에는 어처구니없게 과장된 아주 긴 가짜 손톱을 끼게 되었다."18)

손톱 페티시가 갖는 미학적 측면과 자궁회귀본능에 대해서는 일찍이 초현실주의 시인인 프랑스의 로트레아몽(Lautreamont)도 『말도로르의 노래(Les Chants de Maldoror)』에서 날카로운 긴 손톱의 가학적 이미지를 표현했듯이, 마광수의 시나 소설에 등장하는 날카롭고 긴 손톱은 권력욕구의 심층심리인 자궁회귀본능의 미학적 상징물로 기능하는 페티시라고 할 수 있다.

그런데, 『권태』뿐만 아니라 『광마일기』나 『즐거운 사라』에서 여성 주인공들이 추구하는 손톱 페티시는 이 작품들 이전에도 작가 자신에 의해 추구되었던 미학적 상징물로서 손톱이나 그 여자의 손톱 등 그의 장·단편(掌·短篇)소설에 등장한 바 있다. 다음 대목을 보자.

> 그녀의 번쩍이는 손톱. 나는 다시 손톱을 보자마자 야릇한 기분에 사로잡힌다. (…) 그런데 이상하게도 나는 다시 손톱이 생각이 난다. 자꾸 지워 버리려 해도 머릿속에선 계속 길고 번쩍이는 손톱이 오락거린다. 클레오파트라의 발밑에 엎드린 노예, 노예, 그리고 손끝에서 5센티미터나 나와 있는 아주 길게 매니큐어 한 손톱. 육체파 배우 스텔라 스티븐스의 긴 손톱 …….
> ─단편 「손톱」(1967) 가운데서, 『나는 야한 여자가 좋다』에 수록.

그의 손톱에 대한 관심과 집착은 1967년에 쓴 단편 「손톱」에서부터 나타나 있다. 그는 그만큼이나 오랫동안 '손톱'에 집착하여 그것의 상징

---

18) 데스먼드 모리스, 『바디 워칭』, 『마광수 문학론집』, 12면에서 재인용.

성을 파헤쳐 나갔고, 그 결과 손톱의 상징은 그의 논문 「미의식의 원천으로서 자궁회귀본능에 대하여」에서 '자궁회귀본능', '권력욕', '일부러 불편하게 하기', '미의식'의 심리적 추이체계로 정리되었던 것이다. 인간은 무의식 속에서 자궁 속의 태아가 되기도 하고 양성적 존재가 되기도 하고 또 삶과 죽음의 중간적 입장에 서기도 하는데, 그것을 현실로 이끌어 올 수 있을 때 비로소 진정한 해방감과 함께 적극적 자유를 획득할 수 있다. 그런데 그것을 가능하게 해주는 것이 바로 태아나 무생물처럼 '권태로운 아름다움'의 상징인 '긴 손톱'이다. 긴 손톱을 통한 관능적 상상력의 확장에 의해 우리는 '자연미'의 환상에서 벗어나 진정한 창조를 이룰 수 있고, 그러한 '인공미'의 창조는 과학발달에 따른 '상상의 실제화'를 가능하게 해 준다. 이것이 대략 마광수 생각의 핵심이라고 할 수 있다.

그런데 『권태』에서 볼 수 있는 특이한 점은 이와 같은 페티시들이 단순히 손톱, 발톱, 긴 머리카락, 구두, 장신구 등만으로 그려지고 있는 것이 아니라, 현란하고 화려한 색채 이미지를 통해 나타나고 있다는 점이다. 그래서 이 작품은 페티시의 단순한 나열에 그치고 있는 것이 아니라 마치 구멍을 통해서 들여다보는 만화경 속의 신비로운 색채 환상을 보여주고 있다는 느낌을 준다. 다음과 같은 장면을 보자.

저 여자의 치렁치렁한 긴 머리카락을 다섯 다발로 나누어 빨강, 노랑, 초록, 보라색 등 오색물감으로 염색을 한다면 얼마나 더 멋있을까. 희뿌연 조명을 받아 더욱 신비로운 호박 빛으로 빛나는 맥주를 한 모금 입 속에 털어 넣고 혓바닥으로 질금거리면서, 나는 부질없는 공상에 잠겨보았다. (…) 그것은 담황색(淡黃色)이 약간 섞인 불그스레한 색조였다. 지금 저 여자의 머리카락 색깔이 내 눈엔 짙은 브라운 빛깔로 보이긴 하지만 여느 때 보던 보통 여자들의 흔하디흔한 브라운 빛깔 머리카락은 아닌 것 같다. 조금 청동색 비슷한 푸르스름한 기운이 감돈다고나 할까. (…) 그 순간 나의 머릿속에는, 언젠가 어느 여자와 함께 데이트를 하다가 차를 타고 남산 터널을 통과할 때, 터널 천정에서 떨어지는 오렌지색 불빛을 받아 그 여자 손톱의 빨간색 매니큐어가 보라색으로 변해 보여 신기해했던 기억이 스치며 지나갔다. (…) 가만있자…… 초록색 조명과 붉은색 조명이 합쳐지면 무슨 빛으로 변하더라. 그래 맞아, 그러면 노란빛이 되지. 그럼 푸른 빛과 붉은 빛이 합쳐지면? (…) 그래 그래, 그건 복숭아 빛이었지…… 그럼 붉은 갈색의 무대의상에 청록색(靑綠色) 조명을 때리면? …… 그건 …… 그건 …… 아마도 갈색이었던 것 같다. (…) 지금 내 눈에 보이는 그녀의 머리색은 푸른빛이 약간 감도는 짙은 갈색이다. 얼른 보면 칙칙한 빨강색 비슷하게 보이기도 한다. 그리고 실내조명은 담황색과 붉은색이 뒤섞인 것……. (…) 무대에서 암적색으로 보이는 경우는 초록색 의상이나 소도구 등에 붉은 빛 조명을 비췄을 경우다. 그러면 저 여자의 본래 머리빛깔, 아니 염색한 머리 빛깔이 초록색이란 말일까? (…) 아야야……, 아야야…… 초록색 머리카락이라니! …… 그것도 엉덩이까지 내려오는!

— 『권태』, 38〜41면.

위에서 볼 수 있듯이 『권태』의 몇 장면만 들춰보아도 여러 가지 색채에 대한 정밀한 묘사가 화려하게 나타나고 있다. 빨강, 노랑, 초록, 보라색 등 기본 색깔 이외에도 호박 빛, 담황색, 청동색, 오렌지색, 복숭아 빛, 청록색, 암갈색, 암적색, 커피색, 분홍색, 황금색 등 시각적 쾌감을 줄 수 있는 색깔의 구체적 이미지를 페티시에 적용하고 있는 것은, 작가 자신이 미술의 색감과 연극의 조명에 상당한 조예를 가지고 있기 때문이기도 하겠지만, 무엇보다도 중요한 것은 대상에 대한 작가 자신의 섬세한 관찰력뿐만 아니라, 독자들로 하여금 시각적 사실성을 보다 선명하게 확보케 하려는 작가의 섬세한 배려 때문이라고 할 수 있다.

대부분의 우리나라 근대소설이 이와 같은 색채묘사에 의외로 둔감하다는 점을 상기한다면, 이 작품에서 보이는 색채묘사는 넓은 의미에서 리얼리즘의 묘사적 구체성을 진지하게 확보한 것으로 보아도 틀리지 않을 것이다. 색채의 연금술적 마술 같은 묘사가 대상사물로서의 페티시에 채색됨으로써 비생명적인 대상에 육신을 불어넣으려는 작가의 상상력은, 이 작품을 '읽는 소설'로서뿐만 아니라 '보는 소설'로서 독자들에게 다가가게 하는 효과를 보여주고 있다. 따라서 이 작품은 스탕달의 『적과 흑』 제목에 나타난 색채가 그 정신적 고취와 그 시대의 유혹 사이의 긴장19) 을 나타내 주는 주제로 읽혀지는 것과는 또 다른 각도에서, 소설이 보여줄 수 있는 묘사의 가능치를 매우 적극적으로 보여준다고 하겠다. 그런 의미에서 이 작품은 이야기의 서술적 기능보다는 회화적 장면묘사에 더 역점을 두고 있는 듯이 보이는 작품이다.

비단 색채 묘사뿐만 아니라 구두와 의상, 화장술 등에 관한 묘사에서도 그의 이런 노력은 오히려 지나칠 정도로 집요하다는 점을 생각할 때 리얼리즘의 원래적 의미에 대한 분명한 입장을 드러내고 있는 것이다. 따라서 『권태』에서 그려진 페티시에 대한 다양하고 감각적인 묘사는 묘사 자체를 넘어서 독자들에게 회화적 만화경을 보여주고 있다는 점에서, 이 작품은 매우 독창적인 소설이라고 할 수 있다. 그 점에서 볼 때 이 소설의 유미적 낭만성과 상상적 일탈을 통한 대리배설 효과를 무시한 채, 무조건 현실적 도덕과 당위의 잣대만 가지고 마광수의 문학세계를 공격하는 것은 옳지 않다. 한용환 교수 역시 이 점을 착안하여 다음과 같은 의견을 개진한 바 있다.

『권태』는 시인이며 대학교수라는 신분에 비추어서는 매우 파격적인 작

---

19) 아지자 외 공저, 『문학의 상징·주제 사전』, 청하, 1989, 129면.

중인물의 거의 몰염치하다고 할만치 외잡스런 일상의 체험을 다루고 있다. 다루어지고 있는 경험 자체는 분명 몰염치하고 외잡스런 것이지만 그러나 『권태』는 몰염치하고 외잡스런 문학적 현상인 것처럼 보이지는 않는다.

우리의 본격소설이 고수해 온 어떤 전통―스토이시즘이랄까 도덕주의의 전통에 『권태』는 충격을 가하고 있지만, 그 같은 전통이야말로 한국소설의 정체와 답보의 한 가지 원인이었다는 사실을 우리는 허심탄회하게 인정해야 될 것이다. 고착된 도덕주의는 도덕이 가장 나쁘게 자리잡은 모습일는지 모른다. 문학적 사고에서도 예외는 아니다.

문학에 준엄하고 경건한 온갖 역할, 심지어 혁명가와 사제의 역할까지를 요구하는 완강한 이데올로기에 권위적으로 지배되고 있는 우리의 근래 문학풍토는 자칫 문학적 상상력의 활기 있는 실천을 위축시킬 위험을 내포한다. 온갖 박해와 고난을 무릅쓰면서 우리시대의 문학적 신념은 의심할 바 없이 정당성을 확립해 냈다. 그러나 이 이념이 『권태』와 같이 외잡스럽지만 대담하고 용기 있는 문학적 현상을 그것이 퇴폐하고 반동적인 부르주아적 상상력의 소산이라는 이유로 박해하는 또 다른 권위가 되어서는 안 되리라 믿는다.

―「이달의 소설」『중앙일보』, 1989.9.24.

결국 마광수는 『권태』를 통해서, '죽음에의 공포'와 '죽음에의 욕구' 사이에서 어정쩡하게 머물며 체념에 빠져들 수밖에 없는 인간이 거기서 벗어날 수 있는 유일한 길은 '창조적 판타지'밖에 없다는 사실을 현란한 에로티시즘을 통해 보여줬다고 할 수 있다. 그런데 다른 작가들이 '권태'를 대개 부정적 의미로 수용한 데 반하여, 마광수는 그것을 '창조적 판타지의 원천'의 의미로 수용하고 있다. 이 점이 바로 이 소설을 크게 돋보이게 하는 점인데, 그러면서도 이 작품의 결말 부분이 '창가를 맴돌다 결국 탈출에 실패하는 나방'의 답답하고 우울한 상징처리로 끝나는 것은 왜일까. 아마도 그것은 창조적 판타지를 이해 못하고 현실의 우리 안에만 갇혀 있는 한국문화의 답답한 폐쇄성을 암시하기 위한 의도적 장치였다고 여겨진다.

『권태』에서 보이는 페티시의 회화적 묘사에 의한 탐미적 유미성은 그의 두 번째 장편소설『광마일기』에서도 나타난다. 중국의 신선도나 신선을 소재로 하는 전기소설(傳奇小說)에서 정신적으로 득도·달관한 신선들이 손톱을 길게 기르고 있는 것이라든지, 포송령의 전기소설집『요재지이(聊齋志異)』에서 신선세계의 긴 손톱이 자주 등장하고 있는 것 등, 이런 모티프를 소설에 적용한 것이 바로『광마일기』이다.

4.『광마일기』에 나타난 전기성(傳奇性)과 '가벼움'의 문체

『광마일기(狂馬日記)』(행림출판, 1990)는 열 가지의 에피소드를 연작 형태로 연결하여 각 작품 간에 유기적 관계가 이루어지도록 배열한 소설이다. 『권태』가 마치 영화를 보고 있는 것과 같은 느낌을 받도록 환상적인 묘사에 치중한 작품이라면,『광마일기』는 풍경화적 세태묘사에 곁들여 아울러 서사적 스토리텔링이 주는 속도감 넘치는 재미를 느끼도록 의도된 작품이라고 볼 수 있다. 그래서 이 소설은 너무나도 재미있게 읽힌다. 한번 쥐면 전혀 싫증내지 않고 단숨에 읽어 내려갈 수 있어, 작가의 놀라운 이야기꾼으로서의 솜씨가 유감없이 발휘되고 있다. 그래서 작가 역시 단숨에 써 내려간 것이 아닌가 생각해 보게도 되는데, 그것은 착각이 아닐 수 없다. 작가의 말에 따르자면 퇴고에 퇴고를 거듭하여 음악적 리듬감을 살려나가면서, 토씨 하나하나까지 신경을 써가며 생생한 구어체의 문장을 만들어낸 꼼꼼하고 섬세한 노력의 결과물이기 때문이다.

『광마일기』의 10가지 에피소드 가운데 '나'가 주인공으로 되어 있는 얘기는 일곱 편이고 '나의 친구'가 주인공이 돼 있는 얘기는 세 편이다. 그리고 꽃의 요정, 처녀귀신, 신선 등 몽환적인 소재의 얘기가 세 편이고 현실적인 얘기가 일곱 편으로 배치되어 있다. 그리고 열 편 모두 로맨틱한 사랑을 소재로 짙은 페이소스와 건강한 유머를 절묘하게 혼합시키는 기법을 쓰고 있다.

이 작품은 세 가지 면에서 작가의 창작 의도가 뚜렷이 드러나는 소설이다. 우선 이 소설은 우리의 전통소설 양식인 '전(傳)' 형식을 실험적으로 채택하여 다루고 있는데, 이 점에 대해 작가는 다음과 같이 밝히고 있다.

> 내가 몽환적인 얘기를 사이사이에 끼워 넣은 것은 전기소설적(傳奇小說的)인 흥취를 도모하기 위한 것이기도 했지만, 그것이 전체 줄거리와도 상관성이 있게 함으로써 소설에서의 '상상적 현실'의 중요성을 강조하고자 하는 의도에서였다. 그렇기 때문에 꽃의 요정이 나오는 얘기인 「꽃과 같이」의 무대는 설악산 백담사가 되었고, 내 친구가 선녀의 핏줄이었다는 모티프로 이루어진 꿈길에서는 6.25 동란이 시대 배경으로 자리 잡았다. 그리고 처녀 귀신 야희와의 연애담인 「달 가고 해 가면」에서는 연세대학교 뒷산인 무악산이 등장하게 되었다.[20]

작가가 밝히고 있는 바와 같이, 『광마일기』의 창작 의도는 "현실과 상상 속을 넘나들며 사소설 기법을 빌려 현대판 전기(傳奇)소설을 시도"[21]해 보고자 한 것이며, "소설의 주된 정서로는 고급한 센티멘털리즘을 위주로 하고 거기에 세련된 에로티시즘을 다소 가미하는 것을 기본 원칙"[22]으로 삼고 있는 것이다.

---

20) 마광수, 「내 소설 『광마일기』에 대하여」, 『사라를 위한 변명』, 열음사, 1994, 136면.
21) 위의 글, 131면.
22) 위의 글, 131면.

우리 소설문학의 흐름에서 볼 때 전기(傳奇)소설은 매우 광범위하고 뚜렷한 내적 전통을 가지고 있는 소설양식이다. 이가원 교수가 「이조전기소설연구(李朝傳奇小說硏究)」(『현대문학』 7, 8호)에서 지적했듯이, 조선시대 전체를 통하여 전기적인 경향을 띠지 않는 작품이 없을 정도로 전기가 조선의 소설에 매우 큰 영향을 주었던 것이다. 이 교수가 분류하였듯이 조선의 전기소설(한문소설로서의)은 신괴(神怪)·염정(艶情)·우언(寓言)·호협(豪俠) 등의 유형을 특징으로 하고 있으며, 이것은 또한 조선조 한글소설의 주제성과도 밀접한 관련을 맺고 있다. 전기소설은 서양 중세 기사들의 모험담을 그리고 있는 로망스(Romance)와 같이 감미로운 연애, 현실을 떠난 꿈 같은 환상의 세계, 그리고 그 전형적인 인물들의 등장과 '해피엔딩' 등의 특징과 비슷하다는 점에서 동서양의 소설들이 서로 유사한 성격과 공통된 시대적 배경을 가지고 있는 것이다.23) 『광마일기』는 바로 이와 같은 소설의 전기성에 '고급한 센티멘털리즘'과 '세련된 에로티시즘'을 가미하여 '현대판 전기소설'을 새롭게 다시 시도한 소설이라고 할 수 있다.

『광마일기』 열 편의 에피소드 가운데 「꽃과 같이」, 「꿈길에서」, 그리고 「달 가고 해 가면」 세 편은 꽃의 요정, 신선, 처녀귀신 등 몽환적인 소재의 이야기들이다. 「꽃과 같이」는 주인공 '나'가 어느 여름날 설악산 백담사(百潭寺)에서 가졌던, 모란꽃의 요정 '강설(降雪)'과 인동덩굴의 요정 '향옥(香玉)'과의 짧고 애틋한 사랑 이야기가 주제이며, 「꿈길에서」는 '나'의 친구인 몽선으로부터 들은 이야기의 형식을 통해서, 몽선의 부친인 '오균(吳均)'이 '백우옥(白愚沃)'이라는 신선과 교유하는 선계의 몽환적 분위기를 보여주고 있다. 또한 「달 가고 해 가면」은 연세대학교 뒷산의 봉원사(奉元寺) 근처 흉가에서 '나'가 고려 때 죽은 어떤 궁녀(宮女)인 여귀 '야

---

23) 장덕순, 『국문학통론』, 신구문화사, 1973, 198면.

희(野姬)'와 나누는 관능적이고 유현(幽玄)한 분위기의 러브스토리이다.

비현실성과 황당무계함을 내용으로 하는 전기소설의 특징은 그 유현성(幽玄性)에 있다고 할 수 있는데, 유현이란 현실의 세계가 아닌 상상적 세계, 환상의 세계를 말하는 것이다.24) 현실의 모든 양상을 인과와 전생의 업보에 연결시켜 생각하는 윤회사상이 동양 생활철학의 밑바탕을 이루고 있다는 점을 생각한다면, 우리의 인생 자체는 이미 '꿈'으로밖에는 표현될 수 없는 불가지론적인 것일 수밖에 없다.25)

그런 의미에서 플라톤이 본질의 허상에 불과하다고 본 '그림자'는 동양철학의 관점에서 생각할 때 '꿈'과 동일한 의미에서 보다 적극적인 의미규정이 필요한 개념이다. 동양의 소설이 갖고 있는 비사실성이나 환상성 등은 폐기되어야 할 항목이 아니라 다시 새롭게 복원시켜 오늘날의 이야기 문학에 활용할 수 있는 유용한 서사미학의 정신이라고 하겠다. 따라서 오늘날의 리얼리즘 개념은 공상이나 환상까지를 아우르는 전기적(傳奇的) 상상의 세계, 즉 전기적 낭만성을 포괄하는 보다 넓은 의미의 리얼리즘으로 발전돼야만 한다. 『광마일기』의 소설정신은 이와 같은 맥락에서 오늘날의 우리 소설문학에 매우 의미 있는 시사를 주고 있는 것이다.

이 작품에서 두드러지는 점은 또한 소설의 본령이라고 할 수 있는 '허구성', 즉 '그럴 듯한 거짓말' 효과를 최대한도로 발휘하기 위하여 특히 '사소설 기법'을 빌려오고 있다는 점이다.

> 나는 이 소설을 '거짓말이 많이 섞인 사소설(私小說)' 형식으로 썼다. 그래서 남주인공이 꽃의 요정과 연애하기도 하고 고려 때 죽은 처녀 귀신

---

24) 마광수, 『상징시학』, 청하, 1985, 135면.
25) 위의 책, 136면.

과 연애하기도 한다. 그리고 그런 식의 전기적(傳奇的) 성격의 에피소드가 아니라 하더라도, 남주인공이 친구 부부와 부부 교환의 정사를 벌이거나, 또는 극장에서 자살을 기도한 정체불명의 여성과 연애하는 등 거의가 허구적 스토리로 되어 있다.26)

전기소설적 성격에 '사소설' 형식을 활용한 것은 앞서의 「꽃과 같이」, 「꿈길에서」, 「달 가고 해 가면」을 비롯하여 「대학시절」, 「서울야곡」, 「어떤 크리스마스」, 「연상의 여인」 등이다. 그런데 이 작품들은 조선조의 『금오신화(金鰲新話)』나 『수성지(愁城誌)』, 그리고 『화사(花史)』 등이 주로 3인칭 시점인데 비해서 작가 자신이 주인공인 것처럼 그려지고 있다는 점에서 '사소설'적 성격을 보여준다고 하겠다. 물론 '사소설'은 작가가 직접 등장하는 소설로서 작가의 체험이 그대로 소재화된 소설을 가리킨다고 볼 때 『광마일기』가 전형적 사소설적 기법을 채택하고 있는 것은 아니다. 작가가 직접 등장하기는 하되 작가의 경험이 그대로 투영된 것은 아니기 때문이다. 그럼에도 불구하고 작가가 사소설 기법을 채택한 이유는 바로 소설의 본질인 '그럴듯한 거짓말'을 보다 효과적으로 보여주기 위한 작가의 의도 때문이다.

「대학시절」은 주인공이 대학시절에 겪은 세 여인과의 로맨스를, 「서울야곡」은 극장에서 자살하려던 여인과의 짧은 플라토닉 로맨스를 그리고 있다. 그리고 「어떤 크리스마스」는 크리스마스이브에 만난 여인과 하룻밤에 갖는 격렬하면서도 애조 띤 러브스토리를 그리고 있고, 「연상의 여인」은 주인공이 총각시절에 겪은 유부녀와의 사랑과 이별을 심리묘사 위주로 그리고 있다.

그런데 작가가 의도하고 있는 '그럴듯한 거짓말'은 모방론적 입장에서

26) 마광수, 「내 소설의 주인공들」, 앞의 책, 264면.

볼 때 '개연성(Probability)'과 '박진성(Verisimilitude)'의 소설 미학적 요구를 충족시켜 주는 것이기도 하지만, 아리스토텔레스가 말했듯이 효용론의 시각에서는 '뿔 있는 암사슴' 그림이 그림으로서만 잘 되어 기쁨을 줄 수 있다면 그것이 사실에 위배된다고 해도 가치 있는 것이다.[27] 플라톤과 달리 문학의 쾌락적 기능을 매우 중요하게 보았던 아리스토텔레스는, 문학이 최악의 경우 철학적 진리를 담고 있지 않다고 해도 문학적 아름다움과 즐거움을 가지고 있으면 가치를 인정할 수 있는 문학이라고 본 반면, 그러한 아름다움과 즐거움이 없을 때에는 아무리 진리를 담고 있다고 해도 문학으로 보지 않았던 것이 되는 것이다.[28] 다시 말해서 그는 플라톤처럼 예술적 처리에서 오는 아름다움을 전혀 무시하고 오직 진리만 말하는 문학을 문학으로 인정하지조차 않았던 점을 생각할 때, 마광수가 말한 '그럴듯한 거짓말'은 사실적인 것을 좋아하는 인간(독자)의 상상력을 고취시키기 위한 '박진성'의 의도적 장치로 해석할 수 있으며, 그러한 그의 의도가 사소설 형식을 통해 잘 형상화된 작품이 『광마일기』의 작품들이라고 하겠다.

스토리텔링(story telling) 면에서도 열 편의 소설들은 구성력 있게 짜여 있어 마치 작가 자신의 실제 체험담을 듣고 있는 것 같은 착각을 불러일으키고 있는데, 이것은 그의 소설미학이 자리 잡고 있는 매우 중요한 면이라고 할 수 있다. 그 가운데 고려 때 죽은 처녀 귀신인 궁녀(宮女) '야희'와 '나'의 애틋한 사랑을 고려가요 「쌍화점」 모티프와 절묘하게 연관시켜 그려낸 「달 가고 해 가면」 같은 것은 '전기성(傳奇性)'과 '그럴듯한 거짓말'을 매우 효과적으로 활용한 대표적인 작품이다.

이 작품의 또 하나의 특징은 '가벼움'의 소설 미학이다. 이 점에 대해

---

27) 이상섭, 『문학이론의 역사적 전개』, 연세대출판부, 1985, 77면.
28) 위의 책, 77~78면.

서 우리는 작가의 말을 참조할 필요가 있다.

우리나라의 현대 소설은 지금까지 대체로 '무거움의 미학'으로만 일관해 왔다. 나는 교훈주의를 바탕에 깐 경건주의가 우리나라 현대 소설의 가장 큰 결함이라고 생각한다. 물론 '무거운 소설'이라고 해서 무조건 다 무가치하다는 말은 아니다. 하지만 '가벼운 소설'을 경시하거나 폄하하면서 '무거운 소설'만을 소설의 본령(本領)으로 삼는 것은 아무래도 문제가 있다고 보는 것이다.[29)

동양문학의 전통은 서구의 문학과는 달리 '가벼운 소설'에 그 정서적 기초를 두고 있다는 점을 상기한다면[30) 마광수가 전기소설적 형식을 현대에 새롭게 시도한 태도는, 오늘의 한국문학 풍토가 지나치게 이념 일변도의 '무거운 주제'만을 '무겁게' 다루고 있는 상황에 대한 반동적 실험이라고도 할 수 있을 것이다. 이것은 그 자신의 문학이론에 대한 입장, 즉 동양문학론에 기초한 문학의 이해방식과도 일치하는 것이다. 즉 그가 『상징시학』에서 강조한 대로, '재현적 입장'으로서의 문학관보다는 '표현적 입장'으로서의 문학관을 가지고 있는 것과 관련되고 있는 것이다. 『광마일기』의 형식적 특징으로 지적한 전기성의 특징은 바로 이 세 번째 특징인 '가벼움'의 소설미학과 관련되는 문제이다.

'가벼운 소설'은 또한 도덕적 당위성이나 작가의 도의적 책임 같은 것

---

29) 마광수, 「내 소설 『광마일기』에 대하여」, 앞의 책, 138면.
30) 우리의 고전소설인 「흥부전」과 「춘향전」 등에서 보이는 걸직한 육담이나 해학적 표현, 그리고 김유정이나 채만식의 소설에서 보이는 골계미나 풍자는 바로 내용적인 면에서 현실의 억압과 구속을 형식적으로나마 극복해 보려고 하는 데서 나온 서사의 전통이라고 할 수 있다. 김시습의 『금오신화』 같은 전기소설류에서 보이는 몽환적 세계의 유현한 분위기 또한 무거운 현실을 가벼움의 소설 형식에 의지하여 극복해 보고자 한 것이라고 볼 때, 현실적 질곡의 무거운 무게를 가상적 현실 속에서나마 극복하고 풀어내려는 서사미학적 요청이라고 해석할 수 있을 것이다.

을 염두에 두지 않고 창작된다. '무거운 소설'이 다소 위선적인 태도를 밑바탕에 깔고서 제작될 수밖에 없는 특성을 지니고 있다면, '가벼운 소설'은 다소 위악적(僞惡的)인 태도를 밑바탕에 깔고서 제작되는 것이라고 할 수도 있다. 무거운 소설은 작가가 철학자나 사제(司祭) 같은 태도로 창작에 임하는 것이요, 가벼운 소설은 작가가 단지 본능에 따라 움직이는 평범한 인간의 입장으로 창작에 임하는 것이다.[31)

앞서도 지적한 바와 같이 문학이 독자들에게 진리나 교훈을 주지 않더라도 미적 아름다움이나 즐거움을 개연성 있고 박진감 있게 줄 수 있다면 그 자체로 의미가 충분히 있다고 볼 때, 그가 '도덕적 당위성'이나 작가의 '도의적 책임'을 '무거운 소설'의 범주에 넣고, '작가의 본능에 따라 움직이는 평범한 인간의 입장'을 '가벼운 소설'로 분류하고 있는 태도는 매우 중요한 시각이라고 할 수 있다. 가벼움이 경박함이나 천박함과 분명히 구분되는 것이라고 할 때 우리의 고전소설, 특히 여러 전기소설 속에 나타나는 주제의 '가벼움'을 그가 『광마일기』를 통해 구현하고 있는 것은 소설미학과 정신의 면에서도 매우 의미 있는 실험적 시도로 받아들여지는 것이다.

『광마일기』의 세 번째 특징으로 지적한 '가벼움'의 소설미학은 다시 문체의 관점에서 생각해 보는 것이 필요하다. 우리가 쓰고 있는 말에서 문학작품을 만들어 내는 행위 자체가 문체행위라고 할 수 있으며, 이 문체는 그 형성 요인에 따라 네 가지 관점에서 통용될 수 있다. 즉 언어 환경에 의해 형성되는 문체개념, 주제, 장르, 기타 형식에 의해 형성되는 문체, 수신자나 수신 상황에 따라 형성되는 문체, 작가의 품성에 따라 형성되는 문체가 바로 그것이다.[32) 문체란 의식적이든 무의식적이든 간에

31) 마광수, 「내 소설 『광마일기』에 대하여」, 앞의 책, 138면.
32) 김상태, 『문체의 이론과 해석』, 집문당, 1993, 48~58면. 문체에 대한 김상태 교수의 이와

작가가 선택하는 말의 문제이기 때문에 『광마일기』가 보여주는 소설미학의 세 번째 특징인 '가벼움의 소설미학'의 문제를 문체와 관련지어 살펴보는 것도 필요할 것이다.

『권태』에서 손톱의 길이를 65센티미터로 길게 붙이게 하는 과장적 행위라든지, '나'가 '희수'에게 하는 상스러운 말, 그리고 중간 중간에 내뱉는 희극적이기까지 한 대사들은, 『권태』의 무거운 주제가 사변적이고 장황한 '나'와 '희수'의 대화에 의해 더 지루해질 수 있는 여지를 해소시켜 주는 장치로 볼 수 있을 것이다. 마찬가지로 『광마일기』에서도 역시 가볍고 구어적인 대사나 문장이 많이 나와 작품 전체의 분위기를 편안하게 이끌어 가는데, 이는 우리나라 기존의 소설들이 주로 독자에게 무거운 부담감을 주도록 의도됨으로써 작가의 정신적 무게나 깊이를 과시했던 것과는 판이하게 다른 창작태도라 할 수 있다. 이러한 기법 역시 마광수 문학이 갖는 가장 큰 매력인 '솔직성'에서 나온 것이다. 다음과 같은 대목이 그 한 예라 할 수 있다.

(…) 그때나 지금이나 난 정말 여자들에겐 '정 떨어지는 남자'인 것 같다. 어린애처럼 칭얼칭얼 보채대는 것까지는 귀엽게 봐줄만 한데, 여자를 포근하게 감싸주거나 보호해 주지도 못하는 주제에 사디즘이 어떻고 마조히즘이 어떻고 하며, 곧 죽어도 남자라고 사디스트 짓을 하려고 드니 말이다. 내 가슴은 벌판 같은 가슴이 아니라 깔때기 같은 가슴이라서 여자를 푸근히 포용해 줘 본 적도 없다. 어쩌다 의무적으로 드라마틱한 연출을 해가며 여자를 포용할라치면, 그 여자의 가슴을 으스러지게 껴안아 주는 게 아니라, 젖 먹던 힘까지 동원해가며 내 가슴이 먼저 으스러지게 한바탕 난리를 치러야만 한다.

— 「대학시절」에서.

같은 관점은 『현대소설론』(평민사, 1994) 제7장 「소설의 문체」(김상태)를 참조.

『권태』에 비해 『광마일기』의 문체는 전기소설적 요소를 가미하였기 때문에 이 소설을 찬찬히 음미하여 읽어 본 독자라면 알 수 있듯이, 마치 3.4조나 4.4조의 산문시를 읽는 것과 같은 느낌을 받게 된다. 본래 마광수의 문장이 길지 않은 호흡으로 쉽게 읽히면서도 경쾌한 독서 속도를 가능하게 해 주는 것도 이와 같은 내재적 율격이 그의 문장을 지배하고 있기 때문이다. 「달 가고 해 가면」은 이와 같은 그의 문장, 문체를 단적으로 확인할 수 있는 작품이다. '나'와 '야희'와의 대화뿐만 아니라 삽입 시편들, 그리고 친구인 '우람해'와 '지저분'을 등장시켜 '야희'를 괴롭히는 '저승 남자'(털보사나이)와 투석(投石)과 엽총의 대결을 벌이게 하는 장면은 작품 전체의 분위기와 전개 면에서 볼 때 매우 이질적인 요소임에도 불구하고, 현실과 상상을 왕래하는 작품 배경을 유머러스하면서도 설득력 있게 보여주고 있는 예들이다.

『광마일기』에서 보이는 이상의 세 가지 소설미학적 특징은, 그가 모든 문학 작품을 낭만적 자유정신에 토대한 '인공적인 꿈'이라고 보는 한에서, 우리는 앞의 여러 인용문에 나타난 그의 소설미학적 진술을 매우 설득력 있게 받아들일 수 있게 된다. 그래서 이 소설에는 '인공적인 꿈'의 효과를 발휘하기 위한 장치들이 구성의 절묘함과 함께 소설 전체의 유쾌한 재미를 받쳐 주고 있는 것이다(『광마일기』는 이야기의 흐름과 극적 반전 등 소설 구성 요소로서의 '이야기성'을 요즘 소설로는 보기 드물게 확보하고 있는 작품으로 평가할 수 있다). 서구 문학이론의 눈으로 마광수의 소설을 볼 때, 구성의 입체성이나 갈등의 양상이 아예 없거나 약화되어 나타나는 것도 이와 같은 동양문학의 전통과 작가의 독특한 소설미학적 관심에 바탕을 둔 소설 양식을 의도적으로 실험하는 데서 나온 결과라고 보는 것이 타당할 것이다. 게다가 이 소설에서는 동양적 소설미학에 서구적 묘사법이 가미되어 동서양 문학의 상승적 결합을 시도하고 있어 훨씬 폭넓은 재미와 박진감을 자아내고 있다.

또한 『광마일기』가 갖고 있는 탁월한 장점 중의 하나는, 이 소설 전편에 깔려 있는 배경묘사, 풍속묘사 등이 치밀하고도 친근감 있게 읽혀진다는 사실이다. 작가는 1970년대의 서울 풍경을, 눈에 보이듯 생생하고 회화적인 묘사법으로 펼쳐나가고 있다. 「연상의 여인」에서 보이는 1970년대의 명동 풍경이라든가, 「어떤 크리스마스」에서 그려진 회현동 주변의 소주 집 풍경 묘사와 70년대 호텔 디스코텍과 호텔 방의 분위기 묘사, 그리고 「서울야곡」에서 보이는 70년대의 남산, 필동 등 서울거리의 풍경묘사는 일품이다. 또한 「K씨의 행복한 생애」는 주인공의 직장동료인 K씨가 30년에 걸쳐 지속해나간 순수한 사랑과 그 결실을 그린 것으로 이 책 가운데에서 가장 아름답고 애절한 낭만적 러브스토리인데, 이 이야기에도 역시 1950년대부터 1980년대에 이르기까지의 대학가의 분위기 묘사와 결혼식 장면 및 하객들의 심리묘사, 여성의 의상 묘사 등이 독자의 감흥을 상승시키고 있다. 그렇다면 이와 같은 소설미학적 관심과 형상화를 통해 작가 마광수가 보여주고 싶어 한 것은 무엇인지 정리해볼 필요가 있다.

꿈과 환상은 우리들에게 정신적·심리적 진정제, 즉 카타르시스의 구실을 한다. 제도적 금기 때문에 현실 생활에서 충족시킬 수 없는 욕망, 가령 폭력이나 마약에의 충동, 성적 욕망 등이 예술 작품이라는 상상적 세계를 통해서 상상적으로 충족되는 과정을 대리만족, 혹은 대리배설로서의 카타르시스로 인정할 때, 역설적으로 예술 혹은 문학은 일종의 무위적(無爲的) 속성을 갖는다. 그런데 문학의 이 무위적 속성을 좀더 적극적으로 이해한다면 예술적 활동은 실질적 목적과 무관하다는 말에 지나지 않으며, 이러한 무위성에서 예술은 유희, 즉 놀이와 통하는 것이다. 예술의 이 무위성은, 꿈이 현실에 대한 아무런 책임감을 가질 필요가 없는 것처럼 현실적 윤리와 억압에 대한 '일탈행위'를 보장해 주는 개념이다. 『광마일기』의 소설미학이 한 가지 뚜렷한 거점은 바로 여기에 있다.

5. 맺음말

마광수의 소설은 이른바 '허구성'과 '개연성'을 기본 원리로 채택하여 자유롭고 낭만적인 상상을 통해 인간과 성의 문제를 한편으로는 심리적 차원에서, 그리고 다른 한편으로는 그 외화(外化)적 차원에서 다루고 있다. 이미 여러 편의 단편을 통해 자유롭고 무애한 상상의 세계를 소설화한 그의 작품세계는, 기본적으로 '묘사적' 리얼리즘 기법과 낭만적 판타지를 『권태』와 『광마일기』에서 진지하게 그려내고 있다는 점에서, 리얼리즘의 미학과는 또 다른 독창적인 자기만의 세계를 확보하고 있는 것이다.

그가 이념으로서의 리얼리즘 대신 '묘사론'적 기법의 리얼리즘으로 인물이나 대상을 그려내고자 한 것은, 인간이 마음속에 품고 있는 생각이 이성적인 것이든 판타지에 의한 공상에 속하는 것이든 모두 현실적으로 중요한 것이고, 그와 같은 생각이 궁극적으로 인간의 행복한 상황에 긍정적 영향을 미친다는 믿음을 그가 강력하게 가지고 있기 때문이다. 그런 의미에서 마광수 소설의 방법론을 자유정신에 토대를 둔 낭만적 리얼리즘이라고 명명해도 좋을 것이다.

특히 상징적 상상력의 실제적 효용과 문학적 카타르시스(대리배설)의 구체적 적용에 깊은 관심을 갖고 있는 마광수의 문학관과 소설세계는, 그래서 한국소설의 리얼리즘적 전통 속에서 매우 이질적이고 낯설게 보일 수도 있다. 그러나 우리가 이미 앞에서 살펴보았듯이 그의 소설세계는 의외로 동양적 문학전통, 특히 우리의 고전소설 전통인 전기성(傳奇性)에 근거하여 이야기를 전개시켜나가는 특징을 보여주고 있다는 점에서, 오히려 우리의 소설 전통에 근접해 있다고 생각된다. 더구나 『광마일기』 같은 작품을 문장을 자세히 살펴가며 읽게 되면 마치 산문시를 읽는 것 같은 율조를 느낄 수 있는데, 이것 또한 그의 소설의 중요한 특징이라고 생각된다. 이 소설은 내용이 유교주의 전통에 저항하는 것이라면, 형식 즉 문장이나 배경 설정, 그리고 이야기의 모티프는 고전적 전통을 발전적으로 계승시키려는 태도를 보여주고 있다.

『권태』는 사도 마조히즘이라는 인간의 근본 심리를 기본 모티프로 하여 페티시즘의 다양하고 현란한 묘사를 통해 성(性)의 낭만적 판타지를 유려하게 펼쳐 보여준 작품이다. 이 소설에서 작가가 특히 강조하여 실험하고 있는 페티시즘의 문제는, 우리나라뿐만 아니라 서구의 근대 소설적 전통에서도 그 유래를 찾아보기 힘들 정도로 독창적인 세계를 일구어 내고 있다. 그런 점에서 볼 때 『권태』는 굳이 그것에 한국에서의 포스트 모더니즘 비평이론의 첫 적용대상이라는 사족을 붙이지 않더라도 소설 사적 의미가 큰 작품이라고 할 수 있다. 또한 이 소설은 성적 대상물로서의 페티시를 단순하게 제시하거나 나열만 하고 있는 것이 아니라, 거기에 치밀한 형체 묘사와 색채 묘사를 덧붙여 주인공의 심리와 연결시키고 있어, 실로 묘사의 미술적 영역을 새롭게 개척해 낸 작품이라고 볼 수 있다. 그런 의미에서 『권태』를 사도 마조히즘의 미학적 형상화와 함께 회화적 묘사기법의 한 전범을 보여준 교과서적 소설로 평가해도 무방할 것이다. 이 또한 그가 낭만적 리얼리즘의 소설세계를 애써 구축하는 의미로도 받아들여진다.

사랑과 낭만의 '시'를 향한 열정과 직관과 논리

유성호_문학평론가, 한양대학교 국어국문학과 교수

1.

2017년 9월 5일 마광수 선생이 별세하였다. 선생은 저 80년대 후반에 '야한 여자' 신드롬을 만들어내면서 대중적 인지도를 쌓기 시작한 이래, 영화 제작, 그림 전시회 개최,『즐거운 사라』필화 사건, 해직과 복직, 그리고 타계에 이르기까지 한편으로는 투명하고 일관성을 띤 삶을, 한편으로는 파란만장이라는 말이 무색하지 않을 삶을 살았다. 선생은 내게는 잊을 수 없는 은사이기도 하다. 선생의 영결식에서 나는 다음과 같은 고별사를 드렸다.

오늘, 선생님의 영결식입니다. 이렇게 선생님을, 영결식 혹은 발인이라는 순간으로 뵈올 줄 정말 몰랐습니다. 선생님을 생각하면 너무도 드릴 말씀이 많고, 또 그럴 수 있으리라 생각했지만, 저는 그저 이제 그곳에 가셔서는 외롭지 마시고, 힘들지 마시고, 자유롭게 글 쓰시고, 그림 그리시고 사시길 바라는 마음만 또렷할 뿐, 선생님께 달리 드릴 말씀이 빈곤하다는 사실을 절감합니다.

그러나 선생님을 생각할 때마다 그 많은 인생 굴곡을 떠올리지 않을 수 없습니다. 지금 우리보다 까마득하게 젊으셨던 시절, 선생님은 우리의 스승으로 오셨고, 연세대학교 인문관 2층 연구실은 우리의 상담소요 휴식처요 세미나 룸이기도 했습니다. 그곳은 선생님의 그 탄탄한 논문들이 생성된 곳이요, 그 한 많은 여인 '사라'가 탄생한 곳이기도 하지요. 그 과정에서 우리는 선생님을 많이 사랑했고, 많이 안타까워했고, 때로는 짐짓 멀리했고, 선생님의 말년을 그리도 고독하게 그냥 두기도 했습니다. 지금도 선생님 생전에 더 많은 시간, 더 많은 기억들을 만들지 못하고 이렇게 빈소에서 선생님의 멀지 않았던 친구요 제자요 선후배임을 뚜렷이 자각하고 있는 것을 저희는 다시 한 번 뼈아프게 생각합니다.

저마다의 기억의 용량과 밀도가 다르겠지만, 여기 모인 모두에게 선생님은 작지 않은 빛이자 빚으로 남아계실 것입니다. 순수함과 열정, 예술가로서의 자유로움으로 남으실 것이고, 문장을 고치고 또 고쳐서 가장 술술 읽히는 글에 도달하려고 했던 장인정신으로도 기억될 것입니다. 그리고 선생님은 명강사셨고, 유머와 페이소스를 섞어 정말 명언들을 많이 남기셨습니다. 선생님의 생각에 동의하지 않던 학생들도 선생님의 사고방식과 자유로움 그리고 해박한 섭렵과 표현에는 고개를 숙였던 것을 기억합니다.

저희는 선생님을 외롭게 하고 힘들게 했던 것들이 무언지 잘 알고 있습니다. 이제 원망을 거두시고 그 시간을 훌쩍 넘으시길 저희는 바라고 있습니다. 선생님. 물론 그 가운데 저희의 게으름과 무심함도 들어 있다는 것을 저희는 또한 잘 알고 있습니다. 그 점 두고두고 선생님께 죄송할 따름입니다. 선생님과의 인연에 감사하면서도, 왜 이렇게 죄송함이 밀려오는지 모르겠습니다. 그러나 선생님, 저희는 다만 선생님의 소중한 부분만을 선명하게 기억하고, 또 우리도 그 기억을 보태가는 삶을 살아가겠습니다. 선생님은 우리에게 무얼 가르쳐주신 스승이 아니고, 그저 수평적으로 동행해주신 스승이시니까요.

저는 선생님의 생애를 가능하게 했던 것은 두 가지 힘이라고 생각합니다. 하나는 탐미적 관능을 포함한 사랑의 세계이고, 다른 하나는 낭만적 자유로움이 아닐까 합니다. 선생님 말씀을 빌리면 "자유와 다원(多元)을 기반으로" 하는 것일 터입니다. 그렇게 선생님은 늘 '가면을 벗은 솔직성'을 강조하셨고 또 그렇게 일이관지 살아오신 셈입니다. 이러한 자유를 지속적으로 추구하면서 상상적으로 그것을 실현해오셨습니다. 이런 시도 쓰셨지요?

강가에 혼자 서 있는 나

말없이 흐르는 강물

서녘에 노을은 지고

점점 어두워가는 강 건너 숲

내 곁엔 외로운 미루나무 한 그루

저 혼자 깊어가는 강물

어느새 내 눈에 흐르는 눈물

—「님 가신 후」 전문.

"강가에 혼자 서 있는" 시인은 말없이 흐르는 강물과 지는 노을 그리고 어두워가는 숲과 외로운 미루나무 한 그루에 둘러싸여 있습니다. 그때 "저 혼자 깊어가는 강물"은 어느새 "내 눈에 흐르는 눈물"로 바뀌고 있습니다. 이 원인을 알 수 없는 존재의 상실감과 그로 인한 무겁지 않은 감상(感傷)은 선생님의 문학적 발원지이자 궁극의 귀의처였습니다. 그 상실감으로 이제 저희가 '님 가신 후'를 슬프도록 노래합니다. 그 노래가, 굴곡 많았던 선생님의 삶에, 그리고 우리의 기억 속에, 커다란 위로와 회복의 언어가 되어 오래 남아주기를, 정말이지, 바랍니다.

이제 정말 선생님이 떠나시나 봅니다. 선생님 편히 가시고, 아프지 마시고, 우리의 이 왜소한 기억 속에 오래 머무르셔서, 마광수라는 이름을 알고 지냈던 시간에 커다란 위안을 주시고, 선생님도 부족한 저희를 품으시고 크나큰 위안을 받으세요.

선생님, 우리 선생님.

지금 읽어보니 영결식이라는 현장성에 기댄 탓에 감상적인 면이 없지 않다. 워낙 예감하기 어려웠던 선생의 떠나가심에 급하게 쓴 흔적이 역력하지만, 아직 활자화된 일이 없어서 여기에 그대로 옮겨 적는다. 그곳에서의 평안하심을 다시 한 번 빌어본다.

2.

마광수 혹은 그의 문학에 대한 세간의 평판은 단색에 가깝다. 그것은 그에 관한 규정들이 대부분 '야한 여자'나 '장미여관', '사라' 등 작품의 표제들로 상징되는 폐쇄 회로에 갇혀 있기 때문이다. 더구나 소설 『즐거운 사라』(1992)로 촉발되었던 미증유의 필화 사건이나, '야한 여자'에 얽힌 이러저러한 저널리즘적 반응들은 이러한 모노크롬의 이미지를 확산시키는 결정적 계기를 부여하였다. 아닌 게 아니라 마광수의 문학은 한 편 한 편의 작품에 대한 정밀한 경험적 독서보다는 이러한 선험적 이미지들의 단순 재생산을 통해 이해되고 평가되어왔다. 하지만 우리가 보기에 마광수의 문학을 구성하는 인자(因子)는 생각 밖으로 여러 겹으로 이루어져 있다. 정신 분석, 동양 철학, 한방 의학, 상징론, 카타르시스 등 그의 문학을 규율하는 사상 및 방법의 기제들이 퍽 다양하고 중층적이기 때문이다. 이러한 사상과 방법을 통해 그동안 그는 시, 소설, 에세이, 문학 이론, 문화 비평 등 다양한 논리적, 미학적 발화를 타계하는 날까지 완강하게 지속하였다. 그런데 그 다양한 언어 가운데 마광수 문학의 수원(水源)은 아무래도 '시(詩)'라고 할 수 있지 않을까, 생각해본다. 그는 시인으로 문단에 나왔고, 한국 현대시를 연구하여 학위를 받았으며, 대학에서도 줄곧 시를 강의해왔고, 그동안 『광마집(狂馬集)』(1980), 『귀골(貴骨)』(1985), 『가자 장미여관으로』(1989), 『사랑의 슬픔』(1997) 등을 비롯한 여러 권의 시집을 출간한 시인이었기 때문이다. 그래서 마광수 앞에 붙는 무수한 규정 가운데, 우리는 '시인 마광수'를 그의 문학적 원천으로 생각할 수 있을 것이다.

마광수의 시를 관통하는 핵심적 에너지는, 앞의 영결사에서 짧게 언급했듯이, 탐미적 관능을 통해 빚어지는 에로티시즘의 세계와 낭만적 허무를 통해 나타나는 나르시시즘의 세계이다. 그의 시는 퇴폐와 환상을 동반한 관능의 세계에 탐닉하는가 하면, 자존과 감상(感傷)을 동반한 허무의 세계로 빠져들어 센티멘털리즘의 세계를 보여주기도 한다. 물론 그가 현실적 삶의 변화를 지향하는 리얼리스트의 입장에서 이러한 세계에 접근하고 있는 것은 아니다. 오히려 그는 꿈이 없는 현실은 무의미하고, 꿈이야말로 현실의 온갖 억압을 상상적으로 해소하고 새로운 현실을 개진하는 원동력이라고 생각하였다. 그래서 그의 시는 한결같이 꿈을 통한 '상상적 현실'로 변화해갔다. 그 '상상적 현실'을 구성한 것이 바로 유미주의와 쾌락주의, 그리고 페티시즘과 낭만적 허무주의다. 이러한 다양한 욕망들을 그는 '시'라는 상상적 질서를 통해 표현함으로써, 일종의 카타르시스적 욕망을 추구한 것이다. 그래서 그의 시는 궁극적으로 '꿈'을 통한 '상상적 놀이'가 되면서, 꿈속에서의 탐미적 관능과 상상 속에서의 낭만적 허무를 추구하는 것으로 그 세계가 모아졌다고 생각해볼 수 있을 것이다.

그렇게 마광수의 시는 서정시가 가질 수 있는 복합적 형상화 방식을 배제한 채 관능과 낭만을 직접 발화의 형식으로 표현되었다. 그것을 그는 몽상에 가까운 언어로 들려주었는데, 물론 이러한 꿈의 작업은 거의 '성(性)'을 핵심적인 방법이자 테마로 삼았다. 여기서 우리는 그의 시가 오랫동안 '몸(육체)'의 미학을 추구했다는 사실에 주목할 수 있는데, 이는 근자 들어 부쩍 유행 담론으로 부상한 바 있던 이른바 '몸의 시학'을 그가 선구적으로 천착해왔다는 것을 증언하기도 한다. 그런데 마광수의 '몸'은, 서구적 의미에서의 탈근대적 '몸' 담론과는 달리, 정리겸고(情理兼顧)를 이상으로 하는 문학론에 바탕을 두고 있다. 물론 이는 카타르시스의 실제적 효용이라는 마광수 고유의 효용론적 문학론이 반영된 결과일 것이다. 그 '몸'의 미학이 '성'에 대한 다원적이고 탐미적인 추구를 통해 얻어진다는 것이 그의 궁극적인 시적 기획이었던 셈이다.

그가 노래한 성적 판타지는 철저하게 활자 안에서 행해지는 '시적 몽상(夢想)'의 결과로만 한정된다. 이는 그가 상상을 통해 우리 사회의 금기 영역에 도전하려는 미학적 지향을 가지고 있었음을 말해준다. 하지만 이러한 기획에도 불구하고 그의 성적 판타지는 공격적이거나 가학적으로 흐르지 않았다. 오히려 그의 시는 상상적 관능을 통해 나른하기까지 한 탐미적 평화를 추구하고 있을 뿐이었다. 이처럼 그의 시세계는 근본적으로 성애(性愛)를 바탕으로 하면서도 미적 몽상의 무한 확장을 꾀했다는 점을 선명하게 보여주었다 할 것이다.

3.

우리가 아는 마광수는, 자유주의적 다원주의에 입각한 욕망의 솔직하고도 당당한 시화(詩化)를 추구해왔다. 그것이 그가 추구하는 시적 정의이며, 상상적 대리배설을 통한 카타르시스의 극대화가 그가 추구하는 시적 감동의 요체이다. 이때 그가 추구하는 다원성은 다의적 모호함을 통해 진리를 계시하는 '상징'의 속성에 크게 빚지고 있는데, 그것을 통해 온갖 전근대적인 유형무형의 이데올로기적 집착과 중세적 봉건 윤리로 치장된 우리의 인식이나 관행에 탄력성을 불어넣으려는 것이 그의 목표였다고 할 수 있다. 또한 그는 카타르시스를 최고의 가치를 지닌 예술적 효용으로 보았는데, 그것이 심미적 차원이 아니라 실용적 차원에서 추구되고 있다는 점이 특징적이다. 다시 말하면 욕망의 대리배설을 욕망하면서, 정신주의적 차원을 거부하고 육체 그 자체에 몰입하는 특성을 지닌 것이다. 그 상상적 관능의 세계가 구축하는 탐미적 평화의 나른함이야말로 마광수 시학의 근본 요체임은 다시 강조될 필요가 없을 듯하다. 물론 이러한 발화 방식은, 그의 시로 하여금 계몽을 반대하는 역(逆)계몽의 양식을 취하게 하는 특성을 지닌다. 가령 그가 훈민주의나 모랄리즘을 생래적으로 거부한다고 할지라도, 그의 시학 역시 계몽의 충동에서 자유롭지는 않았기 때문이다. 그래서 우리는 마광수를, 시혜적 계몽으로 얼룩진 우리 사회에 대해 '성과 사랑'의 원초성으로 응전한 '꿈의 계몽주의자'라고 불러도 무방할 것이다.

요컨대 마광수의 시는 전통적으로 서정시를 규정해왔던 장르적 정체성을 위반하고 비틀고 창조적으로 넘어서려는 발화 방식을 집중적으로 채택하였다. 이러한 전략과 방법은 사실 그가 궁극적으로 추구하는 가치인 '자유'에 대한 상징적 의지를 우회적으로 보여준 것이다. 물론 그가 강조해마지 않았던 '자유'가 행동적 표상으로서의 자유는 아닐 것이다. 그것은 상상의 자유이고, 생각의 자유이며, 나아가 그 상상과 생각을 고스란히 나타낼 수 있는 표현의 자유이다. 그 자유는 꿈을 지향하면서 동시에 자신 속에 깃들여 있는 낭만적 허무와 감상을 보여주는 원동력이 되기도 하였다. 시를 한 편 읽어보자.

> 옛날에 한 소년이 있었네
> 사랑의 마법에 걸린
>
> 그는 사랑에 관한 이야기를 썼네
> 영원히 영원히 변하지 않는
>
> 그는 내일엔 반드시 사랑이 찾아오리라 믿었네
> 그리고는 매일 밤 꿈속에서 사랑을 했네
>
> 옛날에 한 사내가 있었네
> 사랑의 체념 속에서 지친
>
> 그는 사랑은 이미 자기에게서 떠나갔다고 믿었네
> 자기는 영원한 사랑을 못할 거라고
>
> 옛날에 한 노인이 있었네
> 다시 사랑의 마법에 걸린
>
> 그는 계속 옛날을 그리며 살았네
> 그래도 자기는 사랑을 꿈꾸며 살았노라고
>
> ─「한 소년이 있었네」 전문.

시인은 "소년(과거) → 사내(현재) → 노인(미래)"으로 변모해가면서도 "사랑의 마법"의 지속성을 노래하고 있다. 소년은 영원히 변치 않는 "사랑에 관한 이야기"를 썼고, "매일 밤 꿈속에서 사랑"을 하였다. 그리고 중년이 된 사내는 "사랑의 체념 속에서" 살아가고 있고, 자기 스스로는 사랑을 못할 것이라고 체념한다. 그런데 "한 노인"이 돌연 나타나 "다시 사랑의 마법에 걸린" 모습을 하고 있다. 사내의 체념을 지나 그 노인은 "계속 옛날을 그리며" 스스로 "사랑을 꿈꾸며 살았노라고" 회상하고 있는 것이다. 이처럼 시간의 흐름 속에서도 변함없이 그를 '마법(魔法)'처럼 붙들고 있는 '사랑'의 힘이야말로, 마광수를 특징짓는 고유한 마법(馬法)이 된다. 이처럼 낭만적 허무와 감상 그리고 자유를 기반으로 하는 사랑의 시학이 마광수 시의 근본 요체임을 우리는 거듭 알 수 있는 것이다. 다음 시편들은 어떠한가.

　　태양 빛이

　　너무 뜨거워

　　우산을

　　쓰니까

　　비가

　　온다

　　　　　　　　　　　　　　　　　　　　　— 「인생은 즐거워」 전문.

지난번, 집중 폭우가
쏟아지던 날
지붕이 새서 천장으로 빗물이
뚝 뚝
떨어졌다.
나는 떨어지는 비를
대야에 받았다.
그때 갑자기
어릴 때 기억이 떠올라
대야 위에 종이배를 띄우고 싶어졌다.
어린 시절 뒷마당에서
작은 웅덩이에 예쁜 종이배를
띄우고 놀 때
난 정말 행복했었지.
즐거워라
수해로 야단난 서울
한복판에서의
오붓한 종이배 놀이
아름다워라
뚝
뚝
물 듣는 소리.

—「사치(奢侈)」전문.

이러한 나른하고도 평화로운 반어와 역설의 세계가 그의 초기시에는
많이 담겨 있다. '태양'과 '비'의 관계를 뒤집어 생각하는 반전의 발상,
그 때문에 인생은 즐겁다. 물론 이 즐겁다는 말 안에도 반어가 숨겨져 있
으리라. 또한 집중호우로 물난리가 난 서울 한복판에서 "갑자기 / 어릴

때 기억이 떠올라" 즐거운 추억 놀이를 하는 자신을 사치스럽다고 노래하는 이 반전의 발상, 여기에도 마광수가 생각하는 "행복했었지."와 "아름다워라"의 반어가 숨겨져 있다. 이처럼 마광수 시는 낭만적 허무와 사랑의 관능으로 우리 시의 전혀 낯선 세계를 개척한 것이다.

요컨대 그의 시는 서양 시학의 오랜 전통에 의거한 '시론'의 범주를 유쾌하게 뛰어넘으면서 그 바깥에 자신만의 언어적 거소(居所)를 만들어버렸다. 동일성이니 타자성이니, 시가 가지는 여러 구성 요소들의 조직적 결속이니 하는 서구 시학의 오랜 분석주의의 안목을 그의 시는 아예 넘어서버린다. 그래서 그의 시는 '시'로서의 위의(威儀)나 언어 미학적 염결성 전통에서도 현저하게 비껴나 있다. 비록 그가 추구한 성적 담론들이 후기로 갈수록 지속적 반복으로 인해 피로감을 보인 것도, 시적 긴장을 아예 놓치는 태작들을 다수 남긴 것도 사실이지만, 그럼에도 그의 시적 몽상의 지속성과 확장 가능성은 우리 시사의 이질적인 층위로 기억될 것이다.

4.

이러한 '시인 마광수'의 후경(後景)에 또 한켠의 엄연한 그의 논리적 몫이 있음을 아는 이 역시 적지는 않다. 이를테면 『왜 나는 순수한 민주주의에 몰두하지 못할까』(1991)나 『운명』(1995) 등에 나타난 인생론적, 사회비평적 안목이라든가, 『상징시학(象徵詩學)』(1985)이나 『마광수 문학론집(馬光洙文學論集)』(1987), 『카타르시스란 무엇인가』(1997) 등에 반영된 독자적인 연구자적 개성 또한 빼놓을 수 없는 그의 영역이기 때문이다. 더불어 그가 국문학계에서 가장 대표적인 윤동주 연구자 중의 한 사람이라는 사실 또한 숨길 필요가 없을 것이다. 하지만 이처럼 다른 이들에 비해 왕성하다 못해 정력적으로 활동했던 그의 문필 생애 역시 엄정한 의미에서의 비평적 검토나 평가의 반열에 들지 못해왔다. 마광수는 그만큼 비평계에서 언필칭 '차가운 감자'로 존재했다. 왜 '차가울' 수밖에 없었을까. 이처럼 모두가 합의한 듯한 일관된 냉담과 침묵의 의미는 무엇이었을까. 사적인 자리에서 이루어진 논의의 범람이 왜 공적 담론의 장으로 이월되지 못했을까. 우리는 변변한 작가론 하나 없는 그에 대한 일관된 무반응과 홀대가 그의 학문적 영역에 대한 평가절하로 등치되는 데 대해서는 수긍하기 어렵다. 그가 가지고 있는 학문적 함량에 비해 그러한 '차가움'이 부당하다는 판단 때문이다.

그가 남긴 결과 가운데 『시학(詩學)』(1997)이라는 책이 있다. 이 책에서 그는 시적 발상의 원리를 '삐딱하게 보기'라는 말로 함축한 바 있다. 다시 말하면 이는 굳어진 통념이나 상식적 안목을 뛰어넘어 대상을 새로운 시적 시선으로 독창적으로 바라보아야 한다는 뜻을 담고 있다. 물론 이는 그리 새삼스러운 것이 아니다. 모든 시는 대상에 대한 낯선 의미의 발견에서 촉발되는 것일 테니까 말이다. 언뜻 러시아 포멀리스트들의 '낯설게하기'를 연상시키는 그의 견해는 '낯설게하기'가 시적 표현의 원리가 되는 것이라면, '삐딱하게 보기'는 시적 발상의 원리가 된다는 정언으로 수렴된다. 이때 중요한 것이 '솔직성'과 '시적(창조적) 상상력'이 결합하는 일이다. 상상력을 폄하하는 시론은 지구상의 어디에도 없겠지만, 그의 상상력에 대한 강조에는 각별한 바가 있다.

상상과 몽상이 따로 구별될 수 없고, 환상으로든 공상으로든 백일몽으로든 '상상할 수 있는 모든 것'이 시로는 가능하다는 확신을 가질 수 있어야 한다. 시적 인식이 일체의 과학적, 정치적, 윤리적, 공리적 차원을 뛰어넘어 우리가 생래적(生來的)으로 가지고 있는 창조적 상상력과 결합될 때, 우리는 초월적 인식의 세계, 형이상학적 진리의 세계로 접근해갈 수 있다.

이러한 발언에는 우리가 시를 마주하면서 상상력에 굴레 씌웠던 온갖 이데올로기적, 도덕적 금제(禁制)는 물론, '상상 / 공상'의 경계마저 철폐하려는 담론에 대한 항의와 도전이 담겨 있다. 또 그의 궁극적 관심이 감관(感官)을 통한 실용주의를 뛰어넘는 형이상의 세계를 지향하고 있다는 사실 또한 분명히 새겨야 할 부분이 아닐까 한다. 따라서 그에 의하면, 끊임없는 공상과 환상이 언어에 대한 남다른 자각을 동반할 때 시가 씌어진다는 것을 알 수 있다.

그리고 또 다른 핵심으로서 카타르시스와 시적 감동의 관계를 구명하고 있는데, 그는 카타르시스의 직접적 효용을 정서적 균형의 쾌감과 실제적 지혜로 본다. 그는 시적 표현에 솔직성이 담겨 있을 때 카타르시스가 증폭된다는 견해를 제시하는데, '도전의식'과 '저항정신'이 귀해지는 것도 바로 이 때문이다. 이는 그가 석사논문을 쓸 때부터 시종 관심을 두어온 사회적 효용성에 관한 일련의 탐구의 연장선상에 위치하는 것이다. 그것은 시가 현실적으로 해소될 수 없는 인간의 근본적 욕망을 대리 해소해주는 '인공적 길몽(吉夢)'의 노릇을 하고 있다고 보는 시각에 이른다. 이같이 그의 시학은 카타르시스의 궁극적 효용이 인간 생활의 전반에 걸쳐 활력을 불어 넣어주는 것이며 행복의 실제적 증진 작용에 있다고 보는 견해에 바탕을 두고 있다.

이처럼 마광수는 시가 구현하려는 이상이 심미성의 세계라고 믿는 순수시파나 언어적 저항이 한 시대의 영혼을 견인한다고 믿는 참여시파가 아니다. 그는 우리 문학사의 양대 사조에서 벗어난 '제3지대'에 자신의 열정과 직관과 논리를 다 바친 것이다. 그의 외따로운 '본능의 당당한 배설로서의 시학'이 정연한 질서를 가진 만인의 보편시학으로서 남기는 어렵겠지만, 이제는 독창적인 세계로서 비평계의 논의의 장으로 들어와야 할 것이 아닌가, 생각해본다. 그리고 이러한 이론적 작업은 그가 남긴 다양한 에세이들을 검토하면서 보다 더 선명한 성과를 얻어갈 것이다.

이렇게 단조롭게나마 마광수 선생의 캐리커처를 그려보았다. 소설이나 에세이를 자료로 삼았다면, 조금은 다른 결론이 나올 수도 있었을 것이다. 다만 이 글은 마광수의 시와 시학에 초점을 맞추어 그 특성을 개괄적으로 검토한 결과일 뿐이다. 앞으로 더욱 활발한 마광수론(論)이 제출되기를 바란다. 물론 수많은 반례를 통해 마광수 문학의 단처(短處)들이 증언될 수도 있을 것이다. 그런가 하면 그가 남긴 사랑과 낭만의 '시'를 향한 열정과 직관과 논리를 바라보는 추모와 성찰의 시각이, 한없이 양갈래로 번져가기도 할 것이다.

주지영_문학평론가, 군산대학교 강의교수

1.

시인이자, 소설가이고, 수필가이자, 문학평론가이고, 문학연구자이면서
화가이기도 했던 마광수 교수가 2017년 9월 5일 타계했다. 여러 겹의 다
재다능한 예술가적 활동을 병행한 그는 『즐거운 사라』 외설 사건으로 인
해 그 자신의 이름으로 하나의 기표가 된 인물이기도 하다.

마광수의 글이 화제를 불러일으키기 시작한 것은 1988년에 발표된
『나는 야한 여자가 좋다』에서였다. '들 야(野)'자를 써서 '야하다'라고 한
다는 그의 표현은 성과 관련된 언급이 주간지나 에로 통속물을 통해 소
위 '저속한', '싸구려'와 같은 수식어를 달고 욕구 배설용으로만 소비되
던 당시의 풍토에 딴지를 놓은 것이었다. 성적인 묘사와 표현의 수위가
방송심의위원회에서 검열당하고 삭제되거나 판매금지 당하는 일이 비일
비재했던 당시에, 야(野)하다라는 은유적 표현은 성적인 담론이 공론장의
영역에서 언급될 수 있는 통로를 마련한 셈이 되어서 당연히 세간의 관
심을 모을 수밖에 없었다.

그렇지만, 뒤이어 1991년에 출간된『즐거운 사라』가 외설스럽다는 이유로 마광수는 검찰에 기소되고 징역형을 언도받으면서 논란의 정점에 서게 된다. 그는 외설 시비 이후에도 꾸준히 소설을 창작해 발표했으며, 문학이론서 형식을 띤 성 담론 관련 저서들을 여러 권 출판하였다.

이러한 창작 활동에서도 짐작할 수 있듯 마광수의 소설적 관심은 자유로운 성 담론에 놓여 있다. 그가 왜 집착에 가까우리만치 성 담론에 경사를 보였는가 하는 이유에 관한 것은 그 스스로 여러 에세이나 평론집, 이론서 등을 통해 피력한 바 있다. 그의 논리에 따르면 자유로운 성 윤리를 그려내고자 한 그의 창작 활동은 수구적이고 폐쇄적인 윤리관과 도덕주의, 문학적 엄숙주의에 대한 항변인 셈이다.

『나는 야한 여자가 좋다』의 머리글에는 다음과 같은 내용이 나온다.

'야하다'라는 말이 지금은 천박하다는 뜻으로 쓰여지는 경우가 많지만, 나는 야하다는 말의 의미를 '野하다'로 생각하여 자주 거리낌 없이 사용하고 있다.

그의 이러한 시도는 당시 대중들에게 급속히 확산되었고, 사적인 공간에서 여성의 천박성을 지칭하는 표현으로 쓰이던 '야하다'라는 말은 그 이후 여성의 성적 매력을 강조하는 '섹시하다'라는 말과 거의 동의어로 공존해 쓰였다. 요즘은 아예 '야하다'라는 말 대신 '섹시하다'라는 말이 더 빈번하게 쓰인다. 게다가 '섹시하다'라는 말은 그 말 자체가 갖고 있던 성별 구분적 의미조차 사라지고, 남녀에게 두루 쓰이는 수사로 변해 버렸다.

마광수 교수의 글에 대한 외설 시비 이후 불과 30년 사이에 성 윤리는 많이 변했다. 동성애나 혼전 성관계, 동거 등 자유로운 성관계가 스토리의 기본 소재로 쓰이는 일은 다반사이다. 에로틱한 성 관계의 묘사도 직설적이고 대담해졌다.

만약 『즐거운 사라』가 2017년에 출간되었다면 어땠을까. 역사에 '만약'이라는 가정을 상정하는 일은 어리석은 짓이겠지만 아마도 1992년과 같은 외설 시비나 필화 사건은 일어나지 않았을지도 모른다. 혹은 마광수처럼 자유로운 성 담론을 공론장으로 이끌어 낸 인물이 없었다면 성 문화의 개방(성 문화의 개방이라고 했지만, 이 표현은 성의 문란, 방종으로 협소하게, 그리고 부정적으로 읽힐 가능성이 높다. 이 글에서 성 문화의 개방으로 언급하고자 한 것은 성 인식에 대한 기존의 보수적이고 편협한 남근중심의 사고로부터 벗어나게 되는 것을 가리킨다.)이 더뎌졌을지도 모른다. 사실상 기존의 성과 섹스에 대한 언급은 전적으로 여성의 성을 대상화, 상품화하는 것이었으므로, 마광수의 글은 여성이 성에 대한 자각적인 인식, 더 나아가 주체적인 사고를 갖도록 만드는 중요한 계기가 되었다. 어쨌든 가정은 가정일 뿐이다.

이 글에서는 마광수의 소설을 오늘의 관점에서 재독해 보고자 한다. 그가 쓴 시는 독립적인 논의의 장이 필요한 영역이라 판단해서 논의 대상에서 제외하기로 한다. 그가 언급했듯이 그에게 있어 '시는 소설에 비해서 변비증 걸린 환자처럼 끙끙 거리며 간신히 배설해 놓은 함축적인 똥'으로 여겨지고 있으므로, 소설과는 다른 태도로 창작에 임했을 가능성이 높다. 어쨌거나 이 글에서는 소설만을 대상으로 다룰 것이다.

2.

마광수는 『나는 야한 여자가 좋다』의 머리말에서 다음과 같이 말하고 있다.

이 책에는 '손톱'을 소재로 하여 쓴 글들이 많다. 내가 좋아하는 야한 여자의 이미지는 손톱에 가지각색 원색의 물감을 칠하고 온몸에 한껏 요란한 치장을 한, 소위 관능적 백치미를 가진 여인이기 때문이다. 어린 시절부터 지금까지 나의 머릿속을 떠나지 않고 맴돌며 관능적 상상력을 키워 준 것은 언제나 '손톱'의 이미지였다. 특히 나는 여인의 긴 손톱을 너무나 사랑한다. 손톱은 원시시대의 인류에게는 다른 동물의 경우처럼 일종의 가학적 무기였을 것이다. 그래서 비수처럼 날카로운 여인의 긴 손톱은 새디즘을 연상시킨다. 그러나 가학적인 용도로 쓰이던 손톱이 이제 화사한 아름다움의 상징으로 변했다는 점, 그로테스크한 관능미의 심볼로 변했다는 점에서 나는 인류의 미래를 밝게 바라볼 수 있는 어떤 희망적 예감을 얻는다. 인간의 가학성이 미의식과 합치되어 아름다운 환타지로 승화될 수 있을 때, 진정한 인류의 평화, 전쟁이 없는 세계가 건설될 수 있다. 주관과 객관, 감정과 사상, 관념과 사물의 대립을 지양하고 그것을 생동력 있게 통일시킬 수 있는 근원적 에너지가 바로 '환타지'에 간직되어 있기 때문이다. 관능적인 아름다움과 관념적 사랑이 아닌 성애적 사랑이 합치될 수 있을 때, 우리는 이데올로기의 질곡에서 벗어나 개개인의 당당한 쾌락추구에 기초하는 진정한 평화와 행복을 이룰 수 있을 것이라고 나는 믿는다.

지금까지 써온 것들을 두서없이 묶어놓고 보니 부끄럽고 창피하다. 또 여기저기 겹치는 부분도 있다. 그러나 정신주의와 육체주의의 틈바구니에서 헷갈리며 방황한 끝에 유미주의적 쾌락주의를 인생관으로 택하게 된 내 정신적 역정을 내 딴엔 솔직하게 발가벗겨 보일 수 있었다는 것이 후련하고 시원하기도 하다.

—『나는 야한 여자가 좋다』, 자유문학사, 1989.

마광수의 문학적 세계관이 이 책의 머리말에 함축적으로 요약되어 있다. 마광수의 소설은 어찌 보면 매우 단순하다. 장편소설에 비해 단편소설은 서사가 거의 없다. 그리고 어떤 성적 판타지를 다루고 있느냐에 따라 소설 유형을 쉽게 가를 수 있으며, 동일한 성적 판타지를 다룬 경우, 내용에 있어서도 거의 차이가 느껴지지 않을 정도로 유사하다는 특징을 지닌다. 그가 소설에서 왜 자신의 성적 취향과 관련된 이미지와 묘사를 지루할 만큼 반복적으로 담아내고 있는가 하는 것이 바로 위의 글에서 설명되고 있는 것이다.

위에 인용된 마광수의 생각은, 인간의 가학성이 미의식과 합치되어 판타지로 승화될 때, 이데올로기의 질곡에서 벗어나 개인의 쾌락추구에 기초하는 진정한 평화와 행복을 이룰 수 있다는 것이다, 라는 것으로 요약할 수 있다. 이에 대한 구체적인 근거는 마광수의 에세이집과 평론집, 그리고 문학이론서에 해박하게 설명되고 있어 자세한 설명은 생략한다. 이글들을 보면, 마광수는 진정한 인류의 평화, 전쟁이 없는 세계 건설까지는 아니더라도 적어도 이데올로기의 질곡에서 벗어난 쾌락의 추구가 한 개인에게 행복을 가져다 줄 수 있을 것이라고 생각한 듯하다.

그런데 위에서 언급한 마광수의 문학적 세계관에 의거해서 소설을 바라볼 경우, 다음 두 가지 문제의식에 휘말리게 된다. 첫째는, 과연 마광수는 소설을 통해 자신이 표명한 문학적 세계관을 충분히 드러내고 있는가 하는 것이며, 둘째는, 관능적인 아름다움과 성애적 사랑이 합치를 이루는 성적 판타지가 이데올로기의 질곡에서 벗어날 수 있게 하는가, 그리고 그것이 마광수 한 개인의 쾌락뿐만이 아니라 독자의 쾌락과 행복까지도 담보해 주고 있는가 하는 점이다. 첫 번째 질문은 마광수 소설의 의의와 그 성과에 관한 문제로, 두 번째 질문은 마광수의 소설이 갖는 문학적 효용성에 관한 문제로 연결된다.

두 번째 질문부터 시작해 볼까 한다. 소설이란 독자를 상정한 글쓰기이다. 그렇다고 소설이 독자를 가리진 않는다. 다만 독자의 취향이 갈릴 뿐이다. 특히 마광수처럼 성과 관련된 담론을 다루는 경우에는 독자의 취향뿐만 아니라 독자의 성별도 대단히 중요해질 수 있다. 한국 사회에서 여성의 성에 관한 문제는 그가 간파한 것처럼 이데올로기적인 질곡으로 점철되어 있기 때문이다. 유교적 이념이 여전히 뿌리박혀 있고, 가부장적 이데올로기에 남성중심주의가 여성의 성 윤리와 도덕의 근간을 이루고 있는 것이 한국 사회이다. 예전에 비해 여성의 사회적 지위나 가족 내에서의 지위가 조금씩 나아지고는 있으나, 여전히 여성을 바라보는 시선은 편협하고, 왜곡되고, 불합리한 부분이 많다. 그래서 여성 화자를 내세운 마광수의 성 관련 작품을 더욱 주목해 볼 수밖에 없다. 그리고 독법에 있어서도 다수의 여성 독자가 처한 상황을 상상하면서 그와 관련하여 작품에 감정 이입을 하며 읽고자 하는 욕망이 강해진다.

그렇지만 마광수의 작품에는 그러한 몰입을 방해하는 요소들이 곳곳에 깔려 있다. 한국 사회의 현실에도 밝고 이론에도 해박한 문학연구자이기도 한 그가 한국 사회에서 여성이 처한 이데올로기적 질곡에 대해, 그리고 그 이데올로기적 질곡이 여성의 삶을 어떻게 파탄 냈는지에 대해 구체적 인물과 구체적 사건을 바탕으로 작품 속에 형상화했더라면 몰입하고 공감할 수 있지 않았을까. 그러한 탐구 없이 쾌락, 쾌락만 있다니.

가령, 한강의 『채식주의자』에는 마광수의 에로틱한 성애 묘사를 넘어서는 근친상간의 에로티시즘이 등장한다.[1] 전위 예술에 비디오 아트, 형부와 처제의 성애가 그것이다. 그렇지만 『채식주의자』에서는 영혜의 삶을 통해 여성이 처한 이데올로기적 질곡의 문제를 예리한 시선으로 벼려

---

[1] 물론 이 작품은 마광수 이후에 발표된 2007년도 작품이다. 마광수 이후 20년이 지나 발표된 작품과 마광수의 작품을 비교하는 시도는 그 설정부터 합당할 수 없다. 성애에 관한 한, 혹은 노골적인 성 담론에 관한 한 마광수 이후의 작품은 모두 마광수에게 빚지고 있다. 다만 여기에서 문제 삼고자 하는 것은 마광수가 2000년대 이후에 쓴 작품들이다. 마광수가 초기에 쓴 작품이나 말기에 쓴 작품에 큰 차이를 발견할 수 없다는 점은 그의 한계이자, 그가 보여준 성 담론의 한계일 것이다.

낸다. 오로지 쾌락, 쾌락, 쾌락이 아니라, 이데올로기적 질곡에 의해 상처 받은 영혼의 아픔을 치유하는 쾌락의 의미를 드러내고 있는 것이다. 그러니까 문제는 노출과 에로틱한 묘사의 수위가 아니라 여성이 처해 있는 삶에 대한 성찰의 깊이가 아닐까. 그게 동반되지 않는다면 쾌락은 한낱 말초신경을 건드리는 자극으로서밖에 그 의미를 갖지 못한다.

요컨대 마광수의 작품에서 찾아낼 수 있는 여성에 관한 문제의식은 여성의 순결이나 정절의 쓸모없음, 섹스는 곧 사랑이라는 등식의 파괴, 섹스는 일종의 노동이자 스포츠라는 것, 남성은 능동적이고 여성은 수동적이라는 기본적인 구분에 근거한 고정관념을 깨뜨리는 것, 성적 혐오에 대한 각종 터부를 깨뜨리는 것, 그리고 여성의 오르가즘을 강조한 것 등일 것이다.

이러한 마광수의 시도는 사회적 터부를 깨뜨리는 것이기에 분명 의미가 있다. 규방의 여인과 기생을 성과 속의 논리로, 생산을 위한 성과 쾌락을 위한 성의 논리로 철저히 이중적으로 분리해 사고하던 봉건적인 사고방식이 오늘날까지 남아 여성들을 폭력적으로 억압하고 있다고 마광수는 생각한 듯하다. 그러나 마광수는 생각만 했을 뿐 이를 작품으로 형상화하지 않는다. 그가 이러한 문제의식을 작품에 형상화했더라면 그가 주장하는 관능적 아름다움과 성애적 사랑의 합치가 감동적인 것으로 승화될 수 있었을 것이고 독자의 공감도 충분히 이끌어 내지 않았을까.

이제 첫 번째 질문으로 돌아가 보자. 과연 마광수는 소설을 통해 자신이 표명한 문학적 세계관을 충분히 드러내고 있는가. 그의 문학적 세계관은 에세이를 통해 보다 극명하게 드러난다. 『나는 야한 여자가 좋다』에 실린 「한 여인의 성적(性的) 자각과정」은 김동인의 「감자」에 대한 그의 해석이 담긴 글로, 마광수는 김동인이 기생이나 매춘부를 상대로 가졌던 자유로운 성 관념을 투영시켜 「감자」의 주인공 '복녀'를 탄생시켰다고 본다. 그는 '주인공 복녀를 통한 당시 사회의 타락상 고발'이나, '무절제한 성적 방탕과 비도덕이 가져온 복녀의 죽음을 통해 독자에게 윤리적 교훈을 주려는 것' 등으로 해석하는 평자들의 시선을 비판하면서, 「감자」가 '도덕에 대한 본능의 승리', '위선에 대한 자연스러움의 승리'를 표현해 낸 것이라고 주장하고 있다. 말하자면 그는 작품 해석에 있어서도 성 본능의 관점을 중시했던 것이다.

더 나아가 그는 이 글에서 소설 창작에 대한 자신의 관점을 제시한다. "예술가는 '실제적 삶'이 아니라 '꿈 속의 삶'에 도움을 주는 자"이며, 그리고 "작가는 자기는 쓰고 싶은 것을 '당위적 요청'으로서가 아니라 단순한 배설욕구에 의해 가식 없이 써내려가야 한다."고 말한다. 마광수에게 있어 '꿈 속의 삶'은 '이상(理想)'이라기보다는 '성적 판타지'에 가깝다. 더구나 그가 언급하고 있는 작가의 글쓰기란 '단순한 배설욕구'에 의해 씌어진 글이므로 그의 글쓰기는 그가 말하는 성적 본능에 충실한 배설적 글쓰기일 수밖에 없다.

물론 이러한 관점에서 문학을 해석하고 창작하는 것은 문학의 다양성을 확보하는 측면에서 바람직하다. 1920년대 낭만주의적이고 탐미주의적인 문학적 경향을 해석하는 시선에 있어서도 그의 놀라우리만치 뛰어난 감식안이 빛을 발한다. 한 편의 작품이 천편일률적으로 해석된다면 그것은 훌륭한 문학작품이라고 할 수 없을뿐더러, 한 편의 작품에 대한 해석이 어떤 시대나 또 누구에게나 똑같을 수도 없기 때문이다.

마광수의 문학관과 관련해 볼 때, 그가 자신만의 독특한 문학적 세계를 구축하고 있다는 점은 존중받아야 하며, 이의를 제기할 필요도 없다. 그렇지만 그가 자신의 문학관을 창작물을 통해 제대로 드러내고 있는가를 문제 삼는 것은 이와는 다른 차원이다. 비평가나 연구자들의 분석과 해석의 시선이 개입될 수밖에 없기 때문이다.

심리주의 비평은 물론이고 정신분석학까지 학문적, 비평적 깊이가 상당히 축적된 요즘 같은 상황에서 마광수의 작품에 나타나는 에로티시즘은 충분히 익숙하다. 페티시즘이니 사도 마조히즘이니 도착증이니 하는 것들은 상식 수준이 되어 버렸다. 그런 상황에서 마광수의 소설들은 일탈이나 파격이 아니라 병적 징후로 읽힐 가능성이 높다.

가령, 마광수의 소설은 『즐거운 사라』 이전과 이후로 양상이 다르게 나타난다. 『즐거운 사라』 이전의 소설들은 장편의 경우 적어도 소설로서의 외용을 갖추고 있는 것으로 보인다. 여기에 은유나 언어유희가 아닌 직설적인 성 관련 언어 사용이라든지, 당시로서는 낯설었을 성적 관계의 인물 설정이라든지 하는 것들은 파격적인 시도라고 볼 수 있다. 이러한 시도가 최근에 들어와서야 비로소 가시화되고 있다는 점을 고려할 때, 마광수의 행보는 매우 의미 있는 것으로 평가되어야 한다.

그러나 그 이후의 작품들, 가령 『인생은 즐거워』(둥대지기, 2015)나 『추억마저 지우랴』(어문학사, 2017)와 같은 소설집은 이전 작품들의 틀을 결코 벗어나지 못한 채 성적 판타지나 성적 망상이 더욱 반복적으로 강화되는 경향을 보인다. 인물이 처해 있는 상황이나 배경에 대해 고민하는 흔적이 이 소설들에는 전혀 보이지 않고, 사소설적인 넋두리와 자기만족적인 망상으로 전락하고 있는 것이다. 오로지 물고 빨고 핥기만 하는 장면들 속에 자유로운 성 본능의 표출이라는 문제의식은 사상되고, 긴 손톱과 피어싱 페티시와 더 자극적일 것을 요구하면서 여성을 사물화하고 가학적 성애에만 몰두하는 폭력적인 인물만 덩그마니 남겨져 있을 뿐이다. 또한 페티시와 가학적 성애가 진정한 '미'이고 자연스러운 성 본능이라는 것을 강조하는 목소리는 폭력적일 만큼 고압적이고 거친 담화로 서술되고 있다. 마광수가 처음에 시도하고자 했던 파격적인 에로티시즘이니 탐미주의니, 유미주의니 하는 것들은 제대로 구현된 바 없이 센세이셔널리즘만 남은 셈이다.

3.

『나는 야한 여자가 좋다』에 「아름다운 매조키즘의 연가—O의 이야기」
가 나온다. 『O의 이야기』는 프랑스 여류작가가 1954년에 발표한 장편소
설이다. 마광수는 사도 마조히즘의 성 심리를 다룬 이 작품을 외국의 성
소설 중에서 가장 감동적으로 읽었으며, 몇 날 며칠 밤을 이 소설에 나오
는 O의 환상을 좇아 헤맸다고 고백하고 있다.

　마광수는 이 글에서 『O의 이야기』는 O가 남성에게 복종하는 매조키
스트로서 훈련받으면서 처음에는 분노하고 저항하지만 훈련을 거치면서
진정한 매조키스트로 변신하게 된 자기 자신에 대해 커다란 희열과 긍
지를 느끼게 된다는 내용을 다루고 있다고 언급한다. 그는 이 작품이
'여성의 매조키즘 심리에 대한 정밀한 탐구서'라고 하였는데, 지금까지
언급한 마광수의 시선에서는 충분히 그러한 방식으로 해석될 수 있다고
본다.

　그런데 이 작품의 줄거리와 짧은 인용문들을 읽는 동안 오버랩되는 장
면이 하나 있었다. 매 맞는 아이, 매 맞는 여자의 모습이 그것이다. 대적
할 수 없는 가공할 폭력이 일상화되면 인간은 그것을 거부할 수 없는 현
실로 받아들이고 길들여지게 된다. 그게 인간의 나약함이다. 도망칠 수도
맞서 싸울 수도 없다면 받아들일 수밖에 없다. 노예들이 그랬고, 식민 치
하의 민족이 그랬고, 독재 정권 치하의 민중이 그랬다. 또한 가부장제 하
의 여성의 성과 삶도 그랬다. 끔찍하고, 두렵고, 공포스러운 일이 아닌가.

　그런데 마광수는 이 작품에서 한 인간이 짐승처럼 폭력에 굴복하고 길

들여지는 상황은 염두에 두지 않고, 오직 마조히즘적 상징물이 되어 쾌락에 전율을 느끼는 여성 인물의 환상만을 향유할 뿐이다. O의 마조히즘을 읽어내는 마광수의 시선이 당황스러울 지경이다. 마조히즘이 결국 여성의 성의 상품화라는 사실을 차라리 그가 모르거나 알려고 하지 않았던 게 아니라 언급하지 않은 것이라고 생각하고 싶을 뿐이다. 마광수가 '실제적 삶'이 아니라 '꿈 속의 삶'을 다루겠다고 언명한 것에서 짐작하자면 그는 알면서 쓰지 않은 것이라고 판단하는 것이 더 옳을 것이다.

그렇지만 마사 너스바움이 『혐오와 수치심』에서 지적했던 대로, 성적 관계에 있어서 우리에게 필요한 것은 지배하기보다는 상호 의존하는 관계가 아닐까. 자신과 다른 사람의 유한성, 동물성을 상호 인정하는 것이 중요하지 않을까.

2017년에 다시 읽는 마광수의 소설은 그런 점에서 의의와 한계를 동시에 지닌다. 1990년대 한국 사회의 성적 터부를 정면에서 비판하고 넘어서려고 했던 마광수의 시도는 제도적 억압에 의해 좌절되고 꺾여 버렸다. 그는 남성중심주의에 입각해 이분법적인 성 담론을 고착화시키는 한국 사회의 이중적인 성 윤리를 거부하면서 자유로운 본능에 기반한 성을 공적 담론의 장으로 전면화시켰고, 성에 대한 여성의 지위를 본능과 쾌락의 영역에서 자리매김하려고 하였으며, 은유와 상징의 폭력적 기호로서만 소비되던 성 관계의 언어들을 날것으로 대체하는 파격을 꾀했다.

그러나 『즐거운 사라』가 외설 시비에 휘말리고 징역형을 선고받은 이후 새롭고자 하는 마광수의 욕망은 좌절을 겪어야 했다. 그의 배설 욕망은 『즐거운 사라』에 병적으로 고착되어 버린 것이다. 아니, 문학이라는 자유로운 담론의 장을 법과 제도와 권력의 틀 안에 가두려고 했던 힘들이 마광수의 진정한 목소리를 앗아가 버린 것이다. 그가 『돌아온 사라』, 『2013 즐거운 사라』를 썼음에도 불구하고 진정한 의미에서의 '사라' 이후를 만나지 못한 건 마광수의 한계를 넘어 제도적 한계라고 볼 수밖에 없을 것이다.

그러나, 그럼에도 불구하고, 현재 우리의 성 담론은 전적으로 그에게 빚지고 있다.

순교자에서 작가로, 외설에서 작품으로

최수웅_단국대학교 문예창작학과 교수

"이 사건이 10년 후만 돼도 우스꽝스러운 사건으로 치부될지도 모른다는 것을 재판부는 알고 있다. 그러나 어디까지나 현재 상황에 입각하여 법적 판단을 내려야만 한다."
　　　　　　　　　— 송기홍 재판장, 항소심 재판 제2차 감정 중 발언.

1. 그를 둘러싼 논쟁들

　마광수에 대한 논쟁은 이미 시효가 지났다. 아니, 지났어야 마땅하다. 애당초 논의할 여지가 적었으므로. 1992년 10월 마광수가 구속되고, 같은 해 청하출판사에서 발간된『즐거운 사라』에 대한 판금 조치가 이루어지며, 몇 차례의 재판이 진행되면서 세간의 관심이 집중되었다. 하지만 담론은 빈약하기만 했다. 외견상으로야 공방이 진행된 것처럼 보이지만, 그 내용은 연극의 방백(傍白)에 더 가깝다. 같은 무대에 올랐으나 각자 자기 말만 늘어놓았다. 상대를 설득하려고 노력하지 않았고, 수용하거나 조율하기 위한 노력도 없었으며, 그저 답을 미리 정해놓고 과정을 우겨넣었을 뿐이다. 이를 논쟁이라 할 수 있을까. 그보다는 비논리에 저항하는 논리, 몰상식에 맞서는 상식, 억압에 대항하는 자유 등으로 설명하는 편이 올바르리라.

무엇보다 검찰의 주장에 타당성이 결여되었다. 예술에 대한 소양 부족이야 차치하더라도, 법치(法治)의 근간이 되는 공평성과 절차적 적합성을 갖추지 못했다. 여기에 동조하는 주장의 상당수도 논리보다 감정 토로 혹은 취향 고백의 수준에 그쳤다. 이 진영을 대표하는 사례로 당시 간행물윤리위원회 위원장이었던 이원홍이 제기한 "책의 내용이 건전한 국민 정서에 위배되고 자라나는 청소년들에게 성에 대한 잘못된 인식을 심어준다면 본 위원회에서는 당연히 이를 제재해야 한다."[1]는 주장을 들 수 있다. 관점과 입장의 차이를 고려하더라도, 이 견해의 한계는 명백하다. 무엇보다 객관적인 논증이 어려운 까닭인데, 핵심개념에 해당하는 '건전한', '국민정서', '잘못된 인식' 등은 모두 막연하기만 하다.

반면 반대 진영은 시작부터 논리를 내세웠다. 1992년 11월 7일 열린 구속적부심 판결에서 마광수가 스스로 제기한 "제가 주장하는 것은 성 해방이 아니라 성에 관한 논의의 해방입니다."[2]라는 주장이 대표적인 사례다. 이후 여러 논객들이 참여하는데, 그들의 견해는 대체로 상대 진영의 핵심 주장인 '음란'의 모호성에 대한 지적, 예술작품을 법률 혹은 정치의 관점에서 규제하려는 의도에 대한 비판, 예술가에게 주어진 '표현의 자유'에 대한 옹호 등의 방향으로 제기되었다. 이러한 내용은 1994년 강준만의 「마광수를 위한 변명」를 통해 체계적으로 정리되었으며, 그 주장의 핵심은 다음과 같다.

오늘의 쓰레기가 내일의 명작이 될 가능성이 단 1퍼센트에 불과하다

---

1) 『스포츠서울』, 1992.11.4. 이원홍 인터뷰.
2) 『동아일보』, 1992.11.8.

해도 그 1퍼센트의 가능성은 존중받아야 마땅하다.

물론 마광수에게 허용되어야 할 '표현의 자유'는 그가 물적 조건의 변화를 수반한 진정한 의미의 성 해방과 그 전제 조건으로 우리 사회의 정치 경제적 억압 구조의 청산을 위해 노력할 때에 비로소 그 제값을 찾게 될 것이다. 그러나 그건 마광수가 우리 사회의 정신적 지도자가 되기 위한 조건일 수는 있어도 그것이 마광수를 매도해야 할 이유는 되지 못한다.[3]

이후의 전개는 지금까지 살펴본 내용들에서 한 걸음도 나아가지 못했다. 적어도 논리의 측면에서 보면 분명히 그렇다. 물론 이런 현상이 논쟁 참가자들의 게으름에서 비롯된 것은 아니다. 오히려 논점이 지나치게 명백했기 때문에 벌어진 일이다. 이러한 한계는 현재에도 고스란히 적용된다. 마광수에 대한 논쟁은 더 이상 가치가 없다. 의미가 퇴색된 것이 아니라, 새로운 견해가 나올 만한 여지가 적기 때문이다.

바로 이런 맥락에서 마광수 논쟁은 참혹하다. 귀를 닫은 권력에 의해 맥없이 고꾸라지는 논리의 허약함을 여실히 보여주었다.[4] 전후 맥락을 가늠하기보다 자극적인 일부에만 관심을 두는 우리 사회의 민낯도 여실히 드러났다. 결국 논쟁은 '낙인찍기'만 남기고 마무리되었고, 마광수는 끝내 순교자가 되었다.

---

3) 강준만, 「마광수를 위한 변명」, 『실천문학』, 1994 겨울호, 332면.
4) 이에 대해서는 『즐거운 사라』의 발행인으로 마광수와 함께 고초를 당했던 장석주도 증언한 바 있다. "저는 표현의 자유와 외설이란 법적 규제가 정면으로 충돌했을 때 우리 사회의 품이 그렇게 좁진 않을 거라고 낙관적 기대를 갖고 있었던 것 같아요. 그런데 기대와는 달리 상당히 엄혹한 잣대를 들이대고 최악의 사태가 벌어진 거죠. 검찰 권력이 얼마나 막강해요. 개인이 권력에 맞서 할 수 있는 일이 없어요. 모든 걸 감당해야 했고, 거기서 생겨나는 피해와 손실은 온전히 제 몫이었죠."(서재경, 「장석주 시인이 본 마광수」, 『여성조선』, 2017.10.15.)

2. 사라를 이해하기 위하여

우리는 대체로 희생자에게 관대하다. 현실에서 억울하게 패배한 이들이 이야기에 등장하면서 다시 주목받는 경우가 빈번한 까닭도 여기 있다. 더구나 그 인물이 시정잡배가 아니라, 나름의 신념을 지키고자 했다면 연민이 형성되기 마련이다. 나아가 그가 죽음에까지 이르렀다면, 더 이상의 평가는 무의미해진다. 그리하여 선동가보다 희생양이, 희생양보다 순교자가 힘이 세다.

마광수는 순교자가 되었다. 스스로 원한 일은 아니겠으나, 전혀 의도가 없었다고 보기도 어렵다. 그는 논쟁 이후 발표한 여러 편의 글에서 "나는 시대를 앞서간 내용의 책을 너무 많이 썼기 때문에 결국 화를 당할 수밖에 없었다."[5]는 맥락의 주장을 거듭했는데, 이는 마광수에 대한 평가로 수용되기도 했다. 그렇지만 이 설명은 아직 절반의 진실이다.

마광수가 당시 통념에서 벗어난 글을 써서 피해를 받은 것은 분명한 사실이다. 그러나 그의 작품이 '시대를 앞서간 내용'을 담고 있는지에 대해서는 충분히 검토되지 않았다. 문제를 촉발했던 『즐거운 사라』마저도 '음란성' 판단을 목적으로 표현의 수위를 따졌을 뿐, 예술적 성취는 평가되지 않았다. 오히려 판매금지 조치가 이루어지면서 평가를 받을 기회 자체를 박탈당했다. 바로 이것이 비극의 핵심이다. 지금까지도 마광수와 그의 작품은 풍문의 대상이지, 감상의 대상이 되지 못했다.

그러므로 올바른 이해를 도모하기 위해서는 우선 '마광수'라는 대상에서 논쟁을 걷어내고, 그의 작품을 읽어내는 작업이 이루어져야 마땅하다. 지금까지 작품에 대한 평가는 김성수의 「마광수의 소설 세계」, 『즐거운

---

5) 마광수, 「질투에 대하여」, 『나의 이력서』, 책읽는귀족, 2013, 270면.

사라』의 이해를 위하여」가 유일하다. 이 글은 주인공 사라에 주목하면서 "상투적, 보편적 주제인 사랑의 문제를, 정신적인 차원에서만이 아니라 육체와 정신을 동시에 아우르고" 있으며, 그를 통해 "우리 사회의 이중적인 성적 담론의 위선을 위악적(僞惡的)으로 전복"시켰다고 평가했다.6) 여기에서 인물의 독창성에 대해서는 이론의 여지가 없다. 적어도 한국문학의 전통 안에서, 사라만큼 자기 육체를 주체적으로 활용한 여성 캐릭터는 드물다. 하지만 그녀의 행위가 '위악적 전복'에 의도를 두고 있는지는 의문스럽다. 물론 작품 안에서 사라는 사랑에 대한 기존의 견해를 뒤엎는 발언을 제기하고 있다.

> 말하자면 그는 나를 완전히 '소유'하고 싶다는 말인 것 같다. 이만하면 됐지 도대체 뭘 더 바라는 것일까? 서로 소유되지 않은 상태로 애무건 섹스건 할 수 있다는 것은 얼마나 홀가분한 일인가? 그런데 왜 그는 갑자기 어린애처럼 칭얼대는 것일까?
>
> ─『즐거운 사라』, 55면.

이 진술이 사회 비판을 목적으로 한다고 판단하기는 어렵다. 그보다는 단순한 반감이거나 개인적 성향에 더 가깝다. 이런 기조는 작품의 결말까지 그대로 유지된다. 요컨대 사라가 추구했던 전복은 사회 담론으로 확산되지 못하고, 취향의 문제로 국한되었을 뿐이다.

물론 예술작품이 꼭 사회적 의미를 가질 필요는 없다. 개인의 변화와 성취에 대한 주목도 충분히 가치 있는 일이다. 이러한 맥락에서 살펴야 사라의 행동을 보다 선명하게 이해할 수 있다. 서사가 진행되면서 그녀는 연애 대상 중 하나였던 한지섭 교수에게 종속되기를 원하기도 하지

---

6) 김성수, 「마광수의 소설 세계, 『즐거운 사라』의 이해를 위하여」, 강준만 외 5인, 『마광수 살리기』, 중심, 2003, 223면.

만, 끝내 자유를 바탕으로 자신의 아름다움을 긍정한다.

　나는 거울 속의 나를 다시 한번 자세히 들여다보았다.
　나는 오늘 따라 이상하게도 아주아주 아름다워져 있었다. 새로운 사랑
의 먹이감을 찾아나서는 기분이 들어서 그런지, 오늘 아침보다 훨씬 더
매력적으로 보인다. 왠지 신나는 웃음이 터져나왔다. (…) 자신있게 웃는
모습이 너무나 아름답게만 보였다. 왠지 오늘 밤 진짜 근사한 남자를 만
날 수 있을 것 같은 예감이 들었다.
　문득 한지섭이 편지에서 말한 '자유' 생각이 났다. 그러나 이상하게도
한지섭 생각은 나지 않았다.
—『즐거운 사라』, 354~355면.

　인용에서 주목되는 부분은 사라가 한지섭의 영향에서 벗어나 있다는
점이다. 한지섭은 사라가 지적으로 매료된 유일한 남자였으나 "네게 자
유를 주고 싶어서"라는 이유로 이별을 통보한다. 사라는 이에 거부감을
느끼지만 이내 수용하고 만다. 그런데 여기에서 수용은 개념에 한정될
뿐, 대상 자체는 의미가 없어진다. 이는 가르침을 자기화하는 과정과 유
사한데, 바로 이것이 『즐거운 사라』를 일종의 교양소설로 읽을 수 있는
근거가 된다.
　또한 사라가 스스로를 아름답다고 판단하는 부분도 중요하다. 이는 막
연한 자아도취가 아니다. 자기 객관화 이후 이루어진 욕망에 대한 긍정
으로 보는 편이 타당하다. 이 진술이 '거울 속의 나'를 '자세히 들여다'보
는 행위에 이어 제시되었다는 사실에 주목하면 의미가 더욱 부각된다.
구태여 라캉(Jacques Lacan)을 언급하지 않더라도, 그 행동은 성찰로 이어질
여지가 있다.
　물론 모든 수용과 성찰이 교육적 성취로 연결되는 것은 아니다. 특히

작품에서 사라의 변화는 연애 대상에 대한 반응일 뿐, 관계에 대한 숙고를 통해 이루어지는 경우가 드물다. 이러한 수동성으로 인해 사라의 성장에 의구심을 느낄 여지도 분명히 있다. 만약 이 작품이 독자들의 동감을 얻지 못한다면, 그것은 노골적인 묘사 때문이 아니라, 성장의 진폭이 크지 않은 서사구조의 문제일 가능성이 크다.

3. 리에와 사라 사이의 거리

작품의 가치는 당대로 한정되지 않는다. 인기 높았던 작품이 얼마 지나지 않아서 외면당하기도 하고, 주목받지 못했던 작품이 재평가 받는 경우도 적지 않다. 하지만 『즐거운 사라』가 현재의 독자들에게 공감을 얻을 가능성은 그리 크지 않다고 판단된다. 그 이유를 확인하기 위해서는 시야를 넓힐 필요가 있겠다.

비슷한 시기에 유사한 논쟁에 휘말렸던 『산타페』를 살펴보자. 이는 여배우 미야자와 리에(宮澤りえ)가 찍은 누드사진집으로 1991년 일본에서 발행되어 인기를 모았다. 1992년 10월 한국에서 정식 출간되었지만 간행물 윤리위원회의 제재를 받아 절판된다. 같은 시기에 마광수 관련 논쟁이 촉발되었고 『즐거운 사라』는 판금된다.

이처럼 두 권의 책은 비슷한 과정을 겪었다. 하지만 현재의 반응은 전혀 다르다. 『산타페』와 그 주인공 미야자와 리에는 지금까지 적지 않은 사람들에게 회자되고 있다.7) 반면 『즐거운 사라』와 그 주인공 나사라는

---

7) 작품뿐만 아니라 미야자와 리에의 행보도 마광수와 유사한 부분이 많다. 물론 그녀가 법적인 처벌을 받은 것은 아니지만, 사진집 발간으로 인해 적지 않은 풍파를 경험했다. 『산타페』가 발간된 다음 해에 스모 선수와 약혼하지만, 누드 사진을 찍었다는 이유로 파혼을 당했다. 이후 거식증과 자살시도를 비롯한 각종 스캔들에 시달리다 활동중단을 선언했다.

그저 풍문으로만 기억될 뿐이다. 표면적인 이유는 판금 조치가 철회되지 않아 독자들과 만날 기회가 없기 때문일 것이다. 하지만 이것만으로 단정하기는 어렵다.『산타페』역시 지금은 구해보기 어렵고,『즐거운 사라』도 도서관이나 헌책방을 뒤지면 구해볼 수도 있다. 그런데 왜 독자 반응에 차이가 있는 것일까, 미야자와 리에와 나사라 사이에는 얼마만큼의 거리가 존재하는가?

답을 찾기 위해서는 작품을 살펴봐야 한다. 두 책에서 가장 분명한 차이는 담론의 존재 여부다.『산타페』에는 담론이 없다. 그저 미야자와 리에의 이미지만 제시할 뿐. 반면『즐거운 사라』에는 담론이 가득하다. 사라뿐만 아니라 그녀와 관계된 대부분의 남자도 나름의 주장을 펼치고 있다.

문제는 시간이 너무 지났다는 사실이다. 성애 묘사는 여전히 논쟁이 될 수준이지만, 성 담론들은 사뭇 낡았다. 성차에 대한 인식은 남성 중심적이고, 관계의 태도는 폭압적이다. 현재의 기준으로는 분명히 그러하다.

> 확실히 나는 평범한 보통 여자임에 분명했다. 여자는 본시 강력한 카리스마를 가진 남자 밑에 안주하기를 바라는 동물이라니까 말이다. 교회에서든 학교 강의실에서든, 한 남성이 연단 위에서 청중들을 굽어보며 군림할 때, 청중 속의 여자는 어떤 형태로든 미묘한 쾌감을 느낀다.
> ―『즐거운 사라』, 201면.

여자는 타고난 매저키스트일 수밖에 없고, 또 내가 그동안 갈구해왔던 이상형의 남자가 거칠고 투박한 매너와 쌍스러운 기질을 가진 상대였다는 사실을, 나는 그의 감미로운 욕설에 빠져들면서 새삼스레 확인할 수

하지만 그녀는 끝내 스캔들을 이겨내고 복귀하여 연기력을 인정받는 배우로 자리매김했다. 그에 비해 마광수는 몇 차례 재기를 도모했지만 결국 성공하지 못하고 스스로 삶을 놓아버리고 말았다.

있었다.

―『즐거운 사라』, 295~296면.

이러한 지적은 작가와 등장인물을 동일시하는 것이 아니다. 위 진술의
주체는 어디까지나 사라, 즉 허구의 캐릭터다. 작가 마광수와 연결시킬
이유도 필요도 없다. 유난스러운 성관계 방식도 서로 합의된 부분이니
문제 삼기 어렵다. 다만 그 주장이 여성을 종속적 존재로 규정하여 성역
할의 편견을 조장한다는 혐의에서 벗어나기 어렵다. 작품이 발표된 1990
년대 초반이라면 몰라도, 여성주의적인 인식이 강조되는 요즘에 이런 시
각에 동감할 독자는 많지 않으리라.

창조주가 참으로 불공평한 짓을 했다는 생각이 든다. 또 그쪽 애들의
눈동자 색깔은 어떤가. 파랑색, 회색, 갈색……. 아, 나는 왜 하필이면 이
렇게 싱겁고 밋밋한 동양 종자로 태어났단 말이냐…….

―『즐거운 사라』, 21면.

동양사람 특유의 싯누런 피부색깔 때문일까. 백인남자들이 맨발에 샌
들을 신고 다니면 좀 봐줄 만할 것이다.
아니, 그 사람들은 발뿐만 아니라 얼굴이나 머리카락도 곱게 마련이어
서, 아무리 머리카락을 장발로 기르고 다녀도 도무지 지저분해 보이지가
않는다. 그런데 누렇게 뜬 싯누런 피부의 얼굴에다가 새까만 머리털을
길게 기르고 있는 우리나라의 히피 남자들은, 아름다워 보이기는커녕 그
저 구질구질하고 추악해 보이기 십상인 것이다.

―『즐거운 사라』, 295~296면.

또한 사라의 진술 중에는 동양을 낮추고 서구를 동경하는 시각이 드러
나는데, 그 자체로 우리 안의 오리엔탈리즘이라는 지적을 피하기 어렵다.
여기에서 주목할 부분은 이런 진술이 미추(美醜) 판정으로 귀결된다는 사

실이다. 결국 사라가 제기했던 성 담론은 자생적인 것이 아니라 당시에는 생경했던 서구 문화에 대한 어설픈 흉내 내기에 불과하다는 의심도 가능하기 때문이다.

물론 작품이 발표된 당시의 사회인식을 고려하면, 사라의 견해를 근거 없는 비하로 치부하기는 어렵다. 무엇보다 문학작품을 빌미로 작가를 단죄했으니, 법원 스스로 한국 사회의 후진성을 증명한 셈이 아닌가. 하지만 이미 시대가 바뀌었고, 문화예술을 비롯한 여러 분야에서 자존감이 월등하게 높아졌다. 이처럼 변화된 상황에서 사라의 진술은 더 이상 의미를 갖기 어렵다.

4. 시대와의 불화 혹은 낙오

지금까지 마광수를 둘러싼 논쟁, 그리고 『즐거운 사라』의 의의와 한계를 살펴보았다. 이미 상당한 시간이 지났지만, 문제는 여전히 진행 중이다. 특히 마광수 스스로 벗어나지 못했다. 그는 필화 사건 이후에 더욱 왕성하게 저술 활동을 펼쳤으나, 인식과 내용은 그리 변하지 않았다. 여기에 해당하는 사례로 같은 이름을 가진 여성 캐릭터가 등장하는 『돌아온 사라』를 들 수 있겠다.

　나는 섹스에 촌스러운 우리나라도 이젠 꽤나 발전했다는 생각이 들었다. 아마 그가 쓴 소설 『즐거운 사라』가 요즘 발간되었더라면, 적어도 음란물 제조죄로 현행범으로 몰려 '긴급 체포'를 당하기까진 않았을 거라는 생각이 들었다.
　내가 그런 생각을 얘기했더니 광수 아저씨는 냉소적으로 코웃음을 흘리며 이렇게 말했다.

"그건 네가 착각하고 있는 거야. 뭣보다도 한국은 원칙이 없는 나라거든. 나는『즐거운 사라』로 잡혀가 실형 판결을 받은 뒤에도 또 한 번 법에 걸려들었다. 2007년도의 일인데, 이번엔 내 인터넷 홈페이지에 실려 있는 내 글들이 음란하다는 이유로 걸렸어. 다행히 구속 기소가 아니라 불구속 기소였지만, 그래도 결국은 유죄 판결을 받았지. 벌금 200만 원 형(刑)이었어. 그래서 나는 전과 2범 신세가 된 거야."

—『돌아온 사라』, 174~175면.

마광수는『돌아온 사라』를 "엄청난 속도로 바뀌어진 2010년 전후 일부 대학생들의 성관(性觀)을 경쾌하고 희화적(戱畵的)으로 반영시켜 본 소설"8)이라고 설명한다. 그러나 정작 작품에 제시된 여성 캐릭터는 전작의 주인공 사라를 모방하고, 그런 행동에 대한 근거가 되는 주장들도 유사하며, 심지어 저자와 같은 이름과 직업을 가진 남성 캐릭터의 언술을 통해 한국 사회가 변하지 않았다고 역설하기까지 한다. 이쯤 되면『즐거운 사라』와의 변별점은 단지 시대배경밖에 없다고 해도 무방하리라.

나도 그가 야하게 썼다고 잡혀가기까지 했다는 소설『즐거운 사라』를 갖고 싶었기에 그가 주는 책을 고맙게 받았다. 책 맨 뒤에 적혀 있는 발행 일자를 보니 1992년 8월로 되어 있어서, 내가 광수 아저씨에 대해서 잘 모르고 있었다는 사실에 납득이 갔다. 1992년이라면 내가 겨우 두 살 때였기 때문이다. 그런 생각을 하다보니까 광수 아저씨가 퍽이나 늙어 보였다.

—『돌아온 사라』, 114~115면.

문제는 그 사이에 엄혹한 시간이 흘러버렸다는 사실이다. 위의 인용에도 제시되지만, 요즘 세대에게 마광수는 알려진 대상이 아니다. 1990년

---

8) 마광수, 「작가의 말」,『돌아온 사라』, 아트블루, 2011, 187면.

대 초반에 그와 관련된 논쟁이 촉발된 이유는 성적 취향이라는 지극히 개인적인 욕망과 대의명분을 중시했던 사회 분위기가 충돌했기 때문이다. 하지만 시대가 변했다. 명분은 사라졌고, 대의는 흔들린다. 누구도 개인의 욕망을 부정하지 못한다. 다만 취향의 너비와 공감가능성에서 차이가 생길 뿐.

아쉽게도 『돌아온 사라』는 시대와 마주하지 못했다. 먼저 성적 취향을 논의하는 방향에 한계가 있다. 작가는 사도 마조히즘에 대한 긴 설명을 달아 취향의 다양성을 강조했지만, 이는 본질적으로 깊이에 대한 추구이지 너비를 확장하는 방식은 아니다. 오히려 그에게 가해진 '변태성욕' 따위의 비난에 말려든 형국이 되었다. 공감가능성을 충분히 고려하지 않았다는 점도 한계다. 유행하는 대중문화를 언급하고 있지만, 사라의 체험은 대체로 '광수 아저씨'의 인도에 따른다. 그러니 창작의도로 내세운 "2010년 전후 일부 대학생들"의 모습보다, "퍽이나 늙어 보"이는 아저씨의 추억담이 훨씬 농밀하게 제시된다. 나이트클럽이나 호텔커피숍 등등의 장소에서 지난 명성을 회고할수록, 당대를 담아내기는 어려워질 수밖에 없다. 더구나 작가는 작품 속에 스스로를 드러내면서 객관화를 포기한다. 『즐거운 사라』에서도 자신과 유사한 한지섭 교수를 등장시켰으나 이름을 바꾸고 캐릭터화를 시도하면서 기본적인 거리를 유지했다. 반면 『돌아온 사라』의 마광수 교수는 작가에 훨씬 밀착된 인물이다. 그러니 그의 진술과 주장도 주관적인 변명으로 치부될 여지가 생기고 말았다. 가령 다음과 같은 구절은 입장의 차이가 분명하지만, 오직 작가의 관점에서만 기술해버린 뒤 동조를 구하고 있다.

"(…) 너무 친했던 놈들이 주동을 해서 한 짓이었기에 엄청 쇼크를 먹었었지. 심한 배신감을 느껴서 말야. 그래서 3년 반이나 지독한 우울증을 앓아 가지고 휴직을 할 수밖에 없었어. 정신과 병원에 입원하기도 하고 자살 기도도 서너 번 해 봤을 정도니까. …… 그전에는 물론 나도 매일 학교에 나왔었지. 어떤 땐 일요일도 나왔어. 그런데 그런 일이 있고 난 다음부터는 그놈들하고 복도에서 부딪치는 게 정말 싫어지더군. 그래서 강의도 악착같이 이틀로 몰아서 짜고, 학교에 와서도 강의만 하고 퇴근해 버리는 게 버릇이 됐어."

……아아, 그런 가슴 아픈 사연이 있었구나.

―『돌아온 사라』, 74~75면.

이러한 한계를 마광수의 탓으로만 돌리기는 어렵다. 누구라도 시간을 거스를 수야 없으리라. 다만 야속하게 시대가 변했고, 그는 발맞춰 움직이지 못했다. 논쟁에 함몰되었고, 참담한 비난에 노출되다가, 방어에 급급해 주변을 돌보지 못했다. 언제나처럼 여론은 쉽게 들끓었다가 슬그머니 고개를 돌렸다. 그리고는 무관심 속에 방치되어 버렸다.

그럼에도 모든 책임은 결국 그에게 귀결된다. 우리의 삶이 본디 그러하듯. 가혹한 무게를 버티고, 상처를 견디는 일은 스스로 감당할 몫이다. 올가미에서 벗어나 새 길을 찾는 일 또한 홀로 감당해야 마땅하다. 누군가 이해하고 위로해줄 수도 있겠지만, 아무도 대신해주지 못한다. 더구나 작가라면, 작가이기에, 자기 글에 오롯이 책임을 져야 한다.

5. 휘뚜루마뚜루 블랙리스트

그런 까닭에 마광수와 그를 둘러싼 논쟁을 점검하는 과장에서 가장 도드라졌던 감정은 안타까움이었다. 무엇보다 마광수가 당했던 상황이 여전히 종결되지 않았다는 사실이 안타깝다. 불과 얼마 전까지 우리는 유사한 현상을 목도했다. 이전 정권에서 작성되었다는 블랙리스트, 이 또한 본질적으로 마광수에 대한 낙인찍기와 다르지 않다. 법에 의한 규제에서 경제력을 이용한 통제로 방법을 바꿨을 뿐. 권력의 입맛에 따라 마구잡이로 이루어졌다는 사실도, 문화예술을 감시의 대상으로 인식했다는 사실도, 본보기를 내어 경고함으로써 다른 이들의 자발적인 위축을 도모했다는 사실도, 전혀 변하지 않았다.

또한 『즐거운 사라』가 당대의 독자들에게 평가받을 기회조차 박탈당했다는 사실이 안타깝다. 앞서 지적했듯 이 소설에는 여러 한계가 있다. 하지만 상당수는 현재의 시각에서 비롯된 것이다. 발표 당시라면 또 다른 평가를 받았을 가능성도 있다. 어디까지나 가정에 불과하지만, 기회조차 얻지 못한 것은 아무래도 정당하지 않다. 이는 작가에게도 독자에게도 불행한 일이다.

마지막으로 새로운 종류의 낙인찍기가 일어나고 있다는 사실이 안타깝다. 물론 최근 일어나는 이 현상은 마광수 논쟁과는 다르다. 무엇보다 공권력이 개입하지는 않는다. 하지만 자신들의 입장을 관철하기 위해 상대의 의견을 묵살하고 이해를 위한 노력을 하지 않는다는 점은 동일하다. 특정 집단이 믿는 정치적 올바름을 강요하거나, 계층적 감수성에 어긋난다는 이유로 일부 작품을 배제하는 일이 여기에 해당한다.

창작은 다양성에 기반을 둔 활동이고, 작품은 가능성만으로도 가치를 가지며, 다른 목소리라도 일단 존중받아 마땅하다. 평가는 그 다음의 일이다. 독서를 통해서 호불호가 갈릴 수 있고, 자신의 견해를 제기할 수도 있지만, 어떤 주장도 작품을 억압하는 기준으로 작용해서는 안 된다. 이것이 모든 예술의 공통된 기반이다.

이는 마광수와 그의 작품에도 적용되어야 한다. 더 이상 그를 순교자로 취급해서는 안 된다. 우선 작품을 읽고, 다양한 관점에서 해석하여,

왜곡도 찬양도 아닌 공정한 평가를 진행해야 한다. 오직 그것만이 마광수에게 '작가'의 지위를 되돌려주는 방법이고, 그의 글들이 외설이란 족쇄에서 벗어나 '작품'으로 복귀할 수 있는 길이다.

수음과 배설의 언어

이재복_문학평론가, 한양대학교 한국언어문학과 교수

1. 몸, 디오니소스를 위하여

마광수의 몸은 디오니소스의 몸과 닮아 있다. 이 사실은 그의 몸이 이성이나 정신보다는 감성이나 육체에 가깝다는 것을 의미한다. 그의 몸은 존재에 대한 고통으로부터 벗어나기 위해 거대한 올림푸스 신전이라는 가상의 세계를 창조하여 그것에서 위안을 삼으려 한 아폴론적인 세계의 퇴적물이 아니다. 그의 몸은 이성이나 정신을 통해 성립되는 조화와 질서, 통일 등 관념적이고 추상적인 세계로 드러나는 것이 아니라 감성과 육체에 의한 부조화와 모순, 분열 등 무정형적이고 원초적인 충동이 고스란히 살아 있는 그런 실감의 세계로 드러난다.

그의 몸이 드러내는 이러한 세계는 주로 성(性)에 대한 발설을 통해 표상된다. 이것은 몸과 관련하여 볼 때 지극히 당연한 것이라고 할 수 있다. 성은 기본적으로 이성이나 정신의 산물이라기보다는 감성이나 육체의 산물이다. 몸이 이성이나 정신이 창조한 제도적인 이데올로기에 의해 점령당할 때에도 저항의 마지막 보루로 남아 그 몸의 감성과 육체로서의

존재성을 증명하고 있는 것이 바로 성이다. 그동안 우리의 몸을 줄곧 지배하고 통제하면서 온갖 약탈과 파괴와 희생을 자행해 온 이성이나 정신이 완벽한 지배력과 알리바이를 가질 수 없었던 가장 큰 이유도 성 때문이다. 이성이나 정신에 대해 성은 하나의 틈이며 얼룩(불온한 흔적)인 것이다.

이러한 이유로 성은 배제와 금기의 대상으로서 이성이나 정신이 생산한 제도적인 이데올로기와 상징화된 체계에 도전하는 저항의 담론으로 존재해온 것이다. 그동안 동서고금을 막론하고 성을 성 그 자체로 본 경우는 드물다. 이 사실은 순수한 성 혹은 성으로서의 순수함이 존재하지 않거나 존재할 수 없다는 것을 의미한다. 성은 그것이 아무런 목적성 없이 순수한 차원에서 성립된 경우라 할지라도 거기에는 반드시 제도적인 지배 이데올로기나 상징적인 차원의 해석이 개입된다. 가령 성적인 욕망이 솟구쳐 오르면 광장 한가운데로 달려 나가 자위행위를 한 그리스의 철인 디오니소스(Dionysus)의 방사(放射)는 그것이 비록 순수한 차원에서 행해진 것이긴 하지만 지배 이데올로기와 상징적인 해석 체계에 의해 그 순수성은 와해되기에 이른다. 그의 일련의 순수한 행위는 병리적이고 비정상적인 것으로 간주될 뿐만 아니라 의식을 좀먹고, 정신을 마비시키며, 가치나 진리를 무력하게 만드는 것으로 간주되어 제도와 체계에 저항하는 불온한 것이 되어버린다.

성이 이렇게 제도나 체계에 대한 저항으로 간주된다는 것은 그 성이 희생적인 제의(祭儀)의 대상이 될 수 있다는 것을 의미한다. 성은 다른 어떤 것보다도 감성이나 육체적인 속성이 강해 이성이나 정신이 생산한 제도나 체계를 유지하고 존속시키는 데 적합한 희생적인 제의의 대상이 될 수 있는 것이다. 이 희생제의는 특히 이성이나 정신이 생산한 제도나 체계의 자기 기만적이고 이중적인 속성이 강하게 드러날수록 더욱 거창하게 치러진다. 성을 희생양으로 삼음으로써 제도와 체제의 자기기만성과 이중성을 숨기고 그 제도와 체제가 행사하는 권력의 힘을 과시하여 지배력을 공고히 하는 데에 제의의 의미가 있는 것이다. 이런 점에서 디오니소스 후예들의 성은 필연적으로 저항과 희생양으로서의 속성을 동시에 지닌다고 할 수 있다.

마광수의 성 역시 마찬가지이다. 이것은 그의 성을 둘러싸고 전개된 수많은 담론들 속에 잘 드러나 있다. 담론 중에는 제도 또는 체계 유지적이거나 지배 권력의 속성을 그대로 대변하는 발언(이문열)도 있고, 자유와 진보 그리고 신성에 대한 도전과 파괴라는 차원에서 그의 성을 해석함으로써 저항에 무게를 둔 발언(강준만)도 있으며, 지식인의 관념적인 유희에 대한 다분히 의도적이고 목적성을 띤 마녀 재판식의 법적 논리의 적용이라는 희생적인 제의의 측면에서 그의 성을 바라본 경우(민용태, 하일지)도 있다. 이 담론들은 마광수의 성에 대한 대표적인 발언으로 '지금, 여기'에서의 성 일반에 대한 우리의 인식을 반영하고 있다고 해도 무방할 것이다.

그러나 이 담론들 또는 마광수의 성에 대한 군소 담론들과 관련하여 간과하지 말아야 할 점이 있다. 그것은 이 무수한 담론들이 담론을 위한 담론을 생산해 내고 있다는 점이다. 마광수의 성을 자신의 언어로 다시 해석해내는 것은 좋지만 그 해석해 낸 언어가 다시 마광수의 성으로 되돌아가야만 하는데 그렇지 않다는 것이다. '되쓰기' 혹은 '되읽기'의 진정한 의미는 발설된 언어(말)의 떠남과 되돌아옴의 변증법적인 긴장 속에서 형성되는 것이다. 만일 되돌아옴 없이 떠남만 있다면 마광수의 성에 대한 담론은 그 담론의 대상이 존재하지 않는 공허한 것으로 남을 수밖에 없다. 마광수의 성에 대한 담론은 텍스트로 되돌아와야만 한다.

2. 텍스트, 배설 그리고 쾌의 감각

마광수의 성에 대한 발설이 디오니소스처럼 실질적인 몸을 통해 보여
주는 것이 아니라 텍스트를 통해 보여준다는 사실은 서술과 표현의 차원
에서의 체험을 주목해야 한다는 것을 의미한다. 그는 디오니소스처럼 자
신의 몸으로 성을 이야기한 것이 아니라 텍스트를 통해 그것을 이야기하
고 있는 것이다. 따라서 그에게 문제가 되는 것은 '몸의 텍스트'라기보다
는 '텍스트의 몸'이라고 할 수 있다. 디오니소스가 자신의 몸을 통해 억
압된 것들을 방사했다면 마광수는 텍스트의 몸을 통해 그것을 배설하고
있는 것이다. 또한 디오니소스의 자위행위를 보고 관중들이 어떤 쾌감과
해방감을 체험했다면 마광수의 경우에는 자위행위에 대한 그의 서술과
표현을 읽고 독자들이 쾌감과 해방감을 체험하는 것이다.

디오니소스든 마광수든 배설을 통해 어떤 쾌감과 해방감을 구현한다
는 점에서는 공통되지만 그것을 직접적으로 하느냐 혹은 간접적으로 하
느냐에 따라 문제는 달라진다. 텍스트(문학)의 몸을 통한 간접 배설은 일
단 언어를 문제 삼아야 한다. 언어에 의해 배설의 질은 현저하게 달라질
수 있기 때문이다. 이것은 텍스트의 몸을 통한 배설이 그것이 배설임에
도 불구하고 그 가치의 차별화가 존재한다는 것을 의미한다. 비록 간접
배설이기는 하지만 그 배설이 쾌감과 해방감을 극대화하기 위해서는 언
어의 차별화가 존재할 수 있는 것이다. 그렇다면 그 언어의 차별화란 구
체적으로 무엇을 말하는 것인가?

일반적으로 문학에서 언어의 차별화는 미적인 차별화로 통용되어 온
것이 사실이다. 미적인 차별화의 입장에서 배설을 보면 그 배설은 작품
자체의 완성도나 미적 효과를 말하는 것이다. 플라톤 이후 칸트, 헤겔에
이르기까지 카타르시스 이론이 궁극적으로 추구한 것도 이것이라고 할

수 있다. 카타르시스에서 미적 감성을 중시하는 이러한 입장은 순수 미학, 본질 미학으로 이어지면서 하나의 미학으로 제도화되기에 이른다. 하지만 아리스토텔레스가 말한 카타르시스는 본래 어떤 형이상학적인 차원에서 성립되는 미적인 효과를 의미한 것은 아니다. 그것은 형이상학적이기보다는 생리학적인 것이었다. 그것은 본래 우리 몸 안에 축적되어 있는 찌꺼기를 방출시켜 병을 치료한다는 의미를 가진다고 할 수 있다.

이런 관점에서 보면 배설을 통한 언어의 차별화가 순화 혹은 승화의 감정을 동반하는 그런 미적 효과만을 의미하는 것이 아니라는 것을 알 수 있다. 그것은 단순히 본능적 감정 또는 욕구의 대리적 배설일 수도 있음을 말해준다. 따라서 감정이나 욕구를 생리적으로 배설하듯 그렇게 배설한다는 차원에서 보면 언어의 차별화에서 문제가 되는 것은 작품 자체의 완성도나 미적 효과라기보다는 배설의 생리적인 자연스러움과 여기에서 오는 쾌감과 해방감의 정도라고 할 수 있다.

이렇게 언어의 차별화에서 문제 삼아야 할 것이 이런 것들이라면 마광수의 텍스트를 두고 기존의 미학을 들먹이면서 그것이 미적 가치가 있느냐 없느냐(문학이냐 아니냐)를 논하는 일은 무의미하다고 할 수 있다. 기존의 미학으로 보면 그의 텍스트는 미적 가치가 없을 수도 있다. 그러나 미적 가치가 없다고 그의 텍스트가 가치가 없는 것은 아니다. 더욱이 그 미적 가치란 것은 고정된 것이 아니라 끊임없이 변화를 거듭하면서 정립되는 것이 아닌가. 따라서 중요한 것은 일단 그의 텍스트를 텍스트 그 자체로 보는 일이다. 그의 텍스트가 고상한 향기가 아니라 참을 수 없을 정도로 천박하고 통속적인 악취가 난다면 그 악취를 악취로 받아들여야 한다.

텍스트의 몸을 통한 배설로 드러나는 마광수의 성은 먼저 이런 측면에서 해명되어야 할 것이다. 그 연후에 그가 배설한 악취들이 기존의 고상하고 숭고한 이성이나 정신이 생산한 제도나 체계에 대한 저항과 희생적인 제의를 담고 있는지를 밝혀야 한다. 디오니소스의 후예임를 자처하는 마광수가 정말 제도와 체제에 저항하고 희생적인 제의를 진정으로 감당해낸 자유주의자이자 순결한 희생양인지 아니면 어설프게 그것을 흉내 낸 사이비인지 그것은 그의 텍스트를 존재 그 자체로 바라볼 때 가능한 것이다. 이성과 정신이 지배하고 통제하는 세계에 감성과 육체의 존재성의 기치를 든 디오니소스의 후예임을 자처하면서 그가 흘린 눈물의 실체는 과연 무엇일까?

3. 수음으로서의 시쓰기

마광수가 지금까지 상재한 시집들 중 내가 주목한 것은 『광마집』(1980), 『귀골』(1985), 『가자, 장미여관으로』(1989), 『사랑의 슬픔』(1997) 등이다. 이 시집들 중에서 그의 시의 특장인 텍스트의 몸을 통한 배설의 세계를 잘 보여주는 것으로는 『가자, 장미여관으로』와 『사랑의 슬픔』을 들 수 있다. 『가자, 장미여관으로』는 1977년 등단 이후부터 1989년까지 쓴 시들 중에서 텍스트의 몸을 통한 배설이라는 그의 시적 모토에 적합한 시들만을 가려 뽑아 놓은 시선집이며, 『사랑의 슬픔』은 그의 이러한 시적 모토가 일정한 시련을 겪고 난 후 그것에 대한 좀더 민감한 자의식을 드러내고 있는 시집이다.

『사랑의 슬픔』에 드러나는 이 자의식은 배설에 대한 부끄러움과 죄의식의 차원에서 행해지는 그런 것이 아니라 순전히 나르시시즘적인 것이다. 그는 텍스트의 몸을 통한 배설이라는 자신의 시적 모토에 쏟아진 비난에 굴하지 않고 오히려 황홀한 나르시시즘적인 투사를 통해 그것을 강화 내지 확장하고 있다. 그는 이 모토를 보다 공고히 하기 위해 성에 대한 상상을 다채로운 관능적 판타지로 이루어진 회화적 이미지를 통해 보여주고 있을 뿐만 아니라 『카타르시스란 무엇인가』(1997), 『시학』(1997) 등 이론서들과의 상보적인 관계 하에서 시적 의미를 형성해 내고 있다. 이것은 그의 성에 대한 상상이 텍스트의 몸을 통해 다양하게 배설될 수 있다는 것을 의미한다.

이러한 일련의 민감한 자의식을 거쳐 배설의 방법으로 제시되고 있는 것이 바로 '수음'이다. 그는 "가볍게 수음(手淫)하는 기분으로 시를 쓰고 싶다"(「시작(詩作) 메모」, 『사랑의 슬픔』)고 하여 수음을 시쓰기의 원리이자 목적으로 삼고 있다. 이것은 수음이 그의 시의 모토인 배설 자체의 특성을 드러내는 것이라고 할 수 있다.

이렇게 그의 시의 모토인 텍스트의 몸을 통한 배설이 곧 수음이라면 그렇다면 그 수음이란 무엇인가. 그의 시적 논리대로라면 수음은 '자연스러운 것'인 동시에 '자유로운 것'이다. 수음이 '자연스럽다'는 것은 그것이 성적인 욕구와 욕망을 억제하고 배제하는 것이 아니라 자연스럽게 배설한다는 사실 때문이며, 그것이 '자유롭다'는 것은 실질적인 성적 대상 없이도 가상으로 다양한 대상을 선정해 즐길 수 있다는 사실 때문이다. 수음이 가지는 이 두 가지 기본적인 속성은 그의 시 어디를 들추어 보아도 발견할 수 있다.

그의 시에서는 성적인 욕구와 욕망의 자연스러운 배설이 하나의 미덕으로 되어 있다. 성적인 욕구와 욕망은 그것이 어떤 성질의 것이든 혹은 그것이 어떤 양태를 가지든 모두 무차별적으로 배설되어야만 하는 그 무엇이다. 이런 무차별성으로 인해 그의 시에서는 성적 욕구와 욕망에 대한 정상과 비정상의 구분, 그 가치에 대한 높고 낮음의 구분이 별다른 의미를 가지지 못한다. 성적인 욕구와 욕망이 성스러운 사랑의 감정을 동반할 때 혹은 그 행위가 상징적으로 체계화된 범주 안에서 행해질 때 그것이 정상적인 것이고 가치가 있다는 논리는 그의 시에서는 효력을 상실하게 된다. 그는 일반적으로 정상적이고 가치 있는 것으로 간주되어 온 것들을 자연스러운 배설이 억압당하는 것이라고 하여 비판하고 있다. 오히려 그는 비정상적이고 무가치한 것으로 간주되어온 것들을 자연스러운 배설의 한 이상으로 삼고 그것에 커다란 의미를 부여하고 있다.

(1) 너는 또 내 더러운 혓바닥이 네 얼굴을 개처럼 핥아대도 조용히 있어 주었고, 내 이빨이 네 귓불을 질겅질겅 씹어대도 가만히 있어 주었다.
— 「감사(感謝)」(『사랑의 슬픔』) 부분.

(2) 더욱 뾰족한 것으로 찔리고 싶어 미칠 지경이었다. 그가 사용한 것은 성냥개비였는데, 난 곧 머리의 실핀을 뽑아 그에게 주었다. 나중에 보니 온몸이 온통 긁힌 자국으로 보기에도 처참했지만, 너무 그가 고마워서 그의 발바닥까지 핥아 주었다.
— 「나는 즐거운 매저키스트」(『가자, 장미여관으로』) 부분.

(3) 엿보이는 것은 아름답다
(…중략…)
핑크빛 조명 아래서 커다란 와인글라스를 통해 엿보이는 여인의
흰 가슴은 아름답다
(…중략…)
나는 엿보이고 싶다
나는 엿보고도 싶다
비밀은 언제나 아름답다
— 「비밀」(『가자, 장미여관으로』) 부분.

(4) 오 그녀의 코에
코걸이를 꿰어 봤으면
오 그녀의 입술에

입술걸이를 꿰어 봤으면
오 그녀의 긴 손톱에
손톱걸이를 꿰어 봤으면
오 그녀의 젖꼭지에
젖꼭지걸이를 꿰어 봤으면
오 그녀의 배꼽에
배꼽걸이를 꿰어 봤으면

　　　　　　　　　　—「사랑앓이」(『사랑의 슬픔』) 부분.

인용한 시들은 지금까지 가학증(sadism, (1)), 피가학증(masochism, (2)), 관음증(veyeurism, (3)), 절편음란증(fetishism, (4))이라고 하여 비정상적인 것 혹은 변태적인 것으로 분류된 성 행위의 대표적인 유형들이다. 이 성행위의 유형들이 정상이냐 비정상이냐 혹은 가치가 있느냐 없느냐 하는 문제는 여기에서 간단히 답할 성질의 것은 아니다. 하지만 그것들이 성적인 욕구나 욕망에서 비롯된 것이라고는 말할 수 있다. 이 사실은 마광수의 논리대로라면 이 성행위들은 자연스럽게 그 욕구나 욕망의 찌꺼기들을 배설해야 하고, 그렇게 함으로써 성행위들은 존재 의미를 가지게 된다는 것을 의미한다.

이렇게 비정상적이고 변태적인 것으로 간주되는 성행위의 존재성을 인정하고 그것을 자신의 시적 논리에 적극적으로 끌어들임으로써 그의 텍스트는 갖가지 성적 의미들을 생산하게 된다. 그중 대표적인 것이 바로 사도 마조히즘(sado-masochism)의 양가성, 자궁회귀본능, 죽음충동(thanatos), 베일(veil)에 의한 에로틱한 환상, 양성 섹스적인 나르시시즘적 오르가즘 등이다.

그의 텍스트에 드러나는 사도 마조히즘의 양가성은 성행위시 가학증과 피가학증이 동시에 작용한다는 함의를 지닌다. 가학증이든 피가학증이든 단독으로 성립되는 성행위는 존재하지 않는다. 이것은 남녀 간의 성기의 구조를 보아서도 알 수 있듯이 기본적으로 성행위 자체는 음(수동성)과 양(공격성)이 동시에 작용할 때만이 성립될 수 있기 때문이다. 성행위를 노래한 그의 텍스트에는 언제나 이 사도 마조히즘의 양가성이 적나라하게 드러나 있다. 가령 그것은

어느 날 그녀는 젖가슴 언저리에 피아노 건반을 그렸어
흑과 백의 콘트라스트가 그 어떤 브래지어보다 멋있었어
그래서 나는 열심히 피아노를 쳤지
내 긴 손가락으로, 내 긴 혓바닥으로
내가 건반을 누를 때마다
피아노는 음울한 신음소리를 냈어
— 「피아노」(『사랑의 슬픔』).

에서처럼 청각적인 관능의 이미지로 드러나기도 하고,

내가 여자라면
고드름을 가지고
자위행위를
해볼 테야
질(膣)속에서
짜릿한 쾌감과 함께 스며드는 냉기
의 전율
— 「고독」(『가자, 장미여관으로』).

처럼 그것은 촉각적인 이미지로 드러나기도 하며, 또 그것은

암사마귀는 탐욕스런 눈초리로 숫사마귀를 바라보면서, 성교 중에 숫

사마귀의 머리통부터 몸집까지 서서히 으적으적 먹어치운다는 거야. 자
기의 몸뚱이가 먹히우는데도 숫사마귀는 쾌감에 정신이 팔려 도망칠 줄
을 모르고

— 「여성해방운동?」(『가자, 장미여관으로』).

에서처럼 그로테스크한 이미지로 드러나기도 한다. 그의 텍스트에서 이
렇게 사도 마조히즘의 양가성이 주로 가학성과 피가학성의 상호 작용에
의해 성립되는 것이라면 자궁회귀본능은 가학성보다는 피가학성에 의해
성립된다고 할 수 있다. 피가학성은 공격이 아니라 무엇인가를 받아들이
는 포용과 거기에서 기인하는 안락함의 속성을 지닌다는 점에서 자궁과
맥이 닿아 있다고 볼 수 있다. 자궁은 '유아적인 나'와 '어머니'만이 존재
하는 이자적(二者的)인 세계로 이 세계는 상징화의 길, 사회화의 길이 차단
되어 있는 위험하지만 행복한 세계이다. 그의 텍스트에서는 위험보다는
다분히 행복한 세계로 제시되고 있다. 이 세계에서는 '아버지의 법' 아래
에서 금기시된 가학증, 피가학증, 관음증, 절편음란증은 물론 노출증, 복
장도착, 항문섹스, 구강섹스 등 온갖 성적인 유희를 즐길 수 있다.
  그의 이러한 행복한 세계인 자궁은 '따뜻한 양수(羊水) 속을 나른하게
유영(遊泳)하면서'(「자궁에의 그리움」)에서처럼 직설적으로 드러나는 경우도 있
지만 '넓은 침대'(「왕.1」), '어린 시절의 시골 밤'(「1985년 여름·저녁 한때의 까페 풍
경」), '장미여관'(「술」, 「가자, 장미여관으로」), '변기'(「밀회(密會)」), '꿈속'(「꿈」), '호텔
방'(「빨가벗기」), '사타구니'(「연인들의 이야기」, 「감사(感謝)」), '감옥'(「가을 비 감옥 속」),
'꽃속'(「어느 외로운 날」), '입속'(「반복」) 등으로 치환되어 끊임없이 미끄러져 내
린다. 이것은 자궁이 아버지의 눈길이 미치지 않는 상상계, 다시 말하면
과도한 집착이나 도착의 양태로 존재하는 모든 '존재의 장'들을 의미한
다는 것을 말한다. 따라서 자궁은 궁극적으로 마광수의 시가 돌아가야
할 존재의 안식처이다. 이런 점에서 자궁회귀본능은 죽음충동과 맥이 닿

아 있다고 볼 수 있다.

그의 텍스트에서 죽음충동은 성행위의 절정의 순간에 체험하는 무화의 의미로 드러난다. 그것은 "너와 나 사이의 육체의 경계선을 도저히 구분할 수 없게 되었"을 때, "두 사람의 유체(幽體)가 육체로부터 이탈이라도 해버린 듯 / 나의 넋과 너의 넋이 허공중을 떠돌고 있는"(「오르가슴」, 『사랑의 슬픔』) 상태로 드러나는 것이다. 성행위시에 체험하는 이러한 무화란 절정의 쾌락을 영원히 연장하려는 행위 주체의 욕망으로 볼 수 있다.

그런데 절정의 쾌락을 영원히 연장하는 것은 삶의 영역에서는 불가능한 일이다. 그것은 삶이 아니라 죽음의 영역에서 가능한 일이다. 이런 맥락에서만이 성행위 순간에 '서서히 상대의 목을 조른다'(「몽정(夢精)」, 『사랑의 슬픔』)라고 한 표현이라든지, 어느날 '이불대신 요대신 사용하던 알몸둥이 계집들의 무게에 눌려 죽은 왕'에 대해 '너무나 너무나 행복한 죽음'(「왕처럼 죽고 싶다」, 『사랑의 슬픔』)이라고 한 표현, 그리고 '한평생 성욕에 시달릴 바에야 차라리 죽고 싶다'(「비가 悲歌」, 『가자, 장미여관으로』)는 표현 등이 이해될 수 있을 것이다. 이것으로 보면 죽음 충동은 삶 충동, 곧 에로스적인 성행위 충동과 다른 것이 아니다. 죽음 충동은 삶 충동의 연장이자 그 끝인 것이다.

죽음 충동 못지않게 그의 텍스트에 자주 드러나는 것으로 베일에 의한 에로틱한 환상을 들 수 있다. 이 환상은 남을 훔쳐보기 좋아하는 관음증에서 비롯된다. 어떤 대상(생물이든 무생물이든)을 훔쳐본다는 것은 그 대상을 적나라하게 모두 본다는 것을 의미하지는 않는다. 그것은 베일을 통해 부분을 본다는 것을 의미한다.

> 젓가락 사이로 살짝살짝 엿보이는 비수처럼 뾰족한 핏빛 매니큐어,
> 카드놀이를 할 때 카드 사이로 슬쩍 스쳐가는 여인의 얼굴,

부채를 손에 쥐고 있는 여자,
(이때 부채가 투명한 것일수록, 즉 차폐물(遮蔽物)이 무력하면 무력할수
록 여자는 더 섹시하게 보인다)
커다란 유리잔도 효과적인 차폐물,
핑크빛 조명 아래서 커다란 와인그라스를 통해 엿보이는 여인의 흰 가
슴은 아름답다
(투명한 유리잔은 깨지기 쉽다는, 또는 깨어지기를 원하는, 여인의 상
징적 신호이다)

— 「비밀」(『가자, 장미여관으로』) 부분.

'카드'나 '부채', '유리잔'과 같은 베일(차폐물)을 통해 어떤 대상을 훔쳐
볼 때 그 대상이 '더 섹시하게', '훨씬 아름답게', '한결 매력적으로' 보인
다는 것, 그것이 바로 이 시가 드러내고 있는 의미이다. 베일을 통해 볼
때 이렇게 대상이 달리 보이는 것은 그 베일이 만들어내는 환상 때문이
다. 베일이 존재함으로써 대상은 보는 이로부터 멀리 떨어져 존재하게
되고 이것이 비밀과 낯설음을 유발하게 되어 환상이 만들어지게 되는 것
이다. 이 베일을 통한 훔쳐봄에서 만들어지는 환상은 성적인 쾌락을 좀
더 에로틱하고 관능적으로 변모시킨다. 이 변모야말로 텍스트의 몸을 통
한 성적인 욕구나 욕망의 자연스러운 배설에 큰 영향을 미칠 것이다. 성
적 대상과 그 양태에 따라 욕구나 욕망의 자연스러운 배설도 달라지는
것 아닌가.

비정상적이고 변태적인 성행위와 관련하여 생산된 것들 중에서 마지
막으로 그의 텍스트에서 자주 발견할 수 있는 것으로 양성 섹스적인 나
르시시즘적 오르가즘을 들 수 있다. 이 오르가즘은 기본적으로 절편음란
증, 곧 페티시즘(fetishism)에서 비롯된다. 그의 텍스트를 보면 시적 화자(거
의가 남성)는 매니큐어를 칠한 손톱, 여인의 가슴, 하이힐, 귀걸이, 목걸이,
팔지, 인조 속눈썹, 미니스커트, 코르셋, 귓볼, 반지, 음모, 브래지어, 팬

티, 가죽 옷 등 주로 여성의 신체의 일부나 그것에 소용되는 의상이나 장식물을 보고 성적인 흥분이나 만족을 얻고 있다. 실재하는 몸과의 성적인 접촉이 아니라 몸의 특정 부위나 대상물을 통해 흥분이나 만족을 얻는다는 사실은 페티시즘이 나르시시즘적인 오르가즘을 목적으로 하고 있다는 것을 의미한다.

양성 섹스적인 나르시시즘적 오르가즘은 성적인 욕구나 욕망을 과도하게 자극할 위험도 있지만 또 달리 보면 그것은 성적인 욕구나 욕망이 억압받지 않고 자연스럽게 배설되도록 하는 데 이용되는 성행위 방식이라고 볼 수도 있을 것이다. 양성 섹스적인 나르시시즘적 오르가즘에 의한 성적인 욕구나 욕망의 배설은 성이 하나의 자기생성내지 자기증식적인 속성을 지닌 존재라는 사실을 말해준다. 성의 이러한 속성을 시인은 「性」(『사랑의 슬픔』)이라는 텍스트에서 "똥에도 性 / 밥에도 性 / 하루종일 담배와 性 / 하루종일 자동차와 性 / 하루종일 만년필과 性 (…중략…) 생식기를 잘라도 / 性 / 性을 없애 버려도 / 性"이라고 노래하고 있다. 자기생성 내지 자기증식적인 속성의 강렬함으로 인해 성은 이렇게 일상화된 성 혹은 성의 일상화라는 세계를 드러내고 있는 것이다.

이렇게 마광수는 우리가 흔히 비정상적이고 변태라고 간주해온 성행위를 성적 욕구나 욕망의 자연스러운 배설이라는 관점에서 그 가치를 인정하고 있다. 그것이 정말로 자연스러운 것인지 아닌지 판단을 내리기 어렵지만 확실한 것은 그러한 성행위가 성적 욕구나 욕망의 일종이며 그것이 존재한다는 사실이다. 존재하는 것은 그 나름의 존재 의미가 있는 것이다. 그런데 여기에서 간과하지 말아야 할 것은 그가 말하는 '자연스럽다'는 의미가 그 안에 '자유롭다' 혹은 '자유롭고 싶다'는 의미를 내포하고 있다는 점이다. 그가 자신의 시쓰기의 원리로 수음을 내세운 이유도 여기에 있다고 할 수 있다.

수음은 다른 어떤 성행위보다도 그 안에 자연스러움과 자유로움을 동시에 가지고 있는 성행위이다. 이 자연스러움과 자유로움은 상호침투적인 것이다. 이 사실은 그가 비정상적이고 변태라고 간주해온 성행위의 자연스러움을 강조하면 할수록 그것이 곧 자유로움에 대한 강조가 된다는 사실이다. 그가 온갖 비난을 감수하면서 가학증, 피가학증, 관음증, 절편음란증, 항문섹스, 구강섹스 같은 비정상적이고 변태적인 성행위의 자연스러움을 강조하는 것도 모두 이 자유로움에 대한 의지 때문이라고 할 수 있다. 만일 그가 보여주는 텍스트의 몸을 통한 성적 욕구와 욕망의 배설이라는 모토에서 자유로움을 제외한 채 자연스러움만 본다면 그것은 그의 텍스트의 존재를 제대로 들추어낸 것이라고 할 수 없다. 자연스러움과 자유로움 이것이 수음으로서의 시쓰기, 다시 말하면 텍스트의 몸을 통한 성적 욕구와 욕망의 배설로서의 시쓰기를 하는 그의 존재 이유인 것이다.

4. 나르시시즘과 니힐리즘 사이

성적 욕구와 욕망의 배설을 모토로 시쓰기를 해온 마광수의 행위는 과연 어느 정도의 진정성을 부여받을 수 있을까? 성적 욕구와 욕망의 배설이라는 자신의 모토를 성취하기 위해 그가 끌고 들어온 비정상적이고 변태적인 성행위는 과연 어느 정도의 정당성을 가지고 있는 것일까? 또한 그가 추구한 배설이라는 이러한 방식들이 정말 자신이 의도한 대로 사회적인 인습의 파괴와 자유를 꿈꾸는 자들에게 과연 카다르시스 효과를 제공하고 있는가?

이와 같은 의문에 대해 명확하게 답한다는 것은 어려운 일이다. 다만 여기에서 말할 수 있는 것은 그의 시쓰기가 나르시시즘에 경도되어 있다는 사실이다. 이것은 우선 그가 성적 욕구와 욕망의 배설로 들고 나온 것이 수음이라는 사실을 통해서 알 수 있다. 수음이란 실질적인 성 파트너 없이 혼자서 타인의 몸(몸의 일부)이나 무생물적인 대상으로부터 성적 욕구와 욕망을 일으켜 상상적으로 이루어지는 행위이다. 외계의 사물을 대상으로 성행위가 이루어진다는 점에서 타자의 존재를 인정한다고 생각할지 모르지만 기실 그것은 '자기애의 투사'에 불과한 것이다.

그의 수음으로서의 시쓰기에 나르시시즘이 투사되어 있다면 그 시는 시인 개인의 성적 취향에 경도되어 있을 수도 있다는 것을 의미한다. 이것은 성적인 욕구나 욕망의 배설을 모토로 하는 그의 텍스트가 어떤 보편적인 만족의 대상으로 존재하지 않을 수도 있다는 것을 말해준다. 사실 그의 텍스트 중에는 성적인 욕구나 욕망을 시원하게 배설시켜 주기보다는 역겹고 혐오스러운 감정을 불러일으켜 오히려 성적인 배설을 억압하는 것들도 존재한다. 이것은 성에 대한 시인의 나르시시즘적인 욕구나 욕망이 독자의 욕구와 욕망과 일치할 것이라고 판단한 데서 비롯되는 것이다.

이처럼 그의 텍스트는 타자(독자)를 자아와 동일시하려는 나르시시즘적인 속성으로 인해 성적인 욕구나 욕망의 배설이 막혀 있다고 할 수 있다. 사정이 이러하다면 나르시시즘적인 속성을 넘어서는 어떤 새로운 대안이 필요한 것이다. 나르시시즘을 넘어선다는 것은 곧 자기 성애를 넘어선 타자와의 성애를 의미하는 것이다. 그렇다면 이 타자란 무엇인가. 그것은 곧 독자를 말하는 것이다. 그런데 여기에서의 독자는 '지금, 여기'에 존재하는 실재하는 독자라기보다는 이상적인 독자라고 할 수 있다. '지금, 여기'에 실재하는 독자는 제도화되고 상징화된 성적인 이데올로기에 오염되어 있어 아직까지 그가 모토로 내세우는 성적인 욕구나 욕망의 배설을 일정한 거리를 두고 객관적으로 바라보기에는 적절한 대상이라고 할 수 없다.

이상적인 독자들이 이상으로 삼는 성적인 욕구나 욕망의 배설은 그 배설의 장애물들이 제거된 상태를 의미하는 것으로 그것은 일종의 '설사'에 가까운 배설이라고 할 수 있다. 이러한 배설은 기존의 억압적인 성 관습이나 이데올로기를 전면적으로 해체하고 부정하는 니힐리즘적인 저항에 가까운 어떤 것이다. 성적인 욕구나 욕망의 배설이 니힐리즘적이라는 것은 기본적으로 그것이 사회적인 관습에 대한 도전과 개인적인 쾌락을 동시에 추구하려는 속성을 지닌다고 볼 수 있다. 이것은 니힐리즘이 의식을 좀먹고 정신을 마비시키며 가치에 대한 신념을 무력하게 만들 수 있을 뿐만 아니라 사회 구조와 사고 체계에 정면으로 맞서 그 음험한 허위성을 들추어낼 수 있는 저항의 한 방식이 될 수 있다는 것을 의미한다.

마광수의 시쓰기는 이 니힐리즘적인 요소를 적극적으로 수용해야 한다. 나르시시즘적인 요소가 강해 개인적인 쾌락에 기울어 있는 그의 텍스트를 사회적인 관습에 대한 도전과 해체 쪽으로 옮겨놓기 위해서는 보다 철저한 회의와 부정을 속성으로 하는 니힐리즘의 수용이 필요하다. 개인적인 쾌락 추구와 사회적인 관습에 대한 도전이라는 두 주제가 균형을 유지할 때 성적인 욕구와 욕망의 배설이라는 그의 시쓰기의 의도가 성취될 수 있을 것이다. 이렇게 개인적인 쾌락과 사회적인 관습에 대한 도전 사이의 균형이 유지되면 그의 텍스트는 보편적인 만족의 대상으로 존재하게 될 것이다. 이것만이 디오니소스의 후예임을 자처하는 마광수가 이성이나 정신이 생산한 제도와 체제에 저항하고 희생적인 제의를 진정으로 감당해낸 자유주의자이자 순결한 희생양으로 존재할 수 있는 길인 것이다. 그렇지 않으면 그는 어설프게 제도와 체계에 저항하고 자유를 흉내 낸 사이비 성애론자로 남을 것이다.

제3부

문학과 사회

마광수가 준 '고통'

마광수의 『즐거운 사라』와 연극 <미란다>가 불러일으킨 외설 서비스
는 평소 예술과 사회의 관계에 대해 고민하는 사람들을 무척 고통스럽게
만들었을 법하다. 그 관계에 대해 굳이 고민할 필요도 없이 이미 확고한
신념을 가진 경지에 이른 사람들이야 어느 쪽이든 자신의 생각과 감정을
발산하는 것으로 족하겠지만 말이다. 나 역시 누가 답을 요구한 것도 아
니건만 주제넘게 그런 고통을 느꼈던 사람들 중의 하나다. 나는 왜 고통
스러워했던가?

『즐거운 사라』와 <미란다>에 관한 논란은 문어발식 경영을 하는 우리
나라 재벌과 닮았다. 도무지 안 건드리는 게 없다. 나는 <미란다>는 보지
못했으므로『즐거운 사라』에 집중해 이야기를 하기로 하자. 『즐거운 사
라』가 제기한 논란에 대해 제대로 이야기하려면 법, 도덕, 섹스, 문학, 출
판, 페미니즘 등등 모든 것에 대해 다 알아야겠는데 나는 언론학도로서
그저 언론에 대해서만 비교적 잘 알 뿐이다.

새삼스럽게 외국의 외설 관련법에 대해 다시 공부했지만, 그건 그 나라 이야기일 뿐이라는 결론에 도달할 수밖에 없었다. 다른 분야의 공부도 마찬가지였다. D. H. 로렌스는 D. H. 로렌스이지 마광수가 아니다. 그렇다고 자본주의 이론의 이데올로기로 악용되는 면이 없지 않은 '표현의 자유'를 무조건 부르짖고 싶은 마음도 없으니 그저 건전한 상식에 의존해 내 나름대로의 판단을 내리는 수밖엔 없었다. 그러니 고통스러울 수밖에 없다. 『즐거운 사라』는 '건전한 상식'으로는 도무지 답이 나오지 않는 수수께끼 같으니 말이다.

그러나 내가 겪은 고통이 전혀 소득이 없었던 건 아니다. 남들이 어떻게 생각하나 하고 열심히 남의 이야기와 글을 듣고 읽은 결과 아주 재미있는 사실 한 가지를 발견하게 되었다. 법의 개입에 대한 찬성 여부와는 무관하게 『즐거운 사라』에 대한 사람들의 생각이 크게 '적대적'이거나 '비적대적'인데 그 이유는 매우 다양하더라는 것이다.

여기 '비적대적'이라 함은 '마땅치 않지만 그냥 내버려두자'는 것으로 분노 또는 경멸을 표시하지 않는다는 점에서 '적대적'과는 크게 다른 것이다. 『즐거운 사라』에 대해 진지하게 '호의적'인 사람은 아마도 마광수 한 사람밖엔 없지 않을까 하는 생각이 들 정도로 전혀 만날 수 없었다.

『즐거운 사라』에 대해 '적대적'이거나 '비적대적'인 사람들이 그런 생각을 갖게 된 이유 또는 배경은 너무도 다양해 다음과 같이 표를 만들어 분류를 하는 것이 좋을 것 같다. 각 유형의 사람들에 대해 이해를 하게 되면 비단 『즐거운 사라』뿐만 아니라 우리 시대의 모든 '예술과 외설' 논쟁의 생산성을 올리는 데에 큰 도움이 될 것이다. '예술과 외설'에 관한 대부분의 논쟁이 전혀 다른 관점과 차원에서 이루어져 '하나마나 한 이야기'를 하는 경우가 너무 많기 때문이다.

『즐거운 사라』에 대한 반응의 유형 분류

적대적인 사람의 유형	비적대적인 사람의 유형
도덕주의자	쾌락주의자
권위주의자	자유주의자
예술신성주의자	예술지상주의자
페미니스트	페미니스트
진보주의자	진보주의자

마광수에 대한 반응의 다차원성

'도덕주의자'와 '쾌락주의자'

도덕주의자의 전형은 아직도 무시 못 할 세력을 갖고 있는 유림을 생각하면 된다. 꼭 유림이 아니라 하더라도 전통적인 도덕에 집착하는 사람들은 종교인들 가운데에 많다. 도덕주의자의 입장에선 『즐거운 사라』는 일고의 가치도 없는 쓰레기에 지나지 않는다. 『즐거운 사라』는 함부로 버린 쓰레기이므로 엄벌에 처해야 한다는 게 도덕주의자들의 생각이다.

도덕주의자의 반대편에 쾌락주의자가 있다. 어차피 썩어 없어질 육체인데, 섹스는 많이 그리고 재미있게 할수록 좋은 것이다. 그 좋은 걸 무엇 때문에 억누른단 말인가? 그러나 실제로 그렇게 말하는 사람은 만나기 어려웠다. 아니 그렇게 말하는 사람이 없는 건 아니지만 그건 어디까지나 술좌석 정도에서 내뱉는 말인지라 그걸 공개적으로 주장하리라고 보기는 어렵다. 마광수는 남들이 술자리에서 하는 말을 공개적으로 그리고 진지하게 해서 문제가 됐지만, 그렇다고 그를 쾌락주의자로만 보기는 어렵다. 나중에 이야기하겠지만, 그는 동시에 투철한 자유주의자이기 때문이다.

'권위주의자'와 '자유주의자'

권위주의자의 전형은 사회 기강과 질서를 소중히 여기는 검찰을 생각하면 된다. 정부를 통틀어 권위주의자로 간주해도 무리는 없을 것이다. 권위주의자는 사회적 물의와 논란 자체를 원치 않는 경향이 있다. 권위주의자는 공식적인 차원에서 사회 기강과 질서만 유지된다면 도덕은 문제 삼지 않는다는 점에서 도덕주의자와는 본질적으로 다르다. 즉 공식적인 출판물은 외설이라고 문제 삼아도 국가 차원에서 방임하거나 장려하는 지하 매춘 산업에 대해선 아무런 문제의식도 갖지 않는 경향이 있다.

권위주의자는 사회 기강과 질서를 바로잡는 데에, 또는 그러한 시늉을 내는 데에 도움이 된다면 기꺼이 '희생양'을 만들어낼 수도 있다. 즉 매춘 산업을 방임하거나 장려하기 때문에 나타나는 성도덕 타락이라고 하는 사회적 문제의 상징적 해결을 위해 자유로운 섹스를 역설하는 책 한 권을 엄벌에 처할 수 있는 것이다.

반면 자유주의자는 '표현의 자유'를 절대시하는 경향이 있다.『즐거운 사라』에 비적대적인 사람들의 대부분이 여기에 속한다.『즐거운 사라』가 아무리 많은 문제가 있다 해도 그건 보다 의미 있는 '표현의 자유'를 위해 치러야 할 비용이라고 생각한다. 일부 극단적 자유주의자들은 노골적인 포르노에 대해서도 비적대적이다.

'예술신성주의자'와 '예술지상주의자'

예술신성주의자는 다소 무리를 범하면서 내가 자의적으로 붙인 말인데, 이 부분에선 이야기를 좀 길게 할 필요가 있겠다. 먼저 예술신성주의자가 여기에서 예술지상주의자와 어떻게 다른 것인지 그걸 구별하고 넘어가자.

예술지상주의자는 '인생 또는 사회를 위한 예술'이 아닌 '예술을 위한예술'을 지향한다. 그들은 예술의 유일한 목적이 예술 자체에 있고, 사회적 효용성은 배제되어야 한다고 주장한다. 그들은 예술임을 주장하는 그어떤 것에게나 열린 자세를 갖고 있다. 따라서 외설에 대해서도 관대한편이다.

반면 예술신성주의자는 예술을 마치 무슨 종교처럼 간주해 신성시하는 경향이 있는데, 우리나라에는 묘하게도 예술지상주의자인 척하면서사실은 예술신성주의자인 사람들이 많다. 예술신성주의자는 예술인의배타적 특권에 집착해 사이비를 가려내는 데에 필요 이상의 정력을 낭비한다.

다소 다른 차원의 이야기이기는 하지만, 프랑스의 사회학자 피에르 부르디외는 플로베르가 말한 이른바 '신성불가침의 문학'을 공격하면서, 문학 작품의 특수성이니 초월성이니 하는 건 날조된 것에 불과하다고 주장한다. 그는 '문학과 예술의 신성화'가 '사회 질서의 신성화'에 기여한다는 점을 지적하면서, 우리가 예술 작품에 대해 취하는 태도는 미학적느낌의 자발적 결과가 아니라 교육 과정의 사회적 산물이라고 말한다. 그는 미적으로 편협하다는 것은 가공할 폭력성을 지니고 있다는 점을 상기시키면서, 기호는 혐오와 분리할 수 없다고 단언한다. 다른 삶의 양식에 대한 혐오는 계급 사이의 가장 두터운 장벽 중의 하나라는 것이다.

미적 판단을 계급과 연결시키려고 하는 부르디외의 주장에 동의하지 않는다 하더라도, 미적 편협성이 갖는 가공할 폭력성에 관한 그의 경고는 경청할 만하다. 예술신성주의자는 예술과 외설의 중간에 걸쳐 있는 작품에 대해 예술과는 전혀 무관한 사람에 비해서 훨씬 더 적대적이다. 일부 문인들이 『즐거운 사라』에 대한 언어폭력도 그런 맥락에서 이해되어야 할 것이다. 이에 관한 이야기는 나중에 하기로 하자.

'페미니스트'

페미니스트는 여성의 성 상품화 및 비인간화에 주목한다. 남녀 불평등 구조 하에서 여성이 『즐거운 사라』처럼 대상을 수시로 바꿔 가면서 '능동적이고 자유로운 섹스'에 탐닉하는 건 자율을 빙자한 또 다른 성 착취라고 본다. 그러니 『즐거운 사라』에 적대적이지 않을 수 없다. 페미니스트는 다른 분야에선 자유주의자들과 통하는 게 많지만 이 점에 관한 한 결과적으로 보수주의자들과 같은 입장에 서 있다.

숭실대 교수 심정순이 <미란다>와 관련하여 '극단적 자유주의자'를 비판한 대목은 페미니스트의 입장을 잘 대변해 주고 있다. 심정순이 지적한 것은 우리 사회의 외설 논쟁에서 쏟아진 무수한 담론 가운데에 진지하게 논의할 가치 있는, 몇 안 되는 것 중의 하나이므로 길게 인용하기로 한다.

서구의 경우, 표현의 자유 논의는 극단적 자유주의자들의 무조건 허용 입장과 함께, 포르노 문제에서 가장 피해를 받고 있는 여성주의적 관점을 동등하게 인정하고 있는 반면, 우리의 극단적 허용론자들은 서구의 표현의 자유 논쟁 패러다임을 모방을 할지언정, 그 패러다임 속에 들어 있는 여성주의적 관점은 제외시키고 있다. 결국 서구적 표현의 자유 논쟁은 한국식 가부장적 가치에 의해 교묘하게 왜곡, 재구성되고 있는 셈이다. 결국 포르노 규제에 대한 반대가 우리의 문화적 현 상황을 치밀하게 고려치 않은 서구적 표현의 자유 논쟁 패러다임에 대한 피상적 모방에 그친다고 볼 때, 그 다음에 제기되는 문제는 공권력에 의한 규제는 무조건 나쁜가 하는 것이다. 상당히 많은 사람들이 공연 <미란다>의 외설 시비가 터졌을 때 '공권력에 의한 규제는 나쁘다'는 의견을 TV 인터뷰 등에서 표명했었다. 필자의 경우 지식인을 포함한 여러 사람에게 물어보아도 그 이유를 논리적으로 설득력 있게 이야기하는 사람은 거의 없었다 해도 과언이 아니다. 고작 '예술에 대한 공권력의 규제는 나쁘다'는 소리를 반복하기 일쑤였다.

—『여성신문』, 1994.10.7, 12면.

그러나 모든 페미니스트들이 다 포르노에 대해 적대적인 건 아니다. 미국의 경우 소수이긴 하나 일부 페미니스트들은 다른 페미니스트들의 반포르노 캠페인이 여성을 무력한 존재로 보는 전통적인 견해를 촉진하며, 그런 캠페인이 가장 반페미니스트적인 보수 세력과 연대해 이루어지고 있다는 점을 비판한다. 그런 캠페인은 궁극적으로 여성을 해롭게 하는 주제넘은 보호주의라는 것이다. 또 포르노는 남녀 불평등 구조의 반영에 불과한 것이므로 포르노를 반대할 힘을 아껴 사회 구조 개혁에 앞장서는 것이 더 낫다는 것이다.

그런 비판을 의식해 포르노를 반대하는 페미니스트들도 '섹스는 더러운 것'으로 간주하는 보수 세력과는 일정한 선을 그으려고 노력한다. 그들은 그들이 오직 성 차별적인 포르노의 판매 금지만을 원할 뿐 모든 외설을 반대하는 건 아니며, 평등주의와 상호 존중의 정신에 입각한 성애물은 찬성한다고 말하고 있다.

그러나 문제는 '성적으로 명백한 굴종'을 어떻게 판단하느냐 하는 것이다. 즉 남녀의 섹스를 묘사하는 장면에서 평등주의와 상호존중의 기준을 무엇으로 하겠느냐는 것이다. 포르노에 대해 '비적대적'인 한 페미니스트는 "만약 한 여자가 한 남자에게 '섹스를 해 달라'고 말한다면 어떻게 되느냐?"고 묻는다. "그것이 복종이란 말인가? 그것이 구걸인가? 아니면 요구인가? 그녀가 굴복하는 것인가? 그녀가 통제하는 것인가?"

물론 아직 우리나라에선 페미니스트들의 절대 다수가 포르노는 물론 『즐거운 사라』나 <미란다>도 용인하지 않겠다는 것으로 보인다. 그러나 우리나라의 페미니스트 운동도 시간이 지날수록 다양한 분파가 생겨날 것이고, 언젠가 『즐거운 사라』나 <미란다>에 대해서 '비적대적'인 태도를 취하는 페미니스트들이 나오게 될는지도 모른다.

'진보주의자'

끝으로, 진보주의자들에 대해 이야기해 보자. 『즐거운 사라』에 대해선 대부분의 진보적 매체와 지식인들이 '적대적'이었다. 세상에 할 일도 많은데 무슨 놈의 섹스 타령이냐는 반발이 앞섰거나 페미니스트의 관점을 받아들였기 때문일 것이다. 나 역시 오래 전부터 어느 진보적 월간지에 '마광수를 위한 변명'을 기고하겠다고 여러 차례 요청하였지만 받아들여지지 않은 경험을 갖고 있다.

그러나 모든 진보적 지식인들이 다 그런 생각을 갖고 있는 건 아니었다. 그들 가운데도 소수이긴 하나 기본적으론 자유주의자의 관점을 진보적인 시각에 맞게 고쳐서 받아들인 사람들이 있었다. 그러나 그들도 나의 요청을 거절한 어느 월간지의 경우처럼 그걸 공개적으로 입 밖에 내는 건 주저하지 않았나 하는 생각이 든다.

마광수의 '위선에 대한 원한'

이상 거론한 유형은 분석을 위해 분류된 것일 뿐, 실제와 꼭 들어맞는 건 아니다. 도덕주의자이면서 권위주의자인 사람이 있는가 하면 페미니스트이면서 진보주의자인 사람도 있다. 나의 '마광수를 위한 변명' 역시 나의 독특한 생각 외에 위에 열거한 한두 가지 유형을 수용하고 있다. 나의 입장을 굳이 유형화하라면 아마도 '상황주의자'가 될 것이다. 즉 나는 우리의 사회적 상황이 마광수를 평가할 자격을 전혀 갖고 있지 못하다고 믿고 있다. 그래서 나는 잠정적으로 마광수에 대해 '비적대적'이다.

나는 2년 전 『즐거운 사라』를 읽으면서 처음엔 언어의 천박함에 놀랐다. 그러나 당시 마광수의 구속과 그 이후에 벌어진 일들은 내가 마광수에 대해 의외로 무지했다는 반성을 하게 만들었다. 왜 공부를 그렇게 많이 하고 난해하기까지 한 문학 평론을 잘 쓰는 마광수가 『즐거운 사라』에 좀 어려운 말 몇 마디 집어넣거나 말을 이리저리 비비 꼬고 돌리는 따위의 수사법을 사용해 좀 더 철저하게 문학을 위장하지 않았던지 나는 뒤늦게 이해를 하게 된 것이다. 그가 적지 않은 사람들에게 천박하게 생각될 것이 틀림없는 상스러운 직설법만을 사용했던 이유는 한국의 일부 문인들이 두껍게 뒤집어쓰고 있는 '문학신성주의'에 대한 도전일 수도 있다는 걸 나는 비로소 깨닫게 된 것이다.

구체적으로 무엇이 나에게 그런 깨달음을 가져다주었는가? 바로 문인들이다. 나는 마광수가 구속되었을 때 문단의 거센 반발을 예상했다. 그러나 놀랍게도 그 반발은 너무도 옹색했다. 문인 2백여 명이 '문학작품 표현자유침해와 출판탄압에 대한 문학·출판인 공동 성명서'를 발표하고 조그마한 시위를 벌이긴 했지만, 그들 대부분이 '마광수 소설의 문학성은 인정할 수 없지만'이라는 단서를 달고 있었다.

문학성을 인정할 수 없다면 그건 마광수 구속이 사법 당국의 고유 영역임을 인정하는 것이 아닌가. '문학성'이란 '문학이냐 아니냐하는 논란의 여지'까지도 포함하는 개념이어야 마땅할 터인데, 우리네 문인들은 너무도 획일적인 '문학성' 개념에 집착하고 있었으며, 바로 이것이 마광수가 개탄해 마지않았던 우리 문단의 현실이구나 하는 것을 절감할 수 있었던 것이다.

특히 일부 문인들의 발언은 검찰의 행위 못지않게 충격적인 것이었다. 문학평론가 구중서는 마 교수의 소설은 "그야말로 문학 이하다. 왜 개념에서부터 무지하며, 천박한 노출을 표현의 자유라고 주장하는가. 이러한 사고의 수준으로 교단에서 무엇인가를 가르친다는 상황도 문제다."라고 했다.(『중앙일보』, 1992.10.31.) 교단은 지극히 평범하고 상식적인 사람들만이 서야 한단 말일까?

또 소설가 이문열은 마광수의 "보잘것없는 상품이 쓰고 있는 낯 두꺼운 지성과 문화의 탈"과 "이미 자신의 생산에서 교육적인 효과는 포기한 듯함에도 불구하고 대학교수라는 신분을 애써 유지하는 점"을 못마땅하게 생각한다고 했다. 그리고 마광수의 소설을 "읽고 난 뒤 내가 먼저 느껴야 했던 것은 구역질이었고, 내뱉고 싶던 것은 욕지기"라고 했다.(『중앙일보』, 1992.11.2.)

이 놀라운 몰이해와 독선! 이문열은 왜 마광수가 그 누구도 못지않게 충분히 현학적일 수 있는 능력의 소유자임에도 불구하고 우리시대 최고의 소설가로 하여금 '구역질'과 '욕지기'를 유발시키는 글을 쓰고자 했던 것인지 그 숨은 의도에 대해 단 한 번도 생각해 보지 않은 듯하다. 마광수가 악명을 얻기 위해서 그랬을까? 아니면 돈벌이를 위해서 그랬을까? 아니면 마광수는 정신병자인가?

위 문인들의 독설이 내포하고 있는 결론은 이 세 가지 중의 하나여야 한다. 만약 이 세 가지 중에 그 어느 것도 선택할 수 없다면, 이 문인들의 험담이야말로 마광수가 깨부수기를 열망해 마지않았던 우리 사회의 모든 이중 구조의 산물에 지나지 않을는지도 모르겠다. 나는 마광수가 쓴 다른 사회 비평문들을 읽으면서 그가 겉 다르고 속 다른 것에 대해 체질적인 거부감, 아니 결벽증을 갖고 있는 사람이라는 결론에 도달하게 되었다. 그가 갖고 있는 위선에 대한 뿌리깊은 '원한'을 이해할 때에『즐거운 사라』가 갖는 의미도 파악될 수 있다는 게 내 생각이다.

마치 '문학성'의 반대 개념이나 되는 것처럼 사용되는 '상업성'에 대해서도 분명히 짚고 넘어가자. 지금 우리 시대에 상업적이 아닌 문학이 존재하는가? 무차별 광고 공세와 언론 플레이의 힘을 빌려 베스트셀러를 양산해내 억대에 이르는 엄청난 인세 수입을 올리는 작가라도 점잔을 빼면 그는 비상업적인 작가이며 문학에서 구원을 찾는 도인인가? 물질적 풍요의 과실을 한껏 만끽하면서 배를 곯던 시절의 문학 개념을 애써 강조하는 저의는 도대체 무엇인가? 마광수의 소설은 설사 그것이 '쓰레기'일지라도 우리 시대의 그 어떤 베스트셀러보다 덜 상업적이다. 마광수의 소설엔 적어도 낯간지러운 위선은 없다.

마광수의 '사회적 가치'

나는 문학 전문가는 아닌 만큼 마광수의 소설에 대해 본격적으로 논하고 싶지는 않다. 다만 그의 소설이 자신의 지명도를 이용한 충격효과를 노린 작품이며, 그런 무모함은 오히려 자신의 의도와는 다른 결과를 낳기 십상이라는 생각 정도는 하고 있다. 그리고 그것은 현실로 나타났다. 어찌 됐거나 내가 중요하게 생각하는 것은 그의 의도가 논쟁의 대상으로 삼을 수 있는 '사회적 가치'가 있으며, 그것만으로도 우리 헌법이 보장한 '표현의 자유'의 보호를 받을 수 있다는 점이다.

'표현의 자유'가 만능이라는 게 아니다. 마광수가 여러 차례 걸쳐 지적했듯이, 우리 사회의 섹스 문화는 겉과 속이 전혀 다른 기막힌 이중 구조를 갖고 있다. 어느 나라든 섹스 문화의 겉과 속은 어느 정도 다르게 마련이지만, 한국처럼 심한 나라는 없을 것이다. 한국처럼 매춘의 자유와 기회가 잘 보장되어 있는 나라는 이 지구상에서 매우 드물다. 어디 국도만 뚫렸다 하면 '러브호텔'이 줄줄이 들어서고 대학 주변의 여관들마저 시간 영업으로 재미를 보는 나라를 어디에서 찾을 수 있을까. 한국은 낙태의 천국이기도 하다. 산부인과 의사들의 말을 들어 보라. 차마 귀 열고 못 들을 말이 하나 둘이 아니다.

그런데도 우리의 사회적 커뮤니케이션에서 섹스는 여전히 금기다. 공식적인 사회적 커뮤니케이션에서 섹스가 다루어질 수 있는 자유의 정도에 있어선 회교권 국가를 제외하곤 아마도 한국이 가장 보수적인 나라들 중의 하나일 것이다. 우리 사회의 이런 이중성이 여성의 성 착취를 사회적 의제로 부각시키는 데에 오히려 장애가 되고 있음을 직시해야 한다. 사회적 커뮤니케이션과 현실 사이의 괴리는 작을수록 좋다. 마광수는 『즐거운 사라』로 그에 관한 문제 제기를 하고 싶다고 했다.

마광수의 그런 '사회적 의도'를 어떻게 믿을 수 있느냐는 반론이 제기될 법하다. 순전히 돈을 벌 목적으로 포르노를 만든 사람이 "나는 우리 사회 성 문화의 위선에 도전장을 내고 싶었다."고 말할 경우, 이 사람에 대한 판단을 어떻게 해야 할 것인가?

여기서 마광수의 직업이 대학교수이며 사회적 공인을 받은 문인이라는 게 충분히 고려되어야 한다. 그렇다면 대학교수도 아니고 사회적 공인을 받은 문인도 아닌 평범한 사람이, 문학과는 전혀 거리가 먼 분야에 종사해 온 사람이, 어느 날 갑자기 그런 소설을 썼을 경우엔 '표현의 자유'의 보호를 받지 못할 수도 있단 말인가. 대단히 유감스러운 사실이지만, 법의 관점에서 보자면 그렇다. 아니 그건 사회적 논의에 있어서도 그러하다.

웬 인간 차별이냐고 펄쩍 뛸 사람들이 있겠지만, 그건 전혀 새삼스러운 게 아니다. 우리의 사회적 언로(言路)에서 활개 치는 사람들은 누구인가? 그들은 자기 분야에서 어느 정도의 지명도를 갖고 있는 지식인들이다. 어느 평범한 시민이 뭔가 하고 싶은 중요한 이야기가 있다 해도, 어느 신문도 그 사람에게 칼럼 지면을 할애해 주진 않는다. 그런 사람은 기껏해야 독자 투고란에 몇 마디 할 수 있을 뿐이다. 이게 옳다거나 바람직하다는 게 아니다. 마광수에 대한 평가는 그런 현실을 고려해야 한다는 걸 말하고 싶을 뿐이다. 그러나 마광수는 아이로니컬하게도 '대학교수'이기 때문에 당했다. 권위주의자들이 즐겨 쓰는 '시범 케이스' 전술의 희생양이 된 것이다.

우리보다 음란물 관련법이 발달한 나라들의 경우에도 '사회적 가치'를 비교적 객관적으로 판별하는 방법은 그 음란물 제작자의 사상과 업적에 대한 총체적 평가이다. 바로 그 '사회적 가치'를 판단하는 어려움 때문에 미국에선 음란물 관련법이 사문화되어 있다고 보는 게 옳을 정도로 제대로 지켜지지 않고 있다. 검찰도 이 문제를 귀찮아하기 때문에 흔히 음란물 제조, 판매업자와 타협을 해 버린다. 즉 공소 사실을 인정하기만 하면 그저 벌금형으로 처리해 주겠다는 거래를 하는 것이다. 만약 피고가 공소 사실을 인정하지 않고 '표현의 자유'를 외치면 문제가 매우 복잡해지기 때문이다. 그러나 오로지 이윤 추구를 위해 음란물을 제조, 판매하는 사람들은 '표현의 자유'를 주장하는 것보다 벌금을 내고 나와 다시 영업을 시작하는 것이 훨씬 유리하다고 판단하기 때문에 기꺼이 검찰과 그런

타협에 응한다.

음란물과 '표현의 자유'와의 관계는 그 어느 시대 그 어느 나라를 막론하고 애매하기 짝이 없다. 세계에서 '표현의 자유'를 가장 잘 보장하고 있다는 미국의 수정 헌법 1조도 음란물에 대해서는 아무 말도 하지 않고 있다. 피고와 원고가 수정 헌법 1조를 아전인수 격으로 해석하는 가운데, 정착된 판례는 성욕 자극, 성적 수치심 유발, 사회적 가치 등 세 가지 기준을 근거로 해 음란물 여부를 판별하지만, 이는 노골적으로 상업적인 음란물에만 적용될 뿐 문학이나 예술을 빙자했든 어쨌든 그 제작자가 그런 문학과 예술 분야에 종사하는 사람이라는 것이 보편타당한 기준에 의해 인정되면 법도 애써 피해가는 것이 법 이전에 상식으로 통용되고 있다.

우리 검찰은 마광수 구속과 관련된 음란의 개념에 대해 "그 내용이 사람의 성욕을 자극 또는 흥분시키는 것으로서 보통인의 성적 수치심을 해하고 선량한 성적 도덕 관념에 반하는 것"이라는 대법원 판례(1887년 12월)를 내세우고 있거니와, "예술성과 음란성은 차원을 달리하는 개념이므로 예술 작품이라고 하여 음란성이 당연히 부정되는 것은 아니다."라는 대법원 판결(1970)을 강조하고 있다. 또 검찰은 "음란성 여부는 그 작품 중 어느 일부분만을 따로 떼어 논할 수 없고 그 전체와 관련하여 판단해야(서울형사지법 1973) 하는데 이 책은 거의 전부가 음란, 퇴폐 성행위나 변태적인 성적 희롱 행위를 노골적으로 묘사하고 있으므로 주요 음란 행위 서술 부분을 따로 골라내는 것은 무의미하다."고 주장하고 있다.(『시사저널』, 1992.11.12.)

그러나 적어도 '성욕을 자극 또는 흥분'에 관한 한 마광수의 소설은 한참 거리가 있는 것 같다. 오히려 성욕을 자극하는 건 이른바 '문학성'이 뛰어나다는 소설에서 '양념'으로 들어가는 정사장면 묘사가 훨씬 더하다.

솔직히 마광수의 소설은 성욕을 가졌다가도 시들게 할 정도로 성의 신비감을 완전히 박살내 버린다. 성욕이니 성적 수치심이니 하는 건 사람들마다 상대적인 개념이다.

어찌 됐거나 중요한 건 변호사 한승헌의 말마따나, 음란물 제조 및 반포죄는 낙태죄와 함께 '잠자는 법'으로 봐야지, 그걸 유동적인 사회 통념에 꿰맞춘다는 건 이만저만한 무리가 아니다. 어떤 표현행위의 사회적 가치는 적어도 논란의 여지가 있을 경우 오랜 시간을 두고 사회가 결정하는 것이지 법이 개입할 성질의 것은 아니다. 오늘의 쓰레기가 내일의 명작이 될 가능성이 단 1퍼센트에 불과하다해도 그 1퍼센트의 가능성은 존중받아야 마땅하다.

물론 마광수에게 허용되어야 할 '표현의 자유'는 그가 물적 조건의 변화를 수반한 진정한 의미의 성 해방과 그 전제 조건으로 우리 사회의 정치 경제적 억압 구조의 청산을 위해 노력할 때에 비로소 그 제값을 찾게될 것이다. 그러나 그건 마광수가 우리 사회의 정신적 지도자가 되기 위한 조건일 수는 있어도 그것이 마광수를 매도해야 할 이유는 되지 못한다. 그렇게 따진다면 우리는 모든 분업 체제를 거부해야 할 것이다. 생명사상을 전파하기에 바쁜 어느 시인에게도 그 따위 배부른 소리하지 말라고 욕을 해야 옳겠는가?

'집단주의적 정서'와 '침묵의 소용돌이'

내가 마광수를 변호하고자 하는 건 그런 이유 때문만이 아니다. 보다근본적인 이유가 있다. 이 이유는 다분히 '상황적'인 것이다. 나는 우리사회를 장악하고 있는 '침묵의 소용돌이'에 주목한다. 최근의 공안 정국은 바로 그러한 '침묵의 소용돌이' 때문에 가능했던 것이다.

어느 시대, 어느 나라를 막론하고 '마녀사냥'을 하고 싶어 하는 세력은 있게 마련이다. 그 세력을 견제하는 건 그 사회의 지성과 양식이다. 사회 각계에 지성과 양식을 갖춘 지식인이 버티고 있는 한 '마녀사냥'은 일어날 수 없다.

그런데 우리의 사정은 어떠했던가? 오히려 대학 총장이라는 지식인이 그 '마녀사냥'을 주도했다. 그렇다면 다른 지식인들의 견제가 뒤따라야 할 터인데 결과는 정반대였다. 다른 대학 총장들이 그 박 아무개 총장의 뒤를 따랐고 그 총장이 몸담고 있는 대학의 일부 교수들이 줄줄이 그의 뒤를 따랐다. 그 박 아무개 총장은 자기 대학 교무회의에서 한 보직 교수가 제의한 자신에 대한 지지서명 운동에 대해 어느 교수가 이의를 제기하자 직접 그 교수에게 심한 욕설과 폭언을 퍼부었다. 그 대학의 부총장이라는 사람은 그 교수에게 "교수로서 사상적 자질이 의심스럽다."는 폭언을 했다.

이건 텔레비전 코미디 프로그램의 한 장면이 아니다. 서울의 어느 대학에서 실제로 일어난 일이다. 그 박 아무개 총장이 그렇게 이성을 잃고 날뛸 수 있는 이유는 단 한가지다. 그렇게 해도 괜찮기 때문이다. 어느 신문기자가 박 아무개 총장의 '언어폭력'에 대한 코멘트를 얻기 위해 평소 입바른 소리를 잘하는 교수들에게 전화를 했지만 선뜻 나서는 사람이 없었거니와 익명을 요구하더라는 건 무엇을 의미하는가? 그게 바로 '침묵의 소용돌이'다.

지금 이 나라는 완전히 미쳐 있다. 공부 열심히 하고 학생들 열심히 가르치는 멀쩡한 교수 2명을 안기부가 연행했다. 박 아무개 총장이 잠자다 잠꼬대를 해도 그걸 대서특필하고야 말 신문들은 모두 미쳐 날뛰었다. 역시 박 아무개야! 하는 감탄을 했을 법하다. 그 교수 2명은 신문 1면 머리기사를 장식했다. 신문 기사는 그들이 간첩이거나 아니면 적어도 북한 장학금을 받은 게 분명하다는 느낌을 갖게끔 씌어졌다. 심지어 내 주변 사람들도 그랬다. 박 아무개 대단해!

그런데 그 교수들은 32시간 만에 풀려났다. 나는 차라리 그들이 무언가 조금이라도 잘못한 게 있기를 바랐다. 그래야 이 나라에 대해 절망은 할지언정 완전히 포기하지는 않을 것 같은 생각이 들었기 때문이다. 그런데 그 교수들은 잘못한 게 전혀 없다. 잘못이 있다면 이 나라에 태어났다는 것밖엔 없다. 그 교수들이 느끼고 있을 분노와 좌절에 대한 사과의 소리는 그 어디에서도 나오지 않고 있다. 안기부야 그렇다 치고 신문들은 도대체 뭐하는 '놈'들인가? 그건 단순한 실수가 아니다. 그건 아주 악질적인 왜곡, 과장보도다. 그런데도 신문들은 아무 일도 없었다는 듯 침묵하고 있다. 그리고 이 나라의 모든 지식인들 역시 침묵하고 있다. 무슨무슨 단체를 조직해 열심히 사회 참여를 하는 지식인들도 침묵하고 있다. '내가 당하지 않았으니 다행이야!'라는 생각을 하고 있는 걸까?

만약 이런 상황이 정상이라고 생각하는 사람이 있다면 그들은 마광수에게 돌을 던져도 좋다. 그러나 이런 상황이 정상이 아니라고 믿는다면, 그것이 마광수와 무슨 상관이 있는 것인지 좀 더 깊이 고민할 필요가 있다. 공안 정국의 매카시즘과 마광수에 대한 법적, 사회적 응징은 전혀 다른 것 같지만 그 본질에 있어선 같다. 둘 다 비이성적이고 비합리적인 '여론 재판'에 근거하고 있으며, 그 '여론'은 무책임한 언론에 의해 형성되었다는 공통점을 갖고 있다.

마광수와 진보주의자는 '같은 배'에 탔다

진보주의자들의 진보성이 강할수록 그들의 진보적 가치는 액면 가치에 의해 논의되고 판단되는 것이 아니라 병리적인 수준에 도달한 우리의 집단주의 정서에 의해 먼저 심판을 받는다는 걸 알아야 한다. 매카시즘이라는 것도 분단의 상처를 안고 있는 우리의 집단주의적 정서에 비추어 볼 때에 그렇게 밑지는 '장사'가 아니다. 언론이 옆에서 북 치고 장구를 쳐주는 한 그 어떤 가공할 매카시즘도 먹혀들어 가게 돼 있는 것이 우리의 풍토다. 그 풍토를 먼저 바꾸지 않는 한, 그 어떤 주의와 주장도 이성과 논리에 근거해 판단되진 않는다.

일국의 국회의원이 김일성 사망 시 조문단 파견을 거론했다 하여 그를 다음번 선거에 떨어뜨려야 된다고 선동하는 『조선일보』 같은 신문이 여전히 잘 팔리고 있다는 것 이상 좋은 증거가 어디에 있겠는가. 현재 우리의 신문 시장에선 비이성적이고 비합리적인 주의, 주장을 잘하는 신문들이 잘 팔리고 있다. 그 신문들은 교묘하게 우리의 집단주의 정서의 어두운 면을 공략하고 있다. 외부의 조작에 취약한 정서에 의해 우리 사회의 모든 문제들이 거론되는 지금의 풍토를 바꾸지 않는 한, 진보주의자가 설 땅은 없다고 감히 말할 수 있다.

마광수의 목을 향했던 칼날은 언제든지 진보주의자의 목을 칠 수 있다. 집단주의적 정서에 반하는 이단은 용납지 않겠다는 탄압 공세에 대해 마광수와 진보주의자들은 같은 배에 타고 있음을 잊지 말아야 한다. 이 점에 있어선 진보적 페미니스트들도 마찬가지이다. 페미니스트들은 무엇이 우선이고 근본적인 것인가를 결정하는 데 있어서 '원칙'과 더불어 '전술'의 개념에 충분한 주의를 기울이는 것이 필요하다고 믿는다.

그렇다고 해서 마광수를 지지하자는 게 아니다. 그를 피상적으로 비판하지 말고 그가 제기한 근본적인 문제를 놓고 진지하게 토론을 하자는 것이다. 우리 사회는 전통적 윤리와 현실과의 큰 괴리 때문에 섹스에 관한 논의에 대해 묘한 공포감을 갖고 있다. '남북 분단 : 매카시즘'의 관계는 '전통적 윤리와 현실과의 괴리 : 마광수 탄압'의 관계와 닮은꼴인 것이다. 마광수는 공안 정국이 휘몰아치는 상황에서 공산당을 합법화하자는 식의 주장을 한 셈이니 그의 주장에 관해 어찌 이성적인 토론이 가능하겠는가.

이성 말살의 서슬이 시퍼렇던 5공 시절 어느 보수적인 사회학자는 집권당의 한 세미나에서 공산당을 합법화하자는 주장을 한 적이 있다. 물론 그는 살아남았다. 수용할 수는 없지만, 아주 진취적이고 참신한 발상이라고 박수까지 받았다. 그리고 그는 요즈음엔 공안 정국 조성에 한몫을 하는 강성 발언으로 유명하다. 재미있는 일이 아닐 수 없다. 그게 다 '처세'와 '상황' 덕분에 가능한 것이다. 만약 마광수가 '문단 정치'와 '캠퍼스 정치'에 주력하면서 무슨 무슨 대통령 직속 위원회에 한자리를 얻어낸 뒤 그의 성 해방론을 도덕주의자와 권위주의자들이 모인 자리에서 완곡하게 표현했더라면 그는 거시적인 안목을 가진 선지자쯤으로 평가되었을는지도 모를 일이다. 그러나 그는 그런 식의 '정치'엔 숙맥이다.

마광수의 주장은 섹스가 소비의 대상이 된 현실을 직시하자는 요청임을 직시할 필요가 있다. 그는 섹스를 모든 금기에서 해방시켜 자유롭게, 주체적으로, 그리고 적극적으로 즐길 것을 제안함으로써 그간 우리 사회에 존재해 온 섹스에 대한 이중성을 타파하고자 한다. 그는 섹스가 육체와 정신의 자연스러운 욕구에 부응하는 '소비행위'임을 분명히 함으로써 '성의 신성화'라고 하는 우리 시대의 뿌리 깊은 위선과 기만에 도전하고 있는 것이다.

물론 마광수는 섹스를 상품이라고 말하진 않는다. 오히려 그는 섹스의 상품화에 누구 못지않게 반대한다. 다만 '상품'의 개념을 넓게 볼 경우, 그가 결혼을 전제로 하지 않는 섹스에 대해 우호적인 태도를 취함으로써 이른바 '신체 자본'의 자유로운 거래와 유통에 따른 섹스를 지지하고 있는 바, 이 경우 섹스는 소비의 대상으로서의 상품이 되는 것이다. 물론 그 상품은 돈으로 사고파는 건 아니지만 돈이 많은 사람이 유리할 수밖에 없는 '신체 자본'의 기준에 의해 거래될 수밖에 없는 것이다. 이걸 아는 마광수도 그래서 자신의 성질을 죽이면서 단계적 성 해방론을 주장하는 것이다.

우리는 '상품'의 개념을 좀 더 분명히 할 필요가 있다. 마광수가 '성의 상품화'에 앞장섰다고 비판하는 사람들은, 엄밀하게 따져서 우리 시대의 성에 상품화되지 않은 영역이 있는지 자문자답해야 할 것이다. 대학을 나와야 시집 잘 가고 장가를 잘 갈 수 있는 현실을 인정한다면, 그 결혼은 '성의 상품화'와는 무관한 것인가? 좀 더 유리한 생존 전술의 일환으로 미용 성형수술을 하고 다이어트를 하고 화장을 하는 여성의 경우 '성의 상품화'와는 무관한 것인가?

남녀 불평등 구조를 척결하는 데 있어서 중요한 건 거시적 안목과 미시적 안목의 결합일 것이다. 주어진 '구조'하에서 생존하기 위한 '개인'의 전술을 무조건 매도할 수 없듯이, 주어진 '구조'에 대해 체념하고 그 안에서 대안을 찾고자 하는 노력에 대해서도 왜 '구조에 대해 체념하는가?'라는 생산적인 비판은 가능해도 무조건 기존 구조에 봉사한다고 일방적으로 매도하는 건 부당하지 않을까?

마광수에게 모든 답을 요구하는 건 무리다. 그는 사실 의외로 순진하다. 그는 '문단 정치'의 문외한이다. 그는 대중매체를 적극 활용하긴 했지만, 언론과의 유착을 통해 자신의 '상품'의 마케팅 근거를 확보하고자 하는 일부 유명 문인들과는 질적으로 다르다. 그는 자기 혼자 잘난 맛에 사는 것 같다. 그래서 외롭다. 하지만 그는 주위 눈치를 보지 않고 진실에 접근하고자 하는 뜨거운 정열을 갖고 있다. 그는 포장술엔 전혀 신경을 쓰지 않는 무모한 면까지 갖고 있다. 그건 아마도 그의 성격 탓일 것이다.

나는 최근의 문화 비평이 지나치게 텍스트 지향적인 것을 우려한다. 텍스트가 마치 신성불가침의 비밀문서라도 되는 양 그 안에서 모든 걸 읽어 내려는 시도는 어리석을 뿐만 아니라 위험하기 짝이 없다. '마케팅의 승리'도 기본적으로는 사회 정서를 읽어 내기 때문에 가능한 것이다. 그러나 마케팅은 기본적으로 뻥튀기 메커니즘이다. 눈곱만큼 한 '사회 정서'를 집어넣고 엄청나게 크게 부풀리는 것이다. 그런데 '마케팅의 승리'로 나온 텍스트를 놓고 그걸 보물 다루듯이 하면서 거기서 다시 사회 정서를 읽어 내고 그걸 확대 해석하는 작업은 그 얼마나 무모한가.

자본은 이미 텍스트를 내외적으로 둘러싸고 있다는 걸 잊어선 안 된다. 예컨대 『반갑다 논리야』 시리즈가 베스트셀러가 되었다고 해서 그걸 우리 사회가 '논리의 시대'로 옮겨 가고 있는 단서로 보는 건 난센스다. 그건 대학 입시에 미쳐 돌아가는 우리의 독특한 '비논리성'을 말해 주는 것에 다름 아니다. 터무니없이 많이 팔리는 베스트셀러 자체가 비논리성을 말해 주는 것이다.

유홍준의 『나의 문화유산 답사기』가 베스트셀러가 되었다고 해서 그것이 '우리의 것'에 대한 열망을 반영한다고 생각하는 것도 큰 오산이다. 그건 소프트웨어가 전혀 없이 하드웨어만으로 들이닥친 우리의 '마이 카 시대'의 바이블로 이해되어야 한다. 『나의 문화유산 답사기』는 차를 장만해 주말에 어디를 가긴 가야겠는데, 교통지옥을 피하면서 가볼 수 있는 그럴듯한 곳을 알려 주는, 그리고 그곳을 찾는 일에 의미를 부여해 주는 역할을 한 것이다. 물론 유홍준의 올바른 생각과 천재적인 글솜씨도 정당한 평가를 받아야 하겠지만 말이다.

마광수의 텍스트는 완결된 문서가 아니다. 『즐거운 사라』에서 마광수의 모든 것을 읽어 내려고 하는 시도는 마광수를 영원히 '포르노 장사꾼'으로 묶어 두고야 말 것이다. 그의 다른 생각과 그가, 아니 우리가, 처해 있는 상황을 먼저 읽어 내야 한다. 외국의 사상가들에 대해선 그들이 처해 있던 시대 상황과 그들의 잠꼬대까지 추적해 총체적으로 연구하려고 애쓰는 국내 지식인들이 왜 마광수에 대해선 오로지 『즐거운 사라』만을 물고 늘어지는가?

마광수에 대한 판단을 유보해도 좋다. 다만 한 가지 분명한 건, 우리 사회의 풍토가 뭔가 이단적인 것을 냉철하게 논의할 수 있는 지적 기반을 전혀 갖고 있지 못하다는 것이다. 적어도 그런 풍토가 개선될 때까지, 마광수에 대한 일체의 '기소'는 유예되어야 할 것이다.

『즐거운 사라』가 증언하는 누더기 '자유민주주의'

최상천_대구가톨릭대학교 역사교육학과 교수

마광수를 감옥으로!

1995년 6월 16일 대한민국 대법원은 마광수의 상고를 이유 없으므로 기각한다고 판시했다. 마광수 교수의 긴급 구속으로 시작된 『즐거운 사라』 사건은 이로써 2년 8개월 만에 법률적 판단이 끝났다. 법적으로 『즐거운 사라』는 '음란물'로 낙인찍히고, 마광수 교수는 '음란물 제작' 죄로 징역 8월에 집행유예 2년의 형이 확정되었다. 앞으로 2년 동안 다시 '음란물'을 제작할 경우, 마광수 교수는 감옥으로 가게 될지도 모른다. 힘없는 사람의 권리가 제대로 보장받지 못하는 한국에서 마광수 한 사람쯤 감옥에 가고 글을 못 쓰게 되는 일이야 별로 큰일은 아니다. 그러나 이 판결은 20세기말 한국의 사법부와 자유민주주의의 실상을 보여주는 것이어서 참으로 안타깝다.

우선 사건을 간단하게 정리하고 쟁점을 검토해 보자.

1992년 10월 29일 잠깐 조사할 것이 있다는 검찰의 연락을 받은 마광수 교수는, 자택으로 찾아온 검찰 수사관에게 연행되어 곧바로 영장이 청구되었고 법원의 결정으로 그날로 구속되었다. 검찰에서 마 교수에게 적용한 법률은 형법 제24조 '음란물 제조' 혐의였다. 구속된 후 마 교수는 구속적부심과 보석을 신청했으나 모두 법원에서 기각되었다. 마 교수는 12월 29일 1심 재판에서 징역 8월에 집행유예 2년을 선고받을 때까지 두 달 동안 감옥에 있었다. 이후 2심과 대법원에서 마 교수의 항소와 상고는 모두 기각되어 1심의 형이 확정되었다.

알려진 바로는 마 교수의 구속은 당시 현승종 총리의 지시에 의한 것이라고 한다. 그러나 아무리 총리의 지시라 하더라도 '음란물 제조'의 최고 형량이 1년인 점을 감안한다면, 증거인멸과 도주의 우려가 전혀 없는 현직 교수의 구속영장을 발부하고, 구속적부심과 보석신청을 기각한 결정은 무언가 잘못된 것임이 분명하다.

마광수 교수 사건은 언론에서 크게 취급하여 커다란 사회적 파장을 가져왔으나 대체로 선정적으로 접근하여 이 사건이 갖고 있는 본질에 대해서는 별로 언급하지 않았다. 필자는 이 사건을 다음의 세 가지 관점에서 보려고 한다.

첫째, 검찰과 재판부에서 말하는 '사회적 통념'이란 무엇이며, 이 '사회적 통념'이 법을 적용하거나 어떤 문제에 대한 판단의 근거가 될 수 있는가 하는 문제이다.

둘째, 문학작품이 법 적용의 대상인가 하는 문제이다. 이 문제는 자유권 중에서도 사상과 표현의 자유의 본질과 범위에 대한 근본적 질문이다.

셋째, 앞의 두 문제의 종합으로써 자유민주주의의 본질과 자유에 대한 문제 인식이다.

'사회적 통념'이란 이름의 마녀사냥

검찰과 재판부는 한결같이 『즐거운 사라』를 음란물로 규정하였는데, 이들이 제시한 음란성의 판단기준과 음란성의 개념을 보면 다음과 같다.

성관계를 노골적이고도 구체적으로 묘사함으로써 성욕을 자극하여 흥분시키고 일반의 정상적인 성적 정서와 선량한 사회풍속을 해칠 가능성 (서울지방검찰청 김진태 검사의 공소장).

성문화관은 시대에 따라 변천하고 사회에 따라 다르므로 현재 이 사회에 있어서의 건전한 사회통념에 따른 지배적인 성문화관에 의거…(서울형사지방법원 7 단독 석호철 판사의 1심 판결문).

형법 제243조, 제244조에서 규정하는 '음란'이란, 성적인 자극과 만족을 위하여 인간의 성행위를 문자, 그림 등 일정한 매개를 통하여 외부적으로 표출한 성 표현들 가운데, 첫째 성에 관한 묘사 또는 서술이 노골적이고 상세하거나 그것이 탈선과 변태적인 것을 미화시키는 것이고, 둘째 그와 같은 묘사와 서술이 작품 전체에서 주된 비중을 차지하고 있으며 셋째 위와 같은 묘사 및 서술이 그 전체의 흐름에 비추어 문학, 예술, 정치, 사회적인 가치를 결여한 반면, 넷째 그와 같은 묘사와 서술을 읽거나 듣고 보는 그 시대의 정상적인 성인으로 하여금 호색적인 흥미를 불러일으켜 성적 수치심을 해하거나 혐오감, 불쾌감을 유발케 하는 것으로써 형법이 보호하고자 하는 건전한 성풍속이나 선량한 성적 도덕관념에 반하는 것을 의미한다(서울형사지방법원 항소1부 재판장 박인호 판사의 2심 판결문).

음란성은 그 시대의 건전한 사회통념에 비추어 그것이 공연히 성욕을 흥분 또는 자극시키고 또한 보통인의 정상적인 성적 수치심을 해하고, 선량한 성적 도의관념에 반하는 것(대법원 재판장 박준서 대법관의 판결문).

이상의 검찰과 재판부의 주장을 검토해 보면 그 요지는 다음과 같다.

검찰과 재판부는 정상적인 성적 정서, 선량한 사회풍속, 선량한 성적 도덕관념, 건전한 사회통념 등 정상적이고 건전하며 선량한 성적 '정서', '풍속', '관념'이 존재한다고 주장하면서, 음란성의 개념은 '건전한 사회적 통념'을 벗어나서 "성관계를 노골적이고 구체적으로 묘사함으로써 성욕을 자극하여 흥분시키는 것"이라고 규정했다. 그리고 법률은 '건전한 사회통념'을 보호하는 데 목적이 있으므로 '건전한 사회통념에 따른 성문화관'을 벗어난 문학작품은 정상적이고 건전하며 선량한 성적 '정서', '풍속', '관념'을 보호하기 위하여 마땅히 처벌하여야 한다는 것이다.

검찰과 재판부의 주장이 정당하기 위해서는, 과연 성에 대한 '사회적 통념'이 존재하는가? 존재한다면 그 구체적 내용은 무엇인가? 그리고 건전한 사회적 통념의 주체는 누구이며, 건전성 여부의 판단은 누가 하는가? 하는 문제에 대한 구체적이며 객관적인 준거가 마련되어 있어야 한다. 만약 이런 모든 문제에 대한 판단과 답변을 검찰과 법원이 하는 것이라고 생각한다면, 시계바늘을 돌이켜도 너무 많이 돌이켜 놓은 것이라고밖에 볼 수 없다.

성에 대한 생각은 세대, 시대, 지역, 관습, 계층, 개인에 따라 큰 차이가 있다. 그리고 모든 인식이 그렇듯이 성에 대한 인식도 매우 다양하여 그 폭은 극단적인 성 혐오증으로부터 쾌락주의에 이르기까지 너무나도 넓다. 그러면 이렇게 다양한 성문화관 가운데 무엇이 '통념'인가?

'통념'이 존재한다면 그 내용을 밝혀야겠지만 검찰과 재판부가 말하는 '통념'은 그 실체가 막연하다. 이렇게 구체적으로 설명할 수 없는 통념은 이 세상에 존재하지 않거나 마광수 사건을 담당한 판사나 검사의 머릿속에만 있는 것이다.

이 사건의 재판과정 전체를 보더라도 검찰과 재판부가 말하는 '성에 대한 건전한 사회적 통념'의 구체적 내용은 아무도 모르는 그 무엇이다.

그렇기 때문에 사람마다 '건전한 사회적 통념'의 해석을 제각각으로 하여 이 통념의 모습은 천태만상이 되어버렸다. 이쯤 되면 '통념'은 신비의 베일 뒤로 숨어버린다. 감춰진 그 무엇을 근거로 재판을 하자니, 이 재판은 본질적으로 '법의 심판'이 아닌 '하나님의 심판'이 되지 않을 수 없다. 인간이 하나님의 심판을 흉내 내면 그것은 반드시 마녀사냥이 될 수밖에 없다.

체제를 부정(?)하는 판결

마광수 교수의 구속에서부터 대법원의 판결에 이르기까지 한국의 사법부는 "문학작품은 법의 심판대상이 아니다."는 상식적인 논리를 한사코 받아들이지 않았다. 사법부는 객관적 기준과 구체적 근거조차 없이 '건전한 사회적 통념'에 어긋난다는 이유로 『즐거운 사라』를 심판했다. 이번 『즐거운 사라』 사건의 핵심점인 문제는 여기에 있다. 이 사건은 한국사회의 민주주의 수준을 가늠해볼 수 있는 여러 가지 소재를 제공했다. 여기서는 『즐거운 사라』 사건에서 자유민주주의의 핵심인 자유권이 어떻게 침해받고 있는가를 보기로 한다.

자유민주주의는 모든 인간은 인격체이며, 자유로운 판단과 결정을 통해 자율적 행위를 한다는 점을 인정한다. 그리고 인간은 정치, 경제, 문화적 행위를 하는 사회적 권리의 주체이며 이러한 철학과 이념을 제도적으로 보장하기 위해 인간의 자유권을 기본권으로 인정한다. 이 자유권(사회적 자유권)은 주거이전이나 여행과 같은 행위에 대한 신체의 자유, 언론, 출판, 예술, 종교의 선택을 보장하는 사상과 표현의 자유, 집회와 결사에 관한 자유로 구성된다. 어느 것이라도 결여되면 자유민주주의라고 할 수 없다. 그리고 이러한 자유민주주의의 본질인 자유권을 제한할 수 있는 경우는, 행위 자체가 명백하게 법에 저촉되어야 하며, 여기에는 법의 객관적 기준이 공정하게 적용되어야 한다.

이런 관점에서 볼 때, 『즐거운 사라』 사건에서 마광수 교수에게 실형을 선고한 법원의 판결이 과연 자유민주주의 체제의 기본권인 자유권을 침해하지 않은 것인가에는 의문의 여지가 있다.

우선 문학작품을 음란물 제조혐의라는 법의 잣대로 잰 것이다. 이것은 한 사회의 자율적인 영역이 있다는 것을 무시한 처사로 기본적으로 사상과 표현의 자유를 부정하는 발상이다. 『즐거운 사라』의 음란성을 법률로 판단하겠다는 것은 마치 자를 가지고 무게를 달아보겠다는 발상과 마찬가지이다. 검찰이나 재판부 모두 맞지 않는 기준을 『즐거운 사라』에 적용한 것이다.

왜냐하면 음란물 제조에 관한 법률의 입법취지가 문학작품의 음란성 여부를 가려내려는 것이 아니기 때문이다.

다음으로 '건전한 사회적 통념'에 관한 판단을 검찰이나 법원이 했다는 것이다. 자유민주주의 체제 아래서는 통념상 건전하지 않다고 해서 그것이 범죄적 행위가 될 수는 없는 것이다. 특히 가치관이나 사상에 대해서, 그 가치관이나 사상이 건전한가 아닌가 하는 판단이나 결정을 검찰이나 법원이 할 수도 없을 뿐만 아니라 해서도 안 된다. 그러므로 설사 통념이 있다 하더라도 그 통념을 빌미로 개인의 사상이나 표현의 자유를 억압한다면 그것은 이미 자유민주주의의 이상을 포기한 것이다. 자유민주주의 체제 아래서 공권력의 임무는 통념을 빌미로 개인의 자유를 억압하려는 사회적 압박으로부터 개인을 보호하는 것이다. 그러므로 개인의 자유를 억압하는 일체의 행위를 막아주는 것이 임무인 검찰이나 법원이 앞장서서 『즐거운 사라』를 단죄하고 작가를 구속한 행위는 자유민주주의 체제의 부정이라고 할 수밖에 없다.

마지막으로 공평하지 않은 법적용의 문제이다. 기본권 중의 기본권인 자유권을 제한하는 데는 엄격한 기준이 있어야 할 뿐만 아니라, 그 제한에 있어서 조금이라도 치우침이 있어서는 안 된다. 검찰이나 법원이 『즐거운 사라』를 음란물로 단죄하려면, 같은 정도의 성묘사가 등장하는 모든 예술작품이나 기타의 표현에 대해서도 똑같은 법적용을 해야만 한다. 법이 특정한 권력자의 구미에 맞게 행사되거나, 대중적 여론에 의해서 적용된다면, 이미 그 사회는 법치주의를 할 수 없는 사회이다. 그리고 그런 사회에서는 자유민주주의조차 기대하기 어렵다.

한국적 '자유민주주의'의 실체

『즐거운 사라』 사건은 단순히 한 '음란물'에 대한 사건이 아니라 자유민주주의를 내세우는 우리 사회의 현실을 그대로 보여준 것이다. 왜냐하면 이 사건은 특별한 사건이 아니라 자유권을 구속하는 너무나도 많은 사례 가운데 하나일 뿐이기 때문이다.

이 글을 쓰는 지금 대한민국 국적의 배가 북한에 제공할 쌀을 싣고 북한의 항구로 가고 있다. 적에게 쌀을 제공하는 것은 분명 적을 이롭게 하는 행위일 텐데, 대통령이 결정하면 이 일은 동포애가 되어 이적행위가 아니다. 그런가 하면 사회주의에 관련된 책을 모여서 읽었다고 해서 국가보안법상의 이적행위로 감옥소에 가는 사람도 있고, 간첩을 신고하지 않았다 하여 불고지죄로 감옥에 가기도 한다. 심지어 현재 대학교에서 교재로 쓰는 책을 집필한 교수들도 적을 이롭게 했을지도 모른다는 혐의를 받고 재판을 받고 있다. 물론 이들은 적법한 절차에 따라 감옥소에도 가고 재판도 받고 있다. 그러나 헌법에 보장된 사상과 표현의 자유가 혹시 적을 이롭게 할지도 모른다는 국가보안법에 의해 제멋대로 유린되고, 헌법에 보장된 집회와 결사의 자유는 힘없는 사람에게는 애당초 보장되지 않으며, 노동자의 단결권은 국가전복음모라는 한마디에 원천적으로 봉쇄되는 한 우리나라의 민주주의는 아직도 멀었다.

『즐거운 사라』 사건은 권력을 잡은 사람들의 횡포라는 측면에서만 우리나라 자유민주주의의 실체를 보여준 것이 아닌, 권력에 대항할 수 있는 세력의 민주주의 인식에 대한 수준도 마찬가지로 보여주었다. 우리나라 언론의 수준은 누구나 인정하는 것이니만큼 여기서 굳이 언급할 필요를 느끼지 않는다. 그러나 우리 사회를 지탱하고 있는 상당수의 진보적인 지식인이 『즐거운 사라』 사건에 대해 침묵을 지킨 것은 이해할 수 없다.

이번에 구속된 마광수 교수가 명문 대학의 교수였음에도 불구하고 소속 대학이나 다른 어떤 대학에서도 이 사건에 대해 가부간의 언급을 하지 않았다. 작가들도 마찬가지였다. 그리고 우리 사회의 많은 진보적 단체 가운데서도 이 사건에 대해 어떠한 의견을 낸 단체가 없다. 이렇게 이 사건을 외면하게 된 가장 큰 이유는, 『즐거운 사라』 사건이 '음란성'에 관한 것이기 때문에 점잖은 지식인으로서 '음란' 문제에 끼어들고 싶지 않았거나, 아니면 설치더니 잘됐다는 은근한 고소함 때문이었을 것이다. 이것은 우리 사회가 아직도 중세적인 봉건질서에서 자유롭지 못하다는 것을 보여준다고 하겠다. 지식인의 기본적인 사명 가운데 하나가, 자신과 의견이 다른 사람의 자유를 지키려고 노력하는 것이라는 것은 누구나 잘 알고 있다. 이데올로기 때문에 기본권이 제약을 받는 것에는 나설 수 있어도, '음란' 시비에 말려 기본권이 제약받는 데는 나서지 않는다면, 우리의 민주주의는 아직도 멀었다.

『즐거운 사라』 사건은, 우리 사회의 지배세력이나 대항세력 모두에게 최소한의 자유민주주의 체제를 유지하기 위해서 해야 할 일이 무엇인지에 대해 생각할 기회를 준 사건이다. 아울러 우리 사회 지성의 수준을 다시 한 번 생각하게 만든 사건이다.

마광수 교수의 초라한 뒷모습에 보내는 옹호

손동수_문화비평가

뒷구멍 호박씨

유치한 시절의 유치한 놀이가 있었다. 대로에서 자신의 가장 큰 목소리로 욕지거리를 하거나 음란한 단어를 외칠 수 있는가. 우리는 이 통쾌한 행위를 할 묘안을 찾아냈던 것이다. 중학교 1학년 때 친한 친구들과 하교하는 아파트 단지 대로에서 우리는 불현듯 이 재밌는 놀이를 착안하고 바로 실행하기 시작했다. 우선 "씨X새끼"를 감행한다. 첫 번째 친구가 "도" 음(音)으로 "씨"를 길게 빼기 시작하면 나머지가 자신이 맡은 음절들을 하나씩 "미솔도"음으로 소리치는 것이다. 마치 음악시간에 화음 연습하듯 위장된 태도로 거리에서 가장 큰 목소리로 욕지거리를 해대는 것이다. 선생의 이름이 들어가야 할 때라면, 그러니까 "김XX 나쁜 년"이라고 해야 할 때면, 앞의 세 글자는 다 같이 소곤거리며 말하다가 뒷부분에서 목청을 높이면 되는 것이다. 굳이 활자화할 필요 없는 음란한 단어들까지 우리는 약 한 달 동안 이렇게 하굣길 거리에서 행인들을 조롱하면서 신나게 떠들고 다녔다. 그리고 우리는 한 달 만에 아무도 알아듣지 못한다는 것의 즐거움이 지루함으로 바뀌게 된 것을 알게 되었다.

성에 관해, 그 변화에 관해 이야기하라는데 갑자기 왜 20여 년 전 장난이 생각난 것일까. 아마도 내게 있어 성문제란 결국 억압과 저항의 문제인가 보다. 물론 수다한 관련 범주들의 문제제기가 성을 둘러싸고 개입할 것이다. 그러나 오늘 우리가 마주한 현실 속에서, 성은 구체적이고 민감한 형태로 억압과 해방의 관점들 사이에서 꿈틀거리고 있는 것처럼 보인다. 섹슈얼리티(sexuality), 에로티즘(erotism), 포르노그래피(pornography), 메저키즘(masochism), 에이즈, 매매춘, 러브호텔 같이 가벼워 보이는 단어들까지, 이 말들은 익숙하면서도 한없이 생소하고 할 말 없는 범주가 되어 있다.

1990년대 중반을 지나 말 그대로 세기말을 향해 달려가고 있는 오늘, 성에 관한 화두들은 완연히 다른 양상으로 발전해가고 있다. 성차별에 관한 문제제기에서 동성애운동까지, 광고의 에로티시즘 차용에서 성정치학의 문제까지, 술자리에 질펀한 음담패설에서 음란혐의로 법적제재를 받는 소설까지, 인터넷 음란물 논쟁에서 섹스용품전문상점까지. 기존의 통념적인 사고와 현상을 뛰어넘는 상황들이 빈번해지고 심지어 문화적 정치적인 중심 화두로서의 성문제가 운위되고 있다. 진지해지기를 원한다면 사소한 상황 하나만으로도 성의 문제가 얼마나 깊고 넓게, 그리고 구체적인 사회적 실천까지 포괄하면서 우리 사이에서 변동하였는가를 지적하는 것은 그리 어려운 일이 아닐 듯하다. 내가 이해하는 성문제에 관한 기본적인 토대의 변동을 헤쳐놓고 떠들기가 최소한 가능하게 되었다는 것이다. 사회적 억압의 기제들이 어떤 이유든 간에 많이 느슨해지고 열려져 틈새가 보이기 시작했고, 이제는 논쟁도 있고 투쟁도 있는, '뒷구멍 호박씨'의 담론이 아니라 성을 전면적인 문제제기로 대면해야 할 시기가 되고 있다는 말이다.

'쓰레기 같은 감성'의 복권

기억에만 의존하자면 우리의 성문화는 우선 포르노그래피에서 시작한다. 그것이 청계천 세운상가 3층이든 동시상영 극장의 국산 에로물이든 상관없다. 여성지 별책부록이 전해주는 문학적 수사로 넘쳐나는 '밤의 테크닉'이나 까까머리를 하고 빈 집 안방에 둘러 앉아 보는 비디오테이프면 뭐가 다르겠는가. 어찌되었건 우리가 아는 성에 관한 기억은 금지된 욕망에서 출발한다는 것이 중요하다. 최근 영화 <맨>에서 여균동 감독은 짐짓 과장된 말투와 표현력으로 고등학교 화장실의 대화와 교련선생에 대한 기억을 되살려 놓았다. 참을 수 없는 분출의 욕망으로서의 성, 그리고 왜곡된 지향으로서의 '백마=서양여자', 억압의 상징으로서의 군복 입은 교련선생은 매우 시사적이면서도 이해할 만한 설정이었다. 우리의 포르노그래피는 한국적인 어둠 속의 '뽀르노'로 영원히 공론화될 수 없을 것 같은 비도덕과 비윤리의 공감에서 작동했고 방기되면 방기될수록 자꾸 신화화·상업화되었다.

1980년대 대학과 청년문화는 그 연장선상에서 정치적 유비통신과 일상적 EDPS를 동일한 수위에서 범람시켰지만 아무도 그 억압의 결과물들을 서로 연관된 의미와 실천으로 이어내는 데까지 관심을 보이지는 않았다. 마치 가두투쟁은 가두투쟁으로, 안락한 자기 방에서 보는 TV드라마는 TV드라마로 갈라놓고 연관 지어 사고하지 못한 것처럼 말이다. 특정한 정치적 문화적 공간으로서의 대학은 오히려 성 문제에 관한 한 단절과 새로운 억압의 공간으로 기능했다.

대학은 화장실에서 '빨간' 책을 돌려보거나 비디오를 돌려놓고 침을 꿀꺽꿀꺽 삼키던 이들을 앉혀놓고 급작스럽게 혁명을 학습시키기 시작했다. 제국주의적 일상문화의 천박함을 공박하고 자본주의 문화산업을 프랑크푸르트학파적으로 비판하고 3S를 이데올로기적으로 소화할 수 있기를 바랐다. '뽀르노'는 '뽀르노'로 단절되었고, 정상적이고 현실적인 존재물로서 포르노그래피에 대한 태도는 무시 혹은 혐오가 공식화되었다. 대학은 주류 지배문화가 그러하듯이 현실주의적이지 못한 위선으로 자기 함정을 만들어갔다. 지고지순한 지사형 혁명가만이 차별 없이 요구되었고, 계몽적 이성 너머에 웅크리고 있는 원초적 감성과 욕망의 문제는 거론할 수 없는 '약한 모습', '절제하지 못하는' 것이 되고 말았다. "지금 시국이 어떤 때인데" 한마디면 고개를 쳐들었던 욕망은 다시 잠잠하게 잦아들어야 할 운명이었다.

마르쿠제의 표현을 인용하자면 문명은 성본능을 강화하지 못하며, 발전된 문명은 본능의 억압에 의존한다. 1980년대 역시, 혁명적 투쟁의 근저에는 책상 서랍 밑바닥으로 기어들어가는 도색잡지처럼 옹색한 '뽀르노'들이 있었고 지저분하게 덧칠된 욕망들이 버려지고 있었다.

그럼, 이제 눈을 돌려 1990년의 오늘을 보라. 포르노 영화 전용관이 대중문화의 검열 문제와 동반해서 제기되는가 하면 「플레이보이」나 「펜트하우스」 한국판 출판이 사회문제화되고, 인터넷의 물결은 통제되지 않는 전 세계의 포르노그래피를 접촉할 수 있는 새로운 통로로 '개척'되고 있다. 어떤 영화는 포르노그래피를 광고카피로 사용하고 <채널69>이라는 의미심장한 제목의 영화도 제작중이다. 구도와 욕망과 섹스를 다룬 어려운 영화 <유리>도 천신만고 끝에 개봉되었고 "오늘밤 단둘이서 Party 탈의(脫衣)"라는 가사의 노래도 히트를 친다. 청계천 세운상가는 이제 수공업적이고 낡은 유물처럼 돼버리고, 통신을 통한 사적거래가 주요한 유통방식으로 부상되고 있다. <젖소부인> 시리즈로 한몫 본 한 시네마타운의 대표는 "우리는 예술을 하는 것"이라고 헛소리를 해대지만 어쨌거나 결과적으로는 세미포르노건 소프트코어건 간에 포르노를 주류문화의 논쟁

거리로 올려놓았다. 가장 일상적이고 가장 강력한 감각에 호소하기 때문에 절대적으로 문화적인 성문제를 언제까지나 선정적 정보와 상업적 소구대상으로 버려둘 수는 없지 않은가? 존재한다는 것은 요구된다는 것이고 팔린다는 것은 그 요구의 핵심이 자극되고 있다는 말이다. 그리고 그 다음은? 그것의 의미구조에 대한 정당한 접근이다. 수만 번 도덕주의자들과 진보주의자들에 의해 비난되었지만 한 번도 대중적으로 소화되지 않은 도색·음란의 존재근거에 대한 탐구는 우리가 이해하거나 분별할 필요가 없었던 통칭 '쓰레기 같은 감성'의 본질을 향한 행보가 되어야 한다. 포르노그래피가 성에 관한 일차적 화두로 기능하는 것은 성의 본질을 향한 혼란스런 나침반이기 때문이며 우리에게는 더욱더 생소하고 거북스런 표지판이기 때문이다.

마광수에서 에로티즘으로

이런 우스개가 있다. 공항에서 쓰는 영문서류에 성별을 밝히라는 Sex 란에 '주 1회'라고 썼다는 이야기 말이다.

우리에게 성이란 곧 성행위를 지칭하는 말이었다. 혹은 여전히 그렇다. 동성애의 문제에 발작적으로 반응하는 보수주의자들이 이구동성으로 내뱉는 '불결함'에 대한 혐오증과 '에이즈'와 같은 질병에의 공포는 전적으로 성문제를 성행위로 치환 사고하는 데서 발생한다. 그들은 동성애라는 말에서 즉각 동성 간의 항문성교를 상상하며 그것은 곧 반사회적인 질병인 에이즈라는 폭력적인 오해로 연결된다. 성이 성행위와 같은 말인가. 우리는 아직도 이런 원시적인 질문에 대해 대답할 책임이 있다. 스스로도 자신의 오해를 인지하지 못하고 있는 상황은 여전히 반복되고 있기 때문이다.

　대학 1학년 때였다. 네 명의 동기생이 '은밀히' 조직된 가두투쟁에 나가기 위해 '은밀한' 약속 끝에 학교에서 제법 떨어진 한 카페에 모였다. 그날의 절체절명의 '전술'을 가지고 도착할 선배를 기다리며, 우리는 첫 가투에 참가한다는 흥분에 따른 초조함을 괜한 허세로 견뎌내고 있었다. 어쩌면 잡혀갈는지도 모르고 어쩌면 '빵' 신세를 져야 할지도 모른다는 생각 때문이었는지 우리는 서로 말이 많았다. 어떤 연유인지 주제가 섹스의 문제로 흐르게 되었다. 너는 경험이 있느냐? 있다 없다. 혼전관계에 대해 어떻게 생각하느냐? 결혼이 뭐라고 생각하느냐? 뭐 그런 뻔한 류의 이야기였지만 당시 남녀가 얼굴을 마주보고 앉아서 농담조가 아니라 솔직하고 진지하게 자기 경험과 성에 관한 주장을 주고받을 수 있는 자리는 흔치 않았다. 네 명 중에 두 명은 성경험자였고 두 명은 아니었다. 그리고 혼전 성관계에는 한 명이 반대, 세 명이 찬성이었다.

　나는 이날 처음으로 성에 대해 시뻘게지지 않은 눈으로, 숨을 몰아쉬거나 키득거리지 않고 이야기할 수도 있다는 것을 깨달았다. 그리고 통념으로부터 자유롭게 성과 육체, 그리고 그것의 사회적 관계망 속에서의 이해를 시도할 수 있다는 것을 느꼈다. 그러나 이런 느낌은 그 이후로 전혀 상승되거나 공론화되지 않았다. 적어도 대학 안에서 자신의 경험적 근거와 사실을 드러내고 논쟁하거나 주장하는 것은 찾아보기 힘들었다. 오히려 솔직하지 못한 위선이나 생각 없는 위악들만이 비공식적으로 설치고 있었다.

　나는 그런 의미에서 비록 법정에서 공개적으로 처형(?)되고 대중으로부터 지탄받는 수모를 겪었으나 성에 관한 모든 것을 공론화시키려 했던 마광수 교수의 초라한 뒷모습을 옹호한다. 그는 자못 극단적이고 독단적인 방식을 택했으나 권위와 위선과 억압으로 점철된 사회적 성관념에 대해 정면으로 공박을 시도했으며 그것을 상품화시켜 유통하고 논쟁을 형성하고 자신이 파괴당하는 것을 두려워하지 않았다. 이 수위에서 그는 철저히 80년대적인 부채감에서 자유로운 90년대의 지식인이자 순진한 동심이다. 그는 스스로도 문화적이고 정치적인 투사라고 생각할 만큼 단선적이고 정직한 눈을 가지고 있다. 그러나 마광수에서 멈출 경우 그것은 진정 '섹스'의 차원에서 정지할 위험이 많다. 그의 해방의 논리에서 정지할 경우 전략적 의미의 정치적인 투쟁은 불가능하다. 그렇다면 '성성'(性性), 즉 섹슈얼리티의 차원으로 행위로서의 '섹스'를 매개시킬 수 있는 관점은 무엇인가.

이 사이에 끼어드는 것이 프로이트에서 라이히까지, 그리고 사드에서 바타이유까지, 혹은 푸코까지 고찰될 수 있는 에로티즘이다.

권력의 생산지이자 결과물

에로티즘은 물론 섹스에 뿌리를 둔다. 그러나 그것은 섹스 그 자체가 아니라 그것으로 인해 인간의 관념에 파고드는 심리적 파장이다. 그러므로 본질적으로 동물적 생식활동에서 출발하되 그것과는 완전히 일치하지 않는 관념이다. 그렇다면 남는 것은 무엇인가. 그것은 결국 사회적 반영이고 관계이다. 에로티즘이 성본능이고 그것이 본능이 통제됨으로써 유지되는 사회의 요구에 의해 재조직된 것이라면, 우리가 어떤 변화를 갈망하는 시점에서 다시금 절실히 본질로 돌아가 반추해야 할 주제이지는 않은가. '죽음과 친숙해지려면 죽음과 방탕을 결합시키는 것보다 나은 방법은 없다.'라는 그 유명한 싸드의 주장은 정치와 도덕, 권력과 투쟁 등의 범주와 에로티즘이 맺는 관계에 대해 정당한 계기를 제공한다.

80년대의 직선적인 페미니즘운동은 이론적으로 마르크스주의적인 틀과의 관계형성에 주력하고 외형적으로는 인권적 차원에서의 접근을 시도했다. 그러나 결국 현실변혁운동의 정체와 함께 이론적 갱신이나 케이스 스터디만으로도 버거워 하는 형편이다. 최근 초유의 성희롱 재판이었던 '서울대 신교수 사건'(혹은 우조교 사건)이나 '대기업 고용불평등' 공판의 부적절한 판결 등은 여성운동의 드높았던 목청보다 현실사회 속에서의 실천력이 여전히 미미했다는 것, 그리고 변혁은 지난할 것이라는 시사를 준다. '케케묵은 낡은 틀을 싹둑 잘라버리'는 일은 운동가요에서나 가능했던 것이다. 도처에서 보수적 싹은 자꾸 번지고 있다. 90년대 주변 세력의 무관심 속에 악전고투를 시도했던 동성애 문제 역시 그 전진적인 시도에도 불구하고, 스스로 역설했던 성정치의 맥락까지 대중을 계몽하는 작업에는 일정한 실패를 보이고 있다. 이제 성에 대한 내면적 접근, 존재론적인 접근으로부터 문화정치학의 영역으로 여성운동과 동성애운동, 그리고 서서히 회자되고 있는 남성학의 문제까지 서로의 소통 통로를 형성하는 것이 필요한 시점이다. 성이 푸코적인 관점에서 권력의 생산지이며 그 결과라고 한다면 이는 세기말의 결정적인 화두로서 손색이 없는 것이다. 포스트모던의 기수들이 전하듯 거대담론에 짓눌렸던 작지만 중요한 이야기들이 우리의 80년대를 반성적으로 평가하며 솟아오르고 있는 것이다. 마지막으로 성은 여전히 구체적이고 논쟁적이지만 잃어버린 전선을 복구하는 계기로 상승되고 있지 못하다. 90년대 우리의 성문제는 이것에 다다르는 통로, 권력화 과정에 개입하는 필연적 화두로 인정되어야 할 것이다.

강영희_문화평론가

마광수 교수는 말하자면 '별종 꿈틀이'랄까. 도대체가 유난스럽게 불
거지는 인물이다. 별쭝맞은 그의 오감(五感)은 주로 성(性)에 관한 쪽으로
뻗쳐 있어서 사회적으로 금기시되는 온갖 성적 상상을 사소설(私小說)적인
실감을 몸소 덮쓰면서까지 존존하게 늘어놓지를 않나, 인간만사(人間萬事)
의 형통(亨通) 여부는 전적으로 성적인 신진대사와 관련이 있다고 되풀이
주장하지를 않나. ― 참고로 말하면 필자는 그와의 만남을 준비하느라 그
가 펴낸 책들을 들척이면서 또 다섯 시간에 육박하는 그와의 만남을 가
지면서 도대체 이같은 주장의 끈질긴 일관성에 혀를 내둘렀다.

성과 관련된 이야기 다음으로 그의 관심과 혀를 잡아끄는 것은 우리
사회 지식인들의 도덕보신(道德保身) 성향이랄까, 말하자면 겉으로는 엄숙
한 체 훈계조를 늘어놓으면서 속으로는 쉴 새 없이 주판알을 튕기는 위
선적 허위에 대한 것인데, 이 문제에 대한 그의 분기탱천한 공격은 그야
말로 앞뒤 안보고 세치 혀로 독화살을 날리는 격이었다. 그는 심지어 그
들의 '모랄 테러리즘'이 필시 성적인 불만족과 관련이 있을 거라는, 상식
적으로 보아 극언(極言)에 해당하는 말도 서슴지 않았다. 그래서 그의 이

같은 독설을 지켜보던 필자는, 물론 험한 일을 겪다보니까 갈수록 강도가 높아진 면도 있겠지만, 그가 소설 『즐거운 사라』로 '세계역사상 유례없이' 전격 구속되고 넉 달 뒤 십년 가까이 재직하던 연세대학교 국어국문학과 교수직에서 신속하게 직위해제 당했으며 여전히 법원과 학교에서 씨름중인 희한한 사건의 주인공이 된 불가해한 이유가, 아마도 이같은 불경(不敬)과 모종의 관련이 있을 거라는 확신이 들었다.

뜨거운 감자를 거머쥐고 등장한 외계인

동부이촌동의 한 카페로 마광수 교수를 만나러가던 필자는, 얼핏 내가 '사라 아줌마'로 취급당하는 게 아닐까 하는 불편함을 앞질러 느꼈던 것 같다. 나 역시 그에 대한 상식적 편견으로부터 자유롭지 못한 탓일 게다. 그런데 막상 맞대면하게 된 그는 세상을 향해서 자신을 이해시키고 공감을 넓혀가는 일이 갈수록 절실한 탓인지 때론 안타깝거나 초조해 보일 정도로 성심껏 진지했다. 그의 말은 대체로 명쾌한 어조로 싹둑거렸으며, 말 중간에 불쑥 끼어들어 상대방의 동의를 구하곤 하는, 스스로도 몸에 힘을 빼고 상대방도 순간적으로 무장해제시키는 '어른애'다운 기묘한 웃음은 정말 일품(逸品)이었다. 그것이 그의 말대로 솔직한 천진성인가 아니면 뻔뻔스런 들이댐인가를 잘라 판단하는 일은 자꾸만 목에 걸리는 낯선 논리나 표현들 때문에 결코 쉽지 않았지만, 그래도 양자택일을 하라면 전자(前者)에 가까워 보였다. 왜냐하면 도대체가 그의 말은 독백이나 방백 취향이지 대화나 연설 스타일은 아니어서 그는 그저 자기말을 하고 있을 뿐이기 때문이었다.

하지만 그는 언제부턴가 스타급의 주목을 받는 화제의 인물이며 그가 거머쥔 논점은 오늘 우리 사회의 뜨거운 감자에 해당한다. 말하자면 이제 그의 독백은 그의 내면풍경이 무엇이든 곧바로 연설로 꾸려져서 대중에게 직송된다. 그리고 그 역시 '모럴 테러리즘'의 탄압을 경험한 이래 의식적으로 '계몽'을 지향한다고 했다. 이광수 마광수가 백팔십도 다른 얘기를 하고 있으면서도 팔자가 왜 이렇게 비슷한가 하는 농까지 곁들이면서. 그렇지만 이같은 대중지향에도 불과하고 그는 논리의 벽돌을 한 장 한 장 올려놓으며 상대방을 설득하는 데는 거칠고 대책이 없어 보였다. 벽돌들이 대단히 낯설고 어설퍼 보였기 때문이다. 그는 여전히 안쪽에 똬리를 튼 자세로 바깥쪽을 향하고 있었다.

어쩌면 그건 그의 문제가 아니라 나의 문제일는지 모른다. 아니 그래도 그건 여전히 그의 문제기도 하다. 하지만 그는 마치 불쑥 찾아온 외계인처럼 우리에게 전과는 다른, 새로운 차원의 문제를 던지는 중이며 그것이 앞으로의 우리에게 대단히 중요한 문제가 될 거라는 사실을, 아니 이미 그렇게 되었다는 점을 감안해야 할 것이다. 그래서 내가 찾은 방법은 이랬다. ― 그의 말을 조각들로 나누어 분석하기보다는 총체적인 느낌의 덩어리로 한꺼번에 받아 안아보기, 그럴 때 그의 주장은 때로 강렬한 불꽃이 일으키는 파장처럼 여울져오기도 했다.

상놈 집안을 다행으로 여기는, 홀어머니의 외아들

애초에 마광수 교수를 인터뷰하기로 했을 때 가장 궁금했던 점은, 어떻게 그처럼 튀는 생각을 그토록 '질깃질깃하게' 토해낼 수 있었는가 하는 것이었다. 이같은 필자의 질문에 대해 마 교수는 자신의 성장배경과 성격에 대한 이야기를 한동안 계속했다.

그는 먼저 자기가 부모를 잘 만나 '솔직한' 유전자를 받았기 때문인 것 같다며 자랑을 늘어놓았는데, 듣다보니 좀 이상했다. 그의 집안자랑은 한마디로 떠르르한 양반가문이 아니라 상놈집안이어서 천만다행이라는 얘기였기 때문이다. 요즘 들어 가문자랑을 하는 문인이나 학자들이 부쩍 눈에 들어오는 사실에 비추어 이같은 이야기 방식은 색다른 데가 있었다. 혹시 엇나가기 위해 부러 한마디 하는 게 아닌가 하는 생각이 들었다. 그래서 구체적으로 상놈족보가 있느냐는 식으로 정색을 하고 물었더니, 그는 오기나 자기비하 따위가 가져오는 감정적인 부풀림이 별로 없이 사람들이 '똑똑하고 재주는 있었지만' 이렇다 할 무엇 없이 몰락의 길을 걸어온 자신의 집안얘기를 담담하게 들려줬다. 그의 말은 이렇게 시작됐다.

"우리 집안이 개성인데, 양반 족보도 없고 조상 때 벼슬한 사람 이름도 못 들어봤고 또 실제 족보라는 것도 없어요. 왜 천방지추마골피라는 말도 있잖아요."

해방 전에 배재중학교를 나온 아버지는 사진이며 그림, 음악에 두루 능한 끼 많은 팔방미인이었지만 6.25 때 종군사진작가로 전사하셨고, 어머니 집안은 외할아버지가 일찍 돌아가셔서 외할머니가 국밥장사해서 자식들을 키웠는데, 삼남 이녀 가운데 네 명의 형제자매가 이십대에 다 죽어 쫄딱 망했다고 한다. 큰 외삼촌은 6.25 나자마자 포천전투에서 죽고 둘째는 국민방위군 가서 굶어죽고 셋째는 1950년대 말에 군대 가서 안전사고로 죽고, 또 막내이모는 결핵으로 죽고 두 집안 다 개성이 1950년대까지는 이남이었다가 북한으로 돼서 쫓겨내려오는 바람에 망했고. 결국 홀로 된 어머님이 중국집 식탁보 빨래에서부터 안 해본 일 없이 궂은일을 도맡아 하시면서 마 교수 남매를 키워냈다는 것이다.

마 교수가 양반집안이 아니라는 기이한 자랑을 늘어놓는 진짜 이유는, 실제로 주변에 교수라든가 지식인들이 서른다섯을 고비로 완고한 보수주의자나 치사한 변절자로 변신하는 경향이 있는데 그 원인을 관찰해 보니 우리나라 대다수 지식인 집단에 '이상한 양반위세'나 '가문에 종속된' 사람이 너무 많기 때문이라는 거였다. 양반가문에 대한 선망이 권위의식과 통하는 면이 있음을 감안한다면 그의 논리는 거칠지만 수긍이 갔다. 게다가 그는 자신이 홀어머니의 외아들이었다는 사실에 대해 역시 홀어머니의 외아들이었다는 공자, 맹자의 예까지 신나게 들면서 커다란 의미를 부여했는데, 그의 경우 부정적인 통념과는 반대로 부권(父權)의 억압으로부터 자유로울 수 있다는 점에서 홀어머니의 외아들이었다는 사실 역시 자랑의 근거로 작용했다.

"부권의 경험을 가진 사람들의 말로를 보니까 다 변절하거나, 아니 변절까지는 안해도 변신을 한다고. 자유주의자에서 보수주의자 되고, 연애소설 쓰던 사람들이 갑자기 민족소설 쓰고 뭐 이러는 거지."

결국 양반가문이 아니며 홀어머니의 외아들이라는 사실이 그에게 있어 부끄러움이 아니라 자랑거리로 작용한다는 점은 그의 타고난 반골(反骨)기질과 반(反)권위주의를 입증하는 것이랄 수 있다. 그리고 그의 말대로 그같은 배경 속에서 그가 이같은 기질들을 자연스레 길러온 것이겠다. 게다가 그의 집안의 몰락은 예컨대 이데올로기 갈등의 틈바구니, 피 튀기는 권력관계에서 희생된 게 아니라 주변부에서 어이없이 무너져 내린 것이었기에, 결과적으로 그의 핏속에 어떻게든 딛고 일어서려는 오기 섞인 불씨를 남기지 않았던 것 같다. 이렇게 그는 애당초 바람벽 따위가

없었으며 저 너머의 바람벽을 손톱을 깨물며 올려다볼 만한 맺힘도 없
이, '사랑하되 간섭은 하지 않는' 강하고 합리적인 홀어머니의 너그러운
치마폭에서 홀홀이 자라났고, 이것은 그로 하여금 아무런 권위도 내면화
하지 않을 뿐 아니라 어떤 형태의 권위에 대해서도 진실로 무심한 독특
한 성향을 빚어내게 한 것 같다.

그가 생각하기에 모든 권위의 근원이자 상징인 부권에 대해서 그는 당
연히 강한 거부감을 갖고 있었다. 그렇다면 그가 생각하는 가족, 그리고
거기서부터 확장되어 가는 인간관계는 어떤 것인지, 부권에 대한 생각을
되물음으로써 확인해 보았다.

> "부권이 무조건 나쁘다는 게 아니죠, 봉건윤리적인 부권이 나쁘다는
> 거지. 부부유별, 부자유친, 이런 얘기 많이 하잖아요, 각자 단독자로서의
> 개성을 인정해주고, 과잉기대, 과잉보상심리가 없는 걸 말하는 거죠."

옳은 말이었다. 그러나 이 대목에서 그는 나를 설득시키기 위해 한걸
음 물러선 것처럼 보였다. 당당한 미혼모의 아이로 태어나는 게 자식한
테 가장 낫다는 그의 말이 문득 떠올랐기 때문이다. 그는 내심 오늘의 현
실 속에서도 필시 봉건적인 성격을 드러내는 경향이 있는 아버지의 자리
를 전적으로 부정하는 것 같았다. 그는 부권에 의한 억압이 대단한 거라
고 덧붙이면서 그래서 사라도 아버지 욕하는 데서부터 시작했다고 말하
기도 했다. 잠시 후에 그는 문득 『즐거운 사라』 사건을 떠올리면서 이렇
게 중얼거렸는데, 그가 결론짓는 사라 사건의 본질이 대충 담겨 있는 것
같았다.

> "그래서 음란표현보다 그런 게 걸렸지. 그 재판은 참 이상한 재판이야,
> 사라가 왜 아버질 욕하냐 교술 욕하냐 이런 것까지 물어보니까 말이야."

도덕주의 유감(有感)

『즐거운 사라』라는 '불경스런 음란서적'을 쓴 그를 전격 구속한 것은 물론 검찰이었지만 여기서 그의 구속을 적극적으로 유도하고 전격적으로 지지한 간행물윤리위원회를 빼놓을 수 없다. 간윤(간행물윤리위원회)은 기윤실(기독교윤리실천협의회)과 함께 우리 사회의 보수적 도덕주의를 상징하는 대표적인 단체랄 수 있다. 이들에 대한 마 교수의 생각을 잠깐 들어보자.

"예를 들어 우리나라에서 암적인 존재가 손봉호라고 보는데, 나 때도 그렇고 이현세, 장정일 때도 그렇고 언제나 배후에는 손봉호가 있어, 전부 이상한 유령단체, 음대협(음란물대책협의회)이니 뭐니 해가지고 감투가 한 서른 개더라구. 나는 대표적으로 우리 문화의 발전을 가로막는 인물이라고 보는데, 그 양반이 할 일은 요구하고 운동하는 거야. 운동하는 건 못 말려, 자유민주주의 국가에서. 그런데 그 사람은 공권력과 결탁을 해, 이건 비겁한 짓이야. 그런 사람하고 딱 대등한 입장에서 토론을 시킨다든가, 이런 분위기가 필요한 거지, 그런데 어디 내가 발언할 기회를 줘, 저쪽 발언만 나오지. 내가 그래서 맨날 하는 얘기가, 여당 야당이 있어야 나라가 발전하듯이 성윤리도 보수 진보로 나뉘어져서 서로 대등한 입장이 돼야 하는데 어떻게 한쪽 목소리만 있느냐는 거지."

이렇게 마 교수는 그들을 '비겁하게 공권력과 결탁하여' 모럴 테러리즘을 행사하는 사람들로 규정했는데. 그렇다면 그에게 있어 도덕은 무엇을 의미하는지 궁금했다.

"도덕은 환경에 따라 가변적이어야 해요. 도덕 자체가 없으면 큰일나지. 하다못해 사람 죽이면 안 된다 이런 거는 다 합의된 도덕 아냐. 그러나 애매한 성윤리라든가 충효사상이라든가 이런 도덕은 가변적이라야

되고 극단적으로 얘기하면 경제논리와 맞아떨어져야 돼요. 예를 들어 옛날에는 못살아서 아이들을 부려먹을 수밖에 없으니까 애 많이 낳으라고 했지만 지금은 애 조금 낳았다고 비윤리적이라는 사람 없어. 조선 같으면 그게 비윤리적이야. 그러니까 경제논리가 어느 정도 반영되어 변화가 곁들인 도덕이라야지. 그리고 도덕에서 가장 큰 문제는 역시 모럴 테러리즘이죠. 역사를 보면 도덕이 인류에게 좋은 일 한 거보다 도덕을 빙자한 테러가 너무 많이 일어났어요. 스튜어트 밀의 자서전에 아주 좋은 말이 나오는데, 도덕을 빙자해서 타인의 자유를 침해하는 행위는 절대 안 된다는 거예요. 그게 제일 심한 나라가 우리나라지, 전두환 때는 도덕 안부르짖었나. 그러구 삼청교육대 가서 다 죽였지. 박정희도 잡자마자 뭐 했어, 재건국민운동본부 만들어가지고 유명한 교수 다 초빙해서 위원 시키고, 도덕운동했다고. 또 나 잡혀갈 때도 도덕정치회복, 그런데 동원되는 게 다 옛날 조선조의 권위주의에 향수를 갖고 있는 어용지식인들이고."

다원주의 전통의 회복에서 혼혈문화까지

마 교수는 넓은 의미의 샤머니즘, 도교, 불교가 다원적으로 공존하던 우리네 종교가 조선왕조에 와서 주자학적인 유교로 획일화된 이후 다시 '미국의 퓨리터니즘 윤리가 짬뽕이 된' 데 오늘날 모든 문제의 근원이 있다고 말했다. 유교도 양명학이 들어왔으면 괜찮았을 거고 기독교도 구라파적인 기독교가 들어왔으면 괜찮을 거라고도 했다. 그래서 그는 '가장 기형적이고 광신적인' 종교로 획일화되고 '다원주의가 완전히 멸실되어' 지금까지 지속돼 오는 현실을 거듭해서 개탄했다.

"조선왕조 양반 뿌럭지들, 양반도 나쁜 양반들만 남았지. 진짜 양반들은 의병활동 뭐 그런 거 하다가 다 죽었어. 나쁜 친일파 양반만 남았다가 친미파 되고, 이승만한테 붙어먹고, 박정희한테 붙어먹고, 전두환한테 붙어먹고 내세울 게 없으니까 자기 조상 선양사업이나 하면서 친일행위 호도하고, 조선이 최고다, 이러는 거지."

그래서 그는 원삼국시대나 특히 자유로운 고려의 전통을 복원해서 '조선사관의 극복'을 해야 한다고 힘주어 말했다. 그는 우리의 좋은 전통으로 화랑의 풍류도에서 도교, 고려가요로 이어지는 현실주의적 쾌락긍정의 정신을 들었다. 하지만 그는 그러면서도 특히 고대사 연구에서 종종 등장하는 '이상한 국수주의'는 철저히 배격해야 한다는 말을 몇 번이고 강조했다. 히틀러의 파시즘도 국수주의에서 나온 거고 우리나라 망한 거도 대원군의 국수주의에서 나온 거라면서,

다원주의 회복의 전통을 주장하던 중 백번 경계해야 할 거라면서 국수주의의 해독에 대해 열을 올리던 그는, 갑자기 '코즈모폴리터니즘의 혼혈문화'로 나가야 한다는 주장으로 옮겨갔다. 이 대목에서 그가 예의 독백조로 내뱉은 말 가운데는 이런 구절이 들어 있었다. "손톱에다 빨강 파랑으로 물들이고 머리에다 염색하는 게 결코 서구화는 아니라는 거지." 결국 이 대목의 화두는 다원주의(多元主義)였고 '혼혈문화'란 다원주의를 국제적 지평으로 확장시키자는 얘기였던 셈인데, 그럼에도 불구하고 국수주의라는 극단에서 튕겨나가 곧바로 혼혈문화라는 반대편의 극단으로 질주하는 그의 비약이 껄끄럽게 느껴지지 않을 수 없었다. 그같은 비약이 만들어내는 껄끄러움을 그 자신도 머쓱하게 의식했는지, 그는 이런 말을 하다가 자신이 '민족개조론'을 말한 이광수처럼 욕먹게 될지도 모르지만 식민지시대는 아니니까 약간의 면죄부를 받을 수는 있어야 한다고 덧붙였다. 그리고 이어서 국수주의와 혼혈문화라는 양극단 사이에 있

을 민족주의에 대한 공격으로 옮아갔다. "민족사관이라는 것도 굉장히 위험해요, 한마디로 객관적 합리성이 없다는 거지." 필자는 거기에 대해서 좀 더 상세한 설명이 있어주기를 바랐다. 하지만 그는 민족주의는 자신의 주요한 관심사가 아닌 듯 짧게 일침을 놓은 다음, 우리가 합리적 지성, 이성을 개발하고 합리주의를 해본 적이 없다는 문제로 화제를 돌렸다.

근대적 합리성, 솔직성, 그리고 성(性)에 대하여

아마도 우리 사회에 합리주의가 제대로 자리잡지 못했다는 사실을 그가 뼈저리게 느낀 것은 그 자신 '사라 사건'을 겪으면서였던 것 같다. 전격적인 구속과 두 달여의 감옥생활을 감당해야 했고, 전사회적인 화젯거리가 되면서 보수적인 도덕주의자들에 의해 '마녀재판' 당했으며, 결국 교수직에서 직위해제된 다음 이제 시간강사 자격으로 한 과목의 강의만이 '눈 가리고 아웅'식으로 맡겨져 있을 뿐인 그의 정황에 비춰볼 때, 이 사건에 관한 그의 기억은 마치 악몽과 같을 것이다.

"재판이라는 게 뭐예요. 죄형법정주의에다가 피해자, 가해자, 그리고 행위의 죄가 있어야 되는 거 아냐, 미풍양속 해칠 '가능성'이 있다는 게 어떻게 유죄가 돼. 상상재판이 어떻게 있을 수 있어, 소신껏 쓴 사람한테 반성하라는 게 어디 있어. 살인범도 증거 없으면 무죄라고 판결하는 게 법기술이라고. 그런데 도덕적 재판관이 돼 가지고 형사범으로 반성했네 안했네 떠들잖아. 왜 그랬긴 뭐, 우리나라가 근대화가 안 돼서 그런 거지. 도대체 법이라는 게 이렇게 법 만능주의로 가는 나라는 한국밖에 없을 거예요. 정말 배심원도 없고, 아니 법 만능주의가 아니지, 법관 만능주의지, 도덕적 판단 문학적 판단, 다 할 수 있다는 거, 그러구 한승헌 변호사가 늘 주장하는 거 이거 외설－예술 이전에 먼저 요건이 안 된다는 거지. 피해자가 있고 증거가 있어야 되는 거 아냐. 그리고 구속요건도 안 되는 거고, 어떻게 현행범도 아닌데 구속을 하며, 그런 것이 일사천리로 될 수가 있어요."

그는 단호했다. "왜 그랬긴 뭐, 우리나라가 근대화가 안 돼서 그런 거지." 그렇다면 그에게 있어서 '근대화'란 무엇을 의미하는가. 그의 말에 따르면 그것은 곧 '솔직성'과 동의어이며, 이것의 반대편에는 '위선적 이중성'이 자리한다.

"우리나라가 이중적 기만이라는 게 그런 거 아냐, 실제로 우리나라가 지하음란시장이 세계 제일이래요, 성에 대해서 행위에 대해서 제일 너그러운 나라가 우리나라라고 보는데, 겉으로 담론에서는 그렇게 벌벌 떨죠, 이것도 아주 특이한 현상이고 이해할 수 없는 현상이에요. 결국 이것도 다 근대화가 안 돼서 그렇다고 봐요. 근대화의 가장 중요한 건 솔직성이에요. 솔직성을 보이려고 쓴 게 루소의 『고백록』 아녜요. 그런 것들이 다 여태 체화되지 않은 거죠. 이젠 정말 문화독재가 문제라는 걸 심각하게 느껴요. 문민정부 와서 여러 가지를 우리가 겪어봤잖아요, 옛날 같이 간단한 처방 갖고는 안 된다는 거지. 군인만 나가면 된다, 이게 아녜요. 해방 때도 그랬잖아, 해방만 되면 된다 그랬더니, 웬걸. 이젠 그야말로 문화개혁을 해야 되고 의식개혁을 해야 되는데, 의식개혁이라는 게 단순하게 도덕, 윤리, 정화, 이건 아니라고. 하여튼 뿌리 깊은 전근대적 사고, 조선조식 유교윤리, 여기서부터 벗어나지 않으면 죽었다 깨도 안되고, 그것의 가장 큰 표징이 되는 게 성이라구요, 특히 이중적 행동에서 가장 드러나는 게 성행동이니까."

그의 논리를 그대로 따라가보면, 그가 전근대적인 비합리성, 위선적인 이중성의 '희생양'이 되었던 것은 그것들과 정면으로 위배되는, 특히 성에 대한 그의 솔직성 때문이라는 얘기가 된다. 그렇다면 이제 그의 말대로 '하나밖에 없는 그의 화두인' 성(性)에 대한 얘기로 넘어갈 차례다.

'음란'하다, '야(野)'하다

마 교수의 성묘사는 도덕주의자의 눈에는 '음란'하지만, 그 자신의 말을 빌리면 '야(野)'하다. 마 교수에게 있어서 '야하다'라는 단어는 자신의 성묘사가 나름의 인생관이나 예술관에 근거한 적극적인 무엇이라는 긍정적인 뉘앙스를 함축하고 있는데, 그는 이 단어를 흔히들 그러듯이 '섹시한 분위기를 풍기는' 정도의 의미로만 쓰는 게 아니라 '본능을 은폐하려 들지 않는 솔직함', '생각과 속이 화통하고 개방적임'이라는 의미로까지 확장해서 사용하고 있다. 그의 말을 들어보자.

> "내가 지금까지 줄곧 얘기해온 '야한 사람'의 요체는, 우리 사회에 만연한 겉 다르고 속 다른 허위의식이나 위선에 빠지지 않고 안팎으로 솔직한 사람을 가리킨다. 그리고 지금까지 내가 강조해온 '야한 정신'은 정신보다는 육체에, 과거보다는 미래에, 국수주의보다는 세계적인 보편성에, 집단보다는 개인에, 관념보다는 감성에, 명분보다는 실리에, 교조주의보다는 다원주의에 가치를 두는 세계관을 가리킨다. 그리고 이런 세계관으로의 변환을 가능하게 하기 위해서는 성에 대한 의식의 변환이 절대적으로 필요한 것이다."
>
> ─『성애론』, 354면.

마 교수는 위선적인 이중성에 갇혀 금기시되어 있는 성 담론을 드러내는 데서 한걸음 나아가서, 음지로 밀려나 '편견으로 왜곡되어 있는' 개인의 성적 취향 문제에 대해서까지 적극적으로 발언하려 한다. 물론 그 자신의 개인적인 성적 취향을 솔직하게 드러냄으로써.

"소설에서도 내가 솔직히 얘기를 했는데, 나는 이런 거예요, 자기조건에 맞게 수단방법을 가리지 말고 즐기자야. 내 조건이 몸이 약하면 오랄섹스를 하는 거야, 그게 뭐 잘못이야. 내가 한숨 푹푹 쉬면서 어떻게 하면 람보처럼 될까 이러면 난 죽어야 돼. 사람들은 자꾸만 어떤 표준을 정해놓고 거기다가 꼭 맞추려고만 악을 박박 써. 더 얘기를 시키면 나는 인제 생식적 섹스의 시대는 갔다고 얘기하는 거지, 실제로도 그렇고. 실제로 전신적 섹스라는 것, 소위 성희, 다형도착, 이런 것이 굉장히 중요하죠. 그것이 한마디로 성 해방의 지름길이지. 힘에 의한 정복과 정복당함을 벗어나는 거니까. 내가 놀이적 섹스, 비생식적 섹스, 그런 얘기를 하는 게 그런 거죠. 그런데 그것이 우연히 내 신체조건 하고 맞아떨어졌단 얘기지."

이처럼 그는 힘에 의한 정복과 정복당함을 의미하는 섹스에서 놀이적 섹스로 넘어가야 하며, 그러기 위해서는 오럴섹스, 다형도착, 성적인 판타지에 대한 거부감을 없애고 이를 적극적으로 활용해야 된다고 주장한다. 그리고 이것을 '탐미적인' 묘사체를 통해 문학적으로 실천한 것이 바로 그의 '음란한' 소설들이라는 얘기다. 또 한가지, 그는 사랑에 대한 정신중심의 관념에서 벗어나서 육체중심의 실천으로 옮아가야 하며, 그럴 때에만 성을 적극적이고 자연스럽게 즐기는 것이 가능하다고 했다. 그가 반복해서 주장하고 묘사하는 페티시즘(몸의 특정 부위나 몸에 걸친 물건을 통해 성적인 매력을 발산하는 것)도 그같은 주장의 일환이다.

그의 성 담론의 핵심 가운데 하나는 성을 '그 자체로서 자연스럽게' 즐겨야 한다는 것이며, 이렇게 개인들의 성적인 신진대사가 원활하게 이루어질 때 사회심리의 비정상적인 울혈들이 예방된다는 것이다. 그래서 그가 가장 병적이라고 생각하는 것은 무언가에 대한 정신적인 스트레스가 성적인 '화풀이'로 표출되는 경우다. 「'파리에서의 마지막 탱고'의 신화를 깨자」라는 글을 쓴 것도 그런 맥락이다. 사회적인 억압심리에서 기인한 스트레스가 정신신체증(情神身體症)의 형태인 '폭력적 성'으로 나타나는 것이 현실이라고 해도 그것을 근사하게 포장해서는 안되며 그것은 어디까지나 병적인 징후일 뿐이라는 것, 역으로 자연스럽게 이루어지는 원활한 성적 신진대사가 개인적이고 사회적인 울체들을 예방할 수 있다는 것이다.

또한 그에 따르면 성의 개인적인 취향을 다양하게 인정해주는 것은 다원주의의 첫걸음이며, 그래서 자유로운 성적인 상상이 허용되는 분위기를 만들어가는 일은 대단히 중요하다.

> "한국문화의 가장 큰 낙후성, 한마디로 상상력에 죄의식을 느끼는 거야. 상상의 자유가 없는 거야. 참 이상해, 지금 시대가 어느 때냐 남북분단이 됐는데 그런 퇴폐적 상상을 하느냐 이렇게 나오지. 근데 상상의 자유라는 건 금방 효과는 안보지만 서서히 그 사람의 자유민주주의 의식을 키워줘요."

하지만, 이상과 같은 그의 주장에 그런대로 고개를 끄덕이다가도 그의 소설을 읽을 때는 고개를 가로젓는 쪽으로 돌아서는 것이 지배적인 분위기다. 한마디로 그의 주장이 소설적인 설득력을 얻는 데는 그리 성공적이지 못하다는 것이 중론이며, 이것은 역으로 그의 주장이 지니는 일정한 호소력까지 반감시키는 효과를 낳고 있다. 그래서 '대중적으로' 그의 소설이 인기가 있었던 것은 누군가의 지적대로 '그가 말하듯 야하게 표현한 것은 실상 우리 사회의 지적 감성적 수준이나 분위기에 걸맞은 리얼리즘'으로 맞아떨어져서 그랬을 거라는 다소 시니컬한 생각도 든다.

나는 그의 그림에서 어렴풋이나마 사람살이의 어떤 측면을 직관적으로 꿰어내는 자유로운 예술혼을 느꼈으며, 그의 시(詩)에서도 그런대로 어떤 '느낌'이 전해졌던 것 같다. 하지만 소설에서는 그 자신이 대단히 만족스럽게 느낀다고 말한 바 있는, 전래의 기담(奇談)소설 분위기를 풍기는 연작소설 『광마일기』에서 어떤 흥미로운 '느낌'을 얻은 것을 제외하면 그의 다른 소설들에서는 별다른 감흥을 전달받지 못했다. 내가 조심스럽게 내려본 잠정적인 결론은 이렇다. 그것은 그의 예술적 재능의 문제일 수도 있지만, 그가 시(詩)나 그림에서 도달한 일정한 문학예술적 성취에 견주어본다면, 그의 날씬한 지성적 상상력이 감당해내기에 소설은 훨씬 풍성한 육질(肉質)을 필요로 하는 기름진 장르이기 때문이 아니었을까. 그가 이런저런 논란을 감당하면서까지 솔직함을 모토로 사소설(私小說)의 형식을 고집하는 소설적인 이유도 실상 여기에 있는 것이 아닐까.

소설이란 무엇인가

그렇다면 그가 생각하는 소설이란, 문학이란 무얼까. 우선 그에게 가장 감명 깊게 읽은 소설이 무엇인가부터 물어봤다.

"내가 늘 내세우는 게, 『요재지이』라든가 『아라비안나이트』지. 그걸 감명 깊다고 그러면 이핼 못해. 대하소설적인 걸로 나도 칭찬하는 소설은 『바람과 함께 사라지다』예요. 분량은 『전쟁과 평화』와 비슷한데 『전쟁과 평화』는 반이 잔소리지만 이건 잔소리가 하나도 없이 연애 얘기만 나오면서도 대하소설이 됐어.

도스토옙스키나 톨스토이? 다 봤지. 그냥 약 먹듯이 본거죠. 재미도 참

되게 없네 하면서. 난 거짓말이라고 확신해, 도스토옙스키를 건너뛰지 않고 읽은 사람이 과연 있을까. 또 『전쟁과 평화』를 건너뛰지 않고 읽은 사람이 과연 있을까. 작품을 더 들라면 헤밍웨이의 『무기여 잘 있거라』, 『해는 또다시 뜬다』, 『노인과 바다』, 이런 거지. 왜냐, 전혀 잔소리가 없고 본능만 나와. 계속 연애 얘기만 나와. 제인 오스틴의 『오만과 편견』 같은 깃도 그래서 오래 가는 서야, 요새 말로 지면 그냥 멜로드라마거든. 『폭풍의 언덕』도 그렇고. 프랑스문학에 엄청나게 공헌한 게 프랑수아즈 사강이라니까. 실존주의가 그 사람 때문에 다 무너져. 실존주의는 홍알홍알 어려운 잔소리만 하는데 사강 거 보니까 연애 얘기만 하거든, 그래서 이게 더 낫다는 거야. 이걸 인정해준 게 또 프랑스의 위력이지."

그는 우리나라 작가들이 사십 지나면 반드시 '야심'을 가지고 '민족대하소설'을 쓰려고 하는데, 그게 꼭 나쁘다는 건 아니지만 누구나 그런 '깜냥'이 있는 건 아니고 이제는 옛날처럼 한 작가가 카리스마를 가지고 백년씩 지배하고 이런 시절은 지났다고 말했다. 요컨대 문학도 소위 '다품종소량생산' 시대로 접어들고 있으니 작가도 '재미를 주는 기술자'라는 '장인의식'으로 겸손해져야 한다는 거였다. 그래서 이제 21세기적인 문학은 전지적 시점에서 '딱 굽어보는' 삼인칭소설이 다 없어질 것이며, 그래서 모든 소설의 수필화가 이루어지고 있다고도 했다.

그는 도대체 일반적으로 믿어지는, 소설이 뭔가 '교양'적인 내용물을 담아야 한다는 생각을 깡그리 부정했는데, '문학성'에 대한 다음과 같은 시니컬한 규정 역시 그같은 생각을 잘 드러내고 있다.

"문학성 있다는 것은 대개 관념적인 것을 문학성 있다고 하는 거야, 그건 틀림없어요. 그리구 거기다 깊은 담론, 소위 종교, 사회, 정치, 이런 게 들어가야 문학성이라고 얘기하는 거, 내가 정말 연구 끝에 낸 결론이야. 말하자면 갖은 양념으로 정치, 경제, 문화, 종교를 다 쳐가지고, 굉장히 심오한 것처럼 보이면 대개 문학성이 있다고 그래요."

그렇다면 그가 생각하는 문학의 본령은 무얼까. 그에 따르면 그것은 '금지된 것에 대한 도전'이며, 특히 한정된 시효를 지닐 수밖에 없는 '이데올로기적 도전'이 아닌 '윤리적 도전'이어야 한다. 소위 박해받다 나중에 명작된 것들—「테스」, 「인형의 집」, 「보바리부인」, 「채털레이부인의 사랑」, 「안나 까레리나」—을 보면서, 윤리적 저항, 그러니까 '근본적인 본성의 자유를 추구'하는 게 문학이라는 걸 알게 됐다고.

얘기를 듣던 필자는 불쑥 그러나, 당신의 소설에서 문학적 감동을 느끼지 못했노라고 조심스레 내뱉었다. 그는 많이 들어온 얘기라는 듯 다소 체념적인 톤으로, "그건 할 수 없는 거예요, 독자도 결국 평균적인 사회윤리의 지배를 받으니까."라고 받았다. 그리고 감동을 받았다는 표현들을 참 좋아하며 어떤 '관념적 세뇌'를 감동으로들 알고 있는데, 감동이란 사실 의미가 없는 것이며 굳이 이런 말을 하려면 '필링'으로 교체해야 된다고 그는 페이소스를 애상감이 아니라 육체적 고통을 지켜보면서 즐기는 사디즘으로 보고 카타르시스를 정화(淨化) 대신 대리배설로 해석했으며, 문학적인 필링의 근원으로서 '센티멘탈리즘'을 중시한다고 했다. 우리나라는 센티멘탈한 소설을 신파라고 하면서 일단 구박하지만 '모란이 피기까지'처럼 많이 애송되는 건 다 센티멘탈리즘 아니냐고.

그는 「윤동주 연구」로 박사학위를 받았다. 왜 윤동주를 택했냐는 질문에, 자기갈등을 고백하면서 자신의 내부를 드러내보였다는 점에서 그가 제일 솔직했고, 독립만세나 한 수 가르쳐주겠다는 건 없었기 때문이라고 했다. 그리고 또 그의 작품에는 페이소스를 느끼게 하는 '솔직한 센티멘탈리즘'이 있다고 덧붙였다.

주인님과 램프의 요정

『권태』, 『광마(狂馬)일기』, 『즐거운 사라』, 『불안』, 『알라딘의 신기한 램프』로 이어지는 그의 소설들을 들척이다보면, 그가 '주인님과 램프의 요정'이라는 아라비안나이트의 기본 모티브를 즐겨 사용하고 있음을 쉽사리 알아챌 수 있다. 『광마일기』에 나오는 꽃의 요정이나 『알라딘의 신기한 램프』에 나오는 램프의 요정은 보다 직접적인 실례랄 수 있고, 그밖에도 자신을 모델로 하는 중년남성과 그에게 온갖 성적인 봉사를 아낌없이 쏟아붓는 '섹시섹시 음탕음탕한' 젊은 여성이 등장하는 대부분의 소설은 이같은 모티브를 밑바닥에 깔고 있다고 볼 수 있다.

그런데, 나는 그의 이같은 상상력이 자꾸만 목에 걸린다. 그는 남성이든 여성이든, 인간은 황제망상 같은 이기적 욕망의 덩어리이기 때문에 여성들도 자기의 소설을 램프의 요정이 아니라 주인님의 입장에서 즐기게 될 거라고 말하지만, 우선 나는 그의 소설의 주요한 독자를 이루는 수많은 여성들이 자연스레 '주인님'의 입장에 감정이입할 거라는 사실에 동의할 수 없다. 그렇다면 이것은 그의 의도가 어떻든 간에 사실상 남성 중심적 상상력을 '솔직하게' 유포시키는 효과를 빚어내는 게 아닐까. 그뿐 아니라 황제망상 따위의 이기적 욕망을 솔직하게 드러내는 것만이 인간적인 진실에 가까우며, 사람 사이의 따뜻한 나눔에의 소망 같은 것, 민주주의나 휴머니즘 같은 덕목도 결국은 위선에 가깝다는 식의 주장도 선뜻 받아들이기 어렵다. 어쩌면 그는 이것을 그저 자신의 작은 진실로서 읊조려보았을 뿐인데, 어느덧 커져버린 그의 자리 때문에, 그리고 자꾸만 우리들, 그리고 사람들을 생각하는 나의 오랜 습성 때문에, 부질없이 그를 한번 들어올렸다 내려놓고 있는 건지도 모르겠다.

문화 급진주의 유감(有感)

갑자기 그가 무척 외롭고 힘들어보였다. 그는 정말 혼자다! 물론 그는 패거리가 되면 독창적 사고를 숙련시킬 기회가 박탈된다고 하면서, '몰려다니는 것'을 싫어하고 개인적 싸움을 주장한다고 했다. 하지만 그를 공개적으로 응원해준 강준만 교수를 '날쌘돌이'라고 부르면서 거듭 고마워하거나 그를 외면한 동료 교수들을 향해 비겁한 기회주의라는 식으로 분노하는 모습을 보면서, '나 역시 동지가 필요하다는 거지.'라는 그의 다른 말의 무게를 실감할 수 있었다. 그렇다면 그의 '동지'는 어디에 있는가. 문득 요즘 들어 '문화적 급진주의'라고 불리는 일단의 삼십대들이 그에게 비교적 근접해 있을 거라는 생각이 들었고, 그들에 대한 생각을 물어봤다.

> "솔직히 얘기할게요. 한마디로 빨리 뜨거워졌다 빨리 식는 느낌을 가졌어요. 서태지를 갑자기 영웅화하는 거에 대해서도 굉장히 불만이었거든. 이상한 민족주의로 갔다가 컴백홈이라고 그랬다가 진짜 반항도 아니야, 상업주의지. 가수가 상업주의로 가는 거는 욕할 수 없어. 다만 그렇게 영웅으로 만든다는 거 그게 바로 급진주의자들이 만든 거야. 또 누가 갑자기 동성애 담론을 일으켰는데, 동성애 담론 얘기하면서 정치를 너무 집어넣는다든가 또 굉장히 현학적 관념적으로 간다든지. 제일 문제는 자기고백이 없어, 치고 빠져, 그리고 사대적이고. 그런 의미에서 삼십대는 아주 권위주의적인 거죠. 어쨌든 자유를 외치는 사람 부대가 나오는 건 참 좋은데, 그것이 너무 비문화적 폭력투쟁적인 느낌으로 올 때 이건 예후가 불안하다는 거예요. 그런 게 오래 못가거든. 그게 혹시 유행추종이 아니면 혹시 또 자기 유명해지기, 이상한 영웅주의가 아닌가 말야."

그는 얼마 전에 젊은 문화인들이 주도하는 잡지와 인터뷰를 했는데,

거기서 결국 당신이 원하는 표현의 자유는 정치로 결정되지 않느냐는 질문을 받았다고 했다. 그는 문화가 정치로 결정된다는 그같은 '힘의 논리'는 또 다른 강제를 낳을 수 있기 때문에 굉장히 위험하며, 젊은 급진세력들이 전부 그런 힘의 논리에 경도되어 있다고 하면서 강한 우려를 표시했다.

> "힘은 힘으로 싸운다, 그거 오래 못가거든요. 그러니까 나는 결국 합리적인 토론 풍토라는 거지, 논쟁하고. 이게 소위 말해서 개량주의적이고 미온적인 방법이에요."

그는 자신이 삼십대에 대한 애증이 있음을 고백하면서, 그들이 너무 조급하고 거칠며 다원주의를 인정하지 않기 때문에 그들에 대해 낙관할 수 없다면서, '그래서 삼십대를 다 못 믿는다는 거지, 두고 봐야 된다구.'라고 말을 맺었다.

그의 견뎌가기, 우리의 견뎌가기

마 교수의 생각은 정말 '독창적'이다. 특히 그는 음양사상이니 주역이니 한방이론 같은 동양철학을 나름대로 소화해서 자신의 이론의 밑거름으로 삼았으며, 이것을 토대로 「운명」이라는 수필집을 펴내기도 했다. 이 책에서 그는 체념적 운명론을 거부하고 '문학'이라는 '인공적 길몽(吉夢)'을 통해 스스로의 인생을 개척해갈 수 있다는 낙관론을 펼쳤다. 그러나 다른 한편 그가 겪은 저간의 일들과 '매에는 장사 없고, 시간에도 장사 없다.'라는 그의 처량한 넋두리를 떠올려보면서, 예의 낙관론 속에 역설적으로 담겨진 그의 고통이 느껴지기도 했다.

어쨌든 그는 자신에게 주어진 세월을 '견뎌가는' 중이다.

그리고 우리는 '뜨거운 감자를 거머쥐고 등장한 외계인' 같은 그를, 역시 '견뎌가는' 중이다. 설령 쉽지 않은 일이라는 생각이 불현듯 들곤 할지라도, 그를 이해하고 그와 함께 생각들을 나누어가기 위해 애써본다는 것은, 결국 우리의 지경(地境)을 조금씩 넓혀가는 가치 있는 노력으로 우리 곁에 쌓이는 것이 아닐까. 이것이 바로 그와 함께 보낸 시간과 노력이 내게 되돌려준 깨달음이었던 셈이다.

문화 민주화와 마광수

고운기_한양대학교 문화콘텐츠학과 교수

입건 사태의 기억

나는 마광수 교수가 자신이 운영하는 홈페이지와 관련해 불구속 입건
되었다는 소식을 2006년 11월 25일자 조간신문을 밤늦게 읽고 알았다.
그날은 마침 토요일이었다. 전날 학생들을 인솔해 대구 비슬산의 삼국유
사 유적지 답사를 마치고 돌아와서야 아침 신문을 읽었던 것이다. 기사
의 핵심적인 내용은 이랬다.

> 경찰에 따르면 마 교수는 작년 5월 개설한 자신의 홈페이지에 지난
> 1995년 대법원에서 음란물 판정을 받은 소설 『즐거운 사라』를 비롯, 남
> 녀의 성기 혹은 음부가 노출된 사진, 제자와의 성관계 등을 소재로 한 시
> 와 소설 등을 올려놓은 것으로 밝혀졌다.
> 경찰은 또 "홈페이지의 성격상 청소년들의 접근을 제한하기 위해 미성
> 년자 인증절차를 갖춰야 하는데 누구든지 접속할 수 있게 했다."며 "이와
> 관련해 청소년보호법 위반 혐의에 대해서도 조사하고 있다."고 말했다.
> — 『조선일보』, 2006.11.25.

기사대로라면 마 교수의 혐의는 크게 두 가지였다. 자신의 홈페이지에 음란물을 올려놓은 것, 미성년자 인증절차를 갖추지 않은 것.

이것은 지난 날 마 교수와 관련하여 논란이 인 것과 양상을 달리하는 일이었다. 이전에는 '음란물이냐 아니냐'를 놓고 주로 간행물윤리위원회와 벌어진 싸움이었다. 이번에는 '정보통신망 이용촉진 및 정보보호 등에 관한 법'과 '청소년보호법'에 관련되었다. 전자의 이유로 입건이 되었으며, 후자에 대해서는 더 검토한다는 것이었다.

어렵게 마 교수와 통화가 되었다.

"희한하게도 청소년들은 한 명도 사이트에 들어오지 않았어. 그리고 청소년도 알 권리가 있고 알아야 해. 성에 대해서는 아는 게 힘이고 모르는 게 약은 아니잖아."

평소의 주장대로다. 다만 그의 주장을 사법 당국이 들어주지 않는다는 데서 늘 사단은 벌어졌다. 그런데 정작 나는 다른 점이 궁금했다.

"그럼 정말로 선생님이 그런 거 다 올리셨어요?"

"아니야. 독자들이 어디선가 퍼 나른 거지. 『즐거운 사라』만 해도 여러 군데 떠돌아다니고, 문제가 된 사진은 성기가 노출되어 있어서 그렇지, 유명한 파인아트 사진가 작품이야."

그래서 나는 다른 기사들을 찾아보았다. 최초로 이 사건을 보도한 뉴시스와 연합뉴스 두 통신사는 11월 24일 오후 4시 경에 기사를 썼는데, 앞의 신문기사와 다름없었다. 마 교수가 올려놓았다는 것이다. 이 기사를 받은 것으로 보이는 다른 조간신문들도 마찬가지였다.

아 다르고 어 다르다

마광수 교수 입건 사태를 보면서 내가 엉뚱하게 통신과 신문기사 스크랩을 하고 있는 것은 다른 까닭이 아니다. 뭔가 사실과 다른 부분이 그대로 전달되고 있다는 점 때문이다. 물론 언론은 경찰의 발표를 토대로 기사를 썼고, 경찰은 홈페이지 관리자인 마 교수가 문제 되는 부분을 '삭제'하지 않았다는 점에서 결과적으로 '올려놓은 것이나 마찬가지'라는 입장이었을 것이다.

그러나 '아 다르고 어 다른' 법이다. 설령 관리자로서 책임과 의무를 다하지 못했다는 점을 인정하더라도, 그것이 곧 관리자 자신의 행위라고 말해버리는 것과는 미묘한 차이가 있다. 그런 발표를 그대로 받아 쓴 기사 또한 세심하지 못했음은 마찬가지이다. 사실 확인을 거쳐 최소한 피의자의 다른 입장도 함께 밝혀주었어야 하지 않았을까, 그 점이 못내 아쉬운 것이다. 오직 다른 기사 하나는 하루 뒤 그러니까 조간신문에 기사가 나간 다음, 인터넷 신문 고뉴스가 마 교수와 한 인터뷰였다. 통신사의 최초 기사 이후 꼭 하루 만에 나온 것이었다.

- 현재 사이트는 수정했나?
아무나 못 보도록 바꾸고 있다. 경찰에서 지적당한 거 삭제하고 있다. 성기 모자이크 된 거 몇 개 올린 것은 내가 올린 게 아니라 독자가 올린 거다. 내가 차마 지우기 미안해서 그대로 뒀다. 사이트에 좋은 게 많다. 내 논문도 있고 철학 에세이도 있고, 시 같은 거도 있다. 시도 심의를 다 통과한 건데 시가지고도 트집을 잡더라. 도대체 기준을 모르겠다.

'독자가 올린 것'이라는 '사실'이 처음으로 알려진 기사였다. 나아가 마 교수는 '차마 지우기 미안해서'라고 밝히고 있는데, 그렇다면 평소에 지우는 부분도 있었거나, 그렇게 하지 않은 것은 특별히 문제가 되지 않으리라 판단했기 때문으로 보인다. 다른 한편 『일요신문』 2006년 12월 1일자에는, "애초부터 마 교수는 홈페이지에 '성기가 노출되는 사진을 자제해 달라'는 당부 글을 달아놓았지만 일부 회원이 수위를 벗어난 게시물을 올린 모양이었다."라고, 나름대로 문제가 될 것을 의식한 마 교수의 '대처'에 대해서 소개하고 있다.

그러나 유력 통신사와 일간지에 한번 기사가 나간 다음 그것을 고치기는 쉽지 않다. 바람이 불고 지나간 월요일 아침 한 조간신문에는 이 사건을 소재로 하여 칼럼이 실렸는데,

> 청소년도 성인 인증 절차 없이 바로 볼 수 있는 홈페이지에 대법원에서 음란물로 판결 난 자작 소설 『즐거운 사라』와 남녀의 성기가 드러난 사진 등을 올려 또 경찰조사를 받았다고 한다.
> ─『한국일보』, 2006.11.27.

라고 전제한 데서 그 같은 점을 쉽게 알 수 있다. "…라고 한다."라는 이 애매하고 무책임한 표현도 그렇지만, "정작 중요한 문제들은 제쳐두고 유독 성에 집착하면서 '표현의 자유' 운운하고"라는 칼럼의 결론 부분에 가면, 마 교수에 대한 이 필자의 부정적인 견해가 고스란히 드러나면서, 그렇기에 부정적인 견해를 지닌 필자는 처음부터 사실에 대한 재확인 작업은 물론 그런 염사도 없었음을 짐작한다.

문제는 마 교수에 대한 부정적인 견해를 피력하는 방법의 잘못이다. 그의 성 담론을 무조건 싸구려로 보는 비하, 우리 사회에 횡행하는 성 범죄의 근원을 마 교수 한 사람에게 들씌우는 편협이 그것이다. 이 또한 마 교수로서는 '자업자득의 모난 돌'이겠으나, 이번에도 "나를 자꾸 표적으로 삼는 것도 불쾌하다. 요즘 인터넷에서는 별 사이트가 다 있지 않나.

날 표적 삼아 '본때'를 보여주자는 것"이라 항변했다는 그의 심정을 이해할 만하다. 피의자의 일방적인 자기변호로만 볼 수 없는 대목이다. 나아가 마 교수는 "정보통신윤리위원회의 시정명령 통보도 없이 곧바로 경찰이 수사한 것에 대해서도 불만을 토로했다."(『경향신문』, 2006.11.27)는 것이다. 정녕 문제가 된다면 대학교수에 작가인 그에게 본인의 말대로 '시정을 요구하는 통보'라도 한번 할 수 있었으련만, 어찌 된 셈인지 마 교수에 대해서는 언제부터인가 '뒤통수치기'식의 제재가 없지 않아 보인다. 간행물윤리위원회에 이어 이번에는 정보통신윤리위원회가 그렇다.

소설가 복거일 씨도 이에 대해서는, "굳이 건드리지 않아도 될 것을 건드려 소란만 일으켰다고나 할까요. 예술이란 원래 자유롭게 소통되고 정화되기 마련인데 말입니다."(『매일경제』, 2006.12.4)라고 했는데, 이 또한 굳이 마 교수 한 사람에게만 해당되지 않는, 전반적인 우리 사회의 문제점을 지적한 것으로 보인다.

요절 안하면 변절하는 사회

마광수 교수의 소설 가운데 『자궁 속으로』가 있다. 그의 소설에서 보기 드물게 스토리텔링이 강한 작품이다. 주인공이 작가인 데다 소설 속 작가의 작품 이름을 보면 이것이 마 교수가 스스로 경험한 사건중심의 자전적 소설임을 단박에 알게 된다. 이 점 마 교수의 다른 소설과 비교된다.

『자궁 속으로』는 주인공인 작가 민우가 영화감독으로 데뷔하는 사건으로 시작한다. 제작자와의 불화 끝에 영화에서 손을 떼고, 전위예술가인 친구와 퍼포먼스를 벌이고, 간행물윤리위원회의 경고 속에 재출간한 소설이 결국 빌미가 되어 구속되는 사건을 중심축으로 하면서 다양한 인물들과의 만남이 배치된다. 퍼포먼스를 제외한다면 방송의 진행자가 되는 등 마 교수 본인이 직접 겪은 일들이다.

물론 마 교수의 체험은 철저히 픽션화되는 소설 속의 도구에 그친다. 그러나 이 같은 경험담을 배치하면서 그는 이 소설을 성 담론의 문제만이 아닌 이 사회의 모순된 현실을 고발하는 내용으로 확장시킨다. 이것 또한 그의 소설에서 보기 드문 면이다. 마 교수는 에세이가 아니면 사회에 대한 비판이나 발언을 극도로 자제해 왔다. 어떤 글에서, "내가 소설에서 그런 '군더더기'를 싫어하는 것은 이념이나 종교, 정치, 사회문제가 하등의 가치가 없는 것이라서가 아니다. 그런 것들은 에세이나 논설 등 다른 장르에서 얼마든지 담을 수 있는 것이기 때문이다."고 명확히 밝히고 있다. 소설이 가지는 미학을 그는 철저한 쾌락 위주로 보고 있기 때문에 소설을 빙자한 현실발언을 혐오해 온 것도 사실이다.

그러나 그간 그에게 가해진 모진 세파 때문에 참을성의 한계를 드러낸 것일까, 그는 이 소설에서 성 담론의 지원 아래 마음껏 사회에 대한 비난의 화살을 멈추지 않는다. 가령 다음과 같은 대목이다.

이 나라가 나를 빨리 지치게 만들어가고 있는지도 모르지. 이 나라는 젊어서 요절 안 하면 나이 먹어 반드시 변절하게 만드니까. 아니 변절까지는 안 가더라도 추하게 변신해 가지고 '나이값'을 하겠다고 덤벼들도록 만들지. 지식인이나 예술가들이 나이가 조금만 들면 금세 '나이값'을 하려고 들며 보수적 권위주의자로 변신하는 사회에서는 좋은 작품이 나올 수 없어. 예술 창조의 원동력은 어디까지나 '낭만적 치기(稚氣)'일 수밖에 없으니까.

대담하면서도 헌신적으로 민우를 보살피는 젊은 애인 보아가 그를 격정해주자 한탄하는 대목이다. 작품의 거의 말미에 위치한다. '요절 안하면 변절'이라는 이 극단적인 선언은 정도 차이는 있지만 기실 우리 사회 어느 분야에나 암종(癌腫)처럼 번져 있는 비극이다. 민우의 고민은 여기서 시작된다. 이미 요절할 나이는 지났고(소설에서 민우는 40대 초반이다), 더욱이 당장 죽을 것 같지도 않으니 나이가 들어갈 것이 뻔한데, 자신이 공언하는 대로라면 그에게 남은 순서는 변절이다. 나 또한 변절할 것인가, 그렇지 않고서 이 사회에서 어떻게 살아남을 것인가.

그런 민우에게 다가오는 화두가 자궁이다. 그는 때때로 홀로이 그가 처한 곳마다 자궁이라는 생각을 갖게 된다. 그러나 그 자궁은 어머니의 그것처럼 그렇게 편하고 그리운 곳이 아니다. 막혀 있고 답답하고 억울하기까지 한 곳이 대체로 자궁의 이미지로 떠오르는 것이다. 요절은 지나갔고 변절하지 않으려면 자궁에라도 갇혀야 하는 형편이다.

인간이 지닌 이중적 기만에 정면으로 대항하는 성 담론을 펼쳐왔던 민우는 뜻을 같이하는 소수를 제외하고 심각한 저항에 부딪혀 갈수록 궁지에 몰린다. 더욱이 그의 명성을 이용한 교묘한 상술은 그를 더욱 난처한 지경으로 빠지게 한다. 실제 이 땅에서 진실된 그 무엇의 순수한 영역을 찾아가려 했던 사람은 모양은 달라도 비슷한 처지에 놓인 경험을 했을 터이다. 그 핵심에 근대의 문제가 놓여 있다. 우리는 과연 진정한 근대에 살고 있는가. 무엇이 근대인가는 여러 가지 조건을 달아 세밀히 따져보아야 하지만, 합리적 이성과 다양성의 인정으로 한정하여 말한다 하더라도, 우리의 답은 시원히 내려지기 어렵다. 아니 합리와 다양성의 추구를 매도하거나 아예 싹부터 자르려 한다. 작가는 그 같은 불합리와 획일화에 대항하는 것이다.

민우는 네 명의 여자를 만난다. 둘은 자기 또래이고, 둘은 젊은 여자이다. 속물적 성에 가까운 왕년의 스타 현나는 처음 민우에게 강렬한 인상을 남기지만 이내 감당 못할 사람으로 남겨지고, 순진할 것만 같아 사귄 배우 지망생 옥수는 야멸차고 기회주의적이다. 그런 대칭점에 다른 두 여자가 서 있다. 민우의 구원의 여인상이면서 소설의 처음부터 끝까지 기둥이 되는 향희, 퍼포먼스 자리에서 우연히 만나 열애에 빠지는 젊은 여대생 보아. 감당하기에 늘 버거워하지만 최소한 그들은 자신들의 욕심으로 민우를 대하지는 않는다. 오히려 헌신적이기까지 한 그들에게 그러나 민우가 결혼에까지 이르지 못하는 것은 그의 성격 탓이면서 한 번 실패한 결혼의 후유증 때문이다.

여자에 관한 그의 태도에서 읽을 수 있듯이 민우는 사실 복잡다단한 사람이다. 사랑과 연애에 몰두하면서도 끝내 그 분명한 답조차 내리지 못한다. 그것은 다만 개인의 성향에서만 연유하지 않는다. 나는 소설 속에서 주인공 민우를 불임의 아니면 발기부전의 이 사회를 상징하는 인물로 읽는다.

소설에서 민우의 종착점은 차디찬 감방이다. 뜻밖에도 그에게는 '국가적 사안'이라는 죄명이 붙는다.(이 부분에서는 소설이 충분한 개연성으로 진행되지 못한 흠이 있다.) 거기서 민우는 이렇게 생각한다.

> 몸 하나를 간신히 포용할 정도의 작은 방이 꼭 자궁 속처럼 보였다. 어쩌면 이곳이 진짜 내가 있던 자궁이요 모국(母國)이라는 생각이 들었다. 하지만 자궁치고는 너무나 춥고 을씨년스런 자궁이었다.

평생 '안온한 안식감' 같은 자궁을 찾아온 민우, 그러나 감방은 진짜 자궁이라는 잠시 스친 생각 뒤에 잠을 이루기 어려울 것 같은 곳이라는 비극적 상황으로 오버랩된다.

조심스러워질 수밖에 없는 운명

마광수 교수의 다른 책 『성애론(性愛論)』은 그야말로 그의 논의의 한 중심에 들어 있고 나아가 자신의 생각을 총망라하는 결정판과도 같다.

마 교수가 벌이는 논의의 요지는 언제나 명확하다. "사랑을 신성시(神聖視)하는 체하면서 박해하는 이중적 위선에 대한 고발과 '외모'의 문제에 대한 정직한 접근, 그리고 사랑을 실용적 쾌락으로 연결시키기 위한 구체적 방법의 모색"이 그것이다. 마광수가 던져준 화두 가운데 아마도 가장 값진 것은 이중성에 대한 고발일 것이다. 특히 성의 문제는 적당히 이중성을 가져도 된다고 생각하는, 그래서 이중적인 태도를 잘 지키는 사람만이 점잖게 출세하는 세상에서 이는 가히 직격탄과도 같은 것이었다. 그러면서 그는 성의 논의가 활발해지고 이중의 꺼풀을 벗을 때 그것은 곧 새로운 시대의 활력소가 될 것임을 주장한다.

> '성의 자유'는 이제 '음란'이나 '퇴폐' 같은 애매모호한 말이나 수구적 봉건윤리에 의한 '모럴 테러리즘'으로는 막을 수 없는, 이 시대의 당당한 화두(話頭)가 되어가고 있다. 성은 이제 쾌락의 문제이기 이전에 '인권'의 문제요, '문화적 민주화'를 추진시킬 수 있는 '합리적 지성'에 관련된 문제이다. 또한 성은 '창조적 상상력'의 원천이 된다는 점에서 정치 경제 문화 발전의 원동력 역할을 해줄 수 있다.

성의 문제를 말하면서 인권과 민주와 창조가 연결되는 이 논리는 이제 우리에게 낯설지 않다. "정작 중요한 문제들은 제쳐두고 유독 성에 집착하면서 '표현의 자유' 운운하고"라면서, 마 교수 특유의 영역에 대해 인정하지 않는 태도만 조금 바꾼다면, 그래서 이 세상에서 중요한 문제들을 어느 한 사람이 모두 말할 수 없을 뿐만 아니라, 성의 문제야말로 '중요한 문제' 가운데 하나이니 이에 대해서도 철저히 천착해 보라는 주문을 할 수만 있다면, 마 교수의 싸움이 부질없지만 않은 것이다.

그가 말하는 성은 막연한 데 있지 않다. 이미 『즐거운 사라』를 통해서 적나라하게 묘사하였던 바, 즐거운 성은 구체적이면서 강하다. 그것은 다음과 같이 설명된다.

> 예수의 말대로 이 세상을 천국으로 만들 수 있는 것도 '사랑'이요 지옥으로 만들 수 있는 것도 '사랑'이다. 사랑이야말로 우리의 인생을 진정 천국에서와 같은 행복으로 인도해 줄 수 있는 유일한 방편이 되는 것이다. 사랑에 적극적인 사람은 관능적 상상력이 발달할 수밖에 없고, 관능적 상상력은 곧 창조적 상상력으로 이어져 문화 및 과학발전을 촉진시키기 때문이다.

그가 말하는 사랑은 관능적 상상력으로 요약된다. 관능과 상상 사이에 어떤 함수가 존재하는가? 관능은 매우 구체적인 것으로 이루어질 것이다. 이를 나는 유물론적이라고 바꿔 말하고 싶다. 이 말을 확대해석할 필요 없이, 성애는 물질이 토대가 되는, 육체 대 육체의 문제인 것이다. 그런데 여기에 상상력이란 무엇일까? 관능대로 곧 유물론적 육체대로 되지 않는 현실적인 여러 제약이 존재하는 한에서 성애를 실현하기 위한 방법이다.

사실 이 대목을 읽자면, 이 부분 이외에도 책의 전반적인 데에서, 마광수의 논의가 매우 조심스러워졌다는 느낌을 받게 된다. 사석에서 나눈 이야기이지만, 지난 몇 년간 마광수는 그가 쓴 글로 인해 많은 고초를 당했고, 지금도 그의 근본적인 생각을 바꾸지 않고 있는 한 탄압의 칼이 언제 들이밀어질지 모르는 상황이다. 생각은 바꾸지 않되 표현은 완곡해진 것, 그것이 조심스러운 느낌의 정체일 것이다.

조심스러워졌다는 사실의 분명한 예는 밤과 낮의 성을 나누어 설명하는 대목에서 보인다. 예의 마광수식의 통쾌한 성의 논리를 전개하면서 그는 이것에 거부감을 가질 사람들을 겨냥한 듯 이것은 밤의 성이라고 규정한다. 그리고 낮에는 얼마든지 점잖을 빼라고 돌리고 있다. 이는 물론 그가 혐오해마지 않는 성 논리의 이중성과 구분하여야 한다. 마광수 역시 낮과 밤을 구분한 이중성을 가지게 되었다고 보아서는 안 된다는 것이다.

사실 마광수는 성의 문제를 운명론적 관점에서 파악하고 있다. 이는 이미 그의 다른 책『운명』에서 자세히 다루어진 바, 인간의 삶에서 행복과 불행은 성생활의 자연스러움과 그렇지 못함에서 기인한다는 판단이지 운명을 순종하라는 주장은 아니다. 그런 성이 사람을 괴롭힐 때 궁극의 행복을 위해 결판내야 할 것이 있다. 공부가 싫고 장사가 좋은 사람은 장사를 해서 자신의 인생을 개척해 나가면 되는 것처럼, 개인에게 주어진 성의 상황을 분명히 개척해야 한다. 그리고 거기에는 결연한 의지가 필요하다. "집을 나갈 용기가 있으면 집을 나가도 좋고, 조국에 이가 갈리면 조국을 떠나도 좋다. 아무튼 뻔뻔스럽게 운명 아니 신(神)의 '심술'과 맞서나가야 한다."는 대목에서 마광수가 가진 생각의 한 핵심을 잡아 볼 수 있다.

이제 다시 문화 민주화

아쉬운 부분이 있다면, 그가 여기서 말한 '문화적 민주화'가 좀 더 확산된 담론으로 퍼져나가지 못했다는 점이다. 사회적인 반향이 없으니, 그 개념이 무엇이고 구체적인 실천요강은 어떠해야 하는지 마 교수 스스로도 더 이상 진전된 논의를 내놓지 못하였다.

그런데 입건 사태 이후 『한국일보』의 칼럼이 나온 같은 날(2006.11.27) 『경향신문』과의 인터뷰에서 마 교수는 이 입장을 다시 한 번 보여주고 있다.

> "외설이 아니라 '문화 민주화'를 향한 싸움이라고 본다."고 강조했다. 그는 "부패지수가 가장 낮은 스웨덴, 노르웨이 등은 이미 1960년대에 성 개방을 하지 않았느냐."면서 "한국이 말로만 문화강국, OECD 진입했다고 자랑하는데 검열제도가 버젓이 살아 있는 게 우리 현실"이라고 목소리를 높였다. 문화 민주화가 되려면 검열제도가 철폐돼야 한다고 주장했다.

이 인터뷰에서는 '문화적 민주화'라는 말 대신에 '문화 민주화'라고 쓰고 있다. 전자가 문화적으로 민주화를 이룩해 나가자는 뜻이 강하다면, 후자는 문화 그 자체의 민주화를 이뤄내야 한다는 주장이다. 흥미로운 변화이다. 왜 그렇게 바뀌었는지 본인에게 묻고 싶지만, 가장 민주적이리라 생각하는 문화계가 사실은 가장 독재적이고 폭력적이라는 그의 인식은 아마도 숱한 따돌림에서 오는 피해의식 때문에 생겨난 측면도 있을 것이다. 그것은 그 스스로 극복할 일이지만 그렇다고 현상에 대해 잘못된 판단을 한 것은 아니다.

성에 관해 입에 올리기조차 불쾌해하는 사람들이 있다. 그렇다면 그것은 그만두고 이제부터라도 마 교수가 주창하는 '문화 민주화'의 실태와 전망을 함께 이야기하는 자리나마 만들어보면 어떨까.

사실은 무수한 성 담론으로 우리 사회는 채워져 있다고 보아도 과언이 아니다. 금기시되는 부분을 적당히 눙쳐 가면서 상업적으로 활용하는 사람도 많다. 우리가 마 교수의 글을 읽으면서 소중히 생각하는 부분은 그가 성의 문제를 인간 존재의 근본적인 문제에 두고 언제나 정면 공격을 하고 있다는 점이다. 적어도 내 눈에 그는 성을 천박한 상업적 이용물로 여기지 않는다. 이제 그의 주장은 '문화 민주화'라는 한마디에 담겨 있다.

오랜 사고와 그 자신의 경험이 무르익어 있는 마 교수의 성 담론 가운데 물론 동의하지 못할 부분이 있다. 특히, 마광수식 처방대로라면, 소음 기질의 꽁생원인 나 같은 사람은 그가 권하는 여러 성희(性戱)를 다 실천하기 어렵다. 또 어떤 사람은, 마 교수가 더러 익살스럽게 표현하는 '단순한 성교(性交)'만으로도 충분히 성적인 즐거움을 누릴 것이다. 판단은 오직 읽는 사람 또는 살아가는 사람들의 몫이다.

추기(追記): 이 글은 2007년에 쓴 「문화 민주화, 열린 논의의 장이 필요하다: 마광수 교수의 입건 사태를 보며」를 보완한 것이다. 지금의 관점은 가급적 피하고, 당시 상황에 맞춘 것임을 밝힌다.

연도	생애와 문학 작품, 전시회 연보
1951년	●3월 10일(음력), 가족이 한국전쟁 중 1·4후퇴 시 잠시 머문 경기도 수원에서 출생. 본적은 서울.
1963년	●서울 청계초등학교 졸업. 대광중학교 입학.
1969년	●서울 대광고등학교 졸업. 연세대학교 국어국문학과 입학.
1973년	●연세대학교 국어국문학과 졸업. 연세대학교 대학원 국어국문학과 석사과정 입학.
1975년	●연세대학교 대학원 국어국문학과 석사과정 졸업(문학석사). ●방위병으로 군 복무.
1976년	●연세대학교 대학원 국어국문학과 박사과정 입학. ●이후 1978년까지 연세대학교, 강원대학교, 한양대학교 등에서 시간강사 역임.
1977년	●『현대문학』에 「배꼽에」, 「망나니의 노래」, 「고구려」, 「당세풍의 결혼」, 「겁(怯)」, 「장자사(莊子死)」 등 6편의 시가 박두진 시인에 의해 추천되어 문단에 데뷔.
1979년	●홍익대학교 국어교육과 전임강사로 취임. 1982년 조교수로 승진.
1980년	●첫 시집 『광마집』을 심상사에서 출간.
1983년	●연세대학교 대학원에서 「윤동주 연구」로 문학박사학위 받음. 학위논문 「윤동주 연구」를 정음사(2005년 개정판부터 철학과현실사)에서 단행본으로 출간.
1984년	●연세대학교 문학과 조교수로 취임. 1988년부터 부교수로 승진. ●시선집 『귀골』을 평민사에서 출간.
1985년	●문학이론서 『상징시학』을 청하출판사(2007년 개정판부터 철학과현실사)에서 출간.

1986년	● 문학이론서 『심리주의 비평의 이해』를 청하출판사에서 출간.
1987년	● 평론집 『마광수 문학론집』을 청하출판사에서 출간.
	● 문학이론서 『시창작론』을 오세영 교수와 공저로 방송통신대학 출판부에서 출간.
1989년	● 에세이집 『나는 야한 여자가 좋다』를 자유문학사(2010년 개정판부터 북리뷰)에서 출간.
	● 시전집 『가자, 장미여관으로』를 자유문학사에서 출간.
	● 5월부터 『문학사상』에 장편소설 『권태』를 연재하여 소설가로서의 활동을 시작함.
1990년	● 1월에 이혼(자식 없음).
	● 장편소설 『권태』를 문학사상사(2011년 개정판부터는 책마루)에서 출간.
	● 장편소설 『광마일기』를 행림출판사(2009년 개정판부터는 북리뷰)에서 출간.
	● 에세이집 『사랑받지 못하여』를 행림출판사에서 출간.
1991년	● 1월에 이목일, 이외수, 이두식 씨와 더불어 서울 동숭동 '나우 갤러리'에서 <4인의 에로틱 아트전>을 가짐.
	● 문화비평집 『왜 나는 순수한 민주주의에 몰두하지 못할까』를 민족과문학사(재판부터는 사회평론사)에서 출간.
	● 장편소설 『즐거운 사라』를 서울문화사에서 출간. 간행물윤리위원회의 판금 조치로 출판사에서 자진 수거·절판됨.
1992년	● 에세이집 『열려라 참깨』를 행림출판사에서 출간.
	● 10월 29일, 『즐거운 사라』 개정판을 청하출판사에서 출간.
	● 10월 29일, 『즐거운 사라』가 외설스럽다는 이유로 검찰에 의해 전격 구속되어 서울구치소에 수감됨.
	● 12월 28일, 『즐거운 사라』 사건 1심에서 징역 8월에 집행유예 2년 판결을 받음.
1993년	● 2월 28일, 연세대학교에서 직위해제됨.
1994년	● 1월에 서울 압구정동 '다도 화랑'에서 첫 번째 개인전을 가짐. 유화, 아크릴화, 수묵화 등 70여 점 출품.
	● 『즐거운 사라』 일본어판이 아사히 TV 출판부에서 번역·출판되어 베스트셀러가 됨.
	● 문화비평집 『사라를 위한 변명』을 열음사에서 출간.
	● 7월13일, 『즐거운 사라』 사건 2심에서 항소 기각 판결을 받음.

1995년 • 『즐거운 사라』 필화 사건의 진상과 재판 과정. 마광수의 문학 세계 분석
등을 내용으로 연세대학교 국어국문학과 학생회가 쓰고 엮은 『마광수는
옳다』가 사회평론사에서 출간됨.

• 6월 16일, 『즐거운 사라』 사건 대법원 상고심에서 상고 기각 판결 받음.
동시에 연세대학교에서 해직되고 시간강사로 됨.

• 철학에세이 『운명』을 사회평론사(2005년 개정판부터 『비켜라 운명아, 내
가 간다』로 제목을 바꿔 오늘의 책)에서 출간.

1996년 • 장편소설 『불안』을 도서출판 리뷰앤리뷰(2011년 개정판부터 제목을 『페
티시 오르가즘』으로 바꿔 Art Blue)에서 출간.

1997년 • 장편에세이 『성애론』을 해냄출판사에서 출간.

• 문학이론서 『시학』을 철학과현실사에서 출간.

• 문학이론서 『카타르시스란 무엇인가』를 철학과현실사에서 출간.

• 시집 『사랑의 슬픔』을 해냄출판사에서 출간.

1998년 • 장편소설 『자궁 속으로』를 사회평론사(2010년 개정판부터 『첫사랑』으로
제목을 바꿔 북리뷰)에서 출간.

• 3월 13일에 사면·복권되고 5월 1일에 연세대학교 교수로 복직됨.

• 에세이집 『자유에의 용기』를 해냄출판사에서 출간.

1999년 • 철학에세이 『인간』을 해냄출판사(2011년 개정판부터 제목을 『인간론』으
로 고쳐 책마루)에서 출간.

2000년 • 장편소설 『알라딘의 신기한 램프』를 해냄출판사에서 출간.

• 7월에 이른바 '교수재임용 탈락 소동'이 국어국문학과 동료 교수들의 집
단 따돌림으로 일어나, 배신감으로 인한 심한 우울증에 걸려 2년 반 동안
연세대학교를 휴직함.

2001년 • 문학이론서 『문학과 성』을 철학과현실사에서 출간.

2003년 • 강준만 외 5인이 쓴 『마광수 살리기』가 중심출판사에서 출간됨.

2005년 • 에세이집 『자유가 너희를 진리케 하리라』를 해냄출판사에서 출간.

• 장편소설 『광마잡담(狂馬雜談)』을 해냄출판사에서 출간.

• 6월에 서울 인사동 '인사 갤러리'에서 <마광수 미술전>을 가짐.

• 장편소설 『로라』를 해냄출판사에서 출간.

2006년 • 2월에 일산 '롯데마트 갤러리'에서 <마광수·이목일 전>을 가짐.

• 시집 『야하디 얄라숑』을 해냄출판사에서 출간.

• 장편소설 『유혹』을 해냄출판사에서 출간.

2007년	• 1월에 <색(色)을 밝히다> 전시회를 서울 인사동 '부스 갤러리'에서 가짐.

2007년
- 1월에 <색(色)을 밝히다> 전시회를 서울 인사동 '부스 갤러리'에서 가짐.
- 시집 『빨가벗고 몸 하나로 뭉치자』를 시대의창에서 출간.
- 4월에 소설 『즐거운 사라』를 인터넷 홈페이지에 올렸다는 이유로 기소되어 벌금 200만원 형을 판결 받음.
- 7월에 미국 뉴욕 'Maxim 화랑'에서 <마광수 개인전>을 가짐.
- 에세이집 『나는 헤픈 여자가 좋다』를 철학과현실사에서 출간.
- 문화비평집 『이 시대는 개인주의자를 요구한다』를 새빛에듀넷에서 출간.

2008년
- 문학비평집 『모든 사랑에 불륜은 없다』를 에이원북스에서 출간.
- 단편소설집 『발랄한 라라』를 평단문화사에서 출간.
- 중편소설 『귀족』을 중앙북스에서 출간.

2009년
- 연극이론서 『연극과 놀이정신』을 철학과현실사에서 출간.
- 소설집 『사랑의 학교』를 북리뷰에서 출간.
- 4월에 서울 청담동 '갤러리 순수'에서 <마광수 미술전>을 가짐.

2010년
- 시집 『일평생 연애주의』를 문학세계사에서 출간.

2011년
- 장편소설 『돌아온 사라』>를 Art Blue에서 출간.
- 2월에 <소년 광수 미술전>을 서울 서교동 '산토리니 서울 갤러리'에서 가짐.
- 에세이집 『더럽게 사랑하자』를 책마루에서 출간.
- 5월에 <마광수 초대전>을 서울 삼청동 '연 갤러리'에서 가짐.
- 화문집(華文集) 『소년 광수의 발상』을 서문당에서 출간.
- 장편소설 『미친 말의 수기』를 꿈의열쇠에서 출간.
- 산문집 『마광수의 뇌 구조』를 오늘의책에서 출간.
- 장편소설 『세월과 강물』을 책마루에서 출간.

2012년
- 육필 시선집 『나는 찢어진 것을 보면 흥분한다』를 지식을만드는지식에서 출간.
- 3월에 <마광수 · 변우식 미술전>을 서울 인사동 '토프 하우스'에서 가짐.
- 산문집 『마광수 인생론: 멘토를 읽다』를 책읽는귀족에서 출간.
- 장편소설 『로라』 개정판을 『별것도 아닌 인생이』로 제목을 바꿔 책읽는귀족에서 출간.
- 시집 『모든 것은 슬프게 간다』를 책읽는귀족에서 출간.

2013년
- 소설 『청춘』을 책읽는귀족에서 출간.
- 장편 에세이 『나의 이력서』를 책읽는귀족에서 출간.

- 단편소설집 『상상놀이』를 책읽는귀족에서 출간.
- 문화비평집 『육체의 민주화 선언』을 책읽는귀족에서 출간.
- 소설 『2013 즐거운 사라』를 책읽는귀족에서 출간.
- 장편에세이 『사랑학 개론』을 철학과현실사에서 출간.
- 시집 『가자 장미여관』으로 개정판을 책읽는귀족에서 출간.
- 『마광수의 유쾌한 소설 읽기』를 책읽는귀족에서 출간.

2014년
- 『생각』을 책읽는귀족에서 출간.
- 2월에 <마광수 초대전>을 부천시 '라온제나 갤러리'에서 가짐.
- 옴니버스 장편소설 『아라베스크』를 책읽는귀족에서 출간.
- 『행복 철학』을 책읽는귀족에서 출간.
- 한대수, 변우석 씨와 함께 <꿈꾸는 삼총사 전(展)>을 서울 인사동 '리서울갤러리'에서 가짐.
- 에세이집 『스물 즈음』을 책읽는귀족에서 출간.
- 철학에세이집 『마광수의 인문학 비틀기』를 책읽는귀족에서 출간.

2015년
- 소설집 『인생은 즐거워』를 등대지기에서 출간.
- 소설집 『나는 너야』를 어문학사에서 출간.
- 9월에 <마광수 미술전>을 서울 인사동 '노암 갤러리'에서 가짐.
  소설집 『나만 좋으면』을 어문학사에서 출간.

2016년
- 장편소설 『사랑이라는 환상』을 어문학사에서 출간.
- 철학에세이집 『섭세론(涉世論)』을 철학과현실사에서 출간.
- 철학에세이 『인간론』을 『인간에 대하여』로 제목을 바꿔 어문학사에서 출간.
- 8월에 연세대학교 국어국문학과 교수직에서 정년퇴임.

2017년
- 1월에 『마광수 시선』을 페이퍼로드에서 출간.
- 9월 5일에 자택에서 타계. 경기도 분당의 오포 공원묘지에 안장.
- 사후 9월 20일에 유고집이자 마지막 단편소설집 『추억마저 지우랴』를 어문학사에서 출간.
- 가을에 마광수 교수 사후, 월간 남성 매거진 Maxim Korea에 <광마(1951~2017) 마광수 헌정 에디션>으로 마광수 교수의 대표시(詩) 가운데 하나인 「나를 슬프게 하는 것들」과 함께, 마 교수의 생전의 친구인 이종홍 씨와의 인터뷰 「마광수의 친구들」, 1992년 '『즐거운 사라』 사건'으로 마 교수와 함께 구속된 출판사 대표 장석주 시인과의 인터뷰 「사람을 가둔

사람이 가둔 그 책」, 이석우의 마광수 교수를 읽을 수 있는 열세 가지 해시태그 「Hashtag of 마광수」, 문화평론가 권상희의 「마광수를 위한 레퀴엠-삶을 등지고 나서야 부활한 그의 문학, 그 아이러니에 대해」, 문화평론가 김선영의 「시대와 불화했고, 여성에 불온했던-마광수의 표현은 공권력에 의해 억압되어서는 안 됐다」, 고려대학교 법학전문대학원 박경신 교수의 「여혐과 음란물 사이에서」, 칼럼리스트 정소남의 「어떤 샤이 마광수의 고백-그에게 보내는 뒤늦은 팬레터」, 대중문화평론가 김작가의 「사라와 야설을-마광수가 『즐거운 사라』를 지금 썼다면 괜찮았을까?」 등의 글이 실렸다.

2018년 • 2월에 『월간문학』(통권 588호)에 특집 <마광수를 위한 변명>을 마련하여 법학자들이 『즐거운 사라』 사건의 텍스트인 소설 『즐거운 사라』에 대해 법학적 관점에서 논의한 「21세기 독일법률문화의 시각에서 한국의 ('고전소설의 백미'라는) 『춘향전』과 (금서 '에로소설'인) 『즐거운 사라』에 나타난 성적 표현 등에 관한 형사법적 연구(고시면), 「법정에 선 문학: 한국 현대문학 7건의 필화 사건」(채형복), 「우리는 제2의 마광수의 죽음을 용인할 것인가-법학자 관점에서 본 마광수를 위한 변호」(주지홍) 등의 글이 실렸다.

* 고(故) '마광수 교수의 생애 및 작품, 전시회 연보' 내용은 2017년 1월에 페이퍼로드에서 출간된 『마광수 시선』에 수록된 내용을 토대로 정리하고 추가하였음을 밝힌다.

집필자 소개(게재순)

한승헌 변호사, 전 감사원장
박용일 변호사
고시면 충청북도 U1대학교 교양융합학부 교수
채형복 경북대학교 법학전문대학원 교수
주지홍 부산대학교 법학전문대학원 교수
김유중 문학평론가, 서울대학교 국어국문학과 교수
이재복 문학평론가, 한양대학교 한국언어문학과 교수
장석주 시인, 문학평론가
김성수 문학평론가, 연세대학교 학부대학 교수
유성호 문학평론가, 한양대학교 국어국문학과 교수
주지영 문학평론가, 군산대학교 강의교수
최수웅 단국대학교 문예창작학과 교수
강준만 전북대학교 신문방송학과 교수
최상천 대구가톨릭대학교 역사교육학과 교수
손동수 문화비평가
강영희 문화평론가
고운기 한양대학교 문화콘텐츠학과 교수

마광수, 금기와 위반의 상상력

초판 1쇄 발행 2019년 7월 31일
초판 2쇄 발행 2020년 8월 6일

엮은이 고운기 · 김성수 · 유성호
펴낸이 이대현
편 집 권분옥
디자인 최선주

펴낸곳 도서출판 역락
주 소 서울시 서초구 동광로 46길 6-6 문창빌딩 2층
전 화 02-3409-2058(영업부), 2060(편집부) | 팩시밀리 02-3409-2059
이메일 youkrack@hanmail.net
역락홈페이지 http://www.youkrackbooks.com
등 록 제303-2002-000014호(등록일 1999년 4월 19일)

ISBN 979-11-6244-408-5 93810

* 책값은 표지에 있습니다.
* 파본은 구입처에서 교환해 드립니다.
* 이 도서의 국립중앙도서관 출판예정도서목록(CIP)은 서지정보유통지원시스템 홈페이지(http://seoji.nl.go.kr)와 국가자료종합목록 구축시스템(http://kolis-net.nl.go.kr)에서 이용하실 수 있습니다. (CIP제어번호 : CIP2019029063)